平石典子
Hiraishi Noriko

煩悶青年と女学生の文学誌

「西洋」を読み替えて

新曜社

はじめに

本書は、明治中期から後期において、日本の文学のなかで新しい若者像がどのように形成されたのか、ということを明らかにしようとするものである。明治の日本は、突然世界史のなかに組み込まれ、十九世紀の進歩史観に基づいて、「近代文明」への階段を登り始めた。そのなかで、「近代文明」の在り処である「西洋」の文学が若者たちにどのような影響を与え、彼らの自己像および他者像の形成に関わったのか、ということに焦点を当て、比較文学的なアプローチでの究明を試みる。

明治文学における西洋文学の影響と受容、という問題は、日本の比較文学研究が長年取り組んできたテーマであり、既に多くの成果が存在している。本書では、そうした先行研究を参考にしながらも、西洋文学を、日本の知識人たちがどのように読み替えたのか、という差異の部分に着目する。文学作品の「翻訳」―― translationの語源は trans＝横切る ＋lātus＝もたらされる、でまさに「移動」を意味するもの(1)だが――におけるテクストの差異や異同を考察することによって、明治の日本文学における若者表象の特色が、より鮮明になるのではないかと考えるからである。「基本的には、あらゆる翻訳は「誤訳」であり、あらゆる読解は「誤読」なのかもしれない」と多和田葉子は語っている(2)が、翻訳者がテクストに必ず自分と、翻訳が読まれる世界での価値観や効果を反映させるものであることは、ボルヘスが『千夜一夜物語』の翻訳史を追った「『千夜一夜』の翻訳者たち(3)」にも明らかだろう。とすれば、差異や異同に着目することによって、当時の西洋文学の読者（そして翻訳者、紹介者）であった明治の知識人たちが「何を見たかったのか」ということが明らかになるのではないだろうか。また、翻訳だけではなく、その伝播の様相からも、若者表象の特徴が見えてくるのではないか。西洋の文学にあらわれた特徴的な人物類型が、時には読み替えられ、ねじれながら、日本のテクストのなかで広がっていく過程を追うことによって、明治後期の若者表象の特色を考察したい。その手法からも、本書は一つの作品や特定の作家を深く分析するものではなく、広く同時代の文脈のなかで西洋文学と日本文学との関わりを考察することになる。

一方、明治の若者を論じたものとしては、E・H・キンモンス『立身出世の社会史』(広田照幸ほか訳、玉川大学出版部、一九九五年)、木村直恵『「青年」の誕生――明治日本における政治的実践の転換』(新曜社、一九九八年)などがある。また、明治の女学生に関する研究は、本田和子《ますこ》『女学生の系譜――彩色される明治』(青土社、一九九〇年)以降、文学や社会学など、さまざまなアプローチから進んできたといえる。本書は、木村が論証した、慷慨から内省、未熟へと移ってゆく青年の自画像のその後として「煩悶青年」と文学との関わりを考察するとともに、そうした青年たちの「新しい男」としての自己像と、それに伴う文学的想像力が、他者としての「女学生」像を形成してゆくさまを検証する。そして、当時の女学生たち自身も、このようなイメージから自由でなかったこと、むしろ彼女たちに貼り付けられたイメージを逆手にとる形で明治末期の「新しい女」たちの文学運動を盛り上げていったことを明らかにする。このような視点からの研究が、現代の若者・女性論にも寄与するところがあればと願う。

考察手法は基本的には文学テクストの分析であるが、翻訳をも含めたフィクションを分析するにあたっては、同時代のテクストのなかに作品を置きなおし、その意味を考察することを心がけた。明治の知識人たちが触れたであろう外国語のテクストに関しては、できる限り原典を参照したが、イプセンの作品やロシア文学など、著者の能力を超えるものに関しては、現代の日本語訳に拠っていることを記しておかなくてはならない。また、本書で扱う「若者像」は、「煩悶青年」と「女学生」という言葉に象徴されるように[4]、あくまでも当時の文学に最も積極的に関わった階層である、高等教育を受けた知識階級の若者たちを指すものであることも、断わっておく必要があるだろう。

以下、各章の概要を述べる。

第一章は、「立身出世」を追い求めるべきものとされていた知識階級の青年たちが、そうした価値観に背を向けて、自己の内面へと向かう様子を「煩悶青年」という呼称を軸に追ってみた。天下国家を論じることをやめ、恋愛などの身の回りの問題を重視するようになる若者たちの姿からは、彼らが「西洋」の文学にあらわれた青年像をモデルにすることで、自己像の正当化を図ろうとする姿が見える。また、イプセンの『ヨーン・ガブリエル・ボルクマン』をめぐっては、作品の本来の姿からは離れる形で、親の世代の価値観に背を向けて生を謳歌する若者の物語としてこの作品が日本で受容される様相が明らかになる。

一方、第二章で扱うのは、「新しい」青年たちがパートナーとして選び取ろうとした、「新しい」女性たち、当時の「女学生」である。ここでは、女学生たちがどのように自己を表現したか、という点よりは、女学生たちが客体としてどのように表象されたのか、ということが中心になる。新時代の女性として、西洋的な教養を身につけることを期待された女学生たちは、日本社会のなかでは、最初から物議を醸す存在だった。三宅（田辺）花圃《かほ》が描き出す、社会に貢献したいという女学生の願いは、顧みられることがない。一方で、西洋風の男女交際や恋愛を説くことによって女学生を「啓蒙」しようとする『女学雑誌』の戦略は、精神性を称揚し、肉体性を排除するという、ロマンティック・ラブ・イデオロギーの日本的な受容の広まりとともに、青年男女に刷り込まれていく。しかしながら、生身の人間の関係である「恋愛」を、理念だけで語ることはできない。女学生たちは性的スキャンダルに巻き込まれることにもなる。その結果、メディアと文学を中心とした言説は、「女学生神話」を作り出し、女学生たちを囲い込んでいくのである。

続く第三章では、女学生をめぐる否定的な言説が、ヨーロッパ世紀末文学の影響を受けながら、新しい女性表象を形成していくことを論じる。「女学生神話」の波及とともに、女学生たちの知性と身体は相反するものとして描かれ、結局彼女たちは身体的（性的）な存在として、その知性を剝奪されてきた。しかし、そのなかで、性的な側面ばかりが強調される彼女たちの表象は、自らの性的魅力を利用して男性を誘惑する、悪女としての自覚を持つ女性像をも生み出していく。一方、煩悶青年のパートナーとして、都会的で西洋的な女性をヒロインに据えようとする文学的想像力は、ヨーロッパ世紀末文学のなかの「宿命の女」像にも魅力を感じるようになっていく。

第四章では、男性の価値観の変容の様子を、イタリアの詩人・作家であるガブリエーレ・ダンヌンツィオの作品との接触を軸にして考察する。森田草平と平塚明子《はるこ》が一九〇八年に起こした心中未遂事件と、その事件をもとに森田が創作した小説『煤煙』は、世紀末文学としての特色を備えたダンヌンツィオの小説に多くを負ったものとして、当時の知識人たちの興味をひいたものだった。ダンヌンツィオの作品と『煤煙』を対照することによって、『煤煙』に描かれる男女が、当時の日本文学のなかでどのような新しさを備えていたのかを明らかにする。そして、この新しい男性表象が、夏目漱石と森鷗外をも刺激し、彼らが彼らなりの「新しい男」像を創造したことを考察する。また、ダンヌンツィオの『快楽』に登場する日本人の描写をてがかりに、この日本人描写がどのような過程を経て生まれたのか、そしてこのような日本人の描写が日本でも採用された例として、高村光太郎の詩を見てみたい。

最後の第五章では、これまで論じてきたような女性表象に囲まれながら、実際の女性作家たちが、どのような発信をしたのか、という点について考察する。その際、注目するのは、大塚楠緒子《くすおこ》、田村俊子と、初期の『青鞜』に寄せられたフィクションである。大塚楠緒子は、女学生の「その後」の物語を数多く描いた作家だが、西洋の文学や文化に関する知識も作品のなかに取り入れながら、女性の側から見たロマンティック・ラブのあり方などを模索している。田村俊子は、『あきらめ』という作品において、遊歩者《フラヌーズ》（flâneuse）としての女学生と、同性愛的な世界を描くことによって、女学生が単に視線を注がれるだけの存在ではないことを示す。この作品において描かれるのは、主体的な存在であろうとする女学生なのである。大塚も、田村も、男性たちの紡いだ女性表象をも取り入れ、それを自分なりに解釈して新しい女性表象を試みている。最後に分析するのは、一九一一年に創刊となった『青鞜』に寄せられたフィクションであるが、初期の『青鞜』のフィクションからは、大塚や田村の作品をうけて、さまざまな方向で女性の主体性を主張しようとする女性たちの意気込みを感じることができるだろう。

なお、本書において使用される「西洋」という言葉は、当時「近代文明」のありかとされていた、西ヨーロッパおよび北アメリカの、白人社会のことを指すものである。その場合、明治期と同様、ヨーロッパ中心主義的コノテーションが含まれているものとする。

煩悶青年と女学生の文学誌——目次

装幀――難波園子

凡例

1 引用文の漢字は原則として新字に改めた。原文のルビは適宜省略し、ルビを補った場合には〔 〕で括った。強調記号は適宜傍点・圏点に置き換えた。明らかな誤植には、(ママ)を付した。

2 本文中の引用は「 」(日本語文)と〝 〟(欧文)で括った。欧文引用において、訳者の記載されていないものは引用者の翻訳によるものである。また、引用文の引用者による補足には〔 〕を用いた。

3 単行本の書名、新聞・雑誌名は『 』(欧文はイタリック)に、その他のテクストのタイトルは「 」(欧文は〝 〟)で表記した。

4 年号は西暦を用い、日本での出来事の場合には適宜( )内に元号を補った。

第一章　明治の「煩悶青年」たち

一　「煩悶青年」とは何か

煩悶の萌芽

「煩悶青年」――現在では聞き慣れないこの呼称は、明治三〇年代から大正時代にかけて、メディアを賑わせた一種の流行語であった。徳富蘇峰は、一九一六（大正五）年に著わした書『大正の青年と帝国の前途』のなかで、当時の青年たちを、「模範青年」「成功青年」「煩悶青年」「耽溺青年」「無色青年」といったいくつかのパターンに分類している。ここで、「社会を一掃しつゝ、ある成功熱に反抗し、若しくは其熱に取り残され、其他種々の理由よりして、一世を不可とし、而して此の不可なる世を、如何に渡る可きかに当惑する」[1]者だと定義されているのが、「煩悶青年」なのである。本書においてまず考察したいのが、明治におけるこの「煩悶青年」の様相である。明治中期の青年の考え方の変化が、「煩悶青年」という新しい若者像を生み出すことになったわけだが、この「煩悶青年」表象は、当時の文学と深く関わっているのではないだろうか。

「煩悶」は文字通り「わずらいもだえること。もだえ苦しむこと」（『広辞苑』）の意だが、現在の日本語においては、「懊悩」とそれほど区別なく使われているようである。先にひいた『広辞苑』には「懊悩」の意として「なやみもだえること。また、そのさま」とあるし、辞書によっては、「煩悶」の項に「懊悩」とある場合もある。

『日本国語大辞典』には、用例として白居易の詩や、仏乗禅師の『東帰集』（一三六四年頃）が挙げられているが、[2]曲亭馬琴の『後の為乃記』（一八三五年頃）でも、長男興継が病気に苦しむさまが、何度も「煩悶」と表現されている。[3]この用例からは、馬琴がまさに「もだえ苦しむ」の意でこの「煩悶」という漢語を使用していることがわかるだろう。

一方、「煩悶」が日本社会において流行語となった契機は特定することができる。一九〇三（明治三六）年五月二十二日に華厳の滝に投身自殺をした、一高の学生藤村操《みさお》が残した「巌頭之感《がんとうのかん》」がそれである。この藤村の死と「巌頭之感」については次項で取り上げるが、「巌頭之感」が『煩悶記』の名で出版されてベストセラーになった[4]ことからも、藤村の自死が、日本における「青年」の「煩悶」に社会の眼をむけさせるきっかけとなったことは明らかだろう。蘇峰が「煩悶青年」を「一世を不可とし、而して此の不可なる世を、如何に渡る可きかに当惑する」若者と規定した際にも、そこには「万有の真相」を「不可解」と断じた藤村の存在が色濃く反映しているといえる。その結果、現代に至るまで、明治の「煩悶」は藤村操と結びつけられて論じられることが多い。[5]そして、ここで注目すべきは、藤村における「煩悶」が、馬琴の用例とは異なり、精神的な苦悩である、という点である。

しかし、当時十七歳だった藤村操が「煩悶」という言葉を独自に使いだしたとは考えにくい。明治の日本で、「煩悶」という語はどのように使われていたか、という点をまず考えてみたい。

マスメディアで「煩悶」という言葉を用いた例は、明治一〇年代の後半から見られるようである。『読売新聞』の一八八三（明治一六）年一月二十八日、品川の遊郭での心中事件を報じた記事は、当事者の男がその一年前にもモルヒネ自殺を図っていたことに言及し、その原因について「良心が咎めて煩悶に堪へぬ故か」[6]と表現している。同紙で「煩悶」という語が使われるのはこの記事が例外的で、藤村操の事件まで他ではほとんど登場しないのだが、病気や事故で苦しむ人が記事になる際には「苦悶」という語が用いられていることから、当時既に「煩悶」が精神的な苦悩を指すものとして位置づけられていたとも考えられる。[7]同様のことは、福沢諭吉が一八八二年に創刊した『時事新報』の論説欄からもうかがえる。一八八四年十月二十九日に掲載された「貧富論　五」では、学者の地位を高くするべきだという主張がなされているが、その一節には「皆起テ仕官ニ熱心シ無数ノ熱心者中或ハ幸ニシテ官途ニ地位ヲ得ル者アレバ却テ他ヲシテ之ヲ羨ムノ念ヲ増進セシメ鬱憂煩悶シテ不平ノ数ヲ増スニ足ル可キノミ」(8)とある。また、一八八八年十月四日の「尊王論」では、政治家について「時としては大に人に怨まれ又時としては大に人を怨み其苦情煩悶殆んど見るに忍びざるもの多し」(9)と表現されている。こうした例においても、「煩悶」は精神的な苦痛や苦悩をあらわしている。

　そしてこの、「精神的な苦痛や苦悩」に取り組もうとしたのが、明治の文学だったのではないだろうか。青年の苦悩をテーマとして提起した二葉亭四迷の『浮雲』（一八八七―一八八九年）にも、「煩悶」という語は登場する(10)。とはいえ、全編を通して一度しか使われていないことからも、二葉亭はこの言葉に何か特別な意味を持たせようとしていたわけではなかったと思われるが、明治二〇年代の文学をめぐる言論のなかで、「煩悶」は次第に特別な語となっていくのである。その模様を、高山樗牛《ちょぎゅう》と国木田独歩の用例から明らかにしてみたい。

　高山樗牛は、その文学的主題として、早くから精神的な苦痛や苦悩に眼をむけていた人物である。一八八六（明治一九）年作の若書き、「春日芳草之夢」にも、既に「心裏煩悶」(11)という表現が使われている。しかし、樗牛は、最初から「煩悶」という語にこだわっていたわけではなさそうである。一八八八―八九年のものとされている、「独不見」には、次のようなくだりがある。

> 逝けるものは追ふべからず、眠れるものは談《かた》るべからず、或は往日の夢を尋ねて僅かに余が煩悩を慰め、或は枕頭恨を呑で寝ね、三更却て愁夢に驚かされしもの其れ幾度ぞや。家人余の懊悩せるを患ひ、其の故を問ふ。答へず、一日密かに香花を携へて少女の墓を弔す(12)。

幼い頃に別れた後、想いを寄せるようになった少女の死を悼んだこの小文を見る限り、樗牛は「煩悩」や「懊悩」の語義を、ほとんど同じものとして使っている。彼の関心が最初から「自己の内面」に向いていたことは、この文章や、彼が最初に発表した翻訳[13]がゲーテの『若きウェルテルの悩み』(一八九一年七月－九月、『山形日報』に連載)であったことからもわかるが、その翻訳「淮亭郎の悲哀」においては、「煩悶」という用語は使用されていない。ところが、その翌年、一八九二年十二月の『文学会雑誌』に掲載された「厭世論」では、彼は富貴や名誉、正義、自由といったものが「皆吾れ人が煩悶怨嗟の間、猶ほ早晩、吾れ人を歓迎すべきを夢想して疑はざる所のものにあらずや[14]」と論じ、「人間の歴史は希望の歴史なり、否、希望を求めて煩悶するの一大哀史なり[15]」と断言する。ここでは、樗牛が「煩悶」という語に何か特別な響きを持たせようとしているようにも見受けられる。

一方、この頃かなり自覚的に「煩悶」という言葉を使い始めたのは、国木田独歩だった。独歩において特徴的なのは、「煩悶」を代替不可能な語として用いたことである。彼は、一八九三年三月十六日、『欺かざるの記』に次のように記している。

▽父母、故郷に吾の立身出世、乃ち社会的富貴光栄を祈りて待つ。之れ「吾」なる伝記に取りて如何に大なる事実ぞ。此の事実は吾に如何なる煩悶苦痛を与ふるぞ、然れど吾学び得たり、父母を案ずるには至情至愛あり。〔後略〕(三月十六日[16])

ここに見られる、立身出世を願う父母と、立身とは違う道に進むことを決意する息子との価値観の乖離は、後の「煩悶青年」たちの大きなバックグラウンドである。社会や文学のなかでこれが大きな問題となるのは、後述するように、藤村操の事件や日露戦争の後のことであったが、独歩は一八九三(明治二六)年に既にこの問題について考え、「煩悶」という語を用いていたのである。

同年三月十七日には、独歩はまた、「△帰路幽愁憂思、煩悶悲哀措く能はず、天を仰で哄嘆止む能はず、吾の力足らず、吾の天才の吾が希望にそぐはざるを覚え、吾の極めて脆弱にして為すに足らざるを慨嘆して嗚咽す」と記している。そして、当時このような「煩悶」を抱えていたのが彼一人ではなかったことも、続いて述べられている。

> 今朝今井忠治氏の書状来る、「少壮者と社会生活」の一材料たる可し、彼れ曰く僕は漸く煩悶の気に動かさる、是に於て僕は感謝す、幸にも此煩悶出来りたることを云々、少壮、――理想――社会――煩悶――ア、其の後は如何、一年の後は如何、十年の後は如何、二十年の後の彼は如何、抑も吾自らは如何。吾答書す、中に曰く、煩悶は心霊の鼓動也、良心の刺激也、人間秘密の音楽也、人若し之を御すに健猛なる意志の力を以てし、精励苦闘せば精神上一段の進歩を見ん云々。

今井忠治とは、独歩の山口中学以来の親友で、『暴風』の主人公ともされている人物である。そしてここでは既に、「煩悶」は特別な言葉となっている。この文章を見ると、独歩と今井の両人が、「煩悶」を苦痛と捉えながらも、一種の特権とみなしていることがわかる。これは社会と相容れることのできない若者の苦悩であり、しかも、「心霊の鼓動」「良心の刺激」「人間秘密の音楽」と独歩が形容するように、誰しもが感じられるものでもない。鋭敏なる感性を備えた者だけが、「煩悶」することができるのである。親の世代との価値観の相違を感じている明治の若者は、「煩悶」することによって自分たちの新しさを確認しているのである。

それでは、彼らはどこに「煩悶」のモデルを見出していたのだろうか。それは、次の文章から窺い知ることができる。

> 吾人は深刻を愛す、故に此の小説を愛す。吾人は痛烈を好む、故に此の小説を好む。人間必ず罪あり。人は罪なくして生くる能はず。罪あり、其こに煩悶あり。煩悶は苦痛なり。苦痛若し罰ならんか、煩悶則ち罰にあらずして何ぞ。煩悶は則ち、毒血、霊を染むるなり、心霊、焔火に焦ぐるなり。破れて苦叫となる。此小説は此の苦叫を冷然として解剖したる者なり。故に生割《せいかつ》奇創、句々鮮血滴る。[17]

これは、独歩が担当した雑誌『青年文学』の書評欄である。この頃から同誌に寄稿するようになっていた彼は、一八九三（明治二六）年一月に、ホーソーンの *The Intelligence Office*（一八四四年）を森田思軒が訳した『用達会社』とドストエフスキーの『罪と罰』（一八六六年、内田魯庵訳）の書評を書いているが、その両方に「煩悶」という言葉を用いている。[18] 先に引いたのは、『罪と罰』評の冒頭の部分である。内田魯庵が『罪と罰』巻の一を刊行したのは、一八九二年十一月のことだった。翌年二月に、巻の二が出て、中絶している。『青年文学』の書評を書いた時点では、独歩は第一巻しか読んでいないわけだが、彼は一八九三年二月の『欺かざるの記』にも『罪と罰』を読んだことを記しているから、二巻とも読んだのだろう。この魯庵訳は、世評は高かったものの、あまり売れなかったらしい。魯庵自身は、後に「翻訳が拙いから歓迎されはしなかつた。中には歓迎して呉れた人もあつたが、一般公衆からは認められなかつたのである。言ひ換へれば、当時の読書界には、ドストエーフスキイは余りに早過ぎたのである」[19]と述べているが、この翻訳を歓迎した一人が独歩だったというわけである。そして独歩は、この小説を評するにあたって、「煩悶」という言葉を用いた。因みに、魯庵の訳文のなかでは、「苦悶」「哀苦」「鬱悶」という表現は登場するが、「煩悶」は見られない。『欺かざるの記』に記されるような彼らの新しい心性は、このようにして、海外の新しい文学――それは、ロシアまで含めた、広い意味での「西洋」文学ということだが――に裏打ちされることになるのである。以後の彼の著作において、この「煩悶」という語は重要な位置を占めることとなる。

「煩悶」を海外の文学に見出す、という点では、高山樗牛も同様であった。一八九五（明治二八）年二月の『帝国文学』第二号に、樗牛は「巣林子の人生観」という論文を発表しているが、ここで彼は、シェイクスピアの作品などに比べて近松門左衛門の作がいかに「没道義的」であるかを説く。

愛情の為に吾妻は人を殺せり、清十郎も人を殺せり、小かんは母に背けり、忠兵衛は依托金を消費せり、宗七は海賊となれり。而かも作業の応報として見るべきもの、凡て甚だ少く、意志と良心との間に於ける内面的煩悶の如きに至ては極めて希なり。[20]

この文章からは、近松の作品にはない「内面的煩悶」が、シェイクスピアの作品にはあるのだ、という主張が見て取れる。樗牛においても、「煩悶」のモデルはシェイクスピア作品のなかにあった。そして、彼自身の心情がシェイクスピア寄りであり、近松が旧きもの、シェイクスピアが新しきもの、としてとらえられていることは自明だろう。そして、以後の樗牛もまた、「煩悶」という語を好んで用いるようになる。同年六月の『哲学雑誌』に寄せた「道徳の理想を論ず」という文章は、「道徳は理想を預想す。凡ての道徳的活動は是理想に到達する為の煩悶に外ならず」と書き出され、同年十一月に『太陽』に掲載された「運命と悲劇」にも、「あらゆる煩悶が「徒労に属」す悲劇の特性を述べている。[21] 独歩と樗牛の間には、特に親しい交際はなく、従って互いに感化しあったというわけではないようだが、いずれにしても、この二人に代表される明治二〇年代の言説のなかで、「煩悶」という言葉が、自己の内面を覗き込む苦悩を表わした特別な語として定着していったようである。「煩悶」が文学を志す若き知識人の間で、一種特権的な、特別な語として使われるようになったことは、樗牛や独歩と同年（一八七一年）に生まれた、徳田秋声が一八九五（明治二八）年九月に発表した、夭折した友人、早川俊吉の秋声宛書簡にもあらわれている。

われにもし病あらば煩悶なるべし、煩悶はわが病にして、而かも一日これなくんば生活すること能はず、煩悶して快楽を覚ゆることあり、煩悶来らずして愉快を感ぜむか、哀愁乍《たちまち》来る。(22)

そして、一八九七年四月刊行の宮崎湖処子編『叙情詩』に独歩が寄せた「序」において、煩悶青年は遂に、「あはれ此混沌たる時代と、此煩悶せる青年輩と、此新生の詩体とは相関係して何等の果をも結ばず止むべきか(23)」という声をあげることになる。明治という新時代に、青年たちの精神は「東西の情想、遺伝と教育に由りて激しく戦いつゝ」あった。そんな時代の青年の苦悩を最もよく伝えうる詩形は新体詩であるという独歩の主張は、当時の多くの青年たちを共感させ、彼ら自身の苦悶にも「煩悶」という字をあてさせたのである。一九〇四年に、島崎藤村は『藤村詩集』初版の「序」に、「こゝろみに思へ、精新横溢なる思潮は幾多の青年をして殆ど寝食を忘れしめたるを。また思へ、近代の悲哀と煩悶とは幾多の青年をして狂せしめたるを(24)」と記しているが、これなどは、独歩の「序」が及ぼした影響の一端を示しているだろう。

「巌頭之感」の衝撃

巌頭《がんとう》之感

悠々たる哉《かな》天壌、遼々たる哉古今、五尺の小躯を以て此大をはからむとす。ホレーシヨの哲学竟《つい》に何等のオーソリチィーを価するものぞ。万有の真相は唯だ一言にして悉《つく》す、曰く、「不可解」。我この恨《うらみ》を懐いて煩悶、終《つい》に死を決するに至る。既に巌頭に立つに及んで、胸中何等の不安あるなし。始めて知る、大《おおい》なる悲観は大なる楽観に一致するを。(25)

一九〇三（明治三六）年五月二十二日、一高の学生藤村操はこのような遺書を杉の木に彫り付け、華厳の滝に身を投じた。この事件が提起したのは、良家の出で一高の学生であるという、将来の成功を約束された若者が、何故死ななければならなかったかという問題であり、それこそ「不可解」なものとして明治の社会にセンセーションを巻き起こした[26]。そして彼がその遺書で「「不可解」の恨を抱いて煩悶し、死を決する」と宣言したことは、『西国立志篇』を愛読して立身出世を目指すものだった青年たちの最も恵まれた一人が、突然「それが何になるのだ」とその価値観を拒否したことを意味していた。そのため、この自殺は哲学的なものだと議論を呼んだ[27]のである。友人だった魚住折蘆《せつろ》は、弔辞で「君何が故に遽《あわただ》しくも非凡の天才を千年の水に葬りしや、あ、軽薄の風世に満ち偽を知らざる至誠は君に凝《こ》りて姿を潜めしか、君をして時代の煩悶を代表せしめし明治の日本は思想の過渡期に当りて実に高貴なる犠牲を求めぬ」と述べた[28]。また、事件直後に「少年哲学者を弔す」という文章を『万朝報』に書いていた黒岩涙香は、六月十三日の数寄屋橋会堂での講演でもこの事件について触れ、「藤村操ハ時代に殉じたる者なり。彼に罪なし。時代に罪あり。此意味に於て彼をバ得難かる節死者の一に数ふるも不可なかる可きなり[29]」と述べている。この二人の発言に共通するのは、藤村がその「時代」のために「煩悶」に陥り、死を選ぶことになった、という認識だった。

さて、結果としてこの事件は、「煩悶青年」の存在を世の中に知らしめるものとなったのだが、ここでもう一度、何故この事件がこれだけの衝撃を与えたか、という点について考えてみたい。

まず、この事件の持つロマンティックな側面が挙げられるだろう。秀才の青年が、木の幹に遺書を彫りつけて投瀑死、とは、まるで小説の一頁を読んでいるかのような雰囲気がある。もっとも、この事件に限らず、将来ある若者の自殺、というのは伝説と化しやすいのかも知れない。イギリスでは、十八世紀に、トーマス・チャッタートンという無名の若者が、やはり自殺することで一躍有名になっている。十歳から詩作を始め、自分の作品が世の中に受け容れられないことと貧困とで一七七〇年、十七歳で毒を仰いだこの少年詩人は、その死を契機に、悪しき時代に殉じた者として美化されることになった。ジョン・フラクスマンは《絶望の杯を仰ぐチャッタートン》という彫刻を一七七五年に発表している。一七八二年には土産物のハンカチまで登場し、そこには「在りし時代を彩るために生まれしが、高慢と貧困の犠牲になれり」と記してあったという。実際に彼の自殺を模倣した自殺も多発し、彼の死は十九世紀に入ってからも彫刻や絵画のテーマとなったのである。[30] 藤村操の場合も同様だった。魚住や涙香がともに「時代の煩悶」、「時代に罪あり」（傍点引用者）と述べているように、藤村も時代の殉教者としてとらえられていた。それ故に、彼の死はまたたく間に追随者を多く生みだし、[31] 彼が残した「巌頭之感」は『煩悶記』の名で出版されてベストセラーになったのである。

先述したように、藤村の事件が他のどんな自殺とも異なっていたのは、その理由の「不可解」さであった。「巌頭之感」を見る限り、そこには「ホレーシヨの哲学竟に何等のオーソリチィーを価するものぞ」という一節と、「不可解」という一語があるだけである。いきなり「ホレーシヨ」という固有名詞が登場しているため、当時はホレーシヨという哲学者が実在していると思われたこともあったようで、この「ホレーシヨの哲学」が実は誤読によるものだったことは後に指摘されることになるが、[32] ここで藤村が『ハムレット』を持ち出していることに注目したい。[33] 藤村操は、特に武家に伝わってきた心性としての自死を選んだのではなく、「生きるべきか、死ぬべきか」というハムレットの台詞をなぞって自殺を選んだ。彼の「人生問題」は「西洋の文学」に直結していたのである。藤村は、日光行きに先立って、弟妹に遺書を遺しており、そこには「僕人生問題の解決を得ずして恨を徒らに華厳に遺すと雖も、卿等《けいら》を思うの情に至つては多くの人に譲らざるを信ず。今此書を遺して一は卿等が文芸に対する注意を喚び、一は人生に対する真率の研究を促す」[34] とあるという。藤村自身にとって文芸は人生と切り離すことのできないものだったのだろう。

三宅雪嶺は、最も早い時期に青年の煩悶について記した思想家だった。彼は、一九〇〇（明治三三）年頃「慷慨衰へて煩悶興る」という文章で、「悲憤慷慨の代りに煩悶の声の出でしは、往《さ》きに国家的なりし者の、新たに社会的若くは個人的と為り来りしを証す[35]」と記している。「国家」を語るものだと考えられていた青年たちが、藤村操の事件を契機として「個人」という自己の内部に目を向けるようになったことは、多くの研究者によって指摘されていることだが、三宅のこの文章は、藤村操の事件以前にも既にそのような傾向があったことを物語っている。また、同時期に三宅が発表した別の論文には、「されど青年に影響を及ぼせるは、米英よりせる決意奮闘の奨励、並に欧大陸よりせる懐疑頽廃の傾向なり[36]」との言もみられる。彼のみるところでは、当時の日本の青年はこの二つのタイプに大別され、前者は「実業雑誌」を、後者は「文学雑誌」を愛読している。前者が、『西国立志篇』さながらの立身出世を夢見る多くの若者であったことは、確認するまでもないだろう。彼はさらに、文学に従事する者は少数ながら、「頭脳の過敏なるあり、言ひ顕はしに鋭くして、稍々性癖を同くする者を刺撃し易」いこと、また懐疑頽廃は事業を志す者の妨害であるが、一部の人達には何よりも面白く、「新時代の新人物の当《まさ》に趣くべき道程」と考え、社会の状態もこうした文学の趨勢を助長している、と指摘する。ここで彼の脳裏にあったのは、先に引いた高山樗牛や国木田独歩、さらには北村透谷だっただろう。とはいえ、結局のところ「進歩する社会」においては「自然陶汰」は必ず決意奮闘組を勝利に導く、というのが三宅の論旨であった。

露仏の文学書類を読むは宜し、之を嗜好するも宜し。而も之に同化し、人生の解釈を此に求めざる能はざるかに考ふるは、余りに偏したりとすべし。

本書が取り組もうとしているのは、まさに「懐疑頽廃」の道に走った文学青年たちである。三宅が指摘した通り、彼らは「懐疑頽廃」が「新時代の新人物の当に趣くべき道程」と考えた。そして彼らは実際に、「露仏の文学書類」に「同化し、人生の解釈を此に求め」ようとしたのである。ここで奇しくも「同化」という言葉が使われていることは、注目に値する。青年たちにとって、西洋文学はまさに、「模倣」の対象、というよりは「同化」の対象だったのである。そして、「文学書類」に「人生の解釈を求め」ようとした最初の例が、「巌頭之感」を残した藤村操だったと考えることもできる。このような彼の死が「新しい価値観に殉じた者」という認識を周囲に抱かせ、その結果、神話化されることとなったことは、島崎藤村が一九〇六年（明治三九）に「緑陰雑話」のなかで語る次のような件《くだり》からも明らかだろう。

文壇の傾向も余程変つて来た様です。露西亜のメレヂコースキーがトルストイとドストエフスキーの作を批評して「新しい悲劇」と云つて居ますが、例へば煩悶を書いてもそれは感情許りでなく智が加わつて居ます。私は仏蘭西や露西亜のが好きで、諸家の傑作と云はれるものを読んで見ますと、情と智とが実によく混和されて居て胸に落ちるのです。羽田の沖で死んだ若い男と女[37]が同情されずに、藤村操が同情されたのも茲《ここ》だらうと思ひます[38]。

勿論、こうした新しい形の「自死のヒロイズム」に疑問を呈する人物もいた。藤村操の事件の後、長谷川天渓は「人生問題の研究と自殺」という文章を『太陽』一九〇三年八月号に発表している。そのなかで彼は、なぜ藤村操の自殺ばかりが、「人生問題の為に死した」ものとして賛美されるのか、「何が故に人生問題の為に自殺するは尊く、何が故に負債のため、或は失恋のため、或は試験落第のため、其の他種々の原因のために自殺せる者は、識者の一瞥を価せざるか」と憤慨し、結局のところ、「人生問題のための自殺」とは自分勝手なものなのではないかと述べるのである。

転じて人生問題の為に自殺せる者は、何種を原因とせるものなりやと問はば、予輩敢て言ふ、彼れ等亦個性欲望の満足を得ざるが故に、寂滅を追求したる者に外ならず。即ち彼れ等は個人性発展主義を奉じて失敗せる者なり。

　個人性発展主義、即ち所謂本能満足主義は、ロマンチシズムが一面の潮流なり。彼れ等一派は、これを以つて人生問題の解答として、個人の本性に随つて幸福を求め、快楽を得むとす(39)。

ここで述べられていることは、藤村操のような自殺が、「ロマンチシズム」によるものだという看破なのだが、天渓も、西洋文学から自殺の類型を持ってくる。彼は、「峻厳崇高なる道徳的理想の勝利」たる自殺としてオセロの自殺を挙げ、一方で、ウェルテルの自殺については「彼のヱルテルは消極的生涯を楽む者の代表者なり」と手厳しい。しかし、こうやって『オセロ』(一六〇三年頃)と『若きウェルテルの悩み』と藤村操を並べることによって、少なくとも藤村がウェルテルであるかのような感覚が、読者には与えられるのではないだろうか。ここで天渓は、藤村批判をしながらも、藤村の神話化に一役買っているのである。同様のことは、他でも起こる。大塚保治《やすじ》は『太陽』一九〇四年九月号の「死と美意識」で、藤村操の死を、オーストリアの劇作家フランツ・グリルパルツァーが一八一八年に発表した戯曲『サッフォー』(*Sappho*)と比較してみせる。

　さてサッフホーのことを思ふ毎に必らず連想に浮んで来るのは近頃華厳の滝に身を投げた少年藤村某の話である。否寧ろ藤村の事を考へるとサッフホーを直に想ひ起すといふ方が適当であらう。裏面の事実は分らないが世間に広まつて居る風説によると藤村の運命は不思議にサッフホーの夫《〔それ〕》に似寄つて居て又面白い対照を具へて居る(40)。

ここでは、周囲と相容れない孤高の精神の持ち主として、グリルパルツァーのサッフォーと藤村操とを並べているのだと思うが、藤村操の運命がサッフォーのそれに類似しているというのは、大雑把な議論だと言わざるを得ない。しかし、ここでも、「サッフォーに似ている」と語られることによって、藤村の自殺は「新しさ」を付与される。さらにもう一つ例を挙げるならば、夏目漱石の『文学論』の一節、「善悪の抽出」を論じるにあたっての「例へば藤村操氏が身を躍らして華厳の淵に沈み、又は昔時のEmpedoclesが噴火坑より逆しまに飛び入るが如し」(41)という挿話は、聴講学生たちを大いに喜ばせたに違いない。ウェルテル、サッフォー、あるいはドイツ・ロマン派のフリードリヒ・ヘルダーリンが未完の戯曲『エンペドクレスの死』(一七九九年)を残したことでも知られる、前五世紀シチリア生まれの哲学者、エンペドクレスと並べられることによって、藤村操はだんだんと崇高な、そして文学的な存在へと変貌する。「藤村の事を詩にしたら必ずサツフホーに似た面白い悲劇が出来るだらう」と大塚は記したが、実際に何度か文学作品のモデルにもなりながら、藤村神話は現在まで語り継がれることとなったのである。

煩悶の流行と変質

さて、ともかくも、藤村操の自殺は、個人的なものだった「煩悶」を社会問題のレベルに引き上げ、当時の日本に煩悶の流行を生み出した。一高のこの年(一九〇三年)六月の進級試験では一七人の落第生が出た(42)。「煩悶・厭世」を理由とした自殺者も相次いだ。翌年五月の『平民新聞』は、「学生自殺の流行」という見出しで、浅間山の噴火口に投身自殺した二青年について報道し、「吾人は現時青年の思想の極めて不健全なる者多きを悲しむ」(43)と述べている。やがてこの風潮は女学校をも巻き込み、一九〇六(明治三九)年一月二十六日に岡山の山陽女学校生であった松岡千代が十六歳で服毒自殺した事件は、彼女を「女藤村操」として有名にしたほどであった。華厳の滝でも、藤村の死から五年間の間に、四〇人の自殺者と六七人の自殺未遂者が出たという(44)。

このような「煩悶」流行について、その要因は、家族の伝統的道徳観の崩壊、日露戦争以後の目的喪失状態、近代化の代償としての必然的な反動、というようなところに求められることが多かった。また一方では、それに異を唱え、その原因を「高学歴青年の就職市場の変化」に求めている研究者もいる。[45] 実際には、一口に「煩悶」といっても様々なレベルのものが存在していた。このあたりのところを、一九〇六年に雑誌『新公論』が二ヶ月にわたって組んだ特集「厭世と煩悶の救治策」を手がかりに考えてみたい。

　この特集では、総勢三三名の各界識者がこの問題について何らかの回答を示している。寄稿者に文学者が少ないこともあり、それぞれの意見はバラエティに富んだものなのだが、最も多いのが、「世間一般に全く知らぬ顔をして自殺者などのありたる場合にも新聞にも出さず、評判もせぬが一番」[46]、つまり「マスコミがあまり騒がないほうがいい」というものだった。これは非常に常識的な判断だが、流行となることによって、「煩悶」のための「煩悶」が既に生まれてきていることを物語っているだろう。また、意外に多くの支持があるのが、「運動させる」というものだった。要するに、煩悶するような連中は頭でっかちに陥っているので、まず健全な肉体を持たせよう、という考えのようである。勿論、「文学を禁止すべし」という過激な議論もある。

　まず、第一のレベルから検討してみたい。煩悶の原因が当時の就職状況にある、つまり高等教育を受けたものの何もすることがないから煩悶する、という青年についてである。確かに、複数の寄稿者が、煩悶の原因として、学歴の価値の低下と就職口の不足に言及している。例えば、「社会は学問の価値に対し更に多くを払ふべし、今日、帝国大学の卒業者を、月俸二十五円乃至三十五円四十円の薄給にて雇い入るゝの実際は、学問の価値を蹂躙すること余りに濫《みだり》なる者なり」[47] という主張からは、当時既に帝国大学を出ていても、必ずしも高給を得られなかったことが見てとれる。また、「政府は大に殖民政策に重をおき年々増殖する人口特に青年子弟を海外に移して安全に生活せしむべし」、「青年男子の海外に事業を求むることを益《ますます》奨励すること」といった意見からは、「年々増殖する」「青年男子」を植民地に送り込むという帝国主義政策が望まれていたことがわかる。石川啄木は一九一〇（明治四三）年に時代閉塞の現状は啻《ただ》にそれら個々の問題に止まらないのである。今日我々の父兄は、大体において一般学生の気風が着実になつたと言つて喜んでゐる。しかも其着実とは単に今日の学生のすべてが其在学時代から奉職口の心配をしなければならなくなつたといふ事ではないか。さうしてさう着実になつてゐるに拘らず、毎年何百といふ官私大学卒業生が、其半分は職を得かねて下宿屋にごろ〳〵してゐるではないか。[48]

と記しているが、この時期から既にこの「遊民」問題は顕在化してきていたのである。また、堺利彦は同誌に

小生等の見る所に依れば、謂はゆる『青年男女の煩悶』の根本原因は、(彼等がそれを自覚せると否とに係はらず)独立生活の困難、(即ち職業を得るの困難、及び父兄等に対する家族関係の困難)と、従つてそれより生ずる結婚の不自由とに在ると思ふ。[49]

と述べ、社会主義運動への参加を促している。しかし、こうした社会主義運動は、それほど多くの青年たちの心を摑むことのないまま、弾圧されることになる。三宅雪嶺は、青年の関心が「国家」から「社会・個人」へ向いてきた、と論じていたが、青年たちの多くは社会ではなく、個人、というミニマムな単位に籠る、という道をたどるのである。

ただし、これまで見てきたように、「煩悶」は藤村操という一人のスターによって伝播力は得たものの、それ以前から一部の知識階級の青年たちを捉えていた。藤村にしても、自分の就職状況を憂えて煩悶にとりつかれたとは考えにくい。やはり、藤村のような一部のエリート青年たちが抱えていた煩悶は、就職することができない若者たちが追い込まれた、生計を立てることへの不安から生じる煩悶、ではなく、いかに生きるべきかを自ら追

い求める、より積極的な煩悶として捉えられるべきだろう。そして、藤村の事件を契機に、独歩などが表明していた積極的な煩悶と、時代の閉塞状況下の消極的な（追い込まれた）煩悶が重なって、「煩悶流行」という大きなうねりをうみだしたのではないだろうか。

ところが、流行現象となることによって、変わってきたのが、「積極的煩悶」のありようだった。独歩が一八九三（明治二六）年に「煩悶は心霊の鼓動也、良心の刺激也、人間秘密の音楽也、人若し之を御すに健猛なる意志の力を以てし、精励苦闘せば精神上一段の進歩を見ん」と友人の今井に書き送った時、そこには、人間は煩悶を経て、精神的に成長するのだという、前向きな意思の力が感じられた。藤村操の事件にしても、岩波茂雄は、一九三五（昭和一〇）年頃の回想に次のように記している。

今日優秀なる学生が左傾してその主義のために学問をすて、国法をおかしてまでも命がけで働くと同様に当時は天下国家を以て自ら任じ、乃公《だいこう》出でずんば蒼生をいかんせんと云ったような前時代の後を受けて自己を内観する煩悶時代とも云うべき時代であった。悠久なる天地にこの生をたくする意義を求めて苦しむ時代であった。伊藤左千夫のうたえる「さびしさの極みにたえて天地に寄する命をつくづくとおもう」というような気持を誰も彼も持っていたのである。藤村君はその勇敢なる先駆者であり、まじめなる犠牲者であった。(50)

この文章が回想ならではの美化にとらわれたものだとしても、ここで岩波は、藤村操が真摯な煩悶の「まじめなる犠牲者」だったと記している。ところが、だんだんと煩悶は表面的なものになっていくようなのである。生計を立てることへの不安から煩悶に追い込まれた不遇な青年たちの煩悶のことを、先ほど「消極的煩悶」と呼んだが、より恵まれた青年たちにおいても、煩悶は自分の全知全霊を傾けた、積極性を持ったものではなくなっていく。流行の過程で、皆がしているから自分もという、より軽薄なものになっていくのだ。これでは、そこに真剣味がなくなっていくのは当然のことでもある。山縣五十雄は「青年のうちに所謂煩悶をなす者あらば私は彼れが必ず怠け者なることを断言致す者に候[51]」と言い切っている。

私も学生時代に所謂煩悶なるものを感じたる時有之候ひしが、今にして思へば其時代は私が最も多くの閑を有し、最も多く怠け得る時に候ひき、（中略）今の煩悶にかゝれる青年が殆ど皆良家の子弟の、何等の労働を為す必要なき者のみなる事実を考ふれば、私のいふ所の虚《いつはり》ならざるを知るに足らん、

ここでは、煩悶は良家の子弟の怠け心の産物ととらえられている。一九〇六年には、煩悶は「个程《かほど》までに女々しく描き状態[52]」とも形容されるようになっているのである。このような「煩悶」を身につけた青年たちは、文学作品のなかにも登場することになる。続いてそうした作品について考えてみたい。

二　文学のなかの煩悶青年たち

ロシア経由の無為 —— 文三から欽哉へ

それでは、明治の文学作品のなかに、「煩悶青年」はどのような形で登場してくるのだろうか。

「煩悶青年」の原型は、一八八七（明治二〇）年に第一編が発表された『浮雲』の内海文三、ともいえるだろう。野口武彦が指摘するように、『浮雲』は「葛藤性それ自体を正面に据えたというところ」が「破格の新しさだった[53]」作品なのである。さて、この小説において、文三の苦悩は、例えば次のように描写されている。

お勢母子の出向いた後、文三は漸く些《すこ》し沈着《おちつい》て、徒然《つくねん》と机の辺《ほとり》に蹲踞《うづくま》つた儘、腕を拱《く》み顋《あご》を襟に埋めて懊悩《おうのう》

たる物思ひに沈んだ[54]（第八回）

これは、お政とお勢が本田と団子坂の菊見に出かけた後、お勢の気持を量りかねて文三があれこれと考える場面である。彼の「懊悩たる物思ひ」が恋愛に関わることについては、また後に論じたいと思うが、ここでは、『浮雲』全編において、文三がほとんど家の中で苦悶しているだけである、という点に注目しておこう。免官になった後の文三は、ひたすら部屋に籠って悩んでいるのだ。中絶する前の第三編に至っても、彼はぐずぐずと考え続けている。

叔父に告げずして事を収めやうと思へば、今一度お勢の袖を扣《ひか》へて打附けに掻口説く外《ほか》、他に仕方もないが、しかし、今の如くに、かう齟齬《くひちが》ツてゐては言つたとて聴きもすまいし、また毛を吹いて疵を求めるやうでハと思へば、かうと思ひ定めぬうちに、まず気が畏縮《いぢ》けて、どうも其気《そのき》にもなれん。から、また思ひ詰めた心を解《ほご》して、更に他にさま〴〵の手段を思ひ浮べ、いろ〳〵に考へ散してみるが、一つとして行ハれさうなのも見当らず、回《めぐ》り回ツてまた旧の思案に戻つて苦しみ悶えるうちに、ふと又例の妄想が働きだして無益な事を思ハせられる。（第十九回）

独歩が『罪と罰』の書評に「煩悶」という語を用いたように、明治の煩悶はまずロシア文学と結びついていた。「悩む青年」を主人公に据えた物語を初めて書いたのが、当時ロシア文学に最も精通していた二葉亭四迷だったことは象徴的なことでもある。彼が『浮雲』を執筆するにあたってゴンチャロフの『断崖』（一八六九年）を参考にしたことは、先行研究によって明らかにされているが[55]、彼はロシア文学のなかでオブローモフやライスキーのような「余計者」の青年像に触れ、それに触発された形で内海文三という主人公を造形したのである。

「余計者」とは、川端香男里が「まわりの社会と不適合になり、社会を拒みその社会から拒まれる人間という、ロシア文学にしばしば登場するタイプをいう。才能を社会のために生かせず、人生に退屈し、行動しない人物である」[56]と定義するような人物像のことである。ゴンチャロフが一八五九年に発表した『オブローモフ』の主人公はまさにこのタイプで、「オブローモフ」はこうした「余計者」を指す普通名詞のように使われた時期もあったほどである。このような人物像がロシア文学に現われたことについて、木村彰一は「過酷な政治的弾圧の結果として、四〇年代は、どちらかといえば実践というよりはむしろロマン主義、理想主義といったようなものが青年の心をとらえていた時代である。四〇年代の知識人はいわば非行動的な言論の人であり、懐疑家であり、夢想家であったと言える」[57]とし、この時代の青年たちの空想的な傾向をあらわすものとして革命的民主主義者ゲルツェンの、「われわれの時代の特徴は、grübeln（瞑想）ということだ。われわれは完全な理解に達したうえでなければ、一歩も踏み出そうとしない。われわれはハムレットのようにたえず足をとめては考えてばかりいる」といった言葉を引いている。

このような「余計者」的な人物像が、それまでの日本になかったかといえば、そういうわけでもない。在原業平以来、近世の文人儒者、近代の「文人気質」を『無用者の系譜』[58]として考察したのは唐木順三だった。前田愛はこの研究を踏まえた上で、文雅と風流に通ずる途を拒否した独特の無用者意識の持ち主として寺門静軒《てらかどせいけん》を取り上げ、彼の無用者意識について「それは正確には余計者意識と呼ぶべきかも知れない」[59]と述べている。

さて、明治の余計者、文三は、官吏であるために能力は必要なく、上司に諂《へつら》う「奴隷同様な真似」（第四回）が必要とされる社会というものに反発し、苦悶する。この小説について、後に島村抱月が「何だか是れまでに無い、自分等みずからの心中を穿つた小説だといふ感じ」[60]を受けたと記すように、青年がひたすら苦悶する姿を綴つたこの作品は、日本文学において何か新しいことが始まった、という印象を周囲に与えたのである。

しかし、『浮雲』は中絶したこともあって、失職したままの文三がその後どうなるのかについては明らかにされていない。二葉亭自身は、このような文三に対してあまり深く思い入れることができなかったようである。この点に関してもさまざまな研究が既に存在しているが、彼がこの問題に再び取り組んだのは、一九年後の『其面影』においてである。

それでは、「煩悶」という言葉を用いだした独歩の作品はどうなのだろう。のちに代表作『武蔵野』に収められることになる「忘れ得ぬ人々」は『国民之友』に一八九八（明治三一）年に発表されたものであるが、ここには「生の孤立」というものが描かれていた。無名の文学者、大津（初出時には田宮）は次のように語っている。

> 要するに僕は絶えず人生の問題に苦しむでゐながら又た自己将来の大望に圧せられて自分で苦しんでゐる不幸《ふしあはせ》な男である(61)

ここには「大望」を抱きながらも、うまくいかずに苦悶する青年の姿がある。この姿は、二年後の『万朝報』懸賞小説入選作「驟雨《ゆふだち》」になると、より八方塞がりの状況になっている。

> 渠《かれ》の行末を思へば心痛の至りに堪へず渠の特質は渠自身を呪ふが如く見ゆ渠には野心あり天才ありされど足なきの野心翼なきの天才なり進む能はず飛ぶ能はざるなり常に其心を喰ひつゝ僅に其心の生命を繋ぎ居れり我儘にして高慢なり而て熱ある怠惰の慢性病に罹り居れり。其生涯は目的なきの生涯なり目的あるが如くにして実は一種の幻影を逐ふの生涯なり何事をか為さんと欲しつゝも遂に成就する能はざるの生涯なり(62)。

これは、驟雨のために語り手と同宿することになった「肉痩せ鼻高く年齢は二十四か五か」という青年の手記である。われわれはここに文三の分身を見ることができるだろう。「足なきの野心翼なきの天才」とは、まさに文三のことをさしているのである。ただし、独歩の作品では、「渠」は自分がそのような人間だということを自覚しているが、文三にはそこまでの自覚はない。文三がただひたすら苦悶し、その先に何があるのかは自分でも見えていないのに対して、「渠」の方は、絶望とともに自らの未来を予感している。独歩がトゥルゲーネフなどの作品を好んで読み、「余計者」に学んだことは指摘されているが、この「渠」の告白は、トゥルゲーネフの『ルージン』(一八五六年)における主人公の手紙の一節を思わせる。

そうです、たしかに私は天賦の才も貧しい方ではありません、が、恐らく私は、己れの力量にふさわしいことはなに一つなさず、有益なる業績の一つも残すことなく世を終わるでありましょう。(63)

『ルージン』(64)の主人公ドミトリー・ニコライチ・ルージンも、「余計者」タイプの人物であった。独歩は、自らも苦悩する煩悶青年として、ルージンのような人物に共感したのだろうか。トゥルゲーネフが、あくまでも客観的にルージンを造形し、作中に彼への批判も盛り込んでいるのに対し、独歩の作は、短編であることもあって、「渠」のような人物が社会に受け入れられないことが、哀感をもって記されているに過ぎない。ともあれ、独歩が描き出したのが、孤高でありながらも積極的な煩悶青年の姿であったことは、『浮雲』からの前進と考えることができるだろう。

ところが、藤村操の事件によって俄かに「煩悶」がクローズアップされると、もっと大衆に開かれた新聞小説を舞台として、もう一つのロシア経由の「煩悶」作品が登場することとなった。それが小栗風葉の『青春』(一九〇五年)である。この小説は発表当時絶大なる人気と高い評価を得たものだが、その後、二流の風俗小説として顧みられなくなった。しかし当時の文学の流れのなかに位置づける時、この作品には興味深い点がいくつか垣間見える。

連載開始の前日の『読売新聞』には、「青春妙齢、花の如く火の如き情緒を抱いて、偏に荒涼たる社会の風霜を傷み、兼ねて近世思想の奔放なる潮流に漂ふ者、誰か内部の衝突と煩悶となからん」[65]と書き出した、この新連載の予告が出た。「煩悶青年」を主人公に据えることで、読者の興味をひこうとしたことは間違いない。文学作品の主人公として、「煩悶青年」はどのような道をたどるのだろうか。具体的に作品に即して見ていきたい。

この作は、一編の新体詩の朗読から始まる。

……うつし世の
うつゝの歓楽今さめて、
あゝ、暁の夢に見し
常世の浄楽、憧るゝかな。[66]

この詩の作者がすなわち主人公の帝大生、関欽哉というわけなのだが、自作の詩を朗読する彼は、冒頭で友人たちの絶賛に迎えられ、自分の理想を滔々と述べる。

……自己主義、実際主義、肉欲主義、毛物《けもの》の主義であるが、我々は然ういふものでは終に満足が出来ない、矛盾を絶した絶対的の快楽を希望する、円満な、不変な、理想的の神の世界を憧憬する。本能主義は反道徳であるが、我々は一歩進んで、道徳を超絶した美の境に入らうと云ふのです。[67]（春の巻　一）

ここで欽哉が説いているのは、まさしく高山樗牛の「美的生活」の受け売りである。実は彼自身も自分の言っていることがよくわかっておらず、論旨は甚だ不明快なのだが、「比喩や、格言や、引例や、抽象的の熟語を手当り次第に振廻(68)」すのが若者たちにはひどく深遠に聞こえたのである。先に引いた彼の新体詩には曲がつけられ、コンサートでも披露されて好評を博している。まさに憧れの新知識人、という体である。余談になるが、明治期には実際に、このような形で新体詩に曲がつけられ、コンサートで披露されていたらしい。一八九四（明治二七）年に高山樗牛が弟に宛てた書簡には、上野の音楽会で山田美妙作の「秋風」という唱歌が披露され、樗牛がこれに感心したことが記されている(69)。

さて、このような欽哉が、それでは新思想と新芸術を世間に広めるために日夜努力しているかというと、そうではない。樗牛の受け売りのようなことを口にしてはいても、欽哉は学問に邁進しようとしているわけでもないのである。「試験なんぞ行《くだ》りませんな」とうそぶく彼は、「全く学問という映景《ミレエヂ》に欺かれて居た」と「現代青年の煩悶」を説くに至る。

……天真本性の発露、自然の性情の発揮と云ふ事は青年の生命ですからな。我々青年は一旦我なるものを意識した以上、其の自覚を飽くまでも真卒に自由に発展為やうと為る。所が、社会だの教育だのは寄つて集つて其れを抑付けやう、遮理無理形式の内に押込まうと為るから、さあ何うしても反抗せずには居られなくなる。一方では内部の自覚の疑問に責められるし、一方では然う云ふ外部の抑圧に闘はねば成らないし為るから、其の精神上の苦悶と云ふものは実に惨憺たるものです！　何しろ時代は此通り無趣味、無理想の悪時代であるし、自意識以外には、信仰も感化も慰籍も何にも無い全くの孤立で……能く何うも、生きてるのが寧ろ悲惨です！　生活意志其物の深い懐疑と煩悶、煩悶の極が失望！　厭世！　厭世に次いで……あゝ、次いで来る運命は察せられるぢゃ有りませんか！（春の巻　三）

神経衰弱で入院している欽哉が、見舞いに来た人々に向かって吐く台詞である。現実に苦悩して懐疑、煩悶から失望、厭世、自殺へと思いを馳せる彼が藤村操の後継者であることは誰の眼にも見て取れるだろう。しかしながら、彼の饒舌な煩悶は、独歩の描き出した孤高且つ真摯な煩悶でもない。欽哉こそは、煩悶流行の申し子なのである。

ところが、何もせずにただ苦悶する青年が、周囲からどのような扱いを受けるか、という点において、『浮雲』と『青春』ではかなり異なる。『浮雲』の文三は、免官になってから、次第に誰にも相手にされなくなる。もともと彼に冷たかったお政は無論のこと、お勢も、彼がいくら悩んでも、要領よく出世を遂げつつある本田昇と親しくなっていく。一方、『青春』においては、何もしない欽哉は周囲の女性たちの人気者である。この二人の扱われ方の差は、流行というものの持つ力を如実に物語っている。文三の無為は要領の悪さや偏屈さ、あるいは怠け心として周囲に認識されるが、欽哉の場合には、高邁な理想のため、と逆に好意的な評価が下される。その内実はどうであれ、煩悶が知的な営みとして世間に認知され、煩悶する者が好意的に解釈されるようになったことが、この作品からは読み取れるのである。

もう一つ、欽哉像を考える上で見落とすことができないのが、『青春』とトゥルゲーネフの『ルージン』との関係である。雄弁に実行の伴わないこの青年もまた、トゥルゲーネフの『ルージン』を下敷きにしたとされているのである。

この両者の影響関係については『青春』発表当時から指摘されてきた。ここにまず注目しよう。風葉も自ら「『青春』に就いて先づ第一に申して置く事は、ツルゲーネフの「ルーヂン」です」[70]とその影響を認めており、二葉亭四迷が一八九七（明治三〇）年に『太陽』に連載した『ルージン』の翻訳『浮草』にも「非常に感服し」、「『青春』の中にも「浮草」の中の文句を其儘流用した所さへある」と告白している。

「自尊心とは――自殺ですよ。自尊心のある人間は一本立ちの、実もならぬ樹のように凋れ死んでゆきます、然しまた、自尊心とは、完成を渇望する活発な意欲に似て、すべて偉大なることの源泉《もと》であります……」[71]と断言するルージンは、「煩悶青年」という主人公を求めていた風葉にとって恰好のモデルとなったのだろう。また、風葉自身は欽哉を「不真面目な現代青年」ととらえており、その点において、独歩の作品とは異なったものを描き出そうとしていた。そんな彼にはトゥルゲーネフの作中のルージン批判は有用なものだったと思われる。欽哉の煩悶に関しても、

　煩悶と云ふが、何有《なに》、那《あ》の男の煩悶は海上の波見たやうなもので、些つとした風にも激するが、心の底は極めて冷静なのだから……自我の強いと共に、自信……とも違ふ、自惚とでも云ふのか、物事を易く見て、上面をスーと撫でゝ通ると云ふ質で、人間が存外真面目で無い。[72]（夏の巻　十三）

と脇役に言わせ、学生時代の友人と対比させるところなど、『ルージン』をそのまま参考にしているといえるだろう。

　さて、このように提出された『青春』の主人公関欽哉を、世間は「日本のルージン」と受け止めた。ルージンがその青春を過ごした一八四〇年代のロシアのインテリたちの姿は、そのまま明治三〇年代の日本の若き知識人に当てはめられた。しかも、「日本のルージン」としての欽哉は、藤村操の後継者としてもうってつけだったのだ。江藤淳が『夏目漱石』のなかで述べるように、「西欧風の「懐疑苦悶」を所有していることも名誉だった」[73]明治後期において、「欽哉＝ルージン」というこの図式は注目に値するだろう。中村光夫は『風俗小説論』で

　日露戦後の「欧州の新思潮」の氾濫のなかで〔中略〕読者が何より望んだことは、その小説的手法はどうであつても、和服を着たルーヂンを、ラスコオリニコフをなまなましい手で触れられる人間として描きだしてもらふことで、作者にもし舞台裏から彼等をあやつる余裕がなければ、作者自身が舞台に登つてもよかつた

のです。[74]

と書いているが、独歩の作品に比べても皮相な関欽哉という煩悶青年は、「煩悶流行」と「欧州新思潮」の氾濫のなかで、「和服を着たルーヂン」と目され、時代の要望に答えたのだった。志賀直哉のような若い世代には、『青春』を契機に『ルージン』を読みはじめた者も多かったのである。そしてこの頃から、若者たちは自らの煩悶をそのまま仮託できる、苦悩する西洋文学の主人公を熱狂的に迎え、三宅雪嶺が述べたように、彼らとの「同化」を賛美する、不思議な時代が始まるのである。相馬御風が「懐疑と徹底」において

さて顧みて、現下の吾々の苦悶的懐疑的生活を見ると、無論それは前に云つた如くフアウストの形而上的哲学的懐疑ではない。矢張現実曝露から来るハムレツトの懐疑、ジヨルヂオの懐疑である。而して同時にバザロフの苦悶的懐疑に突進する以前のバザロフの懐疑である。[75]

と語っていることも、人々がこの文脈で西洋文学を摂取しようとしていたことを意味している。そして、自分たちがハムレットであり、ダンヌンツィオの『死の勝利』（一八九四年）のジョルジョであり、トゥルゲーネフの『父と子』（一八六二年）のバザロフである、というような同一化幻想の先駆けとして、関欽哉は無為であるという、日本のエリート男性にあるまじき点を正当化され、続く多くの煩悶青年を文学のなかに生み出すことになったのである。

煩悶できる身分

さて、関欽哉がともかくも「日本のルージン」として明治日本に登場するについては、日本の状況に適応する

必要があった。この先、「日本の煩悶青年」が抱えなければならない問題を、『青春』という作品は提示しているといえる。

第一に問題になるのは、彼の身分である。ルージンのようにパトロンに庇護されて生きていくということを想定できない明治日本において、欽哉は大学生として登場した。藤村操の自殺が「学生というモラトリアム状況下の死」であったことを重要視したのは磯田光一であるが、[76] 彼が指摘する通り、煩悶は学生という猶予期間と密接に結びついたものだった。そもそも学生時代は立身出世に向けての準備期間であり、良い学校を良い成績で卒業することが、薔薇色の未来を約束する切符だったはずなのだが、学生たちは、藤村操を経て、もうそこには興味を見出せなくなっていた。そしてヨーロッパの思想や文学を吸収して「煩悶」にふけることそれ自体が、学生の新たなる特権として浮かび上がる。インテリゲンツィアだからこそ煩悶するのだ、という気概の裏には、煩悶「できる」という特権意識が潜むことになるのである。『青春』において、高校生、大学生の煩悶は、「好んで懐疑に煩悶する、煩悶しても徹底為やうと云ふ念は無い、疑惑を抱いて、其れを研究して何処までも解釈為やうとはせずに、却つて煩悶其物に耽溺して居」[77] るものだという欽哉の友人北小路の言葉は、学生という身分の持つ限られた時間における特権性というものを見越した発言であるようにも思える。そして、ここで学資を誰が出しているかということをも考えあわせると、そこには皮肉な関係が見えてくるだろう。

東京出身者はともかく、当時の地方の青年が東京で高等教育を受けようとする場合、彼らは学費の他に下宿代を負担しなければならなかった。地方の素封家の子弟にとってはそのくらいの出費はどうということもないが、そうでない場合、この問題は彼らの肩に重くのしかかることになる。その一つの解決法は、奨学金を得る、というものであった。『浮雲』の文三は静岡出身だが、父亡き後、十五歳で東京の叔父のもとに引き取られている。彼が高等教育を受けることができたのは、とある学校の給費の試験に合格したからだった。「固《もと》より余所外《よそほか》のおぼツちやま方とは違ひ、親から仕送りなど、いふ洒落はないから、無駄遣ひとては一銭もならず、また為ようとも思はずして、唯一心に、便のない一人の母親の心を安めねばならぬ、世話になつた叔父へも報恩《おんがへし》をせねばならぬ、と思ふ心より、寸陰を惜んでの刻苦勉強に学業の進みも著るしく、何時の試験にも一番と言ツて二番とは下らぬほどゆゑ、得難い書生と教員も感心する」[78]（読点は引用者が補った）と本文中には表現されているが、奨学金をもらいながら勉学を続けた彼は、むろん煩悶などにふける余裕はなかったことになる。もう一つの方法は、後見人を得る、というものだった。一口に「後見人」とはいっても、様々な形が存在するが、大雑把にいってしまえば、青年の優秀さを見込んだ財産家が学資を負担する、というものである。『青春』の前に『読売新聞』の新聞小説で大当たりをとった小杉天外の『魔風恋風』（一九〇三年）では、大学の法科へ通う夏本東吾は東京の養家に学費を出してもらい、ゆくゆくは養家の娘と結婚する、という段取りになっている。『青春』の場合には、欽哉は親元から仕送りをしてもらっているが、亡父の同僚の実業家が東京における後見人のような形である。そして、いずれの場合においても、学資を負担する親や後見人は、若者が将来その学歴をもって立身出世することを望んでいる。『青春』では、後見人の香浦は欽哉の母との会話のなかで、「医者の方を歇《や》めたのは惜かつた」、「折角学士になって中学の教師ぐらゐで果てるのは誠に充《つま》らん」と欽哉の出世について懸念する。一方の母は、「中学でも小学でも、私《わし》は最う大きい欲も息子にや御座んせん」、「最う今ぢや諦めとります」（春の巻　七）と諦めの境地にあることを口にするが、ここにおける欽哉とその後見人、あるいは田舎の家族との関係は、期間限定の「煩悶学生」というものの脆さをさらけ出している。

　では、学生でなくても煩悶できる身分は何か――それは財産家であった。この点を指摘しているのは夏目漱石である。作品のなかに漢語をよく用いた漱石は、『吾輩は猫である』（一九〇五年）でも何度か「煩悶」という語を使っているが、一九〇六（明治三九）年の作品『野分』においては、当時の流行現象としての「煩悶」を早速取り上げている。『野分』は漱石の作品のなかでは評価の低いものだが、石崎等も指摘したように[79]、漱石が如何に時代を見るに敏な人物だったかという点を『野分』は十分に示している。

「僕だつて三年も大学に居て多少の哲学書や文学書を読んでるぢやないか。かう見えても世の中が、どれ程悲観すべきものであるか位は知つてる積だ」

「書物の上でだらう」と高柳君は高い山から谷底を見下ろした様に云ふ。

「書物の上――書物の上では無論だが、実際だつて、是で中々苦痛もあり煩悶もあるんだよ」

「だつて、生活には困らないし、時間は充分あるし、勉強はしたい丈出来るし、述作は思ふ通りにやれるし。僕に較べると君は実に幸福だ」(80)（二）

この作品は、東京で超然と貧乏生活を送る文学者白井道也に、作家志望の貧乏学士高柳周作と、その大学時代の友人で今は新進の青年文学者となっている金持の中野輝一をからめたものである。今挙げた高柳と中野の会話には、生活するために翻訳をして思索する時間もない高柳と、相変わらず煩悶していると公言する中野の姿が描かれる。モラトリアムたる学生でなくなってしまった二人の描写を通して、漱石は、なおもこの「煩悶」にひたっていられるのが中野という財産家だけであることを指摘しているのである。漱石は、一九〇六年十一月十七日付けの松根豊次郎宛の書簡で、「今日森田白楊〔草平〕の所へ行つて西洋料理を御馳走して帰り道に彼の身の上話しをきいた所が風葉の青春よりも余程面白かつた」(82)と記している。一九〇五年頃から門下生との交流が深まった漱石にとって、『青春』の世界と弟子たちの世界は重なるものと見えたのだろう。そして彼は『野分』以降、青年を主人公とする作品を書き続けて、『青春』が提示した問題を自らの手で再構築していくことになる。(83)

ここでもう一つ付け加えておくならば、学生と財産家にしか許されなかった煩悶を、公然と続けられる職業を提示したのが、田山花袋の『蒲団』（一九〇七年）だったのではないだろうか。風葉が「和服を着たルーヂン」を舞台裏から操ろうとして綻びを見せてしまったのだとすれば、ハウプトマンの『寂しき人々』（一八九一年）を読んで「ヨハンネスは私だ」と自ら舞台に上がった『蒲団』の成功と、つづく「私小説」の確立は、小説家が「全能の神」たることをやめ、舞台の上で自分の苦悶を告白するだけでよいのだという認識をも生み出したといえる。『蒲団』という小説において、主人公の竹中は、「煩悶又煩悶、懊悩また懊悩(84)」というように、むやみやたらと煩悶している。

また、近松秋江が一九一〇（明治四三）年に発表した『別れたる妻に送る手紙』にも次のようなくだりがある。

――自分は何うも夢を真実と思ひ込む性癖《くせ》がある。それをお雪は屡々言つて、『貴下は空想家だ。小栗風葉の書いた欽哉にそつくりだ』と、戯談《からか》ふやうに『欽哉欽哉』と言つては、『そんな目算も無いことばかり考へてゐないで、もつと手近なことをサッ〱と為さいな！』とたしなめ〱した(85)。

ここでは、作中「雪岡」という名で登場する語り手が自分のもとを去った妻のことを回想している。そしてこの語り手も、「読み書きをするのが何うでも自分の職業」なのである。ここで「欽哉」と呼ばれる語り手は、何も為し得なかった『青春』の関欽哉のその後の可能性をも示唆しているように思える。さらには、同じ一九一〇（明治四三）年の『東京パック』には、「進歩十ヶ年(86)」と題された、図1のような風刺図絵が掲載された。その「学生」の項に描かれるのは、当初「勉学」に励むものの、良からぬ書物（おそらく西洋文学）を「耽読」して「退学」となる、まさに欽哉のような学生の姿である。そして、退学になった後の彼は、「耽溺」の次に「実写」を試みている。こうして自らの煩悶や耽溺を種に文筆で身を立てることができれば、彼は文学者として認知され、社会的な地位も保証される。しかし、そこでうまくいかなければ、待っているのは「華厳」なのである。

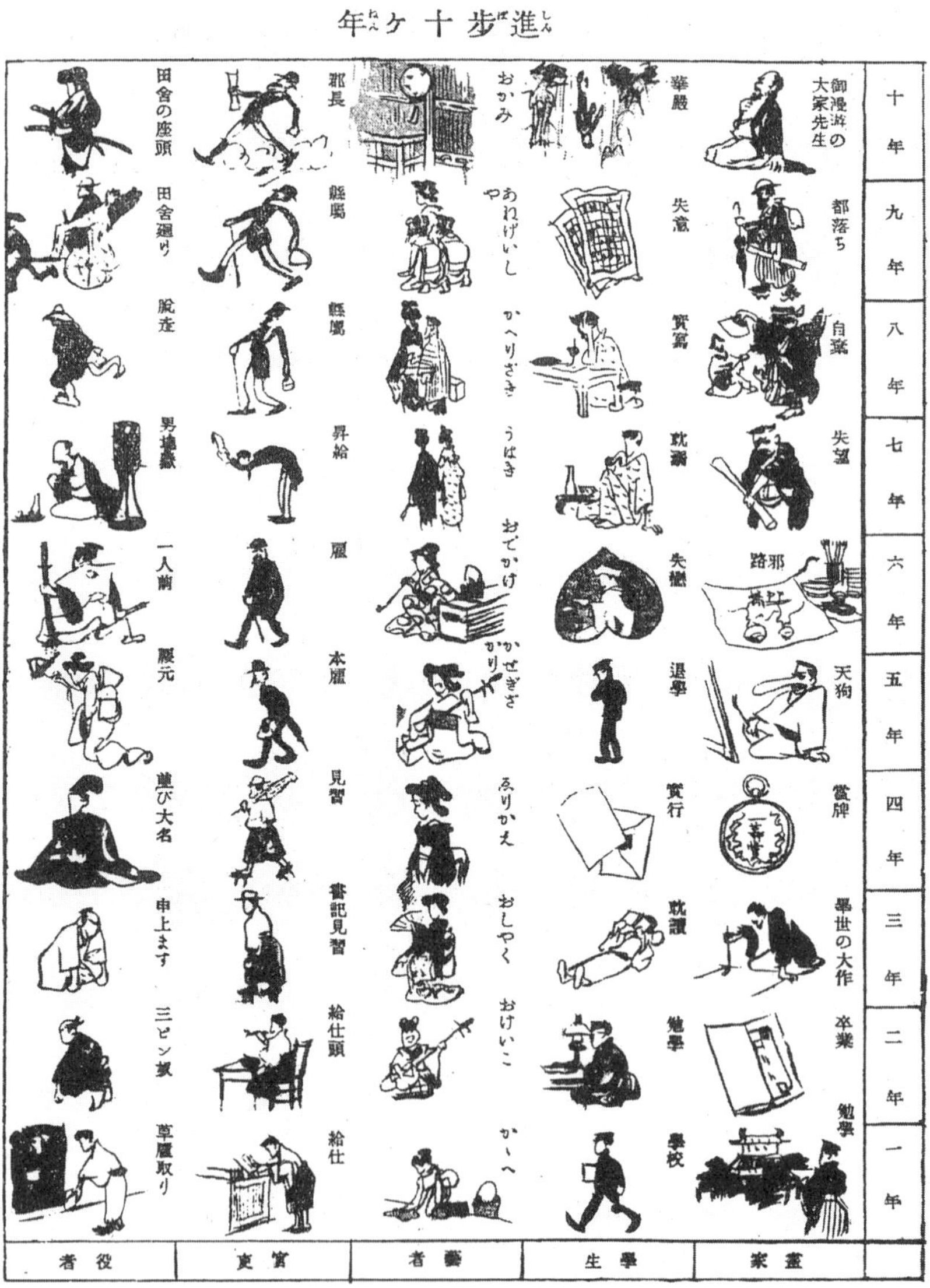

図1　「進歩十ヶ年」（『東京パック』第6巻22号, 1910年8月）

「恋」という煩悶

最後に、「恋」と「煩悶」の関係について考えたい。

恋愛は剛腹な青木を泣かせた程の微妙な音楽であつた。この世に属《つ》いた物と言へば、名でも、富でも、栄花でも、一切希望《のぞみ》を置かないと言つたやうな、一徹無垢な量見から、実世界《よのなか》の現象 悉《ことごと》く仮偽《いつはり》であるとまで観じた程の少壮《としわか》な青木ではあつたが、唯一つ彼の眼中に仮偽でないと見える物は恋愛であつた。彼のやうに恋愛の思想を重んじ、また其を憚らず発表したものも少からう。彼に言はせると、恋愛は人世の秘鑰《ひやく》である、恋愛あつて後に人世がある、恋愛を抽き去つた日には人生何の色も味も無い――(87)

と島崎藤村の『春』にも描き出されたように、煩悶の先駆者であった北村透谷や国木田独歩も「恋愛」に多大なるエネルギーを注いだ。国木田独歩は、『欺かざるの記』において自らの「恋愛」を克明に記録している。ところが、その「煩悶」と「恋愛」の先駆者であったところのその独歩が、一九〇六(明治三九)年には青年に対してひどく批判的になるのである。「現代の青年は、私共の時代のそれと比較すると、体育の点が大に発達し」ているが、それに反して、「渠等の精神は身体の発育に反比例して、懦弱優柔」だ、と彼は評する。そして、その根拠として、

今日の青年が私共の時代と比較して如何にも浮薄なることは、彼等が寄ると触はると、直ぐに恋愛談で持切るのを見ても分明る。(88)

と述べるのである。つまり、恋愛談議を独歩は「浮薄」なもの、ととらえているわけである。それでは、「煩悶」

についてはどうなのかといえば、その翌年、彼は『新古文林』に寄せた文章のなかで、自らの煩悶を哲学や宗教、あるいは文芸と結び付け、「たゞ自分は、人生問題に煩悶した当時の我から全く離れて、たゞ文芸の為めに文芸に埋れ度くありません『人生の研究の結果の報告』といふ覚悟は何処までも持て居たいのです[89]」と記している。この時点で独歩は自らの「煩悶」を若き日のものとしながらも、否定的にとらえているわけではなく、むしろポジティヴな意義を与えているのである。つまり、独歩にとっては、いつまでも「煩悶」は一生の大問題なのであり、浮薄な恋愛とは全く別の次元のものなのであろう。

しかし、独歩の気概とは裏腹に、煩悶は流行現象となっていくなかで、「恋愛」に結び付けられつつあった。一八九六（明治二九）年に愛知県名古屋高等女子学校の初代校長となり、一九〇三年からは東京高等女子学校の校長を勤めていた棚橋絢子《あやこ》は、「厭世と煩悶の救治策」を問われ、

青年男女の厭世煩悶平たく云へば恋愛の二字に外ならずと存じ候、名を煩悶とか厭世とかいふに借りて表面を飾る手段と察せられ候。[90]

と述べているが、小栗風葉の『青春』でとうとう学校も出ず、職にも就くことのなかった欽哉が唯一したことも恋であった。漱石の『野分』を見てみよう。

「一体煩悶といふ言葉は近頃大分はやる様だが、大抵は当座のもので、所謂三日坊主のものが多い。そんな種類の煩悶は世の中が始まってから、世の中がなくなる迄続くので、ちつとも問題にはならないでせう」
「然し多くの青年が一度は必ず陥る、又陥る可く自然から要求せられて居る深刻な煩悶が一つある。……」
「夫は何だと云ふと――恋である……[91]」（三）

この引用は、中野輝一の所へ「現代青年の煩悶に対する解決」についてインタビューに来た雑誌の記者としての白井道也に、大真面目に中野が答えるくだりである。漱石は、『草枕』において既に「世には有りもせぬ失恋を製造して、自から強いて煩悶して、愉快を貪ぼるものがある」(92)と記しているが、ここでも、「煩悶すなわち恋」と断言してはばからない日本の煩悶青年たちの現状を鋭く切り取っているのである。

また、藤村操の死も、「恋愛」に無縁ではなかった。彼の自殺の原因が本当は失恋であった、という説は、彼の死の直後から囁かれ続けていたのである。事件当時、さまざまな報道のなかでも藤村を「失恋奴」と糾弾したのは、宮武外骨の『滑稽新聞』だったが、外骨は、藤村の死に共感した涙香を、煽動者として「死せよ」と書き、「巌頭之感」のパロディを発表している(図2)。

嬋々《せんせん》たる哉阿嬢、娟々《けんけん》たる哉松子、堕落の書生を以て此女をはからむとす。ホレターの色学竟に何等のオイヨロチィーを得るものぞ。野郎の恋想は唯一言にして悉《つく》す、曰く「不及恋」。我この恨を懐て煩悶終に死を決するに至る。既に巌頭に立つに先《さきだ》つて胸中銜耀の外あるなし。始めて知る大なる虚名は大なる売名に一致するを。(93)

ここまでひどくはないにせよ、木下尚江は

図2 「巌頭之感」(『滑稽新聞』第53号, 1903年7月)

『火の柱』(一九〇四年)のなかで、明らかに藤村操をモデルにした藤野操について、その「巌頭之感」は「失恋の血涙の紀念」だと述べているし、[94] 蘇峰の『大正の青年と帝国の前途』でも、「煩悶青年」の項に「失恋したるが為めに、滝壷に陥りて自殺したる徒[95]」とある。なお、この問題は現代にまで続いているようで、一九八六年には、藤村の自殺の原因が失恋だったという説が有力となる「証拠」が出てきた、との新聞報道もなされている。[96]

藤村操の自殺の真相はともかく、外骨や蘇峰の立場では、「煩悶青年」などというものはことほど左様にくだらないことに憂き身をやつす存在であった。しかし、批判されているはずの当の青年たちは、独歩の観察にもあるように、恋と煩悶を結びつけ、それを恥じる風でもない。むしろ、神話となった藤村操の死の原因が「恋」だったのだ、という認識は、独歩や樗牛といった煩悶青年が「恋愛」を賛美したこととあいまって、恋こそが煩悶なのだ、という主張を補強することになったのかも知れない。大町桂月は一九〇七(明治四〇)年に『青年と煩悶』という本を出版し、本能主義、職業選択の衝突、病弱、など実に二七項目に及ぶ当時の青年の煩悶の原因とその解決策について問答形式で述べているが、そのなかで二番目に挙げられ、多くのページが割かれているのは、「失恋」だった。この項に登場する青年は、将来を約束した幼馴染の女性が親の決めた相手と結婚するにあたり、「白刃を加へて、我もともにとも思つて見たり、又思ひかへして、いつそ我身が華厳の瀧へでもと思つて見たり、この夏は、国へかへるもいやになりて、かへらず、今になほ煩悶に堪へず[97]」と訴える。対して桂月はこの青年が「今の世の恋愛文学、西洋一派の思潮にかぶれて」いることを見抜くのだが、彼の言うように、当時の青年のなかでも、西洋文学に傾倒する煩悶青年たちにおいて、「恋」という煩悶は肥大していくのである。

三　明治末の『ヨーン・ガブリエル・ボルクマン』

「煩悶青年」の物語としての『ヨーン・ガブリエル・ボルクマン』

これまで見てきたように、明治の知識階級の青年たちは、新しい価値観のもとで「煩悶」することになったのだが、彼らが自らの価値観のよりどころにした西洋文学を、ここで改めて見直してみたいと思う。煩悶青年たちがよりどころとしたテクストは、実は、移入の過程で、煩悶青年たちが、「彼らの物語」として読み替えてしまった例もあったのである。明治の煩悶青年について考察するにあたって、この問題を素通りするわけにはいかないだろう。その典型的な例として、ここで取り上げたいのは、ヘンリック・イプセンの『ヨーン・ガブリエル・ボルクマン』[98]（一八九六年、以下『ボルクマン』と略記）である。

『ボルクマン』が日本において特別な意味をもっているのは、我が国の演劇史がこの作を抜きにして語れないからである。小山内薫と二代目市川左団次が中心となった「自由劇場」が一九〇九（明治四二）年に有楽座で行なった旗揚げ公演が大成功に終わった時、その演目として『ボルクマン』は日本新劇史上に名を残すこととなった。当時文学や演劇を志していた若者たちは、この日の感激を後に回想する。長田《ながた》秀雄は観劇の後「日本の国劇の曙がやうやく来たと言ふやうな厳そかな感《かんじ》で私の胸は一パイ」だったと記し、「私たちは、ついぞ、あれから以来、あんな深い感激を受けたことはないと思ひます。なんと言つても明治演劇史上に忘れる事の出来ない一大事実です[99]」と述べている。里見弴は「あんな芸術的亢奮の渦の中心に立つた人は、日本の芝居道はじまつて以来、空前」だったと当時の小山内を評し、彼に対して「絶望的な嫉妬」を覚えたと告白している[100]。

ところが、この『ボルクマン』という戯曲自体は、森鷗外が戯曲とともに訳出、発表したパウル・シュレンターの評を借りれば「季冬の戯曲である。衰老の戯曲である」[101]ということになる。三人の主要な登場人物は、いずれも老年を迎えている。ヨーン・ガブリエル・ボルクマンは、野望の成就のために恋人エルラを弁護士ヒンケルに譲り、その双子の姉グンヒルと結婚することで銀行頭取となった男である。しかし、エルラがヒンケルになびかなかったためにヒンケルに裏切られ、銀行は倒産、背任罪で五年服役し、出獄後八年間、自宅の二階から出ることなく、再び世に出ることを夢想している。グンヒルは夫のために自分の人生が台無しになったと思っており、夫のことが許せない。エルラは銀行倒産の頃から、ボルクマンとグンヒルの息子エルハルトを十五歳になるまで育て、現在もボルクマン夫妻を自らの別荘に住まわせている。不治の病でもう長くないことを知り、エルハルトを引き取りたいとエルラがボルクマン夫妻を訪ねてきたことから、彼ら三人はそれぞれの期待をエルハルトに託そうとするのだが、若者は恋人と旅立つために容赦なく老いた親たちを捨てていく。エルハルトの去った後、ボルクマンは八年ぶりに家の外に足を踏み出し、心臓発作を起こしてエルラのもとで息を引き取る。そこへグンヒルが現われ、姉妹が久しぶりに手を取り合う場面で幕が下りる。

このようなイプセン晩年の戯曲が青年たちの圧倒的な支持を得たのは少し不思議な気もする。小堀桂一郎が指摘するように、「「自由劇場」の旗揚げ公演の演目としては、この作には祝祭的要素はおよそ無い」[102]のである。この作品が上演されることになった経緯としては、検閲を恐れてハウプトマンの『夜明け前』(一八九九年)から急に変更したこと[103]や、女優のいない自由劇場が上演するについては、若い女性よりも高齢者の方が、男優が演じやすいだろうという小山内の配慮があったことが指摘されている[104]が、この作品は、果たして若者たちを熱狂させるようなものだったのだろうか。イプセン研究者もそこに当惑の色を見せる。

外国のイプセン研究者に、日本で最初に翻訳上演されたイプセン作品は『ヨーン・ガブリエル・ボルクマン』だったと言うと、みな一様に驚く。そしてその上演は日本の近代演劇史のはじまりを画したものだとつけ加えると、それが『人形の家』でも『幽霊』でもなく、一般には比較的知られることが少ない、イプセンの最後から二番目の作品であったのはなぜかと問いただしてくる。さあ、とわたしは言いよどみ、この問題には興味があるのでいつか考えたいと思っていると答える。[105]

このような疑問を提示した毛利三彌《みつや》は、『ボルクマン』全篇に精緻な分析を加えた上で、この戯曲における

「対立の欠如、断片性」という「歌舞伎に似た作劇思考」を指摘する。

一方、越智治雄は『明治大正の劇文学』において、「七十歳に近いイプセンの作が、この日本の風土では「青春の象徴」であった」[106]ことを指摘し、それが「若い者が新しい芸術を日本に興さうといふのだ。我々の芸が若くとも、それはあたりまへだ。若いから新しいんだ」(「『ボルクマン』の試演について」)という、作中のエルハルトと重なる自負をもって演出に臨んだ小山内薫の「新旧思想の衝突」という作品理解と、有楽座の観客席での「紺がすりの書生たちの熱狂」による「誤訳」によるものだったと論じた。それをふまえて、金子幸代は、島崎藤村の言葉をひきながら、次のように述べる。

観客の目が主人公のボルクマンではなく、息子のエルハルトに向けられたのは、因襲の打破が叫ばれた時代の気運と合致していたからであろう。まさにエルハルトは「新精神のこの国に漲る」時代の寵児だったと言えよう。[107]

このような『ボルクマン』受容が「制作者側というより観客側から生み出されたもの」であることは高橋昌子も指摘しているが[108]、明治末期の日本において舞台芸術としてよりも文学運動の一環のような側面を持っていた『ボルクマン』の上演が日本の若者にとって重大な出来事だった、とは、『ボルクマン』の翻訳をした森鷗外が、一九一〇(明治四三)年に発表した小説『青年』のなかで展開した論理でもあった。

十一月二十七日に有楽座でイブセンの John Gabriel Borkmann《ママ》が興行せられた。

これは時代思潮の上から観れば、重大なる出来事であると、純一は信じてゐるので、自由劇場の発表があるのを待ち兼ねてゐたやうに、早速会員になつて置いた。[109]

『青年』の主人公、小泉純一によれば、シェイクスピアやゲーテは「縦ひどんなに旨く演ぜられたところで、結構には相違ないが、今の青年に痛切な感じを与えることはむずかし」（傍点引用者）い。しかもそのシェイクスピアが舞台を日本に翻案されたものだと、「その舞台や衣装を想像して見たばかりで、今の青年は侮辱せられるやうな感じをせずにはゐられないのである」（同）。ここで鷗外が明らかにするのは、『青年』という作品世界においては、『ボルクマン』試演は「今の青年」にとって「重大」で「痛切」な事件であった、ということである。そして、後に詳しくみるように、実際の自由劇場の試演も、概ね『青年』に描き出される通りの、若者たちの熱狂に迎えられた。『ボルクマン』という作品は、明治四〇年代の日本において、「今の青年」の物語として読み替えられた、ということになる。そして、その鍵を握るのは、主人公ボルクマンの息子、エルハルトということになるだろう。

それでは、どのようにしてこの「読み替え」は行なわれたのだろうか。まず、自由劇場が取り上げる前の『ボルクマン』のとらえられ方について考えてみたい。

世紀末のヨーロッパにおいて、イプセンは一大流行作家であった。一八九〇年代には全西欧がイプセン熱に沸き返り、その新作は競うように読まれ、上演されたという。そして一八九六年十二月に『ボルクマン』がコペンハーゲン、クリスチャニア（現オスロ）、ストックホルムで同時に発売された折には、予約注文が刊行部数を超えていたため急いで増刷されたという。イギリスの『サタデー・レヴュー』紙は『ボルクマン』発売の四日後の、十二月十九日号にもう『ボルクマン』の書評を載せているし[110]、翌年一月十日には、フィンランドでこの作品の初演がなされ、その月のうちにクリスチャニア、ストックホルム、コペンハーゲンの舞台にかけられたという。ヘンリー・ジェイムズは『ハーパーズ・ウィークリー』一八九七年二月六日号でこの作品の英訳、仏訳、独訳がほぼ同時に発売されたことを記している。イギリスにおける『ボルクマン』の初演は一八九七年五月三日、その年のうちにフランス、ドイツに加えてアメリカ合衆国でも舞台にのせられ、概ね好意的に迎えられている。

こうした『ボルクマン』評が早くから登場した英米の記事を見てみると、基本的にボルクマン、グンヒル、エルラの三者について分析されていることが多い。そしてこの三人が揃って頼みとする人物、息子のエルハルトについては、ほとんどがその行動が三人に与える衝撃、という観点から評されている。彼の行動は「より楽しげなばら色の生活におびき寄せられた[111]」だけのことであり、「無礼でとても正当化できない[112]」行ないは「この親にしてこの子あり」といった眼でとらえられていたりするのである[113]。いずれにせよ、エルハルトはこの戯曲においてそれほどの重要性を持たない、浮ついた若者、というのが英米での平均的な見方であろうか[114]。

実はこの作品はかなり早い時期に日本に紹介されている。イプセンの名を最も早く活字として提供したのは森鷗外だったが、最初の紹介文は坪内逍遥の「ヘンリック・イブセン」(『早稲田文学』第二七号、一八九二年十一月)だった。その翌年には高安月郊の翻訳もあらわれる。彼は『同志社文学』に『社会の敵』を、『一点紅』に『人形の家』を訳載したが、なんらの反響も見られず、両方とも中絶の憂き目にあった。そして、その後に取り上げられたのが『ボルクマン』だったのである。これは『文芸倶楽部』一八九七年五月号に「した、かもの」という題で岸上質軒(岸上操)がその一部を訳出したもので、ノルウェーのヤルマル・ペッテルセンが仏訳したものからの重訳だった。しかし、前年十二月に発表され、年が明けてからフランス語に訳された戯曲を既に日本語にしたのであるから、いかにもすばやい対応だったといえるだろう。まず、この質軒版について見てみたい。

「した、か者」では、まず戯曲の梗概が述べられている。これも質軒がペッテルセンのものを翻訳したものであったが、ここでもエルハルトに対する見方は非常に厳しい。

エルハルは最早小児ではない。今では一人前の少年《わかもの》である、独立特行の男子であるので、母や叔母より別に慕はしい人がある。その人に可愛がられるのが、何より有難いの一番で、それはウィルトン夫人といふ頗るの美人である。エルハルよりは七つの年嵩で、一旦嫁に行て出戻りのではあるが、男たらしの眼元の潮に、エルハルてんと沈《はま》ッてしまふた。このエルハルは生れ付心弱く、才知も伸びた方ではなく、まして美人に挑まれてはとても否と言はれぬ性分、たゞ執拗《いこじ》な処だけ母の性を受けて居る人物なれば、余り始末は好くない方である。グンヒルドもエラも、さりとは知らねど、若い盛りの臍緒切ての浮気の手始め、モウモウウィルトン夫人でなければ夜も日もあけぬ。[115]

ここで語られるエルハルトは、欠点が目につく若者である。母親にも叔母にも今まではっきりしたことが言えないでいたのは「生れ付心弱」いため、ウィルトン夫人と恋に落ちたのは「美人に挑まれてはとても否と言はれぬ性分」のせいで、親を捨てて出て行くのは「たゞ執拗な処だけ母の性を受けて居る」から、というわけである。それに「才知も伸びた方ではなく」というおまけまでついて「余り始末は好くない方」と結論されている。これはむろんペッテルセンの言であるから、訳の調子はともかくとして、岸上の評ではないのだろうが、[116]イギリスにおける評をさらに辛口にしたエルハルト評が最初に日本に紹介されたのだった。

この「した、かもの」に刺激されてのことであろうか、翌月には雑誌に『ボルクマン』関係の記事が二つ出現した。一つは『めさまし草』における「した、かもの」評であり、いま一つは高山樗牛が『太陽』に発表した「ジヨン・ゲブリエル・ボルクマン」という評論であった。『めさまし草』の方は、幸田露伴、斎藤緑雨、依田学海、鷗外、饗庭篁村、尾崎紅葉、森田思軒という面々による書評欄「雲中語」におさめられたもので、簡単なイプセンの紹介、戯曲の梗概があり、欧州の批評家の評として「作者は即ち此一種の意志のDegenerationを描出したのである」[117]とある。続いて訳者岸上質軒の翻訳の難として、フランス語のvivreを「生きる」と訳したことへの批判が挙げられる。これでは日本人にわかりにくいと苦言を呈した上で、評者は「エルハルドは時に及んで行楽するより外に望がない、快活なる受容の外に望がない、詰まり只管《ひたすら》淫楽に耽りたいといふのだ」とエルハルトを規定している。ここでも、エルハルトが肯定的に評価されているとは言い難い。
しかし、高山樗牛の読み方は、「した、かもの」とは決定的に異なっていた。当時本邦最大ともいわれた雑誌『太陽』の「文芸界」欄主任となって間もない彼は、イプセンの新作『ボルクマン』が欧州でもてはやされていることや、岸上の訳が原文の仏訳からの重訳であることを指摘した上で、次のように述べる。

イブセンが他の戯曲の如く、是の作は風刺的且つ道徳的のものにして、明に三個の傾向を認め得べし。則ち一には如何なる経験、忠告、はた制裁も、青年の熱情を沮渇《そかつ》するに足らざること。二には人間の心に希望なきは、身体に生命なきに等しきこと。三には財貨の欲は限り無く、又人間の渇望中尤も卑しむべきものなること。是等はボルクマンなる一個極悪残忍の人物に依りて尤も明晰に表現せられたり。(118)

ここで樗牛が最初に「如何なる経験、忠告、はた制裁も青年の熱情を沮遏するに足らざること」と挙げていることに注目したい。樗牛にとって最も印象的だったのは、何ものにも屈しないエルハルトの熱情だったということになる。「始末のよくない」青年が、情熱家へと変貌したのである。この戯曲は、例えば『ハムレット』や『若きウェルテルの悩み』といったような、青年を主人公にした物語ではなかったが、自らも二十代の青年として明治の社会のなかで新しい生き方を模索していた樗牛は、自分の立場にエルハルトをひきつけて読んだのだった。ここに、エルハルトに肩入れした、日本ならではの『ボルクマン』の読み方というものが誕生したのではないだろうか。また、樗牛は「もし我邦の劇場にして、巧妙なる翻案によりて之を演ずることを得ば、文学社会に裨益する、蓋し少からざるべし」と述べたが、一九〇九年の自由劇場の試演は、まさに樗牛の予言通りの効果をあげることになる。
明治三〇年代は、実際に『ボルクマン』の翻訳が日本でも入手できるようになり、文学者たちが実際のテクスト（主に英訳、独訳）に触れることになった[119]。一九〇六（明治三九）年にイプセンが亡くなると、さまざまな雑誌がイプセン特集を組むが、『ボルクマン』に対する言及はほとんどない。そのなかで、『新小説』一九〇六年七月号と八月号に掲載された、巌谷小波（記事は「かくれん坊」名義）による「ヘンリック、イプセン」という記事が、『ボルクマン』（小波は「ヨハン・ガブリエル・ボルクマン」と表記）に着目し、エルハルトにも言及している。

最もおもしろいのは、忰のエルハルトだ。父の命にも従たず《ママ》、母や伯母の命にも服せずして、働かずして、この世を楽んで、活きたいといふ。父は、権力にあこがれて恋人は犠牲にし、そのまた一人息子は、燃ゆるか如き情欲の為に父を見捨て、家出をして、後家さんと駆け落ちをする。因果応報だと馬琴ならば評し去るところであらう[120]。

この「因果応報」という発想は、英米の批評にも見られたものだが、「働かずして、この世を楽しんで、活きたいといふ」のは、「エルハルト・ボルクマンにとっては、人生とは労働とは全く別のものである[121]」というパウル・シュレンターのエルハルト評とも通じるものだといえるだろう。

『ボルクマン』の次なる翻訳は、『白百合』一九〇七年二月号に小杉乃帆流《のぼる》訳「ボオクマン」として登場した。こちらは、どのような版を原典としたのかは明記されていないが、訳者の小杉はその粗筋にエルハルトを次のように評する。

エルハルトは所謂近代の人なり。彼は母にも従はず、また叔母の意の如くもならず、新事業を共にせんといふ父の意にもそむけり、彼は早く愛するヰルトン婦人と共に人生と幸福の夢を見つゝありしなり。「僕は青春の身です、活きたいのです、私自身の生命を活きるのです」憫れむべきこの近代的青年は、その薄弱にして利己的なる精神に躯《(ママ)》られて、父を捨て母を捨て叔母を捨て、、才女キルトンを擁して、所謂「人生」に逃れゆく。(122)

小杉はエルハルトを「薄弱にして利己的なる精神」の持ち主としており、彼を肯定しているわけではないが、ここで注目すべきは、それがエルハルトの個人的な資質ではなく、彼が「近代的青年」であることの証だとされていることだろう。樗牛の発言から十年の月日を経て、エルハルトと日本の若者たちの立場はより重なるものと考えられるようになっていた。第一節で見たように、苦悩する西洋文学の主人公が、自らの煩悶を仮託する対象として熱狂的に迎えられるようになるのもこの時期である。よりエルハルトに近い立場からの『ボルクマン』解釈は、このようなエルハルトの読みの変化にしたがって登場してきたものだといえるだろう。

自由劇場試演とその反響

市川左団次と自由劇場を結成した小山内薫は、何か新しいことをしようという意気込みのもと、その初回の演目をハウプトマンの『夜明け前』にしてはどうかと考えていたらしい。そんな彼に『ボルクマン』を薦めたのは、島崎藤村であった。(123) 藤村が『ボルクマン』を高く評価していたことは蒲原有明も記している。藤村は小諸から、「これを是非読んで見ろと、わざわざ小包で」有明に『ボルクマン』を送ったようである。(124) 恐らくこれはウィリアム・アーチャーの英訳本だろう。

藤村がどのように『ボルクマン』を解釈していたかについては、前掲高橋昌子「藤村とイプセン会」でも詳述されているが、ここでは、「自由劇場の新しき試み」において藤村が次のように語っていることに着目したい。

振返つて今の時世を見れば、過去の人々が享楽した演劇音楽等は、吾儕《われら》に取つて真に隔世の感がある。今は実に落寞たる時である。『生』を享楽すべきもの、極めて少い時である。せめて新しい芝居の起つて来るまで――吾儕が胸一ぱいに泣いたり笑つたりすることの出来る芝居の起るまで――西洋近代劇の忠実なる飜訳に依つて、自分等に近いものを、舞台の上に見出そうではありませんか。[125]

ここで彼は「過去の人々」と自分たちが異なった価値観を持っていること、新しい価値観に生きる自分たちは『生』を享楽」したくてもできないことを明らかにしている。そして、「自分等に近いもの」を西洋の近代劇、つまりは『ボルクマン』に求めているのである。藤村のイプセン理解が深いものだったとしても、「過去の人々」と対立し、「『生』を享楽」しようというレトリックは、自らを、そして日本の「若い」芸術界を、エルハルトに近づけていくといえるだろう。伊藤整は『日本文壇史』中の『ボルクマン』に関するくだりで「旧時代の重つ苦しい圧迫に反抗して自己の道を進む若い世代を描いたこの作品のモチーフが藤村の気に入つたのである」[126]と記したが、この記述は日本における『ボルクマン』を考える上で興味深い。『ボルクマン』は「旧時代の重つ苦しい圧迫に反抗して自己の道を進む若い世代」を描いた作品というわけではないのだが、高山樗牛以来、自由劇場と小山内薫を取り巻いていた明治の文壇人たちにいたるまでがそのように『ボルクマン』およびエルハルトを解釈し続けた結果が、伊藤整のこの文章となってあらわれているのではないだろうか。

そして、自由劇場の主催者、小山内薫もそのような考えを抱いていたであろうことは、想像に難くない。自由劇場が『ボルクマン』を上演するにいたるまでの過程で、言及しなくてはならないのが「イプセン会」の存在であるが、この新思想、新文芸に興味を持った芸術家の集まりでも、「新思想の争ひ、さういふことについても大分議論が沸騰した」[127]のだった。血気盛んな若者たちの議論であるから、自然、イプセンの読まれ方も彼らの自己投影となっていく。彼らがいかに自分たちにひきつけてイプセンの著作を読んでいたかは、『新思潮』に掲載された「イプセン会」の様子からも窺えるだろう。第五回、第六回の「イプセン会」の題目は『ヘッダ・ガブラー』

（一八九〇年）だったが、ここで興味深いのは、彼らが作中の人物を拾い上げて、これは日本にもいる、こういうのはいない、と論じていることだ。特に女性についてその傾向が顕著で、まず「普通の女ではない、幾らか新智識を持つて居る」テアが「日本の新しい女の様な所がある」と田山花袋らに評され、つづいてヘッダについて「日本の女学生等にも斯んなのがあるだらうか、追々こんなのが出て来るだらう」（岩野泡鳴）、「日本当りでは、芸者なぞにヘツダと類似の女があるだらう」（柳田国男）、「追々と、女子大学辺から出て来ると思ふ」（正宗白鳥）と議論される。[128] 結婚に退屈し、昔の恋人の論文を焼き捨てて彼に自殺を迫り、最後には自分もピストル自殺をするヘッダは、確かに特異なキャラクターであり、欧米でも「あまりに不自然」「白い悪魔」と評されることもあったようだが、[129] このような論議に発展することはまずなかった。これは、明治の日本文学者たちが、自分たちのリアルな問題の反映として文学をとらえようとしたことの証でもあり、「文明開化」「脱亜入欧」といったスローガンのもと、ヨーロッパ文学から何もかも吸収しようとしてきたことによって生まれた歪みだともいえる。西洋文学の登場人物と実在の日本の人間を同一視しようとする風潮は文学というフィクションの世界と実生活との境を曖昧にする。その結果、後には森田草平と平塚明子（らいてう）による、いわゆる「煤煙事件」のような奇怪な事件が実際に発生することにもなるのである。

ともあれ、『新思潮』の編集者であり、「イプセン会」の熱心なメンバーであった小山内薫は、このような雰囲気のなかでイプセンをとらえていたのだろう。彼は『趣味』一九一〇年一月号の附録「愛読せる外国の小説戯曲」に、夏目漱石ら二四名の文学者たちとともに寄稿しているのだが、そこでイプセンの名を挙げ、次のように述べる。

近頃の脚本では、矢張イブセンが一番好く出来て居ると思ひまして、研究的に読んでは居りますが、面白くなつて我を忘れるなど、云ふような事は、正直な処有りません。余りに陰鬱で余りに疑問が深いので、私

のやうな人間には同化する事が出来ないのでせう。(130)（傍点引用者）

やはり小山内は「同化できる」作品を求めるのである。『ブランド』（一八六五年）が好きなのは、「ブラント《ママ》と云ふ人間が、如何にも吾人青年に何等かの真面目な気を吹込んで呉れるやうに覚えて愉快」だからだ、と記事は続くが、『ボルクマン』についても、「これも息子が面白いのです――息子と親父と母と叔母との関係が面白いのです(131)」と述べている。『ボルクマン』演出の参考にしたものとして、鷗外の訳したシュレンターの批評とともにバーナード・ショーの劇評を挙げている小山内は、当然さまざまなエルハルト評を目にしていたはずだが、やはりエルハルトに自らと、自分が興そうとする新しい演劇運動を重ねたのではないだろうか。そして、自由劇場初日における開演前の彼の演説は、若き谷崎潤一郎によって感動を込めて記された。

氏はフロックコートを着、優形《やさがた》の長身を心持ち前屈みにし、幕の垂れてゐる舞台の前面をやゝ興奮した足取りで往つたり来たりしながら、徐ろに口を切つた。「私共が自由劇場を起しました目的は外でもありません、それは、生きたいからであります。」――氏の唇から洩れた最初の言葉はかうであつた。氏の血色は脚光のために赤く燃えてゐた。後にも先にも、氏が当夜の如く気高く、若く、美しく、赫耀《かくえう》としてゐたことはなかつた。(132)

「生きたい」から新しい演劇を起こす――この言葉は劇中のエルハルトの台詞と呼応する。エルハルトは自分の家と財産を継いでほしいという叔母エルラの頼みも、ボルクマン家の汚名を返上せよという母の願いも、一緒に仕事をしようという父の申し出も退けて、でも僕は為事なんぞをしようとは思はないのです。僕は若い者です。実は今日まで僕もそれをはつきり意識してゐませんでした。併し今といふ今、生活の火が僕の体の中で燃え立つてゐます。僕は為事なんぞはしたくありません。僕は只生きたいのです、生きたいのです。[133]

と叫ぶのである。若い観客の多くは小山内の情熱に感激し、劇中のエルハルトの自己表現を同じ感動をもって見ることとなった。「「僕は若い者です」「僕は生きて見たいんです」等の白《せりふ》が繰返される毎に場内の紺飛白《こんがすり》党から盛に拍手が起つた[134]」とは、阿部次郎（峙楼）の観察だが、エルハルトと自分たちを同一視したことの表われでもある。この学生たちの拍手は、『青年』にも描かれている。

「わたくしは生きようと思ひます」と云ふ、猛烈な叫声を、今日の大向うを占めてゐる、数多の学生連に喝采せられながら、萎れる前に、吸ひ取られる限の日光を吸ひ取らうとしてゐる花のやうなヰルトン夫人に連れられて、南国をさして雪中を立たうとする、銀の鈴の附いた橇に乗りにゆく。[135]

観劇者たちは、この舞台を非常に文学的に、あるいは思想的にとらえた。蒲原有明は「この試演の夕にこゝに集つた鑑賞家は東京に於ける教養の高い人々のみである[136]」とも回想しているが、「東京に於ける教養の高い人々」である観客にとっては、イプセンの戯曲が日本で全くの西欧風に演じられることこそが問題であり、俳優の演技の巧拙にはさほど頓着しなかったようである。俳優が初めての演技で拙さを露呈[137]するのは仕方がないと思っていたのかも知れない。吉井勇の「第一夜の時には、舞台の上に、イプセンばかりが見えてゐた[138]」という感想や、与謝野鉄幹の「近代の思想を重んずる方の劇を観る心持は、斯うあるべきでは無からうか。目よりは耳、舞台よりは脚本、役者よりは作者[139]」という批評、あるいは森田草平が「俳優無用論」と題して『自由劇場』に寄せた「私は此劇を見て居る間、役者などと云ふものは殆ど眼中に無かつた。始終イブセンとぴたりと顔を見合せている様な気がした。而してイブセンの操る糸に依て、自分の情調を支配されて居る様に感じた[140]」という記事からは、彼らのこのような気持を読み取ることができる。

そんななかで市川団子（猿翁）の演じたエルハルトはウィルトン夫人とともにたいへん不評であった。藤村も「団子のエルバ《（ママ）》ルトは出来がわるく紫扇のウィルトンは言語道断だつた[141]」と書いている。河原崎紫扇の場合は、女形が足りずに急遽出演が決定したもので、その準備不足は明白だったのかも知れないが、団子のエルハルトは「にやけた軽薄才子になって了つた[142]」ことを攻撃されている。原作を読む限り、エルハルトを単なる軽薄な若者ととらえることは必ずしも誤っていない。高安月郊は「団子のエルハルトは気障な現代の青年の一面を風刺の的になつた人物としては役柄に適つて居て悪い方では無い[143]」と記しているが、エルハルトをどんな人物と解釈するかによって評価も異なってくるのである。これも当時の人々のエルハルトに対する思い入れの強さを示したエピソードだといえるだろう。

鷗外のテクスト

最後に、自由劇場に用いられた森鷗外の翻訳のテクストに目を向けてみたい。そもそも鷗外は、自由劇場の旗揚げ公演で使用したいという小山内薫の頼みを引き受けて、『ボルクマン』の翻訳に着手したわけだが、若者たちが『ボルクマン』劇のエルハルトにこれだけ肩入れしたことは、実は鷗外による翻訳に負うところが大きいのではないだろうか。

第一幕、夫のためにままにならない生活を強いられてきたと信じているボルクマン夫人（グンヒル）は、妹のエルラに向かって言い放つ。

エルハルトなんぞは、何より先に立身をすることを考へなければなりません。成りたけ高い位置に昇つて、名誉を国中に輝かして、その光が父親の残した暗い影を消してしまはねばなりません。父親のお蔭で日陰者になつたわたしや、自分の身を又明るみへ出さねばなりません。[144]（鷗外訳）

実は、この部分は原作よりも力を込めた言い方になっている。ノルウェー語の原典から訳された原千代海訳を見ると、この部分は

エルハルトの義務は第一、あの子の父親があたしと――そしてあたしの息子に投げた陰をもう目にしなくなるくらい、それこそ立派になることよ。[145]

とされている。鷗外が底本としたのは、フィッシャー版の独訳[146]だが、該当箇所は以下の通りである。

Erhart muß vor allen anderen Dingen danach streben, so hoch zu steigen und so weit über das Land zu glänzen, daß kein Mensch mehr den Schatten sieht, den sein Pater aus mich geworfen hat — und aus meinen Sohn.[147]

このドイツ語訳を、当時世界中に流布し、日本でも最も読まれていたアーチャーの英訳、"Erhart has in the first place to make so brilliant a position for himself, that no trace shall be left of the shadow his father has cast upon my name — and my son's."[148]と比較してみると、鷗外の「成りたけ高い位置に昇つて、名誉を国中に輝かして」という訳は、ドイツ語版で付け加えられたものであることが確認できよう。しかしながら、さらに注目に値

するのは、鷗外がそこに「立身をすることを考へなければなりません」という言葉を付加していることである。この言葉が付け加えられ、さらに「成りたけ高い位置に昇つて、名誉を国中に輝かして」と畳み掛けることによって、ボルクマン夫人（グンヒル）の息子への期待は原作よりも増幅される。また、「立身」という、一時期の明治社会の価値観を象徴する言葉を入れることによって、ボルクマン夫人は家名尊重、立身出世主義に重きを置く明治日本の母とつながるのである。第一幕を通して、グンヒル・ボルクマン夫人の台詞は、このように少しずつ脚色されている場合が多い。財産家のウィルトン夫人とエルハルトの関係について危惧するエルラに向かってグンヒルの言う「よくもそんなふうに、あんた、エルハルトのことが思えるわね！　あたしの息子よ！　大きな使命を果たさなくちゃならない子なのよ！」（原千代海訳）という台詞の最後の部分は、独訳（Ihm, der eine große Mission zu vollbringen hat!）、英訳（He, who has his great mission to fulfill!）ともに原千代海訳とほぼ同じだが、ここを鷗外は「一家の未来の為に大為事を前に控へてゐるわたしの倅が」（傍点引用者）と訳出する。「使命」（独訳、英訳では mission）という言葉を、「一家の未来の為の為事」と言いかえるのである。この言いかえは、グンヒルがエルラに、自分とエルハルトを引き離そうとしても無駄だ、と言う場面でもう一度出てくる。[149] また、第一幕の最後の場面で、グンヒルがエルハルトに向かって「しっかりするの、エルハルト！　しっかりするのよ！　お前には大きな使命があることを忘れちゃ駄目よ！」（原千代海訳）と諭す場面では、「エルハルトや、しつかりおしよ。この家を立て直すといふ大為事がお前にはあるのだからね。それがお前のミツシヨンなのだからね」というように、「大きな使命」は「この家を立て直すといふ大為事」と言いかえられ、「ミツシヨン」と反復されることによって、より強調した言い方になっている。

　このように、子供に期待する母としてのグンヒルの姿は、当時の日本社会に通じやすい言い換えと反復を経て、より強い印象を観客（あるいは読者）に与えたのではないだろうか。『演芸画報』一九一〇年一月号は、自由劇場の『ボルクマン』の小特集を組んでおり、そこに妖星子という筆者が「芝居見たま丶」という梗概を書いているのだが、そのなかで、「夫人は無闇と「一家の未来」といふことを口にする」[150]としている。実際の舞台を観た観客にとってもボルクマン夫人の印象はこのようなものだったとみてよいだろう。

この戯曲における老若二世代間の乖離というものは、破産の後ひたすら家の二階に閉じこもっている老ボルクマンと、唯一人彼を訪ねてくる友人フォルダルの会話のなかにも描かれている。フォルダルは、自らが子供たちに軽蔑されることを嘆く。

フォルダル　子供たちは、——みんなもっと教育を受けてるでしょう。だからまた、生活にも欲があります。
ボルクマン　（同情するように相手を見て）それで子供たちが君を軽蔑するってわけか、ヴィルヘルム？
フォルダル　（肩をしゃくり）わたしは出世もしませんでした。そりゃ否定はできません——　（原千代海訳）[151]

この教育のところは、独訳では"Denn die Kinder, — die haben doch mehr Kultur" 英訳では"For the children — well, they have more culture"となっているが、鷗外は「まあ新しい教育というやうなもの」（傍点引用者）と訳している。ここでも「新しい」は独訳や英訳にもない、鷗外自身の付加である。当時の日本の青年たちはまさに西洋風の、親の知らない「新しい」教育を受けていた。つまり、この形容詞が加わったことで、鷗外訳のこの戯曲を読んだ日本の若者たちは、ボルクマンとエルハルトの関係を、若い明治第二世代である自分たちと、自分たちの親の世代の関係としてとらえやすくなっているのである。結果として彼らは劇中のエルハルトに自らを投影し、母グンヒルに代表される旧世代に背を向けることになる。

さらに決定的ともいえる例は、第三幕に現われる。ウィルトン夫人と出発することを皆に告げたエルハルトは、未来のことなど気にしたくない、と言う。

エルハルト　〔前略〕ただ一度、自分自身の生活を送るチャンスが欲しいだけだ！
ボルクマン夫人　〔苦しんで〕それをお前は、生きることだと言うんだね、エルハルト！
エルハルト　ええ。この人がどんなに美しいか、わからないんですか！〔原千代海訳〕[152]

ここでエルハルトがウィルトン夫人の容色を褒めるのは、エルハルトの軽率さをあらわしていると一般に解釈されている。彼が「生きたい」というのも、結局は恋愛を楽しみたいだけ、ということもできるだろう。しかし、この部分を鷗外は「どうしてあなたには僕のいふ生活が美しいといふ事がお分りにならないでせうか」と訳しているのである。独訳ではここは "Ja, siehst Du denn nicht, wie herrlich sie ist!"[153] となっているが、文中の sie を中性名詞である「生活」ととるのは困難であり、やはり「彼女＝ウィルトン夫人」だとするよりない[154]。先にも挙げたように、フィッシャー版のドイツ語訳では原作のニュアンスが変わっている箇所も散見されるのだが[155]、この部分はそのような例にはあたらない。とすれば、鷗外は「彼女＝ウィルトン夫人」を、故意に「生活が美しいといふこと」に読み替えた、ということになる。そして、「生活が美しい」という台詞を日本の知識人が聞いた時、真っ先に頭に浮かべるのは、一九〇一〔明治三四〕年に高山樗牛が発表した、「美的生活を論ず」だっただろう。恋する女性の容貌の賛美が、「美的生活」への渇望に変貌したのである。樗牛の「美的生活」を支持した若者たちは、エルハルトが「生活の美しさ」を求めて行動を起こすことに大いに共感したに違いない。一方、「美的生活は、人性本然の要求を満足する所に存するを以て、生活其れ自らに於て既に絶対の価値を有す。理も枉《ま》ぐべからず、智も搖かすべからず、天下の威武を挙げて是れに臨むも如何ともすべからざる也[156]」という樗牛の主張は、実はエルハルトの姿と重なっているのだ、というのが鷗外の理解だったとすれば、鷗外版『ボルクマン』は重層的なテクストとしてもたいへん興味深い。

後にこの鷗外の翻訳は、海藻を研究する遠藤吉三郎という大学教授によって問題にされることになる。彼はノルウェーに留学してノルウェー語を勉強していたために、「しさべのめかり」というペンネームで「日本に於けるイプセン劇の誤訳を嗤う」という文章を一九一四（大正三）年八月から雑誌『新日本』に連載したのである。当時の日本におけるイプセンの翻訳は英訳や独訳、仏訳からの重訳だったため、原文を知る遠藤は勢い居丈高になり、その論調はノルウェー語の知識をひけらかすようなものだった。鷗外の翻訳も批判の対象となり、初回の『人形の家』篇で早くも「鷗外氏は如何なる台本を基にせるとやを示さざれども、よも諾威《ノルウェー》語より直に訳せるに非ざるべし。そは少しにても諾威語の智識あるものは決して斯かる様に訳し得べからざればなり。彼は多分独逸語より翻訳せるなるべしと想ふなり。若し然りとせば、鷗外氏の選みし独逸訳は極めて拙劣のものなりしなるべし」と痛烈に皮肉られている。これに対して鷗外が「亡くなつた原稿」というエッセイで反駁したこと、遠藤自身の訳文も日本語としてこなれていない上に思い違いが散見されることは中村都史子の研究などに詳しい(157)。

さて、遠藤が「イプセン劇の誤訳」連載において、『人形の家』『鴨』『海の夫人』『蘇生の日（私たち死んだものが目覚めたら）』に続いて取り上げたのが、『ボルクマン』であった。遠藤はここで鷗外の訳について

鷗外氏の訳の病とすべきは、その訳の余りに長々しきに在り、註釈めく事多すぎることなり。自分の意見を加へて、原作になき語まで附加することなり、此為めに一気呵成の対話演劇を見て居ては息をもつけぬ面白味のある対話をば、勢の抜けたるダラシなきものとすることなり(158)。

と述べている。これには一理あると考えられるだろう。これまでわれわれがみてきたように、『ボルクマン』には「原作になき語」が多く加えられている。自らもイプセンに興味を持ち『人形の家』の翻訳も既に手がけていた島村抱月も、自由劇場試演の感想を求められて「又訳本についても聞いた所往々訂正を願ひたい箇所があるやうに見えた(159)」と語っているが、言い換えて反復する、という鷗外の翻訳は、どうしても台詞が長くなる傾向があ

り、上演を前提にした脚本としてみた時には、あまりよいものととれなかったのかも知れない。
このように、『ボルクマン』のテクストは鷗外の手を経ることで、原作よりも日本の青年の心情に訴えるものとなった。エルハルトは「美的生活」の信奉者として、家名尊重、立身出世主義の権化としての母を捨てることを正当化される。鷗外自身は、『ボルクマン』をこのようには理解していなかったのではないかと考えられるが、(160)小山内の依頼による、自由劇場での試演を念頭においての翻訳は、「新旧思想の衝突」をより前景化するものとなったのである。日夏耿之介は後に回想している。

紅葉の如き、うまさは即ち充分うまい小説家ではあつたが、吾等の心胸を射る性格創造はかつて一人もなしえなかつた。之によつて哀しみ之によつて楽しむ底の人物が全くない。鷗外訳文に於ける白面碧瞳の西人男女の方が、実はどれだけ吾等明治日本青年の心胸生活に邇《ちか》かつたか判らない。果然鷗外の創作的翻訳は、その裡の男女老若人物を、悉皆近代日本心理の根底ぶかく移植して了つてゐたのである。(161)

鷗外の「創作的翻訳」は、日本における『ボルクマン』をイプセンの本来の姿から引き離してしまったかも知れない。しかし、この読み替えによって、『ボルクマン』は青年たちの望むものへと変化し、若い観客は熱狂し、自由劇場の公演は歴史に名を残すことになったのである。小山内を中心として、自由劇場の立ち上げに関わった芸術家たちにとっては、エルハルト中心の『ボルクマン』理解は必ずしも賛同できない場合もあっただろうが、エルハルトへの喝采が自分たちの「若い芸術運動」への喝采となったことで、彼らの目的も遂げられた。その意味で、小山内の意を汲んだ鷗外の目論見は、見事に当たったといえるだろうし、鷗外版『ボルクマン』は、明治末期の日本の若い知識人について考察する上での重要なテクストでもあるだろう。

第二章　「女学生」の憂鬱

一　「女学生」というメタファー

開かれた少女たち――明治の新教育

「煩悶青年」たちが社会的栄達よりも自己の内面に興味を向けていくなか、前章でも論じたように、「恋」は彼らが考えるべき重要な問題ととらえられるようになった。それでは、その相手として目されたのは、どのような女性たちだったのだろうか。本章では、その代表的な存在ともいえる「女学生」に着目し、彼女たちをめぐる文学表象について考察したい。

髪に大きなリボンをつけ、袴をはいた「女学生」の姿は、明治後期のメディアを賑わせるものだったが、明治の文学においても、彼女たちの演じた役割は無視できないものだといえる。柄谷行人は、

日本の近代文学は、二葉亭四迷でも山田美妙でも、だいたい「女学生」という存在にショックを受けたところから始まっています。異性が知的である、つまり、対自存在としてあるということへの困惑から始まっている。(1)

とある討議で述べているが、一八八七（明治二〇）年発表の『浮雲』のお勢、一九〇七年の『蒲団』の芳子など、文学作品のヒロインに女学生が選び取られている場合が少なくない。また、明治三〇年代には、小杉天外の『魔風恋風』や小栗風葉の『青春』のように、一世を風靡した「女学生」物語もある。

しかしながら、先にひいた柄谷の発言と、『魔風恋風』のような女学生物語を並べてみると、どうも釈然としないものがある。そこには、「女学生」という存在についての認識のズレがあるように思えるのである。そして、このズレを読み解く鍵は、明治二〇年代にあるのではないだろうか。この時代に、「女学生」は文学における主体としても客体としても注目され始めたのである。まず本節では、明治二〇年代の「女学生」表象について考察してみたい。

まず、明治期の女子教育について簡単に整理しておこう。明治期の女子中・高等教育は、さまざまな紆余曲折を経ることになったが、そのスタートは驚くほど早いものであった。一八七〇（明治三）年、横浜にフェリス英和女学校の前身が開校する。翌年には、やはり横浜に共立女学校が出来、十一月には津田梅子や山川捨松らの少女五名が米国留学に出発した。一八七二年になって学制が発布されると、東京女学校、開拓使女学校が、三年後には東京と金沢に女子師範学校も開校し、明治二〇年までには全国に公立、私立をあわせて五〇校ほどの女学校が設立されたという(2)。

明治維新直後の動乱期に女子教育がこれだけ重視されたのは、当時、学制制定などに関わったのが「洋学派」と呼ばれる人々だったからだろう。一八七一年に五人の少女をアメリカ合衆国へ送り出すきっかけをつくった開拓使次官黒田清隆は、訪米した際に米国婦人の教育と社会的地位の高さに驚いて女子教育の必要を痛感し(3)、明治女学校の初代校長木村熊二も、米国留学中、一八七二年六月六日付の妻への手紙に、「日本の女は無学ニ而　当地の女とくらべ候へは　実に気の毒に存じ候(4)」と記しているという。後に巌本善治《よしはる》は、『女学雑誌』創刊号（一八八五年七月二十日）の「発行の主旨」のなかで「国内婦人の地位如何を見れバ以て其国文明の高下をさとるべしと云へり[5]」という「西洋学者の言」を紹介し、「吾国現今の婦人を見て日本ハ尚ほ開化せし国に非ずと云ハれん」と述べているが、欧米を頂点とする「文明」のヒエラルキーに組み込まれ、「開化」によってその階段を上ろうとしていた当時の日本にとっては、女学校の整備もまた重要な「開化」だったのだろう。なお、最初期に開校したフェリスやＡ６番女学校[6]といった学校は、いずれも合衆国の婦人宣教師が開校に尽力した、キリスト教系のミッション・スクールであり、欧米から教師を招いていた。こうした学校の現場においては、「西洋の婦人」のような女性になることが目標として想定されていたともいえる。

さて、このようにして日本の女学生たちは最初の一歩を踏み出したが、そこには問題も山積していた。まず、女子教育の目的と階級の混乱、という問題が挙げられる。先に、日本の女子教育が、当初欧米の婦人たちのような女性の育成をひとつの目標としていたのではないかと述べたが、日本の女学校へも教師として多くの女性が赴任し、津田梅子なども学んだアメリカ合衆国の当時の女子教育の目的は、日本が求めるものとは異なっていた。合衆国では、一八三七年に初めての女子大がマウント・ホリオークに創設され、一八七〇年にはコーネル、ミシガンといったいくつかの総合大学も女性に門戸を開いている。そして、十九世紀に創設された女子の高等教育機関の目的は、良妻賢母の枠を超えた教育の提供であった。そこでは男子教育と同じように知性の啓発に力が注がれ、卒業生の多くは医師、教授、組合活動家、宗教活動家、福祉活動家として社会的にも経済的にも自立した存在となったという[7]。翻って、明治日本への女子高等教育導入時を考えてみると、黒田も木村もそこまでの教育成果を期待したわけではなかっただろう。彼らや巌本が求めた教育とは、「無学」な日本女性を「文明」社会の一員にすることだったのであり、合衆国の女子大の前段階、すなわち若い女性を素晴らしい家庭生活のために訓練する女子修養会の性格を有したものだったと思われる。このような状況では、「高等教育」の目的がどんなものであるかについて混乱が生じるのも無理はない。

もう一つの齟齬は、高等教育を受ける女性たちの社会的階級についてである。合衆国において、女子高等教育

図3 河鍋暁斎画「書生の化物」挿絵（高畠藍泉『怪化百物語』1875年）

は、中産階級のためのものであった。富裕階級では、女性が高等教育を受けることなど「全くもって不適切なこと」[8]で、適齢期には身分相応の男性と結婚するのが当たり前だったのである。一方、日本においては、一八八五（明治一八）年に華族女学校が設立されたことからも明らかなように、上流階級の子女も同じように高等教育機関に通うことになった。

次のポイントは、女学生たちが文字通り「外へ出た」ことだろう。彼女たちは最初から、見るものの視覚に訴える存在だった。彼女たちをめぐる言説は、常に彼女たちのいでたちに結びついていたともいえる。一八七一（明治四）年頃、活動的な服装の必要性から、女学校の教師が袴をはき始める。高畠藍泉の『怪化百物語』では、書生が「僕が生涯の宿願は、海外留学の帰後は、君も知りたまふ隣町の女学校の助教になつた、お固なるものナ、如何なる造化の神の賜ものにして、あんな美人が出来たなア」[9]と、女学校の教師に憧れるさまが綴られているが、河鍋暁斎の挿絵では、袴に高下駄をはいた女性が「別品女塾」へと入っていく様子が描かれる（図3）。道行く人を振り返らせるのは、容貌だけではなくこの服装でもあったろう。袴は教師から生徒たちへも広がっていく。一八七五年に開設された東京女子師範学校では、紺と浅黄色の袴に校章入りのかんざしという制服が定められ、同年開校の跡見女学校では、紫の袴が着用された[10]。つまり、女学生たちはその服装によって、差異を強調されたのだ。「女学生」をひとくくりにする言説を喚起する土壌は、初めからあったということになる。

しかも、当時の社会のなかで、女性の袴姿は、一般には「男装」とみなされるものだった。現在の軽犯罪法にあたる違式詿違《いしきかいい》条例は、東京府が一八七二年十一月に五三条を施行、翌年七月、各府県に九〇条が公布施行されたものだったが、刺青や肌脱ぎ、銭湯での男女混浴の禁止などとともに、その第六二条には、男性の女装と女性の男装の禁止が定められていた。興味深いのは、この条項に「但シ俳優歌舞妓《やくしゃおどりこ》等ハ勿論女ノ着袴《はかまぎ》スル類ハ此限リニ非ス」(11)という但し書がつけられていたことである。つまり、当時の世間は女性の袴姿へ違和感を抱いていたことが、ここから読み取れるのである。そして、男装する女性は、男性社会への侵犯者とみなされる。一八七二年三月の『新聞雑誌』第三五号には、女子の断髪を嘆くとともに、「洋学女生ト見エ大帯ノ上ニ男子ノ用ユル袴ヲ着シ足駄ヲハキ腕マクリナトシテ洋書ヲ提ケ往来スル」(12)女性たちが、「学問ノ他道ニ馳セテ女学ノ本意ヲ失」っていると批判する記事がみえる。また、一八七五年十月八日の『読売新聞』には、「一体女子といふものハ髪形から着物までも艶《うつ》くしく総てやさしいのが宜いとおもひますに此節学校へかよふ女生徒を見ますに袴をはいて誠に醜くあらく〳〵しい姿をいたすのハどういふものでありませう」(13)という投書が掲載されている。これは、イギリス風刺漫画雑誌『パンチ』第二一号(一八五一年九月二十七日)が掲載した、ブルーマーリズムに向けたまなざしと同質のものであろう(14)(図4)。アメリカのアメリア・ブルーマーは、友人が考案した女性の活動的な服装を一八五一年に雑誌に紹介したが、この、短いスカートに、足首ですぼまる、ゆったりとしたズボンをあわせた服装は、大変な話題となり、彼女の名をとってブルーマーズと呼ばれるようになった。しかし、ブルーマーズを着用する女性たちは、男性社会を脅かす存在として、揶揄や批判の対象となった。『パンチ』が描き出す、葉巻をふかし

BLOOMERISM—AN AMERICAN CUSTOM.

図4 「ブルーマーリズム――アメリカの習俗」(『パンチ』第21号, 1851年)

ながら往来を闊歩し、不審な眼を向けられる女性たち（ブルーマーリズム実践者）の姿は、「男装する女性」への批判的なまなざしの典型である。

なお、『怪化百物語』でのようにその美しさを描写されるにせよ、男装として糾弾されるにせよ、女学生たちに注がれる視線は、性的なものでもあった。『怪化百物語』では、書生は助教を「昨夜同行した賤婦」に比べ、彼女と行き逢うと「実に春心発動して自ら制すること不能」だと語る。また、当時女学生以外に袴姿、あるいは男装でニュースになったのは、芸者であった。図5、図6はいずれも一八七五（明治八）年の新聞記事であるが、前者では一月三十日に乗馬の芸妓が老人を「蹴倒し泥の中なる往来て十分顛《ころ》ハし課《をほ》せたる」(15)ことが報じられ、後者では三月二十五日に「美しき男が彼地こち火事見舞もてあるき廻る様子」(16)が不審がられ、男装した芸者が逮捕された、と伝えられている。この時期からすでに「女学生」と「芸妓」が重なる存在として表象されていたことには、注意しておきたい。但し、このような状況のもと、一八八三（明治一六）年になると文部省による女学校の服装の規制が発布され、「習風ノ奇異浮華ニ走ルコトヲ戒ムルハ、教育上物《〔すべて〕》ニスヘカラサル儀ニ候」と、教員、学生ともに男袴を着用することが禁止された。

図5　月岡芳年画（錦絵版『郵便報知新聞』第576号, 1875年1月30日）

図6　落合（一恵斎）芳幾画（錦絵版『東京日日新聞』第969号, 1875年3月25日）

次に、洋装の時代がやってくる。欧化政策といわゆる鹿鳴館時代の到来は、東京女子高等師範学校をはじめとする各府県の師範学校女子部での洋装の採用という形となって、一八八五年頃から女学校に広まった。そして、それは「社交界」の誕生をも意味していた。一八八五年二月十三日の『東京横浜毎日新聞』には、次のような記事が出た。

○舞踏亦学科中に加ハらんとす
貴婦人舞踏は追々盛に行ハるゝを以て自今学習院及ひ女子師範学校其他の学校に於ても学科中に舞踏の一科を加へんとて目下各貴顕中にて専ら協議中なりと又貴顕には府下に一の舞踏演習場を建設せんと計画し居る由(17)

欧化政策が女子高等教育に期待したのは、西洋風の「社交」の会得でもあった。そして実際東京女子師範学校では、翌年に舞踏をカリキュラムに導入、十月には高等女学校の生徒と帝国大学の生徒で舞踏会を開かせたのである。また、一八八七（明治二〇）年の四月には、同校に会話、舞踏、音楽をもって「善良なる男女交際」を目的とした「和楽会」が設けられた。当時の女学生の一人、田辺（三宅）花圃《かほ》は、その頃のことを次のように回想している（以下、三宅花圃と表記する）。

当時のお茶の水は、所謂欧化主義の全盛期でございましたから、女学生の風俗も、束髪に洋装といふハイカラな恰好で、土曜日の午後には和楽会と申しまして、学校のなかでダンスの会が開かれてをりました。この和楽会は、男女交際の道を開くとでも申しませうか、桜井錠二とか、神田乃武とか、矢田部良吉とか、大学の先生方がよくダンスしにおいでになりました。またピアノの先生の瓜生繁子さんの御主人の関係でか、短剣をさげた海軍の軍人さんも、多勢お見えになつてゐたやうでございます。
土曜日の午後になりますと、さすがに女学生の方でも、そはそはする様子が見えました。なかには理容室へ行つて、一寸白粉をつける女学生もございました。勿論、このダンスのために、風儀がどうかうといふことはなかつたと思ひますが、一般の社会からは非常な誤解をうけまして、新聞などではずゐ分攻撃されたことがございました。(18)

この回想からは、このような形で「男女交際の道」が日本の女学校に導入されたことがわかる。そして、自らの意思はどうあれ、開かれた男女交際の実践者となった女学生たちが、世間の好奇の目、揶揄や中傷、非難の的になったのは当然のことでもあった。音楽はともかく、男性との会話や、パートナーと組んでの舞踏、などは「非常な誤解」のもとであり、またしても彼女たちは、芸妓の姿と重ねられてしまうのである。伊藤内閣の失墜とともに鹿鳴館時代は終わり、女学生の洋装や夜会も廃れてしまうことになるが、「男女交際」と「女学生」はその後もずっと、人々の意識のなかでつながり続けることになる。

『薮の鶯』の少女たち

さて、このような状況の下、「女学生の語り」はどのような形で登場するのだろうか。
『浮雲』のお勢は、漢語交じりの男女交際論を唱え、「「ナシヨナル」の「フオース」に列国史《スキントン》」といった高度なテクストをさらうだけの英語力もある。とはいっても、この作品には、実はお勢は単に「根生《ねおひ》の軽躁者《おいそれもの》」で「根がお茶ツぴい」だから流行に染まりやすいのだと書かれている。

其後英学を初めてからは、悪足掻もまた一段で、襦袢がシヤツになれば唐人髷も束髪に化け、ハンケチで咽喉を緊め、鬱陶敷《うつたうしい》を耐へて眼鏡を掛け、独よがりの人笑はせ、天晴一個のキヤツキヤとなり済ました。[19]

お勢にとっての英学は、流行に便乗したファッションに他ならない。ということは、飽きてしまえばそれまでということである。第十八回では、編物の稽古に通い出したお勢が、英語より編物が面白くなるとともにそれまでの薄化粧をやめ、「こツてりと、人品を落すほどに粧ツて」行くようになったことも描かれている。

しかしながら、文三にとっては、お勢の魅力は、共に新時代に向かっていく価値観の持ち主であることだ。自分にとって親より大切な者は「真理」だ、というお勢の言葉に、文三は知的なショックを受ける。そして、彼が免職になったことにも、当初のお勢は寛大である。その要領の悪さに腹をたてるお政とお勢は議論し、文三の心配に対しても、「君の為めに弁護したの」（傍点引用者）といかにも新知識人らしい言葉で彼女は答えるのである。このような彼女を、文三は自分の同志と感じる。社会と相容れることのできない自分を、唯一理解してくれるに違いない女性――。文三がお勢に惹かれるのはこのためであり、そう信じたお勢が彼の期待通りにふるまってくれないことが彼を追い込んでいくことになる。確かに、この小説を見る限りでは、新教育を受けた「女学生」は知的な存在であり、たとえそれが見かけ倒しのものだったにせよ、主人公が惹かれるのは、新しい知性を備えたお勢なのである。

『浮雲』の第一編が出たのは一八八七（明治二〇）年六月だったが、翌年になると、女学生を主人公に据えた小説が発表される。三宅花圃の『藪の鶯』である。この作品は、萩の舎の後輩であった樋口一葉を文学に向かわせた作品としても知られている。

齋〔藤、以下略〕「ですがネー。わたくしは夕べをかしな夢を見てヨ。福ちゃんがネ女になつて。私の兄の処へよめに来たいといひ升《ます》から。そんな事をいはないで本との男になつて。あたしのおむこさんにおなんなさい……。兄さんハネ。夜会でお目にか、るミス服部といふ人が大へんに好ですから。お気の毒様といつたら福ちやんがおこつて。

女「ヨー齋藤さんもうおよしなさいヨ。サア」トかすていらをペンナイフで切て出す「メネーメネー。サンキユー。ホワ。ユウワ。カインド。と片言の英語を囀りながらチヨイとつまんで「それからネー宮崎さん。

宮〔崎、以下略〕「モウおよしなさいヨ。あなたは磊落だからおかまひにならないけれど。ヨーもうよして頂戴。

齋「へイ〳〵恐れ入りました。ぢやア相澤さんをつれてきて。あたしは一所にお咄しをするワ」とバタ〴〵たべながらかけて行。

宮「ほんとに「クイッキ、モーション（Kuick《ママ》 motion）ナ人ネー。[20]（第六回）

『薮の鶯』単行本の序で、坪内逍遙が圧巻と褒めた、女学校の場面である。実は、このような「女学生の会話」は、『女学雑誌』のなかで巌本善治が繰り返したものだった。この点については後述するが、教化、啓蒙をひとつの目的に、巌本はそのフィクションのなかで「女学生の会話の筆記」というスタイルをとり続けたのである。さらに、『女学雑誌』は、小説の著作が女子にとって良いものである、と度々論じている。この雑誌に早くから親しみ、投稿も掲載されていた花圃にとって、このようなスタイルの小説を執筆することは、自然な成り行きだったともいえるだろう。

だから、というべきなのだろうか、この物語はいかにも優等生的でもある。作品の冒頭は、鹿鳴館での夜会の情景だが、そこで「鼻たかくして眉秀で」「きはだちて色白く」「十人並には過たるかた」と描写されるのは、「一に西洋、二に西洋」の「洋癖家」、篠原子爵の一人娘、浜子である。彼女は父の病気のために学校は退学するが、英語の勉強は続ける、交際好きな女性だ。「レディは才色兼備の上に。近頃は英語もお出来なさるし。ピヤノ抔《など》はことにお得意。ダンシングから何から。貴女連中との交際でも恥かしくない」とも評される彼女は、しかし、「こころあるものはひそかに爪はじきしてそしりあ」う、高慢な女性として描かれている。結局、浜子は婚約者の勤に家を譲り、自らが思いを寄せていた官員と結婚するが、相手は悪党で散々財産を使い果たした上、女と行方をくらましてしまう。世間へも顔向けできず涙にくれる彼女はそれまでとはうってかわって敬虔なクリスチャンとなる。交際上手ではあるが高慢な彼女は、物語のなかで罰せられるのである。このプロットは、『女学雑誌』発行の主旨にある、「希ふ所ハ欧米の女権と吾国従来の女徳とを合せて完全の模範を作り為さん(21)」に沿ったものだともいえるだろう。

さて、女学生たちの会話には、当時の女子教育の混乱がそのまま表出する。

服〔部、以下略〕「ですけれども。大変に御体には御毒ですネー。女生徒は男生徒より大気でないせへか、あんまりなまけませんてネ。ですからそんなに勉強を勧めてさせないでも。自分自身に相応に勉強して行ますとサ。でも此頃は大変に女に学問をさせるのが一問題で厶《ござ》り升《ます》と。あんまり相澤さんのやうに。過度に勉強遊ばすと精神がよわつて。よわい子が出来るさうです。

相〔澤、以下略〕「アラいやなこつたワ。だれが御嫁なんかに行もんか。

宮「あんなことをおつしやるヨ。先生になつても御嫁に行方がい丶つて。

相「ナニ先生になれば男なんかにひざを屈して。仕ふまつッてはゐないはネー。

服「ですからこの頃は学者たちが。女には学問をさせないで。皆な無学文盲にしてしまつた方がよからうといふ説がありますとサ。少し女は学問があると先生になり。殿様は持ぬといひ升から。人民が繁殖しませんから。愛国心がないのですとサ。明治五六年頃には。女の風俗が大そうわるくなつて。肩をいからしてあるいたり。まち高袴をはいたり。何か口で生いきな慷慨なことをいつて。誠にわるい風ださうでしたが。此頃大分直つてきたと思ふと。又西洋では女をたつとぶとか何とかいふことをきいて。少し跡もどりになりさう

だといふ事ですから。今の女生徒は大責任が有るのでムり升と。〔後略〕[22]（第六回）

ここには、女学生として教育を受け、さまざまな理想や夢を持ったであろう三宅花圃自身の迷いやゆらぎ、あるいは諦めも語られているといってよい。そして、作者が控えめに提出する「完全なる模範」への答えは、少女たちの夢の中で描かれる「御夫婦ともかせぎ」だったのではないだろうか。物語の結末、それぞれの道を歩む女学生たちのなかで、磊落な斉藤と、気焔を吐いていた相澤とが「其後師範学校に入りて。何れも才学を以て名を知られたりしが。兼てかたれる志のごとく。女学士にて夫をも持たず。一生を送りしや否や。其将来は知るによしなし」と語られるにとどまるのは、作者が相澤や齋藤のような生き方に自信が持てないことの証だともいえる。「女権」への希望も持ちながら、「女徳」が花圃を踏みとどまらせるのである。

そして、三宅花圃の師たちが評価したのは、やはり「女徳」の部分だった。巌本善治は、一八八八（明治二一）年六月の『女学雑誌』に『薮の鶯』の評を載せたが、浜子の婚約者が「なんでも人間は道徳が大事だ」と言うのと、女学生が「聖書の教えも得て勝手にとりなして聞くときは身を乱すこともあるべし」と語るところを「実にこれのみ」[23]と最も評価している。また、師であった坪内逍遙が一八八九年の『国民之友』一月号に発表した作品「細君」の主人公は、師範学校を卒業した女性と設定されていた。この設定は、『薮の鶯』と無関係ではないだろう。ところが、「細君」の主人公は、以下のように描写される。

夫人はまだ学校へ通ひし頃より、負惜みの強いのと愛嬌の乏しいので人に知られ、「あの様な気前では嫁入りをしてからがどうでせう。何を言っても学問の外には取所《とりえ》のない人ですものを。」と器量自慢は竊《ひそ》かに譏《そし》り、「教育の学問のと申しても、女の学問は知れたもの。学問で台所は出来ませぬ。生中《なまなか》ちッとばかし見識があると、高くとまるのが女の持前。権利だの同権だのと、歯の浮く事を言はれると、余ッ程の美人でも

二度と見る気は出ぬものと、此間も宿のが言はれました。」と意気な細君の聞えよがし。(24)

彼女は結婚後も、女中には「さういふ女書生だから、台所の事は真暗で、いやに勘定の細かい癖に人を使ふ呼吸を知らず、目端が少しもきかぬ癖に、おつに世話を焼きたがる事」と陰口を叩かれ、離縁したいと実家に相談に行くと、「お前は学者だから、外聞がどうだ斯うだとお言ひだが、妾の二三人は当然の事さ」とあしらわれる。挙句の果てに、実家に用立てようと彼女が金を工面しに質屋へ使いをやったことがわかると、『薮の鶯』の浜子の婚約者、勤と同じように洋行帰りである夫は「生兵法《なまびょうほう》は大創《おおけが》の元といふが、生意気に少し計り権利だとか財産だとか間違つた事を聴きかぢつて」勝手なことをした彼女の「猿知恵」を罵倒する。逍遙は、「女権」の敗北が明治社会の現実であることを、このような形で花圃に突きつけるのである。

一方、『女学雑誌』は、一八八九（明治二二）年八月、第一七六号の社説に、明治社会のなかで望みを遂げられずに死んだ三人の女性の亡霊に語らせる「○夏夜陰々たり」という記事を掲載している。そこで「女秀才」が語る、「抑《そ》も妾《わらは》は只だ不幸中の一人のみ、彼の妾の如く学び、妾の如く望み、而して或は妾の如く短命にして死し、或は死せざるも尚ほ世に於て生ながら埋もるゝもの幾千《いくばく》かあらん、学は果して身の仇なりや、文明は果して女の敵なりや、世に越えて進むは果して身の不幸なりや、ときに思ひはづらひて今ま尚ほ浮みがたく、亡念執着していと〳〵恨めしく侍る」(25)という嘆きは、『薮の鶯』にあらわれた、高等教育を受けた女性が内包せざるを得ない問題の再提示であった。むろん、『女学雑誌』の主張は、このような女性たちに同情を寄せながら、「天下遂に開け、文明真に成り、男女各々其地を得て、願ふ所ろの女極ま(26)」（傍点引用者）ることだったわけだが、その文脈を離れた形で、女学生たちに訴えかけるものを持っていたようにも思える。この後、女学生の語りは様々な形に囲い込まれていくことになるが、「学は果して身の仇なりや、文明は果して女の敵なりや」という問いは、語りの意識下にずっと潜み続けることになる。

「恋愛」する女学生

さて、『薮の鶯』の成功は、この時代の多くのフィクションに、「女学生」を登場させることになったが、三宅花圃が訴えたかったことは、ほとんど伝わらなかったといってよいだろう。それでは、「女学生」たちがどのように造形されていたか、といえば、作者たちが女学生に与えた役割は、「恋愛」の対象、および「恋愛」の語り手、だった。『小説神髄』が打ち出した写実主義が「硯友社の書生ものと女学生もの」を生み出した、と指摘しているのは勝本清一郎だが(27)、その「女学生もの」のひとつ、尾崎紅葉が一八八八(明治二一)年五月に『我楽多文庫』に連載を始めた「風流京人形」には、女学生たちがコミカルに描写される。「花圃女史を圧倒する名作を出さう」と熱心に『薮の鶯』を読む少女は、友人に「下情を穿たうとして野鄙な事をかく」よりは、「隔靴掻痒の感があつてもかまはないから何処までも優美に……淑女《レディ》らしい処を失はない方がい、」との助言を受けるが、その助言は「今の御忠告の出処を承はりませう寝物語に誰か、ら聞いた説」と茶化され、結局彼女たちの会話は、男性の噂話で終わってしまう。

蓮〔葉、以下略〕《チヨイト猪尾井さんあなた矯風会でT《ツチー》を見て……》
猪〔尾井、以下略〕《だれ……だれサ……T《ツチー》ツて》
蓮《祭しがわるいヨ……有名な好男子のTA《チーエー》サ》
猪《TA《ター》……ア、……梅……松……》
蓮葉は微笑して首肯く。猪尾井は返礼の笑顔。
猪《ア、見てよ……見てよ……実に好男子ネ……いつもお愛想のい、事》
浮〔木〕《だれ……チヨイトだれ。猪尾井さん》

猪《マア御存知ないノ。〇〇学校の新駒(28)》

この「風流京人形」というテクストは、同時代の恋愛言説とあわせて読むとたいへん興味深いものなので、次節で改めて取り上げることとしたいが、同年十月の『都の花』創刊号の巻頭を飾った山田美妙の「花ぐるま」にも、女学校を卒業した女性が登場する。その女性、阿梅は、帰宅が遅いと「こまるでハ無いか、あの子の気儘なのにも。女の学問はそれだからいけないて(29)」と父に謗られ、親の決めた縁談に、「志かし、もウ…圧制　婚姻…」と、『浮雲』で見られたような、漢語混じりの苦悩を吐露する。しかし、このテクストにおいても、「妾だツて無教育の婦人でも無いもの」との自負を持つ彼女の語りは、結局は恋愛や結婚に関係することだけになっている。

女学生たち自身の「語り」がこのようにして特定の話題へと囲い込まれていく一方で、彼女たちを描写する「語り」は能弁になっていく。そこには、メディアも一役買うようになる。『都新聞』が一八八八（明治二一）年十一月三十日に掲載した、「お嬢さんのチン〱」という記事では、「駿河台の某学舎」に通学する女学生が、学校帰りに人力車で書生の下宿に乗りつけ、彼女に黙って転居したことを詰《なじ》った、という事件が取り上げられている。

モシ松下さんエ、口惜しい博物館へ同伴《いつしよ》に往た時の契約ハお忘れかアノ此軽薄男子奴がと頭髪に翳してあつた造薔薇《つくりばら》の花簪《かんさし》を抜くが早いか練馬大根のやうな腕を振上げて書生の耳の辺りを力任せに殴刺《つゝ》くとアツと云つたまゝ書生ハ後ろざまに倒れたが〔後略〕(30)

といった調子が読者にうけたのか、この事件にはその後も三日間紙面が割かれている。女学生の「恋愛」をめぐる事件が、スキャンダルとして面白おかしく報道されるのである。先にも述べたように、女学生は「男女交際」

の体現者と目されていたわけだが、彼女たちは、この頃からしばしば恋愛絡みのスキャンダルの当事者として、メディアに登場することになる。

このような、若い男性たちの恋愛対象としてメディアや文学の世界を彩る、という女学生の描かれ方は、十九世紀のフランスにおける「女学生」ということばを想起させる。フランスでは、やはり明治の日本と同様に、パリにおける学生たちの恋の相手としての「女学生《エテュディアント》」（étudiante）の存在があった。ところが、十九世紀パリの「女学生」とは、実は本来の意味での学生ではなかったのである。フランスで女子高等教育の道が開かれたのは米国と比べるとかなり遅かった。中世から続く大学入学資格、バカロレアに初めて女性が合格したのは一八六四年だったが、実際に女性のための高等教育機関、女子リセが開設されたのは一八八〇年のことだった。

それでは、それ以前に使われていた「エテュディアント」（女学生）という言葉は誰を指していたのだろうか。ロレダン・ラルシェの『言語奇行』（一八六五年）は、次のような明快な定義を下す。「女学生：学生の愛人」。そして、当時における「女学生」は、以下のシャンソンにも歌われるように、「グリゼット」とも同義語として使われることが多かった。

粋なボンネットの下の生き生きとしたかわいい顔、
チャーミングで陽気なグリゼット、
気取らぬダンスパーティーの飾らぬ女王、
一体君はどこにいるの、優しい女学生《エテュディアント》さん？……(32)

もともと婦人服用の布地の意であった grisette という語は、「生活水準の低い、おしゃれな若い女性、特に浮気な女子労働者」（『十九世紀ラルース』）を指す言葉として十八世紀頃定着したとみられる。早い用例としては、ジョナサン・スウィフトが一七三〇年に発表した詩「グリゼットのベティーへ」を挙げることができるが、この詩のベティーは娼婦だったようで、当時「グリゼット」が「浮気な女性」の意味で用いられていたことが指摘されている。[33] ロレンス・スターンがヨリック名義で一七六八年に発表した『センチメンタル・ジャーニー』(*A Sentimental Journey through France and Italy*)には、パリの手袋店で美しいグリゼットに心ひかれるヨリックの姿が描かれている。そして、この作品に描かれたグリゼット像は、十九世紀にはパリの「名物」として認識されるようになる。一八六〇年に出版された『フランス人の自画像』(*Les Français peints par eux-êmes*)は、「食料品屋」に続いて「グリゼット」を取り上げ、「全てのパリの産物の中で、最もパリ的な産物は、異論の余地なくグリゼットである。〔中略〕ロンドンでも、サンクト・ペテルブルグでも、ベルリンでも、フィラデルフィアでも、こんなに若く、陽気で、瑞々しく、きゃしゃで、繊細で、身軽で、少しのことに満足する、グリゼットと呼ばれる存在に出会うことはない[34]」と書き出している。パリの左岸、カルティエ・ラタン界隈の屋根裏部屋に住み、お針子や女工として働く彼女たちが、十九世紀文学のなかで異彩を放つ存在であったことは、鹿島茂の指摘する通りである。[35]

天気の良い日曜日には、カフェや遊歩道や郊外の酒場はカップルでいっぱいだよ！　グリゼットで溢れ返った、ラヌラーやベルヴィル行きの大きな乗合馬車のことを考えてもごらんよ。休日にサン=ジャック街からどの位繰り出すか数えるんだ。帽子屋のお針子の大隊、下着屋のお針子軍、煙草の売り子たちの大群、皆楽しんで、恋人を持ち、雀の群れのようにパリ周辺の田舎のあずまやに舞い降りるのだよ。[36]

これは、最もよく知られたグリゼット物語といっても過言ではないミュッセの『ミミ・パンソン』(一八四五年)で、遊び人の医学生マルセルが友人に語る言葉だが、マルセルはまた、グリゼットの美点を列挙する。清純であること、正直であること、こぎれいにしていること、率直なこと、質素で無駄遣いをしないこと、とても陽気なこと、邪魔にならないこと、おしゃべりでないこと……。「要するに、僕は彼女たちは優しく、誠実で私欲がないいい子たちだとつくづく思うんだよ、そして、そんな彼女たちが病院で一生を終えるなんて残念だってね」。

しかし、このマルセルの発言から読み取れるのは、学生たちが、グリゼットを手軽な恋人程度にしか考えていない、という事実である。フローベールの『感情教育』(一八六九年)でも、グリゼットは男にとって都合のいい存在として描かれている。法科大学を出て公証人の書記をしているデローリエは、軍服に刺繍をするお針子を、出会った最初の日から誘惑する。男は尊大に構えているのに、女はいつも彼のために菫《すみれ》の小さな花束を持ってやってくる。彼らの関係はしばらく続くが、のちに弁護士となったデローリエは、彼女に「愛してなんかほしくない、世話をしてほしいんだ」[37]とまで言い放つのである。

こうした物語からは、グリゼットたちがパリの大学生の恰好の恋の対象になった一因が、彼女たちの下宿暮らしにあることも読み取れる。だからこそ、学生たちは好きな時に彼女たちに会うことができるのである。そして、まさにこの点において、日本の女学生はグリゼットたちと同じような状況におかれてしまっていたのではないだろうか。労働者階級出身で、自分で働いて生計を立てなくてはならなかったグリゼットたちとは異なり、日本の女学生は、中・上流階級の出身だった。ところが、こうした少女たちの暮らしぶりを見ると、驚くほど隙だらけなのである。自宅から通う少女たちはともかく、地方から都会の女学校に出て来た少女たちは、いきなり下宿生活を始めることになった。そして、この下宿生活のなかで、彼女たちは驚くほど無防備だったのである。一八八九年(明治二二年)七月二十一日の『読売新聞』には、「女学生の下宿」という記事が見られる。

官公私を論ぜず府下の各女学校の寄宿生徒にして暑中休暇を得て校外に下宿を望むものは従来身元保証人に

於て保証する時は許可せられしが本年は彼の艶聞一條の余響にや一層下宿の事は厳重にて某学校の如きは親許へ寄宿するに非ざれば外宿を許されざる由なり(38)

ここでも、下宿する女学生が「艶聞」の主役となっていたことが見て取れる。この「艶聞」が具体的にどのようなものだったかは明らかでないが、同じような例として、樋口一葉にまつわるエピソードを一つ引いてみたい。樋口一葉の、半井桃水《なからいとうすい》への思慕はよく知られているが、一八九一年の秋に、桃水にとあるスキャンダルが持ち上がった。半井家に寄宿していた、東京府高等女学校生鶴田たみ子が、桃水の子を産んだという噂が広まったのである。この事件は一葉の男性不信を募らせたともいわれており、一葉研究の側から語り継がれているのだが、ここでたみ子に視点を移してみたい。実際のところは、桃水の弟浩がたみ子の相手であり、当時二十四歳の浩と、十九歳のたみ子の恋愛の末の妊娠だったらしい。

しかし、いずれにせよ、女学生だったたみ子は、卒業間近でありながら郷里に帰って女児を出産している。これはたみ子や浩の望んだ妊娠でなかったと思われるが、下宿している女学生たちには監督者もおらず、性行為や妊娠に対してはほとんど何の知識もない状態だったのだろう。次節で取り上げる、知識人たちが文学を介して発信した「恋愛賛美」と、理念ばかりが先走った「男女交際」は、実際のところ、性に関する知識も充分でない少女の妊娠、というような事態も引き起こした。その結果、女学生はグリゼットと同じように、フィクションのなかでも、実生活においても、男子学生が時には気軽に恋愛を楽しむことのできる相手として目されるようになっていくのである。

二 「恋愛」の波及

『女学雑誌』の役割

では、「女学生」は「恋愛」にどのように結び付けられていくのだろうか。その過程を、より詳しく検証してみたい。明治の日本において、「恋愛」がロマンティック・ラブ・イデオロギーの下に定着していったことは、これまで様々な研究によって明らかにされてきた。ロマンティック・ラブ（ロマン主義的愛）とは、ヨーロッパ近代に発達した「婚姻と結びつく自己準拠的愛」であると一般に解釈されるが、ここでは、ロマンティック・ラブにおいては「愛を表現する行為が内面の主観的＝主体的な表現と見做され」、「愛は主体に帰属させられる選択として強く自覚される」こと、「真の愛は結婚の永続的な結合へと収束するはずのものとして観念され、結婚はただ愛のみを根拠にして正当化されるに至る」という大澤真幸の定義(39)を参照しておきたい。

さて、明治日本のロマンティック・ラブ・イデオロギーを考える上で見過ごせないのは、まず、「色」「恋」といった、それまで日本に使われていた言葉に代わり、ことさらに「恋愛」という漢語が使われるようになったことである。そもそも「恋愛」という漢語は、

又一方ニハ自由恋愛党、夫婦共時々恋愛スル所ノ変スルニ随テ縦ニ《ほしいまま》配偶ヲ改ムルヲ以テ真ノ自由トナセル一党アリ(40)

というように、西洋の文化を紹介する際に使用されていた。そんななかで、「恋愛」という言葉自体が、ロマンティック・ラブ・イデオロギーに準拠する言葉として使用されるようになる。ここで興味深いのは、「恋愛」の

礼賛と、その成就としての結婚、という認識は同じだったものの、日本の知識人たちは、最初から「恋愛」に高い精神性を求めたことだ。

古人言ヘルヿ《こと》アリ。男女恋愛ノ情トイフヿヲ。世俗之ヲ以テ痴愚トナス。然リト雖モ。男女恋愛ノ情。苟クモ清潔高尚ニシテ、自ラ私スル心ナキニ根ザシテ発出スルモノハ、コレヨリシテ徳善ノ行、顕ハレ出ヅルノミナラズ、純美ノ俗ヲ成スベキニ進マンヿ必《ひつ》セリ(41)

これは、中村正直が『西国立志編』(*Self- Help*)に続いてサミュエル・スマイルズの一八七一年の作品、*Character* を翻訳した『品行論(西洋品行論)』(一八七八年)の第十一章八、「男女恋愛ノ事ヲ論ズ」の一節だが、日本の「恋愛」理念の根底を形作ったのは、キリスト教の教えに従って恋愛の徳を説いた、このような思想だった。なお、「人の品行は高尚ならざる可からざるの論」は、福沢諭吉が『学問のすゝめ』の十二編(一八七四年十二月)で説いたものでもあり、福沢の「方今我国民に於て、最も憂うべきはその見識の賤しき事なり。之を導て高尚の域に進めんとするは、固より今の学者の職分なれば、苟もその方便あるを知らば力を尽して之に従事せざる可からず(42)」という姿勢に中村正直が答えたものとして、『品行論』を読むことも可能だろう。

そして、その後の日本におけるロマンティック・ラブ・イデオロギーの確立に大きな役割を果たしたのは、巌本善治を編集人とした雑誌『女学雑誌』だったといえる。中村正直に薫陶を受けた巌本は、『女学雑誌』の誌上で、「恋愛」をまさに「清潔高尚」「私する心なき」「徳善」「純美」といった形容詞で飾ることになる。

恋、愛、ラブ、等を悪しきものと見る勿れ之を除くが矯風なりと思ふは大間違なり純潔高尚の愛恋を示すが即ち情交社界の悪魔を追出す天使なるのみか此等を除いては演芸に何の面白みもなからん(43)。(『女学雑誌』第

一一八号）

これは一八八八（明治二一）年七月八日の「演芸矯風会」についての記事だが、第一節で取り上げた尾崎紅葉「風流京人形」の女学生たちは、まさにこの「演芸矯風会」での男性の噂に花を咲かせていた。そして、「清潔高尚」「純美」が「恋愛」のモットーとなった時、例えば近松門左衛門が『曽根崎心中』（一七〇三年初演）などで描き出したような、遊里をその舞台とする恋は、「日本通俗」の「不潔」なもの、と断罪されることになる。日本の男たちが「清潔高尚」な「恋愛」を志向するようになった結果、お初や小春の代わりに「恋愛」の対象として選び取られたのが、新しい教育を受けた女性たちだった。「女学生」という形で記号化された、「新しい女」である少女たちと「恋愛」の結びつきにも、『女学雑誌』は一役買っていた。

『薮の鶯』で賞賛された女学生たちの会話が、実は『女学雑誌』で繰り返されたものだった、ということは前節で指摘したが、これを改めて分析してみよう。厳本善治は、会話体を採用することによって、実際の女学生たちを啓蒙しよう、という意図を持っていたようである。『女学雑誌』には、最初期から厳本自身の手になる（ペンネームは月の舎主人、月の舎志のぶ、など）、女学校を舞台としたフィクションが掲載されていた。初めての作品である「梅香女史の伝」では、第四号（一八八五年九月）に女学生たちの会話が描かれている。

（沢山）田中君今日ハモーモーいやな算術で実に頭脳を労《つか》らしたよ固より勘定に達したいのが本望でないから算術などは少こしも心が有りませんネー（田中）サウサネー、然し君は此間《あひ》だ活発な才子は多く商人に為て居るから卒業の后《のち》はソンナ人と協力して一事業を興し度とか言つたジヤーありませんか然《そう》なれバ算術なんどは無論上手の達人でなくチヤーいきませんでせう(44)（第三回）

ここでの女学生たちは、「僕等イヤ妾等《わたし》」と言い直しなどもしているように、ジェンダー規範からいえばかなり「男らしい」言葉遣いをしているようである。筆者は、文中にわざわざ「本章は固と学校の女生徒中に行ハる丶当世の風体を有の儘に写せしまでにて其外に深き意あるにも非ず(45)」と断わっているが、こうした女学生たちのなかで、主人公の青山梅（梅香女史）の淑やかな言葉遣いを際立たせている。そして、『女学雑誌』のフィクションにおける女学生たちの言葉遣いが「女らしく」なるに従い、彼女たちの話の内容も変わっていく。

チヨイト、あなた、青山さんの談《はなし》をきひたノ
青山さんテあのうちの青山さんですか
イ、エお栄さんの兄さんでホラ……
ア、そういつか茲で演舌なすつた方でせう……どうしたの
エンゲージなすつたとさ(46)
（月の舎志のぶ「薔薇《しょうび》の香　第八回　校内のうハさ」『女学雑誌』第七四号、一八八七年九月）

ここで注意したいのは、このような会話に、筆者がここでは積極的な評価を下している、という点である。この物語の舞台は横浜山手の「英和女校」、「何事も西洋風をば主とする」校風の故、生徒たちは源氏物語は知らなくても「スカツト、デツケンス、ザツカレーの小説」はだいたい読みつくしている、という設定である。そのため、「平生の談話なんども余程西洋人めきて日本人が平気に談すことを胸わろくする程に嫌ひて口にせざることもあれバ亦た内気なるお嬢が顔を赤らめて申すまじきやうのことを至つて平気にて語らる丶もありと云ふ彼の西洋婦人が会話の一つの種とする所云《いわゆ》るエンゲージメント（結婚の約束）の事を平常甚だ喋々《てうく》するごときハ此流の人々に有ふれたることにして物なれぬ父兄の喫驚する所なるべし」という筆者のコメントの後に、先の会話が始

まるのである。しかも、その途中で、筆者は「元来此方々の談話は大抵洋語なりしを忍《シノブ》ことゞく速記法にてかきとめ後に漸く反訳したるとなる」とも記す。その上で、女学生たちは、「ヲヤ、マ、ソウどうしてネー波羅《ハラ》さんと実に愛《ラブ》は人をめくらにしますよ」、「ダツテあなたセレーはゴツド井ンの方が好しバイロンはガイツシヲリ夫人の方を好んだでせう学者は学者の女を愛するツてはまだ考の至らないのよ」というように、シェリーやバイロンといった、ヨーロッパの詩人たちの恋[47]に言及するのである。また、「容姿自慢《きれう》」だった波羅が、青山との交際によって「段々と厳粛に」なったことも、「男女交際の結果」として語られる。

アーそれでですか此間ちよつと波羅さんにあつたのよするとネ黒の服に大そう淡白なかざりを為て例の白粉などはことゞく廃止サいつもにない書物を持つて少し考て居るような風でしたからコリヤー余程進歩なすつたと思つて居たのよそうですか分りましたそれでゞすか[48]

ここに見られるのは、「西洋風」の教育を受けた女学生たちにとっては、「恋愛」や「婚約」は「会話の一つの種」に過ぎない、そして「男女交際」が女性を「進歩」させる、という認識である。自らの自由意志で選んだ相手との「交際」、そして「恋愛」を経て、「エンゲージ」（婚約）、そして結婚に至る、というのは、ロマンティック・ラブ・イデオロギーの理想とする形であり、この物語は、それこそが「西洋」の「文明」社会へと向かう「進歩」だ、とのメッセージを発信しているのである。また、良家の子女たちに向けて発信するのだから、この「交際」と「恋愛」はもちろん、肉体的な関係を伴うものではありえない。この文脈で語られる時、過度な精神性の強調と、肉体性の排除は、単にキリスト教的な霊肉分離、という以上に必要な戦略でもあったのである。女学生たちに与えられたのは、『女学雑誌』第一二七号（一八八八年九月）に掲載された、「恋愛の徳」のようなロマンティックな恋愛賛美だった。

○恋愛の徳

恋愛の徳大なる哉。吾人もしスカツト(49)ならば斯くぞ咏《うた》はん、

太平の御世には羊飼ひの角笛に鳴り
戦乱の時世は勇士が馬上にうち乗り
美なる書院に於ては艶なる衣も着て
賤が小舎には緑なす草座の上に踴《おど》る
恋愛は陣所にも宮室にも森かげにも
下界の人また天上の天使にも住はん
恋愛は即はち天天は即はち恋愛なり。(50)

こうした「恋愛」をめぐる物語に実際の女学生たちが「啓蒙」されたとするならば、彼女たちがむしろ自負心をもって「恋愛」に臨んだとしても不思議はない。そして理想と現実のギャップとしてのそのひとつの結末が、前節に挙げた鶴田たみ子のような例なのだろう。

このように、『女学雑誌』は、「清潔高尚」な「男女交際」や「恋愛」を「進歩」とも結びつける形で積極的に評価するとともに、そのヒロインとして「女学生」という女性像を設定した。フィクションのなかで女学生が「恋愛」と結び付けられる素地を用意し、実際の読者である知識人たち(女学生をも含む)にも「清潔高尚」という、精神面を強調したロマンティック・ラブ・イデオロギーの理念を浸透させたのは、この雑誌だったといってよいだろう。そして一八九二(明治二五)年二月、『女学雑誌』は後世に名高い恋愛賛美を掲載することとなる。

恋愛は人世の秘鑰《ひやく》なり恋愛ありて後人世あり、恋愛を抽き去りたらむには人生何の色味かあらむ、[51]

北村透谷の「厭世詩家と女性」の冒頭部分である。高山樗牛も「美的生活を論ず」のなかで「恋愛は美的生活の最も美はしきものの一乎。是の憂患に充てる人生に於て、相愛し相慕へる年少男女が、薔薇花かをる籬《まがき》の蔭、月の光あかき磯のほとりに、手を携へて互に恋情を語り合ふ時、其の楽みや如何ならむ」[52]と述べている。これを実践したのが国木田独歩で、彼は、『欺かざるの記』において、一八九五年八月一日に「われ等は恋愛のうちに陥りぬ」と宣言している。独歩が同日記に「吾等が恋は飽くまで純潔なる可し、高尚なる可し、堅固なる可し、大胆なるべし。此の四徳の一を欠く可からずと」[53]（八月十二日）と記していることからも、『女学雑誌』の説いた「清潔高尚」な恋愛が、明治の知識人の恋愛観に多大な影響を及ぼしたことがわかるだろう。

「恋愛」の翻訳

さて、明治における「恋愛」理念が広まっていく過程を追う際、見過ごすことができないのが西洋文学の翻訳の問題だろう。『女学雑誌』においても「恋愛」がシェリー、バイロン、ウォルター・スコットといったイギリス・ロマン派の詩人たちにこと寄せて語られていたように、『品行論』にも説かれる、「清潔高尚ニシテ自ラ私スル心ナキニ根ザシテ発出スルモノ」としての恋愛とは、西洋社会から移入されたものに他ならなかった。知識人たちは、それを、それまでの日本で語られてきた恋とは異なるものとして理解しようとしたのである。そして、この新しい「恋愛」がどういうものかを伝えたのは、西洋文学の翻訳であり、翻訳者たちはその「新しさ」を伝えるために心を砕いているのである。

一八七九（明治一二）年の『喜楽の友』に無署名で掲載された「ロミオとジユリエットの話」を見てみよう。五月号では、第二幕第一場のロメオの台詞、“I take thee at thy word. / Call me but love and I'll be new baptized. /

"Henceforth I never will be Romeo.(54)"が、「御身の情ハとくに知たり左までに言る、ならば吾身をラブと呼給へ（可愛人といふ意なり）もし好しからぬとならば我が為に佳名を択ばれよ今より我名はロミオならじ(55)」と訳されている。その名を捨てて、私を受け取ってほしい、というジュリエットの呼びかけに、「お言葉通り受け取ります」とロメオが答えるくだりであるが、ここで注目したいのは、"Call me but love and I'll be new baptized."という部分である。「恋人と呼んでください、それで僕は新たに洗礼を受けることになります」を訳すにあたり、まず前半部、訳者は、当時「恋人」という意味で広く使われていた「いろ」といった言葉を使わずに、「ラブ」というカタカナをあて、わざわざ「可愛人といふ意なり」と意味を説明している。ロメオとジュリエットの恋を描き出すにあたり、それが日本の恋の文脈とは異なるものだ、ということを伝えようとしているのだ。一方で後半部、キリスト教の儀式である洗礼については、「ラブでだめならば良い名を選んでください」とかなり文意を変えている。日本人にわかりやすい形で「ラブ」を伝えようとする訳者の姿勢が見えるだろう。

　翻訳の工夫は、『女学雑誌』にも見られる。第九七号（一八八八年二月）に掲載された、ブルワー＝リットン『ポンペイ最後の日々』（一八三四年）の翻訳、青笠小史訳述「奔彪《ポンペイ》栄華の夢」で興味深いのは、第二章でグローカスが友人クローディアスに自らの恋を語る場面において、訳者の当惑が伝わってくることだ。グローカスが神殿で出会ったアイオネに心をときめかせる場面では、"I felt a strange emotion of almost sacred tenderness at this companionship.(56)"という部分が、「此時僕の心中に一種神聖無垢純精霊妙の感情が起て……(57)」（第四章　雅甸人《アデン》の述懐（三））と翻訳される。「聖なる愛情」が「神聖無垢純精霊妙の感情」というように、その崇高さが畳み掛けられ、強調されている。ところが、二人が祈りを終えて神殿を後にするところでは、「ダガ君（苦労日亜士《クロージアス》を指す）僕が最初此の愛情から不思議を感じ其の不思議から更に愛情に立戻つて一層其切なる処既に恋慕の小口にまで踏込み掛ツたは決して無理でも不法でも無いで有らう……」という、原文には全く存在しない部分が付け加えられている。ここで、訳者は青年たちが「恋愛」について語ることの正当性を何とか主張したいようでもあるのだが、どうやらこの訳者自身、恋の悩みを友人に相談するグローカスの姿には辟易しているようなのだ。話を聞いたクローディアスが答えようとする際、原文では単に“As Clodius was about to reply”とされている部分には、「虞朗《グロー》加士《カス》が一時間余の熱心なる（惚気《のろけ》にあらぬ）恋慕談即ち其身の小歴史を語るを聞て流石の苦労日亜士《クロージアス》もガツカリし」、「馬鹿々々し」く感じる、というくだりが挿入されている。無論、原作のクローディアスはグローカスの話を至極真面目に聞き、馬鹿馬鹿しいなどとは全く思っていない。ヨーロッパ文学のなかの恋愛をめぐる言説が日本の文脈に移し替えられた際に起こる混乱が、この翻訳にはあらわれているといえるだろう。

　話は少々それるが、同様の混乱が、前節で挙げた尾崎紅葉の「風流京人形」をめぐっても起こっていたことを指摘しておこう。この物語の冒頭部分では、武田菱郎という青年がバイロンの詩集をひもといている。彼が声に出して読むのは、馬場美佳が指摘するように[58]、“Remind me not, remind me not”であり、その第三連、「《私の胸にひたと頭を押つけて、得も言はれぬ瞥見を投し――半ば恨むが如く、半ば媚るが如く。君と我顔は思はずしらず近づきて、焚えたつ二ツの唇は――永訣《えいべつ》の接吻を望む如く――自から密着せり[59]》」まで進んで、「《叱…………焚えたつ　……火のやうに焚えたつ唇が自ら密着　……接吻アーツ》」と独り言を漏らし、思わず彼が想いを寄せる少女が住む隣家の別荘を見やるのである。なお、このバイロンの“Remind me not, remind me not”は、この小説で初めて日本に翻訳、紹介されたと思われる。『明治翻訳文学全集《新聞雑誌編》』バイロン編[60]に収められている翻訳は、『国民之友』に一八八九（明治二二）年に発表された、落合直文訳「いねよかし」が最初のものだが、紅葉はそれに先立って、バイロンのロマンティックな詩を日本語に移し変えているのだ[61]。国木田独歩が一九〇二年四月に『紅葉山人』において紅葉の前期の作を「洋装せる元禄文学」と呼んだこと[62]はよく知られているが、一八八八年当時の紅葉の「洋装」は、かなり先端的なものだったといえるのではないだろうか。「風流京人形」のファルスとしての性質も災いしてか、このバイロンの翻訳の反響はほとんど残されておらず、前掲馬場論文でも「相当通俗化された形でバイロンが読まれ笑いを引き起こしている」と論じられているが、この詩の翻訳そのものは、極めて真摯なものであり、後の上田敏の仕事にも通じるような、翻訳詩のロマンティックな性格を有したものであることを指摘しておきたい。

ともあれ、この作品においても、「恋愛」は西洋文学に導かれるものであり、武田が隣家の少女、辰巳永代を垣根越しに見かける場面では、彼が「こ、ぞと両眼の弓に乱る、恋の糸をかけて、Cupid が手馴せし鴛鴦《をし》の比翼の征矢番《そやつが》」い、永代に向けて放った、と記される。また、一八八九年九月に刊行された単行本に添えられた稲野年恒による挿絵も興味深い（図7）。ここには、永代と、やはり永代に好意を寄せる女学校教師二宅嬌之助、そして二人の仲を取り持つように二宅に頼まれる永代の侍女、袖が描かれている。後方の男性は、物語後半部で袖の不始末を怒る袖の父、金五郎だろうか。そして、この男女を取り巻くのはキューピッドである。袖が手を伸ばし、金五郎をとめようとしているキューピッドたちは、ここに描かれる「恋愛」が新奇な装いに彩られていたことを物語っている。

図7　稲野年恒画『風流京人形』挿絵（1889年）

ところが、この作品、『女学雑誌』の書評で、そのキスの描写を批判される。いわく、「六頁に「〔前略〕火のやうに焚へたつ唇が自ら密着……接吻アーツ」とあるはあられもな」い、叙事中に「接吻したといふ人もなければ」云々とあるのはさらに見逃しがたく、「著者自身の品格を下すべし」、そして、評者は次のように締めくくる。

> 或る新聞にて我楽多文庫は真正のラブを描くものなりとて称揚せしが如何なる点を指摘せしにや覚束なくぞ思はる。文庫の小説は果して真正の —— 純粋のラブを描きしものなるか。趣向を立てる時には少しく道徳の分子を加へ給ふこと必要ならめ。道徳の分子を含

まざるラブは野卑猥雑にして外ヶ浜に漁る賤夫阿蘇山に狩する荒男も持つものなり。仝《おな》じくは雅なる――麗はしきラブを措き給へ、絵入新聞の続きものは望ましからず候。(63)

『女学雑誌』でもおなじみのバイロンの詩をもってしても、「接吻」の描写は「真正の――純粋のラブ」の描写とはみなされず、「野卑猥雑」となるのだ、と評者は怒っている。この評者にとって、キスは「恋愛」の精神性に抵触するものなのだ。それでは、西洋文学からキス・シーンをすべて取り除くことが、「真正」「純粋」の「ラブ」を描き出す道なのだろうか。前記の文章は、ラフカディオ・ハーンの『東の国から』(一八九五年)中の「永遠に女性的なるもの」の一節を思い起こさせる。

われわれの詩歌や小説の中で、口づけ、愛撫、抱擁といったことがどれだけ大きな位置を占めているか、読者にちょっと思い起こしていただきたい。次いで、日本文学にはこの種のものが絶対に現われないという事実に思いを致していただきたいのである。愛情のしるしとしての口づけや抱擁を日本人は知らないからである。(64)

このハーンの記述は、のちに南方熊楠に問題にされることになる。熊楠は一九二一(大正一〇)年に、「東洋の古書に見えたキッス」(65)という文章を雑誌『性之研究』に載せたが、これは『今昔物語』や『御伽草子』などを「愛の表徴としてのキッスが本邦に古くあった証拠」として引き、日本における接吻の風習を裏付けたものだった。(66) 熊楠は「多くの西洋人のごとく、東洋にこれらのことを愛の表象として行なう風が古来全くなかったと思《おもわ》ば、間違いもはなはだし」と憤慨し、「いずれにしても、日本人はキッスを知らなんだでなく、知るに足らぬこととして知らずに済ますようになったのだ」と締めくくっている。確かに、『御伽草子』の「物くさ太郎」

が行なう「辻取り」は中世にはかなり広く行なわれていたようで、そのなかで太郎が「口を吸おう」とやっきになっているところをみると、好きな女性に接吻するという習俗はあったとみて間違いないだろう。また、もっと溯っても、例えば『土佐日記』の食事の場面には「たゞ押鮎の口をのみぞ吸ふ」(67)という描写が登場する。しかし、それでは何故ハーンが「日本文学にはこの種のものが絶対に現われない」と書き、熊楠が「知るに足らぬことと して知らずに済ます」と記したかといえば、それはこのような「口吸い」「口寄せ」が、性行為の一種と位置づけられていたからだろう。そのため、平安文学や、和歌の世界には、この行為を意味する言葉はほとんど出てこない(68)。江戸時代においても、「口吸い」は山東京伝の『小紋雅話』(一七九〇年)のような滑稽図案集(69)や、春画が取り上げる題材だったのである。また、木股知史は「接吻の現象学」(70)において、日本の文学にあらわれた接吻を丹念に追いかけ、興味深い論考を行なっているが、『遠野物語』や洋行した西園寺公望の記録にみられる「接吻という異国の風俗に対する激しい違和感」を指摘している。日本にも「口を吸う」という愛情表現はあったものの、それはやはり「知るに足らぬ」極度にプライベートな性愛に関わるものであり、決して公けの場で話題にすべきものではなかったのだろう。

ここに切り込んだのが、西洋文学の翻訳だったといえる。聖書の訳語として幕末から見られるようになった(71)舶来品の「接吻」という言葉は、翻訳という作業を通して西欧風の「恋愛」が日本に入ってきて以来、いわゆる「知識階級」で構成される文学の表舞台であっという間に広まった。西園寺が「日本人より見レバ堪へざる事」(72)と断罪した「口吸い」は、異なる言葉を与えられることによって、異なる文脈で読み解かれるようになるのである。事態は、「風流京人形」の評者の懸念とは反対方向に進むこととなる。「野卑猥雑」な「接吻」を描写しないのではなく、キスという行為自体が、恋愛の象徴としての賛美すべき「キッス」「接吻」「くちづけ」として生まれ変わるのだ。

一つ例を挙げてみよう。森鷗外が一八九〇(明治二三)年に『読売新聞』に連載した、ドイツの作家ハックレ

ンデルの *Zwei Nächte*[73] の翻訳である「ふた夜」は、当時の文壇に影響を与えた作品だった。上田敏は、「ふた夜」に感激して、後に『みをつくし』に「南露春宵」という題で収められた「ウクライン五月の夜」の訳出を思い立ったという[74]。

「ふた夜」は、若きオーストリア軍士官の伯爵が、ミラノ郊外の田舎町で出会った娘と束の間の恋に落ちる物語である。この小説には、キスの場面が大変美しく描き出される。まず読者が目にするのは、暖かき春の夜のイタリアの空と大地の接吻である。

> 厳しく見張し日の目の眠りたるを待ち得て、ゆふべといふ恋人は、声もなく土地の胸にゐよりて、甘く豊なる親嘴《キス》するを、愛の火の燃え立つ土地は善く忍びて受く。この二人の恋中は今日ぞ美しく香ばしき初契を結べる。数々の田舎の寺より、また寺の塔より、「アヱ、マリア」の鐘の声す[75]。

多くのヨーロッパ人にとって憧れの地であったイタリアの日没が、この作品ではこのように描き出される。風景の擬人化であり、教会の鐘がそれを祝福するように鳴る、ということからも、この描写が読者に「野卑猥雑」と非難されることはなかった。訳者も、「親嘴」という漢語に「キス」とルビを振り、「口吸い」の性的なイメージから遠ざける注意を払っている。そして、かの地で美しい少女に恋をした士官は、彼女の指先に、続いて項《うなじ》に、額に、くちづける。しかし、少女は父にとがめられることを恐れ、士官に別れを告げる。

> 許せ君。マドンナ（聖母）も許し玉へ。また見ん君にしもあらず。また見ん事をも願はぬ君なり。又見んにはわれ奈《い》かに恥づべき。されどまた見ぬ君なればいはむ。わが君を愛づる心のいとも〱深きを。されば君に接吻すとて誰かは咎めむ。かくこそ。いま一たび。いま一つ。マドンナ守れ君を。いざ疾くゆき玉へ。

士官は恍惚の間に三たび少女が燃ゆる唇をあてしを覚えたり。(76)

十八歳の青年士官は、その後もかの唇を忘れることなく、何年も過ごすことになる。鷗外の美文に彩られた、このロマンティックな物語は、日本人の心をも捕らえ、酔わせたのだった。上田敏は早速一八九三（明治二六）年一月の『第一高等中学校校友会雑誌』にウクライナの夕べの描写を訳出し、「さてはいたづらの夜の風やみにまぎれて接吻《くちづけ》せしか」(77)と初めて接吻を「くちづけ」と読ませている。この、風と花の場面に傍点をふったことからも、彼が「ふた夜」の日没の描写に影響されたことがわかるだろう。

翻訳の功罪

このようにして、翻訳を通して西洋文学の恋愛描写は日本にも受け入れられるようになっていく。その過程を、キス・シーンの翻訳に焦点を当てて、もう少し追ってみたい。

北村透谷の「厭世詩家と女性」が『女学雑誌』に掲載された一八九二（明治二五）年、島崎藤村はシェイクスピアの「ヴィーナスとアドニス」（一五九三年）を「夏草」として同誌に訳載している。(78)この訳の調子が江戸情緒たっぷりの浄瑠璃調であったことも手伝ってか、ヴィーナスは美少年を追い回す年増女とみえ、藤村自身も「女神にしてその心は俗臭のかなたにさまよひ」と記しているのだが、キスの描写に関しては、藤村の工夫が見られるのである。

エ、驚くまいもの。そこな乗たる駿馬をば早う下りてたべく。もしや早う下りたなら、一千度はおろかなことあの蜜のよな御礼をば、きツと御身にいたそうもの。こゝには毒蛇もいぬそうな、さアちやツとこゝへ来て早う座ツたがよいほどに、エ、御身は「キツス」という字をご存知か。(79)

これは原詩第三連の部分であるが、最後の文は、"And, being sat, I'll smother thee with kisses,"(80)である。訳者は、「息もつけないくらいキスしてあげる」という原文を、「「キッス」といふ字を御存知か」と言い換えているのだ。括弧つきの「キッス」は、日本文学の本流には登場してこなかった「口吸い」を登場させるにあたって、これは性愛に直結したものではなく、西洋的な「恋愛」の情熱の象徴である「キッス」なのだ、という確認だろう。そして、窒息するほどのキスが「キスを知っているか」という問いかけにかわることによって、その官能性、肉体性は消失する。また、ただ一度の愛のキスを受けんがためにアドニスを追い回しキスを浴びせかけるヴィーナスに対して、ヴィーナスは嫌うが湖畔の草花にはくちづけるアドニスの姿は、愛情表現としての「キッス」が、必ずしも性愛には結びつかないということを、読者に印象づけたのではないだろうか。また、「口吸い」があくまでも性愛の一部であったことは、白昼堂々と、時には公衆の面前で行なわれる西洋の接吻が入ってきた時に、それがたとえ恋人同士の性的なキスであっても、あたかも肉欲から切り離されたものであるかのような錯覚を起こさせることにもなったかも知れない。この点が、明治の日本で女性をも含めた若者たちに受け入れられた一つの原因なのではないかと思う。国木田独歩の『欺かざるの記』における恋愛の記録には、幾度かキスを交わす場面が登場する。

> 而して相抱きて接吻せり。嬢は再び小児の如くになりぬ。たゞうつら〱と恋の香に醒《よ》ふて殆ど正体なからんとす。接吻又た接吻。吾等は悲哀の感に打たれ、又歓喜の笑をもらしぬ。(81)

「恋愛の極に達し」た二人がキスを交わすというのは、彼らが読んでいた西洋の詩歌や小説そのままだっただろう。そして、女性はこのキスによって「小児の如く」「うつら〱と」、ほとんど正体がなくなってしまうのである。キスというものが肉体的にほとんど苦痛や疲労を伴わないものだとすれば、この接吻がこの女性にとって精神的にどんなに大きな意味をもっていたかがこれでわかるが、明治の新教育を受け、性に対しては否定的な感情をもっていたに違いない彼女は、接吻に対して嫌悪感や罪悪感を抱いているようには見えない。先にも独歩が恋愛の四徳として、純潔、高尚、堅固、大胆をあげたことを見たが、接吻は恋愛が高尚で純潔であることを妨げるものではなかった。「口吸い」が純粋に肉欲と結びついていたのに対し、接吻は霊と肉との境界で霊的なものでありえたのである。

さて、藤村が「夏草」で試みた、キスの描写から性的なニュアンスを剝ぎ取る、という翻訳手法は、明治三〇年代に上田敏が用いることになる。鷗外訳の「ふた夜」に感激した上田敏は、ロマンティックで純粋な恋愛を志向したようである。そのため、キスの場面が翻訳される際にも、それが原文とは異なる文脈で和訳されていることがままあるのだ。少し時代が下ることになるが、二つの例を引いてみたい。

最初の例は、『みをつくし』に収められた、イタリアの詩人ガブリエーレ・ダンヌンツィオのベストセラー小説『死の勝利』（一八九四年）の抄訳「艶女物語」のなかの次のくだりである。


衣のさはる音のうち、遠くよりの如く女の声す。

「まだ少し息み給ふか、眠り給ふか。」

かれは眼開きて夢心地につぶやきつ。

「いな、ねむりたるにあらず。」

「何し給ふ。」

「死ぬるなり。」

忽ち女の唇を覚えてがくねんたりしが、うち笑みて、「ありがたし」といふ。[82]

一九〇一（明治三四）年に出版された上田敏訳の美文集『みをつくし』は、ロマンティシズムに溢れるものであったが、当時の文壇からはほとんど無視されたらしい。『太陽』や『帝国文学』の人々や高山樗牛一派の間では、『みをつくし』の「フランス風のアンカットな装幀はお先走りのキザと罵られ」、「文字にならない悪口がいつもこの書をめぐってささやかれていた」[83]という。しかし、若者たちは『みをつくし』にかなりの影響を受けたようである。流麗な言葉で綴られたヨーロッパの生活や恋愛が彼らを虜にしたのだろうか。この書を献じられた平田禿木は、『明星』一九〇二年二月号に早速「「みをつくし」を読みて」を寄せ、「ロティ、ダヌンチオは君が温柔、濃艶の筆にふさはしかるべく、モオパツサンが痛切なるもきこえぬ」[84]と賛辞を送っている。『みをつくし』のなかにはダンヌンツィオの作品が三篇訳し出されているが、「艶女物語」は特に若者たちを感動させた作品だと言われている。島崎藤村が、一九〇一年十二月二十七日付の上田敏宛書簡に「ダヌンチオの訳三種とりわけてめでたきは申すも更なり」[85]と記しているのはその一例だろう。北原白秋、生田長江、森田草平、日夏耿之介、佐藤春夫、といった面々がこの作品から何らかの影響を受け、これを機にダンヌンツィオの文学に接するようになったというが、明治文学とダンヌンツィオの作品の関係については、第四章で改めて考察することとしたい。ここでは、海水浴場で自分は女に勝つことはできないと男が悟る箇所、「艶女物語」において、読者に最もインパクトを与える、先の引用場面のみを取り上げることにする。ここで問題にしたいのはその最後の一文である。

会話の後に、主人公のジョルジョとその愛人のイッポーリタがくちづけを交わす（というより女が男にくちづける）この場面、原文では、女の唇が自分の唇に触れるのを感じて驚いた男は「再び眼を開き、笑おうと」する[86]。そもそもこの「艶女物語」として訳された部分では、男は女との愛に疲れと恐怖を覚えながらも女の魅力に打ち勝つことができないでいる。接吻も男にとってはもはや楽しい愛のキスではない。キスされて笑おうとする男の顔はひきつったものだろう。そして、その後男が発する呟きが“Pietà!”である。これは、女に精気を吸い取られた男の、「勘弁してくれ！」という諦めの溜め息なのである。この言葉は、一八九六年にアメリカで出版されたアーサー・ホーンブロウの英訳では"Have pity!"[87]と訳されているのだが、日本で最も読まれたイギリス版、ハーディングの英訳（一八九八年）ではカットされている。英訳からの重訳であった生田長江訳の『死の勝利』にこの部分がないのはハーディング訳に拠ったためだろう。[88]一方、上田敏はジョルジュ・エレル訳の仏訳を底本としていたため、当然この"Pietà!"（仏訳では"Pitié!"）を目にしていたはずである。それを彼は「ありがたし」と訳した。ここに注目してみたい。

このような訳が生まれた原因としてまず考えられるのは、"Pietà!"の意味の取り違え、ということだろう。『みをつくし』に収められたピエール・ロティの作品は、*Le Livre de la pitié et de la mort*（一八九一年）という作品集から採られているが、上田敏はこれを「悲愁録」と訳している。彼がフランス語の"Pitié"という言葉に触れていたことは確かだが、これだけで"Pitié"の意味を間違いなくとらえていたとはいえない。一八八六年に日本版が出版された仏和辞典では、"Pitié"の訳語は「哀憐、慈悲」となっている。[89]キリスト教の言葉である"Pitié"を仏教用語の「慈悲」という日本語に置き換えるところまではよいが"Pitié!"と感嘆符がついた時にそれを「お慈悲を！＝助けてくれ」ととるのではなく、「お慈悲だ！＝ありがたい」ととってしまうのは考えられそうなことである。

「艶女物語」全体の流れから考えると、「ありがたし」という訳はやはり不自然である。女の去った後、ジョルジョは横たわったまま再び考える――「あはれ、このねむりのとこしへにさめずあらなむ。死なむかな、さらば再びかれを見ざらむ。幾分の、ち、かれに会ひて、また其くちづけをうけ、其言葉を耳にすることの確なるを思ふこそおそろしけれ」。[90]女に対する「ありがたし」という感情が、次の瞬間には「おそろし」に変わってしまうことになるのだ。つまり、上田敏の訳は、「艶女物語」に奇妙なねじれを生んでしまっているのである。

ところが、このねじれは、結果として興味深い果実を日本の文学のなかに残したといえる。「うち笑みて、「ありがたし」といふ」という、原文とは異なった意味の一文は、「艶女物語」全般に流れる恐ろしい女のイメージとは別に、ここに美しいくちづけを交わすロマンティックな恋人たちの姿を見せることになったのである。そして、先述したような「ロマンティックなキス」こそ、若い読者たちが求めていたものだったのではないだろうか。「艶女物語」は、その後の文学作品に大きな影響を及ぼした。その一つが、三木露風の小詩「接吻の後に」(『廃園』〔一九〇九年〕所収)であることは、剣持武彦や平山城児が指摘する通り[91]だが、ここでもう一度両者の関係を考えてみたい。

接吻の後に

「眠りたまふや。」
「否」といふ。

皐月、
花さく、
日なかごろ
湖べの草に、
日の下に、
「眼閉ぢ死なむ」と
君こたふ。[92]

うららかな五月の昼下がり、湖のほとりの草の上に、男と女が寝そべっている。女は仰向けになって眼を閉じている。隣に体を横たえている男は、女の顔をちらりと見やり、「ねむっているの」と尋ねる。「いいえ」と女が答える。「眼を閉じて死ぬわ」ただこれだけの話である。「接吻の後に」という題名が詞書のような役割を果たしており、これがキスを交わした後の恋人たちの会話、というより睦言《むつごと》のようなものであることがわかる。言葉を惜しむように簡潔にまとめられた詩句は二人の初々しさを強調し、「眼閉ぢ死なむ」という一言は読者にロマンティックなショックを与える。

この詩についての解釈は二つにわかれるようである。一つは、詩集『廃園』に対する大方の評価と同様、ここに純情な若い恋人たちを見るものである。吉田精一はこの詩と、同じく『廃園』から「ふるさとの」を引いて、「純な感傷にやすらう詩境は、「廃園」の生命であり、主調でもあった」[93]とし、岡崎義恵は『廃園』の魅力として「ナイーブな抒情性」と「純真で内気な美しさ」を挙げた上で、

> その点は二十歳以後のものでも「去りゆく五月の詩」「味」「接吻の後に」「異国」「推移」などにあらわれ、これらは皆、優れた作で、その処女性の美において、白秋にもとめられないものを持っている。それらは藤村の情熱よりも伊良子清白の清純に近く、しかも清白よりは遥かに詩才の豊かさを感じさせる。[94]

と激賞している。これに対して、もっと官能的なものをここに見る解釈もある。窪田般弥は「「接吻の後に」には、荷風の「ふらんす物語」や「歓楽」の頽唐気分に通じるものがある」[95]としているし、村松剛の「そのエロティスムと印象的なタッチにおいて、アポリネエル、コクトオ等の詩人たちを、思わせるのである」[96]との意見もある。バタイユを持ち出すまでもなく、性的エクスタシーと死との関係を考えれば、「眼閉ぢ死なむ」と言う女の

言葉から性的陶酔を導き出すことも可能である。村松説はそこをとらえているのだろう。また、剣持武彦はこの詩に「単に可憐とのみ評せられない官能のにおい」を嗅ぎ取り、ダンヌンツィオの『死の勝利』の原文、英訳および現代語訳と「艶女物語」を比較考察した上で

露風は、官能の匂ひこぼれるような濃艶な敏訳「艶女物語」を読んでいてそれを巧みに清純な小詩にしたてあげたとするならば、むしろ四十二年以後に於ける肉感的、官能的な詩風に通じるものを持っていたと見るべきではないか。(97)

という。

しかしながら、改めてダンヌンツィオの『死の勝利』とその上田敏による翻訳「艶女物語」の延長線上に「接吻の後に」を置いてみれば、「艶女物語」における「官能の匂ひこぼれるような濃艶」さは、先に引用した海辺の恋人たちの会話からは必ずしも見えてこない、ということになる。この部分だけを読んだ場合には、異なる解釈が可能なのである。なお、平山城児は野上素一訳の「疲れて死にそうだ」に言及した上で、「それを、上田訳がいかにも意味ありげに「死ぬるなり」と訳した(98)」と評しているが、原文の "Muoio" に「疲れて」という解釈を付け加えたのは訳者の野上である。『死の勝利』において主人公のジョルジョは死ぬことばかりを考えているような人物で、彼が死を口にすること自体には読者はもう慣れているはずだが、上田が目にしたエレルの仏訳によれば "Je meurs" という現在形の「死ぬ」が彼に強烈なイメージを与えたと思われる。そして、上田敏訳の、「ありがたし」とイッポーリタに微笑むジョルジョの姿は、「死ぬるなり」の意味をも変えてしまう。本来、『死の勝利』のジョルジョの「僕はもう死ぬよ」という言葉には、イッポーリタという魔性の女に魅入られてしまった男の生への疲れが滲んでいる。しかし、この会話を、恋愛を謳歌する恋人たちのものだと解釈すれば、ジョルジョ

は幸福感で死にそうだとも読めるのである。そこに敏感に反応したのが三木露風なのではないだろうか。「死ぬ」と口にするのを男性から女性に変え、その言葉をキスの後に設定することによって、露風はまさにこの「死ぬ」の価値の転倒に成功しているといえるだろう。「清潔高尚な恋愛」の象徴としてのキスが「接吻の後に」の女性にもたらすのは、幸福の絶頂における死への言及にほかならない。

このように、ダンヌンツィオの世紀末文学は日本への紹介の過程で思いがけぬ形をとり、清純な恋人たちの姿にかわったということになる。そして、露風のみならず、当時の若者たちがその雰囲気に酔いしれたことは、佐藤春夫が一九一一（明治四四）年一月の『スバル』に掲載した習作[99]をみてもわかる。ここに描き出される若い恋人たちも、やはり「艶女物語」の「まだ少し息み給ふか、眠り給ふか」の部分を読むことによってくちづけを交わすのだ。彼らにとっては、「艶女物語」こそがパオロとフランチェスカにとっての円卓の騎士の物語のような運命の書だったのである。[100]

もう一つ、上田敏がより積極的にキスの描写に手を加えた例としては、一九〇五年刊行の『海潮音』に収められたダンテ・ガブリエル・ロセッティの「春の貢《みつぎ》」を挙げることができる。[101]「春の貢」はロセッティの『生命の家』（最終版一八八一年）の第一四ソネット「青春の春の貢」の訳である。

春の貢

草うるはしき岸の上に、いと美はしき君が面、
われは横へ、その髪を二つにわけてひろぐれば、
うら若草のはつ花も、はな白みてや、黄金なす
みぐしの間のこゝかしこ、面映げにも覗くらむ。
去年とやいはむ今年とや年の境もみえわかぬ

けふのこの日や「春」の足、半たゆたひ、小李の
葉もなき花の白妙は雪間がくれに迷はしく、
「春」住む庭の四阿屋《あずまや》に風の通路ひらけたり。

されど卯月の日の光、けふぞ谷間に照りわたる。
仰ぎて眼閉ぢ給へ、いざくちづけむ君が面、
水枝小枝にみちわたる「春」をまなびて、わが恋よ、
温かき喉、熱き口、ふれさせたまへ、けふこそは
契もかたきみやづかへ、恋の日なれや。冷やかに
つめたき人は永久のやらはれ人と貶し憎まむ。[102]

この訳詩における、暖かい春の光の中で草の上に寝ころぶ恋人たちの姿は、「接吻の後に」の二人とも重なるものである。「仰ぎて眼閉ぢ給へ、いざくちづけむ君が面」の「いざ」からは、キスということに対するこの二人の緊張感が伝わってくる。そしてその後の「温かき喉、熱き口、ふれさせたまへ、けふこそは」は「恋の日なれや」にかかるものだが、同時に「ふれさせたまへ」にもかかる、掛詞としての機能も果たしているだろう。「けふこそは恋の日」なのだから「ふれさせたまへ」という文脈の読み取り方をすれば、先の「いざくちづけむ」をも考えあわせて、春の高まりに恋の高まりを感じて初めてのキスを求める純な青年の姿が浮かんでくるのである。

しかし、この第二連のくちづけに関する描写は、実はいささか原詩と趣きを異にしている。ロセッティの原詩を引いてみよう。

But April's sun strikes down the glades to-day;
So shut your eyes upturned, and feel my kiss
Creep, as the Spring now thrills through every spray,
Up your warm throat to your warm lips: for this
Is even the hour of Love's sworn suitservice,
With whom cold hearts are counted castaway.[103]

でも今日は四月の太陽が森の空き地に降り注いでいる
だから上を向いて眼を閉じて、感じておくれ、僕のキスが
春が今美しい枝々に沁み渡っていくように、
温かな君の喉から唇へと這い上がってゆくのを
だって今は愛の誓いの時でもあるのだから
冷たい心の持ち主はのけものにされるのだから。

ここでは、今は恋の季節なのだから、"feel my kiss creep up your warm throat to your warm lips"と歌われる。「君の温かい喉から唇へと這い上がる僕のキスを感じておくれ」とはかなり官能的な表現であり、この詩の語り手は、上田敏の訳詩から浮かび上がる、恋人に初めてキスしようとする青年とはずいぶん異なるということになる。ロバート・ブキャナンは一八七一年にロセッティを"fleshly school"と批判したが、[104]必ずしもブキャナンの論に賛成しない批評家でさえ、この部分は「とことん"肉感的"である」と評している。[105]つまり、この詩に含まれている性的なニュアンスは、「ふれさせたまへ、けふこそは」という上田敏の訳によってかなり削減されてしまったのではないだろうか。上田敏は一八九七（明治三〇）年一月、『文学界』第四九号に「ロセッチの詩歌」という文章を掲載しているが、そこで『生命の家』から彼自身が後に「恋の玉座」として訳出する"Love Enthroned"を引き、「ロセツチの全集を貫通したる恋愛観の如何なるを示し、其幽玄高潔なるものと奔放熱烈なるものと相融合錯綜したる跡を明にすべし」[106]と記している。彼は『生命の家』の特徴をよく理解した上で、「春の貢」の訳では原文を和らげ、[107]より爽やかな雰囲気をかもし出しているのである。

吉田精一は上田敏の訳詩について、「それは翻訳とはいひながら、彫心鏤骨の程度は創作詩にもまさるものが

あり、全く辞書の匂ひのしない、渾熟した出来栄えを示してゐる」[108]と述べているが、『海潮音』一巻は今日でも上田敏の「作品」として評価されているものだろう。そして、『海潮音』に先立って出版された『みをつくし』についても同様のことがいえるのではないだろうか。一方で、観念としての恋愛を信奉する青年たちは、高尚な「恋愛《ラブ》」を目指し、西洋文学をその規範としようとしていた。そこでキスという、日本では性交渉の一環としてとらえられていた愛情表現が、上田敏の手によって原作よりも清純な形で紹介され、精神性を重んじた「清潔高尚な恋愛」の象徴として、読み替えられていくのである。

三 「女学生神話」の確立

ファンタスムの誕生――「新聞小説」と女学生

さて、このようななかで、女学生たちは西洋風の「恋愛」の相手として表象されるようになった。知性という牙を抜かれた少女たちは、明治三〇年頃を境に、それまでとはうってかわって、メディアのなかで美しく描き出されるようになる。日本初のグラフ雑誌として一八八九（明治二二）年に創刊した『風俗画報』は、「女学生の美」をいちはやく発信した雑誌だった。一八九七（明治三〇）年八月、同誌の表紙に、池田輿雲の描いた「緑陰読書の図」が登場する（図8）。読書する二人の娘は姉妹であろうか、年少に見える少女は紫の着物に濃紫袴を着けている。簪《かんざし》と襦袢の赤が愛らしい印象である。この雑誌は、翌年の十月にも、「女学生」（岡田梅村画）を表紙に据えた（図9）。また、同時期、揚州《ようしゅう》（橋本）周延《ちかのぶ》は「真美人」シリーズを発表していたが、そこにも女学生の姿を登場させている（図10）。花やリボンに縁取られた少女のポートレートは、「女学生」が美の領域に入ったことを明確にあらわしている。

一八九四（明治二七）年に一三校、生徒数二〇二六人だった高等女学校は、一八九六年には一九校四一五二人、

図9　岡田梅村画「女学生」(『風俗画報』第174号, 1898年10月)

図8　池田興雲画「緑陰読書の図」(『風俗画報』第146号, 1897年8月)

図11　山本松谷画「華族女学校玄関前の図」(『風俗画報』第189号, 1899年5月)

図10　揚州周延「真美人 十四」(1897年)

一八九七年には二六校六七九九人とその規模を拡大していった。[109] 三年のうちに校数は二倍、生徒数は三倍となったわけである。この数字は、紆余曲折を経た女子教育が、「良妻賢母志向」という方向に定着し、社会がそれを受け入れたことをも示していよう。最早、「女学生」は男性社会を脅かす存在ではなくなった。それに伴い、「海老茶式部」と呼ばれる袴姿の女学生たちは、今度は「花嫁修業」中の存在として熱いまなざしを向けられるようになる。彼女たちに新しく求められるようになったのが「美」であることも、このような文脈から理解することができる。一八九九年五月には、『風俗画報』に「華族女学校玄関前の図」という山本松谷の絵が見開きで掲載された（図11）。登校する華族女学校の少女たちは、色とりどりの中振袖に海老茶色の袴を着け、釦靴をはいている。髪は小さな子は稚児髷、大きくなると束ねた髪を三つ編みにしたり流したりとそれぞれだが、いずれも赤いリボンをつけている。パラソルを手にした少女も多い。こうした和洋折衷が彼女たちの美であった。

さて、このような世の中の動きに文学の世界が鈍感なはずはない。まず、最も大衆に近い、新聞小説というジャンルに女学生は登場することになる。

日本の新聞小説がひとつのピークを形づくったのは、尾崎紅葉の『金色夜叉』であった。この作が日本中を熱狂させたことは、「老若婦女、桃割の娘も、鼈甲縁の目金かけた隠居も、読売新聞の朝の配達を、先を争つて耽読、愛誦した[110]」と泉鏡花が記す通りである。そして、この作品の大ヒットは、のちの新聞小説に大きな影響を与えることになる。紅葉自身が、一九〇二（明治三五）年に自作について語った文章を引いてみよう。

それから金色夜叉を書くに就いては、今一つの動機がある。それは何だといふと、僕は明治の婦人を書いて見たいと思つたのだ。宮は即ちこの明治式の婦人の権化である。であるから主人公は、貫一であるが、どうしても宮を写す場合になると、貫一よりもいくらか多く具象的になり易い。そこで、宮はかく迄明治式の婦人であるが、これが普通の明治式の婦人なら、富人富山その人の如きに嫁したらば、それなりに昔の関係を棄てゝ、富山の夫人になつて仕舞つて、貫一を見捨てゝ仕舞ふのであるが、僕は宮をして超明治式の婦人たらしむるつもりで、宮をしてあのやうに悔悟の念さかんならしめたのだ。これが僕のこの篇を書いた動機だ。(111)

この文章を読むと、宮が「明治式」なのか「超明治式」なのか判然としないのだが、紅葉が「明治の婦人」を書こうとしたことはわかる。そして、それまでの女性像とは異なる点を持った「明治の婦人」を描こうとしたのは、紅葉だけではなかった。明治三〇年代当時、新式の明治女性の筆頭といえば、束髪にリボン、袴姿の女学生だったのであり、『金色夜叉』連載中から、「女学生」は方々の新聞小説に登場することになった。これらの新聞小説を、「女学生小説」と呼んでおこう。

まず現われたのが、『大阪毎日新聞』紙上に一八九九（明治三二）年八月十七日から連載された、菊池幽芳の『己が罪』だった。

「あら善くつてよ、妾《わたし》知らないわ、先生に云ひつけてあげるわ。」と云ひ捨てつゝ、結び流したる束髪を風に靡かし、海老色繻子の袴を翻へして学校の運動場を走り行く十三四のあどけなげなる少女の後を見送りて、「あゝはゝ」と笑ひを合はしたる十六七より八九まで三四人、いづれもこの私立高等女学校の女生徒なり。「あの娘の姉さんなら妾見た事があつてよ、どこへお嫁にいくんですツて、まだ十六位よ、まア！。(112)」（前編一）

風に靡く結び流しの束髪、翻る海老茶袴、そして夏目漱石の『三四郎』などでも繰り返されることになる、「よくってよ、知らないわ」といった「女学生ことば」……

この作品は、いわゆる「家庭小説」というジャンルの原点とされるものでもある。高木健夫は「家庭小説」を

「一家団欒のなかで、夫も妻も娘も一様にたのしく読めるロマン」[113]と定義し、現在テレビで放送されるホーム・ドラマがその骨法をそのまま受け継いでいるとしているが、読者を家庭の子女と想定すること、健全な常識や道徳に忠実で、最後はその勝利におわること、多分に情緒的であること、などが「家庭小説」の特徴といえるだろうか。サント＝ブーヴは新聞小説を「商業文学」と侮蔑したが[114]、日本においても文学作品に高級／低俗という差異を設けることがなされ続けてきた。「家庭小説」は通俗小説、大衆小説と呼ばれるもののなかでも「女・子供」向けのものとして蔑まれ、まともな研究対象として扱われることは少なかったようである。しかしながら、時代の流れのなかで女学生の捉えられ方を見ていこうとする時、この作品は重要なものだといえるだろう。

先に引いた『己が罪』の冒頭部分で、女学生たちは自分たちの結婚相手のことについておしゃべりをしている。文学士が好きだの、医学士がいいの、とその会話のなかに登場するのがヒロイン、箕輪環の噂である。「箕輪さんて云へばあの真箇《ほんと》ですか」。女学生たちはとたんに声をひそめ、辺りを見回す。どうやら彼女は妊娠しているらしい、「呆れて仕舞ひますねえ、」……。

連載初回となったこの部分には、女学生をめぐるさまざまな言説が、既に一つの方向を指し示していることが見て取れる。作品のヒロインは間もなく学校をやめ、主な舞台は彼女の波瀾万丈な結婚生活に移ることになる。その意味で、作者はヒロインを女学生に設定することにこだわってはいなかったようだ。しかし、『己が罪』の登場とその成功は、文学作品のなかの女学生をある方向へ導く契機となったように思える。そして、この小説以降の女学生小説における「女学生」を以下のようなものとまとめることもできよう。

（一）新妻予備軍　彼女たちは社会的地位の高い（身分が良い、高等教育を受けて将来性がある、など）男性と結婚することを人生の目標としている。在学中にお嫁にいくのは「羨ましい」ことであり、「厭よ、誰がお嫁なんかに行くもんですか、厭な事よ、ねえ」というのは、『薮の鶯』にみられたようなものでは最早なく、単なる照れ隠しの台詞となっている。同年（一八九九）に発布された「高等女学校令」の良妻賢母主義とも呼応するものであろう。
（二）開放的な性　彼女らは髪を風に靡かせ、袴を翻して走り回る。その姿は彼女たちがある種の特権階級に属していることを意味しているが、同時にまた、その開放性は男女交際と在学中の妊娠、というような「醜聞」を招く。
この、一見すると矛盾しているような二つの性質を兼ね備えた存在として「女学生」が捉えられていることは、大変興味深い。女学生の出自が、ごく限られた中上層階級以上の家庭であることから、（一）は容易に導き出される。そして、そのような「お嬢様」が、性的に開放された存在になってしまうからくりは、これまで見てきたとおりである。

こうした女学生小説においては、『薮の鶯』の浜子の物語が繰り返されることになる。つまり、新奇な・西洋風の美を身にまとった少女が、「恋愛」の果てに悲劇を迎える、というものである。『己が罪』においては、摂津の豪農である主人公の父が、尊敬する国会議員の薦めで十四歳の娘を東京の高等女学校に入れている。当初の二年間、彼女は議員の知人宅に寄宿し、その後通学校の教師の所に下宿するのである。「女学生小説」においては、下宿先の主人というのも曲者だった。彼女たち（縁戚や紹介などの関係がない、または薄い場合、女性であることが多い）は、少女たちを守る存在ではない。それどころか、多くのフィクションでは、寧ろ男との密会を唆すような役割を担っている。『己が罪』では、金持ちで遊び人の医学生が「余り厳格なる婦人にあらざるのみか、金銭のためには大抵の事は辞せざる可き性質なる」（前編四）下宿先の女教師にまず近づく。その結果、彼女はヒロインに医学生を売り込み、あろうことか、自分と二人だと偽って箱根旅行にヒロインを連れ出して、医学生と落ち合わせ、自分だけ先に帰ってしまうのである。

心もとない下宿生活を送っている世間知らずのお嬢さん――男性にとってみれば、これはこの上なく都合のいい存在だということもできよう。こうして見てくると、この時代に女学生に期待されているのは、「知的な存在」ではないようである。

「神話」の確立

さて、次に女学生を擁してあらわれ、やはり人気を博したのが、一九〇一（明治三四）年六月から九月まで『読売新聞』に連載された、山岸荷葉の『紺暖簾《こんのれん》』だった。日本橋の硝子問屋の息子に生まれた荷葉は、当時の日本橋界隈の情緒や風俗を巧みに描き出し、この作は「『金色夜叉』につぐ新聞小説壇の一エポック」(115)とも評されている。「いたつて統一のない陳腐な奇遇小説、因縁小説」であり、「兎に角近来夥《（ママ）》らしい駄作中の是は又珍らしい駄作」と断じた『帝国文学』評(116)もみられるが、この作品が、一八九九年に読売新聞社に入社した(117)梶田半古の挿絵の魅力もあいまって読者の心を掴んだのは事実だったのである。そして、この作にいたって、女学生の風俗はより緻密に語られることとなった。「硝子戸の音して現れたのは、十八になる預り娘の、お扇がフラネル姿で、いつもの束髪に変つた結綿に、浴後の薄化粧は殊更に媚いて、その細面に片靨《えくぼ》こそ一種の美しさを形造つてゐる」と最初の場面から登場するのは、お扇という美しい女学生である。

「あら、鍬研屋《くはとや》さんの方ね。」ほゝゝ、とかの片靨で笑つて見せ、
「今晩は……。私は誰方《どなた》かと存じましたわ。」
さも白々しう、而も其切口上は通学する女学校仕入で、見も馴れぬ男にすら、さのみにも羞恥《はにか》まぬのが此娘の性(118)。

残念ながら、ここでも「女学校仕入」の闊達さは評価されない。彼女が思いを寄せる隣家の息子、暁太郎は彼女のことを疎んじて愛らしい半玉《はんぎょく》を愛するし、暁太郎の義理の母も彼女の直情を「蓮葉《はすっぱ》」と憎むようになるので

ある。しかし、この小説では、お扇や女学生たちは単に批判のみされているわけではない。彼女たちが女学校を散策する情景は、実に美しく描写される。

絹縮《きぬちゞみ》の振袖ほど長目の袂に、かの鰕茶《えびちや》の袴は裾のみ花に隠れて、まだ肩上げの除《と》れもやらぬに、束ねた髪に白茶のリボンを翳したのが、何としもなく池の面を眺めてゐる様《さま》。一度飛去つた雙《つが》ひの蝶はいづくよりともなく又現はれて、例の舞ひ狂ひ、馴れ睦む気色と見れば又た離れ、遠く近く、花の蔭、水の上、誰《た》が弄ぶか洋琴《オルガン》の音《ね》の幽《かすか》に伝はる。其所に稍《やゝ》暫時《しばらく》佇んでゐたが、其釦靴《ぼたんくつ》を少し踏み鳴らして、莟《つぼみ》もまだ固き花の下に位置を替へて、又も眺むる池の水。

とある内にかの径《こみち》に人の来る気色《けはひ》して、石の玉垣のあたりから現れたのは是もまた鰕茶の袴。清げなる揚巻に薩摩飛白《さつまがすり》の単衣《ひとえ》を着て、つぼめた蝙蝠《かうもり》に紫縮緬《むらさきちりめん》の本包を抱へてゐる、十七ばかりと見えて品あるその姿。(119)

（図12）

図12 梶田半古画『紺暖簾』挿絵（『読売新聞』1901年6月22日）

江戸の小説世界においては、「文章をもつて絵の代用にもなるが如き、感覚的に明確な描写」(120)が発達していた。中村幸彦は『戯作論』のなかで、「登場する男女の風姿は必ず髷風、衣服、履物、年齢、丈高、肥痩、器量骨柄や、行動言語における癖までも、微細に記述」するのが洒落本の文章だとしている。そして、女学生小説は、この手法を受け継いで読者の想像力に働きかけた。括弧つきの「女学生」という存在がすでにある種のファンタスムを呼び起こすものであった

●薔薇のかをり　桜ハ華美を好む紅裙の態藤ハゆゑづきたる深窓の美人牡丹ハ裕々たる豪家の麗姫各々其色を争ひ其香を競ひて春の園生ハ賑はしかりしが猶薔薇の香の高き其色の潔きにハ如かざるべしされバエデンの園に神の接吻をうけしより常に神秘の香に現れて詩家が心を動せし事幾何ぞや今其[illegible]

図13　「薔薇のかをり」（『東京朝日新聞』1901年5月10日）

ことは、ここにもみてとれるだろう。先にも述べたように、彼女たちの美は和洋折衷の美であり、それ故、彼女たちにはリボンやオルガンやパラソルといった、舶来の小物が似合った。この作品の連載が始まる少し前、一九〇一年五月十日の『東京朝日新聞』には、「薔薇のかをり」と題して向島の長春園の薔薇の記事が掲載されたが、ここにも洋風の美を司る存在として女学生があしらわれている。「桜ハ華美を好む紅裙《こうくん》の態《てい》藤ハゆゑづきたる深窓の美人牡丹ハ裕々たる豪家の麗姫各々其色を争ひ其香を競ひて春の園生ハ賑はしかりしが猶薔薇の香の高き其色の潔きにハ如かざるべしされバエデンの園に神の接吻《くちづけ》をうけしより常《とは》に神秘の香に現れて詩家が心を動せし事幾何ぞや[121]」と薔薇を称える記事の真ん中には、大きなリボンに袴姿の女学生が、薔薇の花に顔を寄せる口絵が挿入されているのである（図13）。「立てば芍薬坐れば牡丹、歩く姿は百合の花」というように、美人は花と形容されてきたが、女学生はそのいずれでもなく、「エデンの園に神の接吻《くちづけ》をうけ」たという、西洋的ロマンティシズムに飾られた薔薇であった。ここに至って「女学生」は「西洋風」——とはいっても『薮の鶯』で排斥されたような、徹底した西洋趣味ではなく、あくまでも華やかさを伴ったファッションとしての「風」なのであるが——であるという新しい性質が加えられている。そして、西洋文学のなかに見られるような「西洋風」の恋愛に憧れる若者たちにとっては、その恋愛の相手も「西洋風」であることが望ましかった。その意味でも、女学生はぴったりの存在となったのである。

この作品のヒットは、新聞小説の世界に、続く女学生ヒロインを即座に生み出した。「聖堂の女学校の門内から、海老茶の袴連が陸続と出る中に、下女を従へた十八九のと、その連の十七八のとが、揃ひも揃つて目に立つ美人だ」(122)と始まる武田仰天子の「梅若心中」(『東京朝日新聞』一九〇一年)などはその一例で、このような新聞小説とそこに添えられた挿絵は、人々の心の中に「美しい女学生」の存在を刷り込んでいくことになる。

しかし、『紺暖簾』が描き出したのは、ヒロインにふさわしい女学生の姿ばかりではなかった。この作品においては、『己が罪』からもう一歩進んで、「女学生」という存在自体が、「淫奔」と評価されることが描き出されている。これは小説のなかで、お扇の親友によって嘆じられる。

いつぞや五年級の方のお話でしたつけ。此頃……ではございません、余程以前からですとか、女学生といふと一概に淫奔であるの、不徳であるの、軽薄であるのと申して、世間ではあの醜業婦よりも、一層忌み嫌ふやうになつて居るのださうでございますのね。一定の制規の下に襞積《ひだ》の正しい袴を穿いて、講堂に端座すべき女学生でありながら、之を守る方と申しては、現在数える程しかないのでございますつて。其他の女学生といふ女学生は、余所《よそ》の学校はどうでございますか存じませんけど、朝毎にリボンを取替へ、傘の色もなるべく花のやうなのを競うて翳し、袴まで布地《きれぢ》の選択をしたりして、日々の通学には互に其形装《なりかたち》の美しきを、誇らうといふ心ばかりで、学業芸術を励まうと申す方は少く、生徒扣所《ひかへじよ》の暖爐の前、運動場の藤棚の下は、所謂『恋愛《ラヴ》』とか、『良人《ハズバンド》』とかを説く所であつて、ロオンテニスすら真面目に、弄ぶものはない位なのですつてよ。(123)

明治二〇年頃には「肩をいからしたり」「生いきな慷慨なことをいつ」たりする故に女学生は疎まれた。ところがそれから十年経って、今度は「其の美しきを誇」り、「『恋愛《ラヴ》』とか、『良人《ハズバンド》』とかを説く」のが彼女たちの日常とみなされるようになったのである。『女学雑誌』の「男女交際」「恋愛」賛美の主張がこのような形で定着したわけだが、当時は女学校乱立時代でもあり、ますます「女学生」は増えている。

> 三十四年の春からは立つは〳〵雨後の筍の如く私立女学校は立ちました。従て地方の女学生が数知れず都に入り込むで茲に女学生といふ一種軽蔑の意味を含んだ詞が生れて来ました。(124)

ここにも述べられている通り、一九〇一（明治三四）年には高等女学校の数は七〇校を数え、生徒数は一万七五四〇人にも上った。都会の女学校に行くことが一種の流行になってしまい、もともとそれほどの意志をもって女学校に入ってきたのではないお嬢さんたちが学生の大半を占めるようになったとすると、彼女たちがお洒落を楽しむようになるのは当然でもある。そしてまた、地方出身者が多くなると、下宿住まいの美しい少女たちは、若者たちの恰好の「恋愛」の対象となる。その点は前節で見たとおりである。

また、実際に起こった事件の影響も見過ごすわけにはいかないだろう。創刊以来、読み物、雑報に重きをおく小《こ》新聞的な性格を維持してきた(125)『読売新聞』と『東京朝日新聞』からいくつか事件を拾ってみると、彼女たちが積極的（お転婆）である時、あるいは性的に奔放である時、新聞が取り上げていることがわかる。まず第一点の積極性については、一九〇一年二月十七日の『東京朝日』に「令嬢の木曾殿」という記事が見える。これは豊多摩郡に住む某軍吏の令嬢が父親の馬を勝手に乗り出し大騒ぎになったというものであった。「田鶴子（十八）ハ海老茶袴の裾もはら〳〵学校通ひに余念なく頻りに気分が結ぼれしより(126)」と彼女が「海老茶式部」であることがまず強調される。そして、彼女の行動は「嫁入頃の令嬢ながらこの子何処《いづく》へ帰《とつ》いでも斯んなお茶ツぴいでハ家人に宜しくあるまい」と批判される。

一方で、『東京朝日』一九〇一年三月二十六日には「莫連《ばくれん》女学生の身の果」というスキャンダラスな記事が載っている。茨城から女学校へ入るために上京した少女が、学生と恋仲になって学資を使い果たした上に妊娠し、男にも逃げられたので出産した赤子を捨てて国へ帰った。しかしまた東京が恋しくなったので親をだまして学資をせびり、今度は無論学校へなど行く気はないので情夫とともにこの金を使い果たした後は奉公しては金を盗むということを繰り返し、遂には金持ちの外妾となっていたのを御用となった、という事件である。「莫連女学生の末路常に斯くの如し戒むべき事なるかな」(127)と記事は結ばれている。この、「莫連」を「堕落」と言い替え、女学生の逸脱を大きく取り上げたのは『読売新聞』だった。『読売新聞』は一九〇二年六月二十五日に「●女学生の堕落（歎ずべき哉）」という記事を掲載し、「女学生の風紀日に〳〵頽廃し」、「破廉恥の所業」にまでも及ぶことがあると論じている。(128)その二日後、六月二十七日には、「▲女学生堕落の現況（女子教育家の注意を促す）」においても「座敷内の乱暴」「厚化粧の学生」「湯屋抔の不作法」「艶書の偽造」(129)が指摘される。十月になると、「●ここにも一人堕落女学生の標本」という、『東京朝日』の「莫連女学生」と似たような経緯で逮捕された女性が記事になり、(130)十七日から翌十一月十四日まで連載される「女学生の堕落問題」という特集記事のきっかけを提供する。このようにして、一般世論に女学生と性的奔放さが結び付けられて考えられていくのである。

「知性」と「堕落」――『魔風恋風』と囲い込まれる女学生

一九〇八（明治四一）、九年頃に出来た流行歌、「ハイカラ節」は、十七番までの歌詞がつけられていたが、そのなかでも三番から八番に、女学生の姿が描かれている。

○ゴールド目鏡のハイカラは、都の西の目白台、ガールユニヴアーシテイーのスクールガール、片手にバイロン、ゲーテの詩、口には唱へる自然主義、早稲田の稲穂がさらさら、魔風恋風そよ〳〵と。

○しな〳〵と出て来るは、都に名高き御茶の水、高等女学校のスチユーデント、腰にはバンドの輝きて、右手に持つはテキストブック、左手《ゆんで》にシルクアンプレラー、髪にはバツターフライスホワイトリボン。(131)（三、

四番）

女学生を学校別にして、それぞれの特徴を描き出す、というのは当時流行したらしく、『中央公論』にも高等女学校を一校ずつ訪問する、といった体裁の連載が一九〇五年から始まっている。ここにも明らかなのは、「左手《ゆんで》にシルクアンブレラー、髪にはバッターフライスホワイトリボン」というように、「女学生」という存在が、西洋的なものとセットで考えられていたことであるが、今回注目したいのは、「魔風恋風そよ〱と」という部分である。明治三〇年代は、女学生を扱った小説が新聞小説として人気を博していたわけだが、一九〇三年二月、『読売新聞』紙上に登場したのが小杉天外の『魔風恋風』だった。明治四〇年代に入ってから作られた「ハイカラ節」に歌いこまれていることからも、この作品が実に絶大な人気を誇ったことがわかるだろう。『読売新聞』は、尾崎紅葉退社後は発行部数がかなり減っていたが、この小説が評判となって注文が殺到したという。

　読売新聞社では、この小説で発行部数が五千部ふえるごとに、祝宴をひらき、この宴会を「五千会」と名づけて、営業部は気勢をあげた。〔中略〕従って原稿料も四百字一枚で三円を支払った。(132)

『初すがた』や『はやり唄』といった作品で、ゾライズムを追求する作家として文壇で評価をうけていた天外は、この作でこれだけの原稿料を手にしてしまった。伊藤整などが指摘するように(133)、結果的には、この作とその後彼に与えられた「人気作家」というレッテルが天外を通俗作家にしてしまったともいえるだろう。

新聞小説らしく、この作品の冒頭では、ヒロイン、萩原初野の類まれなる美しさが描き出される。

鈴《ベル》の音高く、現れたのはすらりとした肩の滑り、デートン色の自転車に海老茶の袴、髪は結流しにして、白

リボン清く、着物は矢絣の風通、袖長ければ風に靡いて、色美しく品高き十八九の令嬢である。(134)

これは梶田半古の挿絵（図14）とともによく引かれる一節であり、「おばけ」とも呼ばれた結い流しの髪にリボン、矢絣の着物に海老茶袴、とは、実に現代の大学卒業式にまで受け継がれている「女学生スタイル」である。当時の言葉で「スースー」(135)といわれた流行の最先端の少女たちが、実際には日本髪やおさげの方を好んだ、というようなことを記した資料も残されているが、新聞というマスメディアによって、「女学生スタイル」が人々のイメージのなかで確立していったのは興味深い。そしてここでも、主人公の女学生は、自転車という西洋伝来の小道具とともに登場する。この自転車で転倒して骨折、入院するのが彼女の悲劇の始まりなのだが、颯爽とした彼女の姿は、最初から西洋風の美しさと積極性を読者に印象づける。

図14　梶田半古画『魔風恋風』挿絵　（『読売新聞』1903年2月25日）

さて、美しく積極的な女学生ヒロイン、初野は親友の子爵令嬢、夏本芳江の許婚、東吾と恋に落ちるが、この恋は悲劇に終わることとなる。先にひいた「ハイカラ節」にも、この悲恋は「〇魔風恋風そよ〳〵と他処の軒端に咲匂ふ、主あるフラワーと知りながら、不図した事から深い中、今さら済まぬと思へども、思案の外とて是非もなく、忍び込んだる恋の闇」（十二番）と歌われているが、美しく、懸命に真っ直ぐ生きようとする初野が、様々な不幸に見舞われる、というプロットが、この作の絶大な人気を生み出したのだろう。しかし、いま一度通読してみると、この作品が描き出しているのは、ヒロインが「女学生＝淫奔」という言説に絡めとられていく姿だということがわかる。下宿住まいの女学生が、十九世紀のフランスで「女学生」（étudiante）と呼ばれたミュッセやフローベールの小説のグリゼットたちと同様に、男たちにとって籠絡しやすい存在であり、だんだんとそのような存在として目されるようになったことは前章に述べたが、この小説では、佐伯順子が指摘するように、[136]「堕落」という言葉が一つのキータームとなっているのである。そして、先にみたように、「女学生の堕落」とは、まさにこの小説が連載された『読売新聞』によって報道、喧伝された言説だったことも重要であろう。『読売』自身が構築してきた議論がフィクションのなかで展開されているのが、『魔風恋風』という作品だったのだ。その意味では、『魔風恋風』はまさに『読売新聞』にふさわしい小説だったのであり、読者は前年の同紙上で展開された「女学生の堕落問題」を予備知識に、リアルな問題を扱ったフィクションとしてこの作品に接したのだろう。この作品における「堕落」という語の氾濫、しかも使われ方もさまざまで、「堕落生《だらく》」といった普通の読みの他に、「堕落る女学生《しくじ》」「堕落い人《いけな》」といったようにも読まれていることは、その証左でもある。そしていずれの場合にも、「堕落」の原因が男性との性関係であることが暗に示唆されていることからは、もともとは乱暴・不作法といった問題も含まれていたはずの「女学生の堕落問題」が、性的な逸脱のみに焦点をあわせていくことの補強装置としてこの作品が機能したこともうかがえる。

小説の初めの部分から、初野のまわりは、女学生の性をめぐるネガティヴな言説で満ちている。彼女の下宿は前年までは彼女の通う帝国女子学院の認可下宿であったものの、「女学生の醜聞が世間に喧ましく」なったために、認可を取り消されてしまう。当時の下宿屋は、基本的には政府の許可を得た「公認下宿」であった。初野の下宿は、「男子の客は御断り申候」と看板に書き添えられているのだが、実際には、男女の別なく下宿させていた所が多かったようである。また、下宿の需要が大きくなると、「素人下宿」と呼ばれる、無認可の下宿屋も多くなった。こちらには、公認下宿よりも廉価で親切という評判が立ち、女学生も多かったようだが、無認可故に姓名の届け出義務などもなく、よって人目を避けるのにうってつけの下宿でもあったらしい。[137]また、初野の下宿屋のおかみ、島井もとも、『己が罪』の教師と同じような人物だ。彼女も殿井という金持ちの画家の頼みで初野との仲をとりもとうとし、殿井の家に二人で出かけて、やはり先にこっそり帰ってしまうのである。これでは、下宿住まいの女学生たちが「醜聞」に巻き込まれる機会が多くなるのももっともだろう。

　初野に恋をする財産家の殿井も、初めは女学生に対して辛辣である。下宿のおかみに初野の下宿料が未払いであることをきくと、「男狂ひ」の「堕落生」だと評し、初野の部屋に忍び込んだ際、丸薬の壜を取り上げて「梅毒の薬」だと冗談を言う。他にも、「阿嬢様だらうが何だらうが、此の頃の女生徒なんざ」簡単に男の家に泊まっていくに違いないと殿井の家の婆やは言っているし、初野の異母兄は「女の書生なんざ、私生児《てゝなしご》でも生んで帰つて来るのが落だ」というのが口癖である。初野には、さらにひどい仕打ちも待っている。親友の芳江の家を訪ねた際、彼女は芳江の父親の子爵に乱暴されそうになる。ところが、それを見咎めた子爵夫人は、夫ではなく、初野を責めるのである。

　何故貴女は此室へ入りました？　何の為に入りました？　今の様な、彼様な猥褻な事が為たさに入つたんですか？　当今の女学生には、学資に窮して、よく醜業を為る者が有ると云ふが、貴女は其様な人ぢや無からうね……？[138]

「性的に奔放」というのは、確かにこれまでも「女学生神話」の一端を担っていた。ところが、この作品では、女学生は単に奔放であるのみならず、売春をする存在としても語られるのである。芳江の頼みで東吾に会いに行く途中、脚気で倒れた彼女は、巡査に介抱されるが、巡査も「然るに、前後を考ふる暇は無いか知らんが、此様な暗い、草原に横臥し居つては、無宿《やどなし》の乞食か、左なくば、淫売婦の類と認められても苦情は云へんでせう……」[139]と初野を諭す。女学生は、新しい教育のなかで西洋的な社交性を身につけることとなり、その社交性からまずは芸妓と重ねられてまなざされた。それが、いつの間にかその性的奔放さの故に売春婦と重ねられるようになってしまうのだ。彼女たちの存在は、ますますその「肉体」の比重を増すこととなる。
作者の小杉天外は、この作について「更に客観に徹した創作を試みんとして稿を起したものである。女主人公は当時一二の新聞に報道された、モルヒネ注射の量を誤って死を招いだ某苦学女生をモデルにしたのであるが、他の人物といへども、実在の甲乙等の、生活と性格を実写せんと企てたるものである」[140]と述べ、「実写」であることを強調している。そして、実際の女学生が既に性的な言説の直中《ただなか》に身をおく存在だったことは、『読売新聞』以外のメディアからも確認できる。『魔風恋風』発表と同年の一九〇三（明治三六）には、「女学生の堕落」を論じた『理想の女学生』という書物も出版された。この本は彼女たちの「堕落」の原因を探り、英・仏・米国の若い女性の生活との比較も取り入れながら問題点の改善を促したものだが、ここでも、女学生の「堕落」について次のように語られる。

日々の新聞に女学生の失態と云ふやうな記事が一つ位づゝある、其の多くは男学生と私通して逃亡したこと、私生児を胎むだこと、中には役者を買ふものもあるとのことが大部分を占めて居るが、甚しきに至ると、女学生の売淫と云ふやうなものも少くはない[141]。

また、まさにこの時期、明治社会の「近代化」も、こうした「堕落」言説を補強する役割を果たしていた。その一例が、日比谷公園にまつわる女学生言説である。一九一三（大正二）年七月、北原白秋は、第三詩集『東京景物詩及其他』を出版しているが、その巻頭を飾ったのは「公園の薄暮」という詩であった。以下に、その第一連を引いてみよう。

ほの青き銀色の空気に、

そことなく噴水《ふきあげ》の水はしたたり、
薄明《うすあかり》ややしばしさまかえぬほど、
ふくらなる羽毛頸巻《ボア》のいろなやましく女ゆきかふ。[142]

都会の近代情緒を歌い上げたこの詩集のなかで、白秋はその典型として、公園の情景を描き出した。そして、そこに歌われるのは、噴水のそばを行き交う、白いボアを襟元に飾った若い女性たちなのである。

一九〇七（明治四〇）年に初版が出版された石井研堂の『明治事物起原』には、「公園の始」として、「四民偕楽の目的を以てせる公園地は、府下飛鳥山にして、八代将軍吉宗公の元文年間に始る。然れども、公園の名称なし。そのこれあるは、明治六年に始る」[143]と記述される。これは、一八七三（明治六）年一月に出された太政官布達第一六号（「三府ヲ始人民輻輳ノ地ニシテ古来ノ勝区名人ノ旧跡等是迄群集遊観ノ場所（中略）従前高外除地ニ属セル分ハ永ク万人偕楽ノ地トシ公園ト可被相定ニ付府県ニ於テ右地所ヲ選ヒ其景況巨細取調図面相添ヘ大蔵省ヘ可伺出事」[144]）によって、初めて日本において「公園」という語が現在の形で使われるようになったことを意味するものだろう。『魏書』にあらわれているという「公園」という漢語は、そもそもは「お上のお庭」という意味として用いられていたようである。一八七四（明治七）年版の『広益熟字典』には、「公園」の項に「カミノヲニワ」と記されている。[145]その「公園」という言葉を定義しなおしたのが、先にひいた太政官布達だったわけである。ここでは、公園は、「人民輻輳ノ地」における「万人偕楽ノ地」に読み替えられる。ヨーロッパの産業革命が都市に人口を集中させ、その結果としてparkという、都市の民衆が利用できる造園的公共空地が整備されていったこと[146]を考えると、日本の「公園」が、西洋近代のparkの精神を受け継ぐ形で、「人民輻輳ノ地」、つまりは都市における「万人」をその利用者として想定したことがわかる。

そんななか、一八八九（明治二二）年になると、東京市区改正条例によって、東京市の公園の位置面積が告示された。そこで、第一に挙げられたのが、日比谷公園である。日比谷練兵場の広大な敷地は、東京市の中央公園という、日本で初めての近代公園として生まれ変わることとなったのである。ドイツの公園を範とし、一部に日本庭園の手法を加えた、総合的近代公園として設計された(147)同園は、一九〇二年に起工式が行なわれ、翌一九〇三年六月一日に仮開園となった。当時の新聞は、市民の熱狂ぶりを次のように伝えている。

○開園式午後の景況。既報の如く午後二時より諸人の入園を縦《ゆる》したるが右定刻前より各門外に群集したる男女は一時に四方より乱入りて殆ど往来も叶はぬ程なりき又此の見物人が次第に退散したる頃には諸官省の官吏、諸銀行会社員、諸学校生徒等が帰宅の途次こゝに立寄る者夥しく三時より四時五時にかけて再び押返されぬ混雑を見たりしが記す程の事も無く随て喧嘩盗難等も無かりしは先以て目出度しと云ふべくこそ(148)（『東京日日新聞』一九〇三年六月二日）

洋風、日本風の庭園に加え、遊戯場や運動場も備えたこの公園は、噴水のまわりにガス灯やアーク灯、ベンチが並び、園内のマンサード屋根の三階建てレストラン「松本楼」で洋食を食べることができる「ハイカラ」な場所でもあった。「兎に角東京人ハ神社仏閣の境内ならぬ公園らしき公園、些か人の意匠を加へて築造したる公園に遊ぶことを得るに至りし也(149)」とは『読売新聞』の記事だったが、「諸官省の官吏、諸銀行会社員、諸学校生徒等」といった新しい職業に就く「東京人」の憩いの場としてふさわしいのは、昔ながらの神社仏閣ではなく、「公園らしき公園」、日比谷公園だったのである。

このように、東京の中央公園として日比谷公園が整備されると、人々の関心は、公園の設備だけではなく、そこに集まる市民の姿の上にも集まるようになった。日比谷公園が開園した一九〇三年の十月には、『風俗画報』に「日比谷公園に憩う人々」と題された絵が登場している。運動着を身につけ自転車に乗る男性や、子供に手を引かれるお年寄りなどの老若男女が描かれるなかで、洋服姿の男性や赤ん坊をあやす女性とともに前景に配置されているのが、袴姿に風呂敷包みを抱えた二人の若い女学生だった。

ところが、同時期に『読売新聞』に連載されていた『魔風恋風』と歩調を合わせるかのように、日比谷公園と女学生の恋愛にまつわる醜聞とが、結び付けられて論じられるようになっていった。図15は『滑稽新聞』第四五号（一九〇三年三月）が風刺する、同年大阪で開催された第五回内国勧業博覧会会場での女学生と軍人の手紙のやり取りだが、市民が集まる近代的な場所は、「恋愛」をはぐくむ場所であるとともに、若者たちを「堕落」させる場所としても性格づけられる。[150]『滑稽新聞』同号には、「〇博覧会閉場後の状況予報」として「▲男女の駆落」という記事が寄せられ、学生服と袴姿の男女の絵が添えられているのである。日比谷公園は、東京において、大阪の博覧会場と同様にとらえられる場所だった。『風俗画報』に「日比谷公園に憩う人々」が掲載された一九〇三年十月十九日付の『やまと新聞』には、次のような記事が出たという。

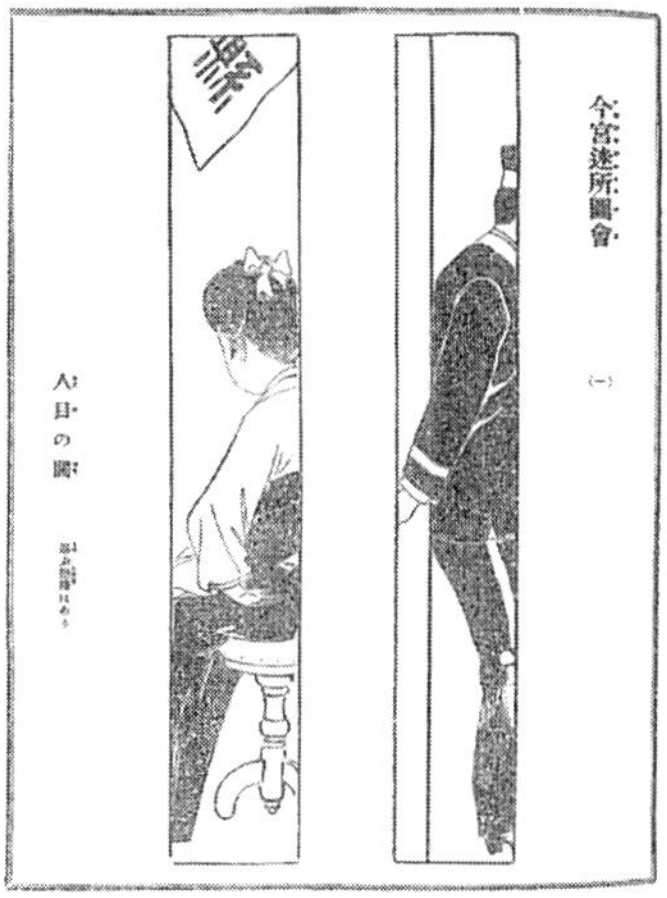

図15 「今宮迷所図絵（一）人目の関忍ぶ恋路にあり」（『滑稽新聞』第45号，1903年3月）

心あるものは上野または日比谷の公園へ往つて女学生の堕落を叫べよ毎夜こゝ彼処の樹間に矢張り堕落生と互ひに手を曳合ふて喃々の艶語を漏すもの数知れず公園は是れ待合芸妓を取持つ待合茶屋なりだ。[151]

明治の新知識人たちが目指した「男女交際」において、散歩しながら青年男女が語り合う情景は「西洋紳士淑女」の行なう健全なものであり、「高尚な恋愛」にもつながるものだった。前節で取り上げた『女学雑誌』初期の連載「薔薇の香」

図16　「薔薇の香」挿絵（『女学雑誌』第77号, 1887年9月）

に入れられた、洋装の男女が屋外で睦まやかに語り合う挿絵（図16）もそれを物語っている。とすれば、近代公園の整備は青年男女の健全な「男女交際」にふさわしい場所の誕生だったともいえる。

ところが、西洋の公園を模して造られた日比谷公園は、「待合茶屋」に擬されてしまう。一九〇四（明治三七）年に神長瞭月が作ったとされる俗謡「松の声」には、「頭に霜の生ぬ間に、勤よ励めよラブの道、今は昔紫の、式部は人に知られたる、女子の鏡と聞たるが、恋に違はなかりしと、紫ならぬ薄海老茶、年は移りて紫も、今は海老茶に変はれども、兎角変らぬ恋の道[152]」と歌われているというが、このような論調はその後も続き、ある種の定着をも見せる。雑誌『新声』の一九〇五年十二月号には、登坂《のぼりざか》北嶺が「文明的恋愛を排す[153]」という論を寄稿しているが、ここでも、日比谷公園は「醜絶なる文明的恋愛男女の密会所」と糾弾されている。一九〇七年の『滑稽界』には、「賑はへる日比谷公園」という風刺画が掲載されており（図17）、「日比谷公園の各入口に「人道」と署したる木標あり、ア、人道、人道、人道とは夫れ青春男女をして、堕落の淵に導くべき道標の謂か[154]」とつけられた詞書からは、ここでも日比谷公園が恋愛という「堕落」と結び付けられて考えられていることがわかるだろう。

『文芸倶楽部』一九一〇年四月号には、胡蝶園の署名のある「よし原の夜の物売り（夜ざくらの賑ひ）」という記事が見られる。そのなかで、傀儡師《くぐつし》が「洋装の紳士」と「廂髪の海老茶式部」の人形を操り、「握手」「接吻《キッス》」「ハイカラ踊り」をさせる見世物では、ハイカラさん〳〵、あなたは何方へ散歩です、わたしは日比谷の公園よ、胸につかへた憧憬をラブとかたッて慰藉してよ、ハイカラさん〳〵(135)

という、傀儡師が歌う「ハイカラ節」なるものが紹介されている。

このように、「恋愛」理念が精神性の称揚と肉体性の排除を説くなかで、皮肉にも、その対象と目される女学生の新しい知性は黙殺され、彼女たちは肉体的な存在としてのみ語られるようになっていく。日比谷公園という近代的な装置が際立たせるのは、「堕落」や「淫奔」といった形容詞がまといついた女学生に向けられたまなざしであり、彼女たちを性的な存在へと囲い込もうとする言説は、公園という西洋近代的な装置によっても補強されることとなったのである。

図17 「賑はへる日比谷公園」(『滑稽界』第4号, 1907年12月)

少し時代が下ってしまったが、『魔風恋風』に話を戻そう。このように見てくると、初野は、まさにこうした言説が流布するなかに身を置いていることがわかる。彼女には落ち度がなくても、周囲は彼女を「堕落」と結び付けようとする。作中には、東吾と恋を語る初野の幸せそうな姿はほとんど出てこない。そのかわりにわれわれの前に繰り返されるのは、「堕落」を期待する周囲の眼と、初野との戦いなのである。

ここで注意したいのは、初野が「堕落」と戦っていることである。小説の冒頭から、彼女が「大変に英語の優《でき》る女《ひと》」であることが噂され、初野は美しいだけでなく、優秀であることがわかる。初期の「女学生小説」において、女学生たちは知的な存在とは考えられておらず、知的であろうとすれば疎まれるだけだった。『魔風恋風』は、ヒロインである女学生に初めて「知性」が与えられた小説だということもできるだろう。そして、「堕落」から彼女を守っているものも、彼女の「知性＝精神」に他ならない。学校を出て経済的にも自立した生活を送ることが初野の夢であり、彼女はその夢を目前にしている。学資を打ち切られることがわかっていながら妹を庇って異母兄に啖呵を切るのも、兄の言い分を理不尽と感じる彼女の知性の表象であり、もうすぐ自立できるという自信のあらわれだといえる。また、殿井との関係をみても、初野がその知性によって『己が罪』の箕輪環の轍を踏むことを免れていることがわかる。むろん、初野の場合には東吾という恋愛対象がいることが殿井を拒むいちばんの原因なのだが、ここでも自立までもう少し、ということが彼女の励みとなっているのである。

　しかし、結局のところ、初野はこの戦いのために経済的苦境に追い込まれ、病気となる。そんな彼女に、「堕落」女学生言説は追撃ちをかける。芳江のフィアンセの東吾に恋したことは、彼女の苦労の一因である妹にも詰《なじ》られる。その際、妹の波子は、「私生児でも産んで、一生日蔭者に成ツ了《ちま》（156）」う、という、異母兄の言葉をそっくり初野に投げつけるのである。一旦は養家と離縁して退学し、初野との恋を全うしようと考えた東吾は、養家に頭を下げて頼まれ、初野の方を捨てる決心を固める。なんとか「堕落」から身を守っていた初野は、心身ともに疲れ果て、自立も、恋も、妹もなくして、脚気衝心で死んでいくことになる。「知性」の完敗である。

第三章　「堕落女学生」から「宿命の女」へ

一　堕落女学生の行方

引き裂かれる頭と身体

さて、小杉天外『魔風恋風』のヒロイン萩原初野は、彼女をめぐる「堕落」の言説に抗いながら死んでいったが、ここで、別の角度から女学生の「堕落」を描いた二つの作品を検証してみたい。

まず一つは、『魔風恋風』が『読売新聞』に連載されていた一九〇三（明治三六）年六月に、『太陽』に発表された島崎藤村の「老嬢」である。ここで藤村は、高等教育を受け、やはり初野のように社会で自立しようとする女性を主人公に据えている。冒頭、女学校の旅行の引率で田沢温泉にやってきた沢関子は、学校時代の友人の瓜生夏子と再会する。

「噫《ああ》。私は学問なぞをしなけりやよかつた――新しい知恵の味さへ知らなかつたなら、母の言ふなりにどんな男でも夫に持つて、一生満足して居られたらうものを。私は教育なぞを享けなけりやよかつた――精神を自由なものとさへ知らなかつたなら、斯うして籠を出て飛んで見ようとは思はなかつたらうものを。なにも、貴方、母や姉の世話にさへならなけりや、其でい、ぢや有ませんか。何故、世の中は斯う思ふやうにならないんでせう。何故、独身で居る女は片輪なんでせう。何故、わたしたちは斯う他《ひと》から軽蔑されるんでせう。[1]」

（壱）

このような夏子の言葉からは、三宅花圃の『藪の鶯』や坪内逍遙の「細君」のように、知的であろうとするが故に疎まれる存在となる女性像が見える。藤村は、一八九三（明治二六）年に『文学界』に発表した「なりひさご」において既に、「あ、学問をした我身一つがうらめしい。世の中に誰が哀しい、わしが哀しい。勿体ないことながら、学問は身をあやまる」[2]と美術学校で学んだ少女に語らせていた。そして、「なりひさご」のお歌が、「学問すればするほどに、身の不幸がましてくる」と泣いていたのに対し、十年後に現われた夏子は、自分は思想も、嗜好も、道徳すらも世間の女とは違うのだ、結婚なぞはしないが「事業《しごと》」をして生きるのだ、と関子に宣言するのである。結婚を控えた関子に向かって「お互に試して見やうぢや有ませんか —— 結婚した貴方の方が幸福か、独身で居る私の方が幸福か」と言い放つ夏子は、知的存在であるために、結婚して「良妻賢母」になることを拒否する。『魔風恋風』でも決して両立することのなかった女性の「知性」と「肉体性」が、夏子においても分離し、彼女は「肉体性」を排除しようとするのである。

ところが、このあと作者によって語られるのは、夏子の「肉体」的な側面である。彼女は、女学校を卒業してから、「十年以来《このかた》、情人《をとこ》を持たないといふ月日は殆ど無かつた」女性であるとされる。恋人の画家を袖にした彼女は、「学問した女の一番悪い手本」として人々の口の端にのぼるようになり、「わざ〳〵軽薄な男を情夫に持つて、しかも幾人《いくたり》か捨てた」というような噂が広まるのである。その挙句、三十五の年に、とうとう夏子は「愛して出来た塊ではない」私生児を出産する。そして、その赤ん坊が死ぬと、彼女は精神に異常をきたす。

夏子は最早昔の夏子では無い。老嬢のなれの果と唄はれて、日毎に狂ひ歩き、菊の花かんざしにさし、白いもの顔にぬりくり、口唇に紅つけて、きのふは八日堂の薬師、けふは大宮の神社、百姓の袂《たもと》に縋り、繭買の手にも執付《とりつ》き、「女房にする気はないか」と、通る旅人を捕へて、顔に袖を当て乍ら恥しさうに笑ひました。（参）

この夏子の末路は、まさに『魔風恋風』に登場した、「堕落」女学生をめぐる風聞と一致したものとなっている。故郷にも帰らず、結婚にも見向きもせずに仕事に邁進することを自分に誓ったはずの夏子は、結局何の「事業《しごと》」も成し遂げず、私生児を生み、発狂し、帰郷してからは手当たり次第の男に「結婚」を迫る。「女の書生なんざ、私生児《てゝなしご》でも生んで帰つて来るのが落だ」という、初野の兄の言葉が、ここに実現したともいえる。知的な存在であろうとした夏子の頭と身体は引き裂かれ、お互いに認め合うことができない。知性と相反するものとしての肉体が出産とそれに続く子供の死を経験する時、彼女の「頭」に残されているのは、狂気という世界への逃避だけなのである。

この作品において、結婚―独身ということがあたかも二項対立であるかのように扱われ、こうした女性の人生に関する認識が「物語の周辺」として機能していることを指摘したのは金子明雄である。[3] そして、「女学生」にとっての「物語の周辺」は頭（知性）―身体（肉体性）という二項対立であったといえるだろう。「老嬢」の発表当時、この作品が「人間の精神上の欲望と肉体上の欲望との衝突と悲惨の末路」を描いたものであり、「若しも精神の自由を望めば、肉欲の為めに苦しめられ、肉欲の煩悶を癒せば、精神の苦痛を感ず。老嬢は精神の独立自由を謀らむと欲して、却つて肉欲の為に射落されたり」[4]とした書評が出たが、精神上の欲望と肉体上の欲望の衝突とは、明治日本において問題となるに至った精神主義的な「恋愛」概念を想起させる。しかしながら、坪内逍遥が上、中、下と分類した恋[5]においては、精神的な上の恋と肉体的な下の恋の間に優劣はあるものの、その二つが対立項として二者択一を迫るわけではなかった。この評において「人間」とある箇所に入るのは、実は「女性」、なかでもその「精神」と「肉体」が引き裂かれた存在である高等教育を受けた「女学生」なのである。「なりひさご」にも表われているように、女性の存在意義が良妻賢母となることだった時代の、高等教育を受けた女性たちの混乱と失望を、藤村は感じ取っていた。彼は「女子と修養」というエッセイに、次のように記している。

> 学校時代には秀才といはれて、或は外国語が達者であるとか、又は音楽がよく出来るとか、絵画の嗜みが深いとか云はれたものも、家を持つやうになると、（中略）女は家事に逐はれて、自然と所帯の苦労に疲れて、長い間学校生活をしたものも、初めからそれほど学問を修めなかつたものと、殆ど同じやうな無思想の状態に陥るものが多いのである。(6)

「秀才」が結婚すると「無思想」になってしまう、というのは「老嬢」の関子がたどる道である。「学校を出て後も、銘々自分が之れから更に修養期に入ると云ふ考へを一時も忘れずに持つ」べきだ、というのが藤村の主張だった。しかしながら、ここで彼が説く修養とは、「何処までも女が男を補助《たすけ》て」いく、主婦としての修養に他ならない。「男を補助《たすけ》」ようとしない夏子の生き方は、やはり「堕落」女学生の行く末として造形されるしかなかったのだろう。「老嬢」は「水彩画家」などとともに、藤村の処女短編集『緑葉集』に収められているが、この短編集は「性の狂乱」(7)をその根底に据えたものと考えられている。農村に暮らし、無学な場合の多い『緑葉集』の女性たちのなかで、「老嬢」の夏子は異質な存在であり、作者の藤村自身と重ねて論じられることもあるが、頭と身体が引き裂かれ、最終的には「堕落」という形でその肉体性のみが強調される女学生は、「性の狂乱」を描き出すにはうってつけの存在だったといえるだろう。「堕落」までをもその一部とした「女学生神話」の肥大をこの作品に見ることは容易である。

「悪女」の可能性

もう一つの例として、泉鏡花の作品を取り上げてみたい。鏡花は智識を鼻にかける虚栄をはった女性を嫌ったといわれ、女学生に対しては、生田長江が「『私は女学生なるものを見ると、外国人だか日本人だか解らないやうな気持がする、従て大嫌ひ、日本橋あたりで江戸式の若い娘を見ると、親類のような気がするが、女学生に出会すと、他人のやうな感じがする。』[8]」という鏡花の言葉を紹介しているが、彼が一九〇四（明治三七）年に『新小説』に発表した「紅雪録」「続紅雪録」では、女学校で教育を受けた女性が重要な役割を担っている。雪のために電車が動かず、名古屋で立ち往生した乗客の青年、深見千之助は、赤帽に第三者のふりをした身の上話を始める。すると、赤帽は、口を極めて女学校出の女性を罵り始める。

「え、、たとひ親身の姉様《あねさん》にした処で、今時そんな優しい婦人《をんな》がありませうか、いづれ極昔風なお嬢様で、女学校などといふものは、門をお潜りなさつたこともないお人でございませうですな。[9]」（十二）

ここで、赤帽はまず、女学生、あるいは女学校出の女性は、優しさを持ちあわせていない、と非難する。千之助は「どうして東京で有名な学校出のぱり〳〵だ」と反論するのだが、赤帽はまたじきに、「貴客《あなた》、心がはりなら女学生でございませうが、何にも知らんのでは大した薄情な女といふではありませんで、薄情な女でなければ、大方蝦茶袴は穿いた事のない人でございませう」（十二）と繰り返す。赤帽がここまで女学生の非難をするのは、実は個人的な恨みによるものなのだが、彼が、自分が恨む女性の個人的な資質を憎むのではなく、「女学生」全体を罪深いものと捉えているところは、「女学生神話」の肥大と呼応しているといえるだろう。

あゝいふのは、何でも袴馴れた処から、腰を引括る紅いものは、礼服と心得て、惜気もなく踏み出すんでございませう。何だつて貴下、婦人《をんな》の癖に、帯がなくつて歩行《あるく》んだから、蝦茶を穿いた図は、悪く見ると大道中を褌一ツでお練りも同然、肥つてこそ見えますけれど、長襦袢一枚といふ姿だ、無法だらうぢやありませんか。(「続紅雪録」一二)(10)

少女たちを窮屈な帯から解き放った袴姿は、彼女たちを活動的にした。山岸荷葉の『紺暖簾』のお扇たちが「ロオンテニスを弄」び、『魔風恋風』の初野が自転車に乗って登校するのは、とりもなおさず袴のおかげである。「紅雪録」でも、千之助は、姉と慕う婦人が「馬や自転車は知らないが、ぶらんこにも乗つたらう、荒き風処ぢやない、テニスの球に迄当つた人」だと述べている。しかしその一方で、帯からの解放は性の解放をも意味し、「女学生=堕落」の図式はここでも健在である。

ところが、この小説において興味深いのは、「堕落」女学生のなれの果てとして「続紅雪録」に登場する、赤帽の仇、綾子の描写である。彼女は豪奢な別荘に住む役人の夫人となっており、「いづれ蝦茶を穿いたものと、直に分る」「なか〳〵の学者」である。そして、彼女の「堕落」は確信犯的なものなのである。「淫婦」とも形容される綾子は、結婚後、夫にせがんで東京の女学校に通い、夫からのお金を浮気に使う女性として描かれている。その後彼女は地位のある役人と密通し、夫は狂死、その役人と再婚する、というわけだ。これは前章で紹介した、親をだまして学資をせびり、情夫とともにこの金を使い果たした後は奉公しては金を盗むということを繰り返し、遂には金持ちの外妾となっていたのを御用となった、「莫連女学生」の新聞記事と共通するようだが、こうした例では、女性はむしろ進んで「堕落」する。綾子は、最後には、狂死した前夫の弟である赤帽に殺されてしまうのだが、このプロットからは、彼女に、明治初期に世間を沸かせた「鳥追お松」や「高橋お伝」のような「毒婦もの」の主人公と共通する点を見出すことも可能だろう。「毒婦もの」については、次節で取り上げるが、殺人を犯したわけではないとはいえ、綾子もまた不義密通の末に男を死に追いやり、自分も死ぬことになる。彼女は、新しい装いで明治三〇年代に蘇った毒婦と言えるかも知れない。

それでは、綾子の「新しい装い」とは何だったのだろうか。それは、「誘惑者」としての彼女の造形である。綾子は、千之助を家に招じ入れ、さんざん思わせぶりなことをする。

女は何為《なぜ》恁《か》うなんでせうね、貴下の其の冷《ひやつ》こいお手を、ぢつと当てて下すつたら、どんなに清清するでせう、厭？　お厭なら、撲《ぶ》つて頂戴、さあ撲つて頂戴な、撲たれると私嬉しいの。(11)（「続紅雪録」一二）

初対面の男に対してこのような台詞を吐く綾子は、男をからかうことで寂しさをまぎらす悪女として描かれている。千之助はすっかり綾子に翻弄され、挙句に雪の中に放り出されてしまう。呆然とする千之助は、「〔前略〕長襦袢の肩微に円く、もつれ毛の濃い、雪のやうな頸脚を見せて、然もぬつくりとしたやうに裾を長く伸々と寝ながら、うしろから洋燈《ランプ》を受けて、宝玉入の指環の手に、一寸押へ、軽く斜にかざして、横文字の書《ほん》を見て居た、枕頭《まくらもと》の黒檀の置棚に、高脚の洋杯《コツプ》が一個《ひとつ》、ベルモットの瓶が並べてある」（「続紅雪録」一一）という綾子の様子を目の当たりにする。

ここで注意しておきたいのは、女学校出の「なか〳〵の学者」である故に「横文字の書」を読んでいる綾子が、このように西洋的な小物に彩られた形で描写されることだ。西洋風の美の体現者であった女学生は、「堕落」を経てやはり洋風の誘惑者となるのである。

男性を翻弄する「誘惑者」としての女性像は、十九世紀のヨーロッパ文学において数多く描かれた。そして、明治の日本にも、彼女たちの姿は紹介されていた。「誘惑者」としての女性を明治三〇年代に紹介した例としては、前章でも取り上げた、上田敏の『みをつくし』のなかに収められた、モーパッサンの「薪」（一八八二年）の訳、「ゐろり火」が挙げられるだろう。主人公は、親友の妻に「本当の恋は不義の恋だ」と言い寄られる。

しばしありて、君はわれをおそろしと思ひ給ふかと問ひけるに、否と答ふるとき、頭をわが胸におろして、うつむきたるまゝ、われいひよらば何とし給ふと、口きくひまもあらばこそ、頸に腕を巻きて、早くもわが頭を近づけ、ふたりの唇は一となりぬ。(12)

主人公は「この狂ほしく心くねりたるたはれめ」を疎ましく思いながらもその誘惑に負けそうになり、暖炉から飛び出た薪に救われる。鏡花が一九〇八（明治四一）年の談話「ロマンチツクと自然主義」のなかでモーパッサンを誉めているのはよく知られているが、彼は『みをつくし』中のモーパッサンにもはたして目を留めただろうか。ともあれ、鏡花は「堕落」女学生の行く末として、男を誘惑し、翻弄する姿を描き出したのである。

鏡花は一九〇八年には「星女郎」という作品も残している。人里離れた峠の一軒家に住む美しい女性が通りかかる男たちの命を奪う、という筋から、この作品は『高野聖』との関連を指摘されるが、(13)「星女郎」では、ことの起こりは女学生の「多情」ぶりである。その思わせぶりな態度から、彼女は彼女に焦がれる男たちが胸の中で喧嘩をして激しい痙攣を起こす、という奇病に罹ってしまう。この病気は、彼女の女学校の友人で蒔絵師の娘のお綾が胸の中の男たちを切り殺すことによって治るが、今度はお綾が呪われる。血まみれの男の絵を描かずにはいられないお綾の肌には赤い痣が出来、絵にされた男は皆死んでしまうのである。多情という「堕落」をした女学生が男を殺す存在となる、というこの作品は、「紅雪録」「続紅雪録」の変奏だということもできるだろう。

最後に、もう一度、藤村の「老嬢」に戻ってみたい。「老嬢」の夏子は、綾子のように「毒婦もの」の系譜に入るような人物として造形されているわけではない。しかし、男を翻弄する誘惑者、という観点から読み直してみると、夏子の言動も一風変わっていることがわかる。彼女は、男性を信じない、「香を嗅いで了へば、花を捨てる女」である。

愛せずには一日も居られない程の情熱と、絶えず情人を批評したり解剖したりする程の冷酷《つめたさ》と――その矛盾を一つの胸に集めて居るのです。どうしてこの女が苦まずに恋するやうな、そんな訳もないことで承知しませう。ですから男に物を思はせて、もう〱拝むばかりに煩悶《やきもき》させて、烈しく苦むさまを見て居乍ら、それで言ひたいことを言はせない。自分も亦、決して胸の秘密を打開けない――(弐)

夏子は露骨な「誘惑者」として立ち現われるわけではないが、「男に物を思はせて」「拝むばかりに煩悶《やきもき》させて」苦しませることを喜ぶのである。彼女は三上という若い画家と交際している。三上の方は夏子に夢中で、彼女も三上を愛しているようなのだが、夏子は「私は貴方を愛して居りません」と言い捨てる。藤村はこの物語で、「愛し愛せられたりせずに、活きて居られるものではない」女が不自然な人生を歩もうとすることに悲劇を見出しているのだが、そんな夏子に恋をする三上が、「拝むやうな目付き」をしながら「貴方はいつまでも私を弟と思つて下さるでせうか」などと言い出すところが面白い。この交際の主導権を握っているのは、あくまでも夏子で、別れを宣告された三上は、「黙つて首を垂れて居」るだけである。彼女もまた、男を翻弄する女性なのである。

肥大した「女学生神話」によって頭と身体を引き裂かれた「堕落」女学生たちは、結局は単に肉体的な存在として語られ、悲劇的な末路を用意されてきた。しかし、「男を翻弄する悪女」という女性像が生み出されるにいたって、彼女たちは十分に肉体的な存在でありながら、何かしら知的な風貌を取りつつある。頭と身体は、それが健全な形であるか否かは別として、再結合を可能ならしめる方向を発見したのである。「老嬢」や「紅雪録」ではまだその片鱗しか見せていなかったり、不完全だったりするこの女性像は、この時点において異端児としての扱いしか受けていない。しかし、明治四〇年代に、より艶やかなヒロインとして続々と登場することになる彼女たちの原型は、「堕落」する女学生の一つの可能性として示されたプロトタイプなのである。

新しい二極化――『青春』の女たち

さて、このように変遷してきた女性像が、一つの新しいパターンを作り上げるのが、小栗風葉の『青春』（一九〇五年）という作品ではないだろうか。『読売新聞』の予告にも「恬《か》くの如き現代青年の矛盾や病弊や、茲に秀才の誉文科に遍き大学生と、麗色全校に双無き女学生とが多恨の恋愛に依つて、聊か其の一半を窺はんと為るもの」とあるように、関欽哉の恋の相手は、美しい女学生であった。この小説が二年前にやはり大当たりをとった小杉天外の『魔風恋風』を模倣したという非難が一部にあったのはこのためである。しかし、同じ女学生のヒロインとはいっても、二人の間には大きな隔たりがあるようである。

「詩人的の人」である主人公の大学生、関欽哉が、頭で考えるばかりで行動の伴わない「煩悶青年」であることは先に述べた。しかしその理想主義的で詩的な物言いは、女学生たちには受けがよい。今度は、欽哉をめぐる女性たちの関係に目を向けてみたい。

欽哉の新体詩の朗読に感激する女学生二人は、いずれ劣らぬ美しさを備えている。小野繁は「才色双美を以て、成女大学の花と許されて居る」し、香浦園枝も、「貴族的の公道《こうと》と都会的の葉出《はで》とは、玉に照を添へて、是丈は田舎出の女学生なぞに真似の出来ぬ押出の好さ」のある女性だ。神経衰弱で入院した欽哉を見舞いに来た二人は、病室に飾られたヒヤシンスを髪に挿すのだが、その姿を欽哉は「背後《うしろ》の白壁をカンパスに為て、然《さ》ながら明治新時代の時世粧《じせいさう》を美人画で見るやうだ」と思う。

一方、欽哉には郷里に親の決めたいいなづけがあるのだが、やはり見舞いにきた彼女は次のように描写されている。

娘の方は又、母親に似ぬ柔和な顔立で、根の高い島田に三襟の濃い白粉、紅気を帯んだ鳩羽縮緬の三紋の羽織の背後付《うしろつき》が稍猫背になつて、紺に阿納戸《おなんど》の子持縞の阿召の上着は縹色絹《はないろぎぬ》の袘《ふき》が厚い。〔中略〕我勢《がせい》な老母と並んで大人し過ぎるくらゐ控目に、内端で生で、年は二十、名はお房。(14)（春の巻　六）

このお房も美しい女性なのだが、そのいでたちは「前髪を暴《やけ》に押潰したやうな束髪に桃色のリボン、鼠に阿納戸の乱立《らんたつ》の糸織の被風を着て、海老茶のカシミアの袴を稍短目に、黒の靴下の細りした足頸に靴の編上を銜込ませて、白輪毛の長形の頸巻と本包とを小脇に抱へ」た、当時の流行の最先端をいくような女学生の服装とはずいぶん異なっている。無論のこと、お房の母にしてみれば、「立派な亭主を持つのに、女が学問なんか、それこそ邪魔にやなつても一向補足《たそく》にや成りやせん」のであり、「出過ぎた風」の女学生には辟易しているのである。

そして、お房をめぐっても、女学生たちは自負心の強さを表明する。欽哉に好意を持っている後見人の娘園枝は、お房に会った後で兄に向かって言う。

「色は少し黒いけれど、でも縹致《きりやう》は那様《そんな》に悪か無いのよ。懦《か》う小笠原式に行儀の善い、極大人しさうな方で、兄さんなんかの理想に合ひさうな風だわ。」（春の巻　七）

夏目漱石の『虞美人草』（一九〇七年）における、藤尾、小夜子、糸子の容貌の「比較」に着目し、藤尾の「自らを商品とする決意」(15)を指摘したのは石原千秋だが、『虞美人草』以前から、女学生たちにとって、その「縹致《きりよう》」は重要なファクターとして描かれ続けた。むろん、当人たちも「縹致」の「商品価値」を十分に自覚している。ここでの園枝は、自分の容姿がお房に勝っていることを自覚した上で、欽哉につりあうとはいえないが、「頭の

図18　梶田半古画『青春』挿絵（『読売新聞』1905年3月9日）

古い」兄、速男にならば、と言っているわけだ。この皮肉が通じない速男は、「関の細君として恥しくない女だ」と逆に感心するのだが、彼女はそこできっぱりと「那《あ》れぢや大人しいと云ふばかしで」欽哉には不適当だと宣言するのである。園枝と、繁との会話はもっと辛辣である。「極大人しい、口も余り利かないと云つた風な」いいなづけのお房は「まあ平凡な人」と片づけられ、「幾ら美人だつて、那様《そんな》な平凡な人ぢや何にもなりや為ないわ！ 思想や趣味と伴つた美人で無くては」と切り捨てられる。思想や趣味とを伴った美人とは、言うまでもなく、リボンの束髪に編み上げの靴をはき、サファイアの指輪を嵌めた手には英語の本を持つ自分たちのことである。図18にもあるように、ピアノを弾きながら唱歌を歌うことが「新」思想であり、「新」趣味なのだ。漢学も、絵も、彼女たちにとっては「旧知識」であり、何ら顧みられる余地はない。

『薮の鶯』や『紺暖簾』といったそれまでの作品のなかでも、派手で積極的な女学生と、おとなしく控えめな女性との対比はなされてきた。ただ、これまでの例では、女学生たちはこれほどまでに自分たちの存在を積極的に評価することはできなかった。周囲の反応も同様で、いずれの場合も、男性が理想とし、伴侶に選ぶのは後者だった。ところが、『青春』以降、この図式に変化が起こるのである。煩悶青年たる欽哉は、おとなしく従順である田舎のいいなづけを捨てて、都会の女学生を選ぶのだ。欽哉にとって、二人の女性がそれぞれ「伝統」と「開化」の象徴である、という点は注目に値するだろう。彼にとっての両者の違いは、それぞれが見舞いに持ってきた菓子の違いに象徴される。母とお房は、豊橋名物の「玉霰」を持ってくる。名代の菓子とはいいながら、それは欽哉にとっては「味は唯甘く、何の事は無い、角砂糖を小く固くしたやうな物」である。一方で繁が持参したのは、「横文字を刷つた假漆引《ニス》の華かなペエパア」に包まれた、「エンゼルスフウト」という西洋菓子なのだ。欽哉は西洋菓子＝「開化」に属する繁を選び、お房との結婚を拒否する。そしてその理由を、愛のない義理責の結婚は「個性の発達しない劣等人種」に行なわれることであり、自分はそれに我慢がならないと、あくまでも「開化」の立場から「伝統」を批判し、自己を正当化しようとするのだ。

ねえ小野さん、十三と云へば未だ無能力の小児《こども》ぢや有りませんか。其の無能力な小児に、言はゞ将来の愛情を担保にさせて……いや、担保に取つて、是に義理と云ふ債務を背負《しよ》はせて行く。（春の巻　九）

第一章で見てきたように、煩悶青年たちは、日本の「伝統」や「家族」といったものに疑問を呈し、あるいは反発するようになっていた。そして、そうしたしがらみを打破することが、彼らの勇気ともみなされた。鷗外が訳した『ジョン・ガブリエル・ボルクマン』に青年たちが熱狂的な拍手を送ったのも、そのあらわれである。

図19　梶田半古画『青春』挿絵（『読売新聞』1905年4月23日）

『青春』での欽哉は、実際のところは都会の空気に触れて、「大人しいと云ふばかし」の田舎の女が嫌になっただけなのかも知れない。彼にとっての家族とは、旧時代の遺物に他ならず、美しく貞淑ないいなづけもその一部なのだから。欽哉が繁と上野の洋食店に入る場面、欽哉は「藤色の袖口を零《こぼ》れて、紋壁友禅の襦袢の紅の袖チラ〳〵と、ナイフを使ふ手元嬌《なまめか》しく、フオークを持つた左の手には、銀台に葡萄の葉を瑠璃緑の七宝に為て、其れに真珠の実を嵌めた太枠の指環が美しく光る」繁の姿に見入る。梶田半古の挿絵（図19）にも描かれるように、繁の美しさは西洋的な小物に彩られて引き立つのである。そのような繁の前で、欽哉は前述のような「義理責の結婚」批判を展開するが、彼はこの心変わりを、トルストイの小話や、アメリカで子供を野生児として育てた医師の実験の話を引き合いに出すことで自ら納得させる。そうした「劣等的」な慣行に与しないことこそが、自分の勲章であるかのように、彼は「恋愛」の神聖を説き、女学生繁と結ばれるのである。ここで、旧時代に対する新時代の象徴として、女学生が考えられていることに注意したい。「能く女学生揚りを嫁には困るなんと言ふ人が有るが、僕の知つて居るのぢや、女学校出の細君の方が客待《きやくあしら》ひでも何でも上手です。万事が今の時世に向いて居ます」とは欽哉の言だが、後に園枝と結婚することになる北小路子爵も、

尤も女学生だつて、随分不自然な厭な傾向も有るには有るさうだが、其れは其れとして、左《と》に右《か》く今日の最も進歩した女性《によしやう》の代表たる事は争はれまい。家庭上なり社会上なり、丁度此の過渡時代に居る日本婦人の新理想といふものも、行々現今の女学生から建設されるべきで……（夏の巻　五）

と述べるのである。煩悶青年たちが、自分たちの結婚の相手として、それまでとは異なった女性を選ぶようになったことは興味深い。そして、この小説では、女性を新しい形で二極化していることに注目しておこう。「新しい女」と「旧い女」。新しい女は、西洋風で、都会的で、派手で積極的。旧い女は、日本的で、従順で、控えめである。彼女たちは、一方は東京に、他方は地方に結び付けられていることが多い。そして、この二項対立の構図はその後の恋愛を扱った小説に繰り返しあらわれることとなるのだが、この小説以降、圧倒的に、ヒロインの座は前者に与えられるのである。

ただし、ヒロインの座を獲得したことによって、女学生たちに必ずしも「幸福」が訪れるわけではない。『青

春』は、二人のハッピーエンドでは終わらないのである。神聖な恋愛をしていたはずの二人の間はどうもうまくいかなくなり、繁は教師から紹介された子爵との結婚を考える。ところが、その時には彼女は既に妊娠している。欽哉としてもだからといって繁と結婚しようという気にはならず、結局二人は堕胎を敢行し、欽哉は堕胎罪で逮捕される。この、妊娠という事態を想定しない恋愛論とその結果の堕胎については、斎藤美奈子が既に論じている(17)が、繁はここで、妊娠した場合には堕胎を強いられた遊女と重なるだけでなく、やはり妊娠と常に隣あわせだった、十九世紀フランスの「女学生＝グリゼット」の姿とも重なる。また、結婚相手として女学生が考えられる場合にも、その選び方に問題があったことは、泉鏡花の『婦系図』に描かれる。『婦系図』は、一九〇七（明治四〇）年一月から『やまと新聞』に連載が開始されたが、ここで鏡花は、女学生である酒井妙子のいでたちを美しく描写する。

「あれ、お召ものが、」
と云う内に、吾妻下駄が可愛く並んで、白足袋薄く、藤色の裾を捌いて、濃いお納戸地に、浅黄と赤で、撫子と水の繻珍の帯腰、向う屈みに水瓶へ、花菫の簪《かんざし》と、リボンの色が、蝶々の翼薄黄色に、ちら／＼と先ず映つて、矢車を挿込むと、五彩の露は一入《ひとしほ》である。(18)（矢車草　十一）

しかし、この作品では、女学校が、嫁探しをするための恰好の「小格子」であることも語られる。妙子に河野栄吉との縁談が持ち上がったのは、河野が母親と、妙子の通う照陽女学校へ参観に行き、妙子を見初めたからだった。酒井家の書生だったことから、妙子を妹のように大切に思っている主人公、早瀬主悦《ちから》は、参観を取り持った教頭の態度に腹を立て、「怪しからん。黒と白との、待て？　海老茶と緋縮緬の交換だな。いや、可い面の皮だ。づらりと並べて選取りにお目に掛けます、小格子の風だ」（縁談　十七）と述べるが、栄吉は、「可いぢやないか、学校の目的は、良妻賢母を造るんだもの、生理の講義も聞かせりや、媒酌《なかうど》もしようぢやあないか」と意に介さず、「勿論人を見て為るこツた、いくら媒酌人をすればツて、人毎に許しやしない。其処は地位もあり、財産もあり、学位も有るもんなら」、「講堂で良妻賢母を拵へて、丁と父兄に渡す方が、双方の利益だもの。教頭だつて、其処は考へて居るよ」と逆にこのような制度を擁護するのだ。

この物語では、栄吉が「母子連で学校へ観に行つた、と聞いただけで、お妙さんを観世物にし、またされたやうで癪に障つた」（二十三）と早瀬は感じているが、実際のところ、このような形で結婚する女学生も多かったこと、そして、こうして「見初められる」ためには、器量のよしあしが問題となり、不美人が「卒業面」とも言われたことを伝えているのは、井上章一の『美人論』である。

『青春』に戻ろう。やはり、『魔風恋風』や「老嬢」「紅雪録」といった作品でもそうだったように、この時点でも女学生は知的な存在などではなく、最終的には肉体的な存在、手軽な恋愛対象なのだろうか。最後にこの点について少し考えてみたい。

作者の小栗風葉が、欽哉や繁といった青年男女をかなりシニカルな視点から描いていることは確かである。繁は、独身主義を標榜しながらも、欽哉に恋をし、妊娠・堕胎を経験する。そしてその後も、欽哉のひどく自分勝手な懺悔をきいても彼を恨む様子もない。「文学作品中に、これほど寛容な女を発見するのは難しいだろう[19]」とも評される繁だが、彼女が、そこまで「徹底して愚鈍な女」として描かれているかどうかについては疑問が残る。繁は、欽哉が獄中にある間、職を転々とし、民法を調べて実家との関係を清算し、遂には園枝の好意で園枝の兄の家の女執事《ガヴァネス》となる。心身共にひどく傷つきながらも、彼女は自分の力で生き抜いていくのである。『魔風恋風』の初野が脚気衝心で死に、「老嬢」の夏子が発狂したことを考えると、繁はなんと逞しいのだろうか。一方で、ひたすら欽哉に思いを寄せながら、彼が離縁された後新しい夫を迎えることが決まったお房は、川に身を投げる。純情と純潔を守り通すお房の行動によって、欽哉の浅はかさを強調することが作者の意図だったのかも知れないが、このお房と繁を対比すると、繁の逞しさは際立つのである。しかも、一方の欽哉が最後まで死ぬのなんのと愚図愚図しているのに比べて、彼女は教師として満州に行くことを決意する。そして、『青春』という小説は、「那《あ》の人は死ねる人ぢや無い！」と今度は然《さ》う思つて、繁は其の枯れた花を窓の外へ捨て、立つた」という繁の行動によって締めくくられるのである。ここにいたって、女学生ヒロインは、初めて自分の足で立つという強さをも獲得しているのではないだろうか。

さて、『青春』という作品が、女性の新しい二分法を生みだしたことを指摘したが、その点について、他の作品も見てみたい。

二種類の女の間に挾まれる男の方の態度については、田山花袋の『蒲団』(一九〇七年)も能弁に語ってくれる。この物語の主人公は最早「青年」ではないのだが、彼の女性に対する趣味は、『青春』のそれと一致する。「社会は日増に進歩する。電車は東京市の交通を一変させた。女学生は勢力になつて、もう自分が恋をした頃のやうな旧式の娘は見たくも見られなくなつた。青年はまた青年で、恋を説くにも、文学を談ずるにも、政治を語るにも、其の態度が総て一変して、自分等とは永久に相触れることが出来ないやうに感じられた」(一)とは、冒頭近くの描写であるが、主人公の竹中時雄にとって、自分の妻が「旧式」であることは耐えがたいことである。

昔の恋人――今の細君。曾ては恋人には相違なかつたが、今は時勢が移り変つた。四五年来の女子教育の勃興、女子大学の設立、庇髪、海老茶袴、男と並んで歩くのをはにかむやうなものは一人も無くなつた。この世の中に、旧式の丸髷、泥鴨《あひる》のやうな歩き振、温順と貞節とより他に何物をも有せぬ細君に甘んじて居ることは時雄には何よりも情けなかつた。(二)

彼は一緒に睦まじく散歩したり、夫の席へ出て流暢に会話を賑わすことのできる「今様の細君」を持つ男を羨み、「子供さへ満足に育てれば好いといふ」自分の妻に対して孤独を感じる。その結果、神戸の女学院でハイカラな生活を送った、若く美しい女弟子に心ひかれるのだ。西洋風の社交の移入と西洋文学およびそこに描かれる恋愛への傾倒は、男性の求める女性像までもあっけなく変えてしまった。「温順」も「貞節」も、あるいは夫の仕事には口を出さずに、子供を立派に育て上げる、ということも、日本の女性の美徳だったはずである。ところが、男たちは自分たちが長年女に押しつけてきた価値観を守っている女たちを、手のひらを返したように軽蔑しはじめるのだ。

新しく彼らが理想とする女性像、それは西洋的で都会的な女であった。横山芳子はまさにそれにあたる女性として描かれている。『蒲団』において「美しいこと、理想を養ふこと、虚栄心の高いこと」は明治の女学生の性質として見事に定義されているが、「黄金の指輪をはめて、流行を趁《お》つた美しい帯をしめて、すつきりとした立姿」といったいでたちの「ハイカラで新式」な芳子は、美しく、垢抜けている。彼女は小説や新体詩を書き、英語でトゥルゲーネフを読み、男女交際も楽しむ。彼女を預かる時雄の姉は、これには閉口してしまい、「世間の口が喧しくつて為方が無い」と時雄の妻にこぼすのだが、時雄は芳子の肩を持ち、彼女が旧式な女たちとは異なった存在であることを強調する。

『お前達のやうな旧式の人間には芳子の遣ることなどは判りやせんよ。男女が二人で歩いたりさへすれば、すぐあやしいとか変だとか思ふのだが、一体、そんなことを思つたり、言つたりするのが旧式だ、今では女も自覚して居るから、為ようと思ふことは勝手にするさ。』（三）

ところで、新しい理想の女性像が西洋的で都会的な女だとしたら、実際の西洋人女性は、まさに理想の恋人として現われるのだろうか。ここで、その点を確かめてみたい。

明治の初期にヨーロッパに渡った青年たちの手記を見てみよう。南方熊楠は、自らの海外生活体験をもとに、次のように回想する。

そのころの日本人はいずれも日清戦争の前で、ただただ腰を外人に曲ぐることのみ上手なりし。その他は下宿屋の娘をひっかけ、私生児を生ますぐらいの功名のほかに何のこともなし得ず。(21)

熊楠は、日本の「開化」を促進するためにヨーロッパにやって来た日本人が、ヨーロッパの人々の前で卑屈にふるまっていると感じていた。そして、そうした卑屈な日本人の数少ない「功名」が下宿屋の娘と関係を持って子供を産ませることだったと自嘲的に述べている。一方、パリで美術商として成功することになる林忠正は、一八八〇（明治一三）年の元旦をベルリンで迎えているが、その日の日記にフランス語でこう記しているそうである。

十一時頃、雨にもかかわらず、アントンホールへ行った。そこには紳士は少なく、ご婦人方が大勢いた。〔中略〕あるグリゼットがベルタ・ハーゲ嬢と名乗り、アウグスト街五八番地に住んでいると、親しげに自己紹介をした。私は彼女とともにそこを出た。そして私たちは、すばらしい夜を過したのである。これが私の一八八〇年の元旦(22)！

このような例からは、明治初期に実際に欧米で生活した日本人青年たちが、当地の女性たちと少なからず接触を持っていたことが窺える。ただし、林忠正の例でも熊楠の例でも、青年たちは真剣に恋をしていたわけではなさそうである。奇しくも林が知り合った女性を「グリゼット」と記しているように、彼らはグリゼット物語さながら、「陽気で気のいい」娘たちと一時の楽しい時間を過ごし、その妊娠の責任をとる必要もなかったのだろう。森鷗外の『舞姫』（一八九〇年）は、ドイツにおける日本人男性の恋物語だが、エリスは清純な少女として登場する。薄い金髪にこざっぱりした服装、「半ば露を宿せる長き睫毛に掩はれたる」、「青く清らにて物問ひたげに愁を含める目」の少女が主人公の足を止めさせるのである。「おとなしき性質」で「美しき、いぢらしき姿」の彼女は、体調の悪いのをおして豊太郎の服などを揃える、献身的な女性である。そして「縦令《たとい》富貴になり玉ふ日はありとも、われをば見棄て玉はじ」[23]と男に訴える彼女は、ひたすら弱き者であり続ける。妊娠した彼女は、男の裏切りを知ると発狂してしまうが、男は結局「微なる生計を営むに足るほどの資本を与へ、あはれなる狂女の胎内に遺し、子の生れむをりの事をも頼みお」いて帰国するのである。この物語は、まさにグリゼット物語と同様の構図を持っているといえるだろう。エリスは金髪碧眼の美少女だが、彼女が西洋人であることに、豊太郎は特に価値を見出さない。

こうした青年たちが日本に帰国した例が、『薮の鶯』の勤である。洋行帰りのハイカラな紳士たちは、控えめで貞淑な女性を賛美している。「西洋風」の女や「新しい教育」を受けた女が、彼らにとっては何のメリットを持つものでもなかったことは、既に見たとおりである。

しかし、『舞姫』から一五年を経て、青年が立身出世に背を向け煩悶し始めた時、彼らのロマンティックな想像力は恋愛対象としての女性を変えていく。彼らが求めるようになった、西洋的で、都会的な女性というのは、結局のところ当時流行していた西洋の小説に出てくるような女性だった。そして、第一章に引いた「イブセン会」の模様のなかにもあったように、そうした女性は、女学校のなかから出てくるように思われていた。このようにして、日本における「女学生」は、西洋の小説を翻案したようなヒロインの先駆けとなったのである。

二　明治東京の「宿命の女」

翻訳のなかの「宿命の女」――『みをつくし』とダンヌンツィオ

「紅雪録」「続紅雪録」で綾子という西洋風の誘惑者を描き出した泉鏡花は、『婦系図』では、河野栄吉の妹で、島山理学士夫人となっている菅子の造形に、綾子を彷彿させるものを描き出す。

> 真白なリボンに、黒髪の艶は、金蒔絵《きんまきゑ》の櫛の光を沈めて、愈《いよいよ》漆《うるし》の如く、藤紫のぼかしに牡丹の花、蕊《しべ》に金入の半襟、栗梅の紋お召の袷《あはせ》、薄色の褄《つま》を襲《かさ》ねて、幽《かす》かに紅の入つた黒地友染の下襲《したがさ》ね、折からの雨に涼しく見える、柳の腰を、十三の糸で結んだかと黒繻子《くろじゆず》の丸帯に金泥でするすると引いた琴の絃《いと》、添へた模様の琴柱《ことじ》の一枚《ひとつ》が、膨《ふつ》くりと乳房を包んだ胸を圧《おさ》へて、時計の金鎖を留めて居る。羽織は薄い小豆色の縮緬《ちりめん》に……一寸《ちよいと》分りかねたが……五ツ紋、小刀《ナイフ》持つ手の動くに連れて、指環の球の、幾つか連つてキラ〳〵人の眼を射るのは、水晶の珠数を爪繰るに似て、非ず、浮世は今を盛の色。艶麗《あでやか》な女俳優《やくしや》が、子役を連れて居るやうな。年齢《とし》は、然《さ》れば、其の児の母親とすれば、少くとも四五であるが、姉とすれば、九でも二十でも差支へはない。(24)（後篇　貴婦人一）

このように、「艶麗な女俳優」とも評される菅子は、主人公の早瀬主悦《ちから》がイタリア人に「女俳優」だ、と言ったことを聞いても、気にすることはない。「某女学院出の才媛」である彼女は、英語の素養があり、「羅馬《ロオマ》の女神」のようだとも描写される。遅くまで話をしてから早瀬を自宅に泊めた夜、菅子は自分も早瀬を寝かせた隣の書斎で寝てしまう。早瀬は、「活々した、何の花か、その薫の影はないが、透通つて、きら〳〵、露を揺つて、幽な波を描て恋を囁くかと思はれる一種微妙な匂」に「快い、然りながら、強い刺激を感じ」て、眠ることができない。菅子の眠る次の間との「縁の糸」は、「棄てて手に取らぬ者は神の児と成るし、取て繋ぐものは悪魔の眷属となり、畜生の浅猿《あさま》しさと成る」もの、「是を夢みれば蝶となり、慕へば花となり、解けば美しき霞と成り、結べば恐しき蛇となる」ものと描写される。そして、この「縁の糸」は、菅子によって結ばれるのである。

隔ての襖が、より多く開いた。見る〱朱き蛇《くちなは》は、其の燃ゆる色に黄金の鱗の紋を立てて、菫の花を掻潜つた尾に、主悦の手首を巻きながら、頭に婦人の乳《ち》の下を紅見せて噛んで居た。(後篇　うつら〱　十九)

『婦系図』のプロットにおいて、菅子の存在は早瀬の河野家への復讐に組み込まれてしまい、最終的には菅子は姉の道子と崖から身を投げるため、誘惑者としての菅子の姿は、あまり注目されてこなかった。(25) しかし、この菅子のような女性と、それよりもう一歩進んだ、「宿命の女」としての女性が描かれ始めるのが、明治四〇年代なのである。ここでは、明治後期の文学のなかに見られる女性表象のなかの、「宿命の女」に着目してみたい。日本文学における「宿命の女」像は、「開化」と「伝統」へ二極化していく女性表象の、一つの特徴をあらわしているからである。

まず、「宿命の女」の姿を、日本の文学者たちがどこで見出したのかについて見てみたい。十九世紀末のヨーロッパ芸術界で隆盛した“femme fatale”「宿命の女」という女性像は、ジョン・キーツの「つれなき美女」(一八一九年)などをその原点とし、世紀末に向かって花開いていったものである。男性を誘惑し、魅了し、破滅へと導く彼女たちは、ラファエル前派や象徴派の絵画や詩の主題に好んで取り上げられた。文学の世界においても、多くの作家たちが、神話や伝説の女性たちを読み替える一方、カルメンやナナのような新しいヒロインも生み出した。彼女たちは「悪女」の一変種だが、男性たちの想像力が世紀末の退廃的なものに向かうなか、一つの理想として芸術界に根付いたのである。「宿命の女」は世紀末にもてはやされ、世紀末的感受性を持つ男たちは、女性に翻弄される、という快感を文学のなかで得ることとなる。

一方、十九世紀後半の日本では、「毒婦」という「悪女」が世間を賑わせていた。明治の初期に、「つづきもの」というジャンルが成立したことと、その人気にともない、いわゆる「毒婦もの」が流行したことについては、すでに多くの研究がある。(26)『鳥追阿松海上新話《とりおいおまつかいじょうしんわ》』『夜嵐阿衣花廼仇夢《よあらしおきぬはなのあだゆめ》』『高橋阿伝夜刃譚《たかはしおでんやしゃものがたり》』『秋田奇聞姐妃於百《あきたきぶんだっきおひゃく》』といった、たいへん人気のあった「毒婦もの」では、たいていの場合、美貌に恵まれた主人公が男性遍歴を繰り返し、殺人に至り、最後には自らも処刑や狂死といった非業の死を遂げる。小新聞が日常生活に根ざしたニュースによって読者をひきつけようとした際、「岩田八十八の話」(『平仮名絵入新聞』一八七五年十一月)、「鳥追ひお松の伝」(『仮名読新聞』一八七七年十二月)や「金之助の説話《はなし》」(『東京絵入新聞』一八七八年八月)、「高橋お伝」(『東京新聞』一八七九年二月)といった、実在の人物が実際に起こした事件を読ませる連載は、その恰好の舞台となった。ここで重要なのは、「つづきもの」が、「実録」、つまりニュース性を売り物にしながらも、実際の興味は、事件がいかにセンセーショナルなものであったかの強調にあったことだろう。「つづきもの」を「雑報の文学である」(27)と評したのは柳田泉だが、「実録」が文学として読者の期待に応えるところに「つづきもの」の本領があったのであり、その結果、当時の社会のなかで最も煽情性が高い素材の組み合わせ、すなわち「美女」の「凶行」が人気を博したことは当然ともいえるのだ。そして、彼女たちの物語が読み物として成功を収めると、(28)実際の事件を伝える新聞紙上でも、「仏説にいふ因果応報母が密夫の罪」(一八七九年一月三十一日、高橋お伝の処刑を伝える『仮名読新聞』)、「憂ひを含みて歩むしほらしさ毒婦として尾上菊五郎が扮するより寧ろ成駒屋福助の役なりとある人評せり」(一八八七年十一月十八日、花井お梅の出廷の様子を伝える『読売新聞』)といった風に、フィクションとの境界を意図的にあいまいにするような表現が見られる。十八世紀半ば、秋田藩佐竹家の御家騒動が、馬場文耕の『秋田杉直物語《あきたすぎなおし》』などを経て講談『姐妃《だっき》のお百』や歌舞伎『善悪両面児手柏《ぜんあくりょうめんこのてがしわ》』になったように、彼女たちもまた、講談や歌舞伎の登場人物に近づいていくのである。一八八六年には、「夜嵐於衣花仇夢《よあらしおきぬはなのあだゆめ》、引眉毛権妻於辰《ひきまゆげごんさいおたつ》、茨木阿瀧紛白糸《いばらきおたきみだれのしらいと》、高橋阿伝夜叉譚《たかはしおでんやしゃものがたり》、鳴渡雷神於新《なりわたるかみなりおしん》、鳥追阿松海上新話《とりおいおまつかいじょうしんわ》」の六編の毒婦物語を一冊で読めてしまうという、『新編明治毒婦伝』も出版され、翌年すぐに増刷になっている。なお、その序には、「高橋於伝、茨木於瀧、雷神於新、夜嵐於衣、権妻於辰、鳥追於松の六人ハ何れも容貌十人《きりやうひとなみ》勝れたる美人なるもその美は只容貌に止りて其為業の心の程ぞ恐る丶も尚ほ余りある」(29)とあり、ここでも強調されるのが「美女」の「凶行」であることを確認しておきたい。

さて、このような状況のもと、ヨーロッパ文学における「宿命の女」という女性像は、翻訳を通して日本に紹介された。ここで見過ごしてはならないのが、第二章でも取り上げた上田敏『みをつくし』の存在だろう。先に、『みをつくし』に対する平田禿木の賛辞を引用したが、確かに、禿木がまさに指摘した、『みをつくし』のなかのダンヌンツィオやモーパッサンの作品のなかには、それまで見られなかったような女たちが描き出されていた。西欧文学の移入は、新しい女性像の発見でもあったわけだが、『みをつくし』にはいきなり、世紀末の雰囲気の色濃いダンヌンツィオの女性たちもが描き出されていたのである。『みをつくし』のなかにはダンヌンツィオの作品が三篇訳し出されているが、そのうちの二篇、『死の勝利』の抄訳について、上田敏は『みをつくし』のなかで次のように述べる。

上段二篇に抄訳したる「艶女物語」及び「楽声」は“Il Trionfo della Morte”（死の勝利）の抜粋にして、ニイチェ、ヴグネルの感化著るしきを以て名あり。〔中略〕愛欲の苦《にが》み、悶え、倦《〔うん〕》じを写して、深刻の趣を尽したる一章を「艶女物語」と題し、また、「楽声」の名を附してヴグネルの楽劇「トリスタン及びイソルデ」の釈義とも見る可きを和らげたり。(30)

『死の勝利』のヒロイン、イッポーリタ・サンツィオは、主人公にとっての「宿命の女」である。「特別な感受性」を持ち、「神経過敏」に悩まされる、典型的な世紀末デカダン青年ジョルジョ・アウリスパは、「誘惑的な魅力」に満ちた彼女を見出す。しかし、二年間の関係のなかで、男の理想に近づいた女は、いつしか男を凌駕するようになる。髪留めにしようと蛾をピンで突き刺すイッポーリタの「残忍性」は、ジョルジョの目には「ゴルゴンのような恐ろしい姿」と映るが、彼女の抗いがたい性的魅力からは、苦痛を感じながらも逃れることができないのである。そして、上田敏自身が「愛欲の苦がみ、悶え、倦じを写して、深刻の趣を尽したる一章」と述べる通り、一九〇〇（明治三三）年に『帝国文学』に発表された「艶女物語」は『死の勝利』の一つのクライマックスの部分だった。この部分（第五部）の題名が「破滅の時」（Tempus Destruendi）であることからもわかるように、ここにおいて主人公ははっきりと、女が自分を破滅させるもの、自分にとっての「打ちかてぬもの」であることを悟るのである。海水浴場で、男は女の高らかな勝利宣言をきく。

幕のひとすみにすべり入りて、女は遠ざかりぬ。手ばやく黒絹の長襪《ながたび》穿ちて、例の定めなきゑみを帯びて、恥ぢげなく戻り来りつ。足を男の前に投げて、足袋紐しづかに膝頭に結びぬ。猥らなる笑のうち、巧なる嘲のふしみえて、このおそろしき沈黙の弁口にこそ、明らけき心は読まれたれ。曰く、「われは常に敗れじ。汝はわれと限りなき楽欲をたのしび、われは、はてなき汝の欲を激するいつはりを帯ぶ可し。汝の達観も何かあらむ。破れたる幕は直ちにつくろひ、さきたる紐はすぐ結ばむ。われは汝の心よりも強し。汝の心のうちに、われを変ずる秘訣、汝の眼にわれを改むべきけはひと言葉とをよく知れり。わがはだの香ひは、汝に、世を溶すべき能あるを知らずや。」(31)

この場面でのイッポーリタは、抗いがたい、恐ろしい魅力で男に迫る。そして、男はその危険性を十分に承知しているのである。逃げる男を無理やり破滅させるわけではないのだから、単なる悪女として扱うわけにもいかない。男に対する宿命を持った女という言葉からは、半ば恐れながら、半ば憧れを抱く男たちの姿が見えてくるようでもある。非常に危険であることがわかっていながら、その魅力から逃れることのできないような女。マリオ・プラーツは、「スウィンバーンの宿命の女はダヌンツィオ自身の直観に接ぎ木されて、その足らざるところを補った」(32)と述べているが、近代日本には、キーツ、シェリーなどのロマン派の「宿命の女」よりも先に、そこから影響を受けたダンヌンツィオの「宿命の女」の方が先に入ってきたというのも興味深い事実であろう。またこの部分には、「宿命の女」が男の幻想の産物であることも描き出されている。女は自ら口を開いているわけではない。すべては男の幻想なのかも知れないのである。

一方、上田敏訳の「楽声」の方は、一九〇一（明治三四）年十二月に文友館より刊行された『みをつくし』以前にどこかで発表されたかどうか定かではない。「楽声」は第六部「打ちかてぬもの」の第一章、ワーグナーの歌劇『トリスタンとイゾルデ』に関した部分の全訳であり、ダンヌンツィオのワーグナー論ともいえるような部分である。西洋音楽に関心の深かった上田敏がこの部分を取り上げたのは当然ともいえそうだが、ここに現われるのもまた、「宿命の女」としてのイゾルデである。

このあひだイソルデの眼はすさまじき光を添へて、前なる勇士眺むるをりしも、薄命の楽旨《モティヴォ》は「幽潭」のうちより上りぬ。恋と死との恐しき大象徴《おほかたどり》、うちに、悲しき物語の髓を湛ふ。紅唇やをら命を下しぬ。「われに選ばれ、われに失はれむ。」(33)

「楽声」においては、選ぶのはイゾルデである。そして、選ばれたトリスタンはもう逃れられない。毒薬の代わりに媚薬を飲んでしまった二人は恋に落ちるが、それは決して楽しい恋ではないのである。「宿命の女」との恋の果てに待っているものは死に他ならない。

魂迷ふ媚薬の大魔力は、死出に捧げられたる恋人ふたりの心身をめぐりて、この非命なる熱烈を消し、和ぐるものたえてあらじ、死のほかにあらじ。あらゆる愛撫は試み尽して効なく、心の安《やすらぎ》を捉らへ、同一の生をえまくして、こよなき抱擁に全力を集むるもなほ甲斐なし。歓《よろこび》のその吐息は、悶のうめきとなり、排け難き障《さわり》は二人の間に拡りて、これを裂き、之を遠ざけて、孤独ならしむ。肉胎や、自我や、これぞやがて障碍なる。憎しみはおのづから心の底に浮び、消えむかな、失せなむず、殺さむ、死なむの願望おこれり。(34)

『死の勝利』の主人公ジョルジョは、ピアノに夢中になった数日の間に、トリスタンと同化するような感覚を味わうことになる。イゾルデがトリスタンにとってそうであるように、ジョルジョにとって、恋人のイッポーリタは、逃れることのできない「宿命の女」である。そして、これ以降彼は恋人を死へ誘うことを考えるようになるのである。

エキゾティックな強者

「艶女物語」や「楽声」のなかで、このように強烈に描き出されたイッポーリタやイゾルデは、しかし全く「毒婦」としては認知されなかった。同じように男を破滅させる「悪女」でありながら、である。前章で論じたように、「艶女物語」全体はむしろロマンティックなものと解釈されたふしもあり、特に若者たちを感動させたようだ。

それでは、イッポーリタやイゾルデといった「宿命の女」を、「毒婦」たちから切り離したものは何だったのだろうか。ここで注目したいのは、「宿命の女」をめぐる議論のなかの、エキゾティシズムとの関係である。これについては、マリオ・プラーツの「異国趣味の人間は、想像の中で現実の時空を抜け出し、そして遠い、過ぎ去ったもののうちに、自己の官能を満足させるための絶好の空間を見出すのである」[35]という言葉を引いておこう。実際、ヨーロッパ人の創造した「宿命の女」たちは、その多くが異教徒であったり、異人種であったりした。

瞑想的な、荘重な、ほとんど厳粛な顔をして、彼女はみだらな舞踊をはじめ、老いたるヘロデの眠れる官能を呼びさます。乳房は波打ち、渦巻く首飾りと擦れ合って乳首が勃起する。汗ばむ肌の上に留めたダイヤモンドはキラキラ輝き、腕輪も、腰帯も、指輪も、それぞれに火花を散らす。真珠を縫いつけ、金銀の薄片で飾った、豪奢な衣裳の上に羽織った黄金細工の鎖帷子は、それぞれの編目が一個の宝石で出来ており、燃えあがって火蛇のように交錯し、艶消しの肌、庚申薔薇の膚の上に、あたかも洋紅色の紋と曙色の斑点をおび、鋼色の唐草模様と孔雀色の虎斑をおびた、眩い鞘翅類の昆虫の群のごとくうようよと蝟集する。[36]

これはJ-K・ユイスマンスの『さかしま』(一八八八年)において、主人公のデ・ゼッサントがギュスターヴ・モローの《ヘロデ王の前で踊るサロメ》(一八七六年)(図20)から想像力を飛翔させる場面である。デ・ゼッサントにとってのサロメは、「古代のヘレネのように、彼女に近づき、彼女を見つめ、彼女が触れるすべてのものに毒を与える、無関心で無責任、無情な恐ろしい怪物」であり、「極東の神々の系譜に属している」のだ。そして、彼が夢見ていた「超人的で不可思議な」(surhumaine et étrange)サロメを描き出した画家が、モローなのである。ここでの étrange が「不思議な」という意味であると同時に、「異国の」という意味をもはらんでいることは明白だろう。

翻ってみれば、明治の日本の文学者たちにとって、ヨーロッパの文化や風俗は、まさに「不可思議な・異国の」ものであった。「西洋」というエキゾティックな空間のなかで、女たちはより魅力的に見える。翻訳に使われる、雅語をもちりばめた美文も、そうした雰囲気をかもし出しただろう。しかも、彼女たちは、「近代」の尺度で計った場合、「文明」という強者の地位にある。竹内好は『近代の超克』において、「復古と維新、尊王と攘夷、鎖国と開国、国粋と文明開化、東洋と西洋という伝統の基本軸における対抗関係」を「日本近代史のアポリア」と表現したが[37]、近代日本における「宿命の女」をめぐる言説で興味深いのは、日本の文学者たちが、女性たちをあくまでも「東洋と西洋」という二項対立の枠組みのなかでとらえ、ヨーロッパにおいて「エキゾティック」な存在であった「宿命の女」たちを、すべて「西洋」の方に入れてしまうことである。

先に引用したように、ユイスマンスは古代パレスチナの領主ヘロデの義理の娘サロメを、「極東の神々の系譜に属し」(傍点引用者)た女性として描き出す。ユイスマンスのエキゾティシズムにとって、洗礼者ヨハネの首を所望する少女が「東洋」に属していることは重要なことだからだ。一方、近代日本においては、「東洋」は日本をも含めた東アジアの国々を指す言葉であった。玉藻前《たまものまえ》伝説にも影響した妲己《だっき》のように、中国のエキゾティシズムを身にまとった「悪女」はそれまでも存在していたが、サロメを「極東の神々の系譜」に入る人物として認識するのは、日本では不可能なことなのだ。ユイスマンスの説くヘレネやサロメのような非キリスト教徒たち、次に扱うエジプトのクレオパトラ、あるいは徹頭徹尾ロマ(ジプシー)として描かれるカルメンなど、ヨーロッパの文脈では「非西洋」に属している女性たちは、日本の二項対立のなかでは、みな「非東洋」に属するものとして、つまりは、「西洋」に与するものとして、語られることになる。こうした女性表象を生

図20　ギュスターヴ・モロー《ヘロデ王の前で踊るサロメ》(1876年)

み出したのが、ヨーロッパや北米の白人芸術家であったこと、つまり「宿命の女」という概念がヨーロッパのものであったことと、明治の日本が西洋文学に接する際における「東洋−西洋」という二項対立が、「「日本人」の住む日本−白色人種の住むヨーロッパ（＋北アメリカ）」という、畢竟単純すぎる理解のもとに成り立っていたことが、こうした理解を生んだのかも知れない。いずれにしても、「エキゾティックな強者」である宿命の女たちは、日本に渡ると「西洋的な強者」として受容されることになる。このような仕掛けのなかで、ヨーロッパから日本にもたらされた「宿命の女」たちは、新たなエキゾティシズムを喚起する存在として、「毒婦」を取り巻くような嫌悪感や忌避感からは自由でいられたのではないだろうか。

なお、一つ付け加えておくならば、前節で取り上げた、モーパッサンの短編「薪」の訳「ゐろり火」の女性は、『みをつくし』のなかで、最も露骨な誘惑者となる。きらびやかな貴族の生活のなかの世紀末デカダンスを描いたダンヌンツィオと、自然主義の手法で市民生活を描き出したモーパッサンとの間に大きな違いはあるが、「ゐろり火」の女性の描写を、もう一度引いてみよう。

物語のあひだ、女は何心もなき偽善のあどけなさを粧ひ、蒲団にゐより、横ざまに楽寝《らくね》に、頭をわが肩にもたせて、裾少しあげ、赤き足袋のはしほの見えたるを爐火をりく照らしぬ。

しばしありて、君はわれをおそろしと思ひ給ふかと問ひけるに、否と答ふるとき、頭をわが胸におろして、うつむきたるまゝ、われいひよらば何とし給ふと、口きくひまもあらばこそ、頸に腕を巻きて、早くもわが頭を近づけ、ふたりの唇は一となりぬ。[38]

女の技巧、手練手管というものが、この物語には描き出されている。そして上田敏訳の女の方が、原文よりもむしろ積極的であるように見える。[39] 女はわざと洋服の裾を少し引いて赤い靴下を語り手である男に見せる。その効果を十分狙っているわけである。「もしも私が、あなたのことが好きだと言ったら、あなたどうなさる?」という女の言葉は、「われいひよらば何とし給ふ」という、原文より単刀直入な、肉薄したものに変わっている。男は、そんな女を嫌悪しながらも誘惑に負けそうになり、暖炉から飛び出した一本の薪によって、我に帰る。そこに女の夫(語り手の友人)が思わぬ帰宅をする。語り手の男は薪によって救われた、ということになる。この物語の女は、ダンヌンツィオが描いた「宿命の女」たちよりも「毒婦」に近いように思えるが、やはりそうした評価がされることはなかった。ここでも、西洋という「エキゾティック」な空間が、女性表象の受け取り方に変質をもたらしたのではないだろうか。

クレオパトラと「新式の男」――『虞美人草』をめぐって

さて、はじめに取り上げた小栗風葉の『青春』の、二人の女と一人の男、という図式を踏襲しているのが、漱石の朝日新聞入社第一作である『虞美人草』であった。青年男女の風俗の点などから見ると、漱石は『虞美人草』とそれに続く『三四郎』を執筆するにあたって『青春』を参考にしている部分が大きいのではないかと思われる。『虞美人草』において、『青春』の関欽哉の役割を担っているのは、小野清三である。恩賜の時計を得て卒業し、博士論文を準備中の彼は、「新式の男」として登場する。品の良い英吉利織の背広からは、真っ白なカフスと七宝の夫婦釦が覗いている。金の吸い口のついたエジプト産の煙草をふかす彼は、ロセッティの詩集を読み、そのハンカチからはヘリオトロープの香りがするのである。

この小野もまた、人の世話になって勉強することができた秀才である。彼には京都に世話になった先生、井上孤堂がおり、先生はその娘、小夜子を小野と結婚させるつもりである。小野もその点は重々承知なのだが、東京で会った甲野藤尾に心奪われ、小夜子とのことは反故にしたいと考えている。先にも述べたように、藤尾、小夜子をめぐる小野の立場と感情というのは、『青春』の欽哉が繁とお房に対して抱くそれに近いのだが、なかでも、小野が小夜子に投げかけるまなざしは、欽哉がお房を見るものと同質である。彼は小夜子のことを嫌っているわけではないし、孤堂に受けた恩を忘れたわけでもない。しかし、『魔風恋風』の東吾や『青春』の欽哉と同様に、彼もまた、「恩で愛情を縛ること」に反発を感じる。彼にとっても、孤堂と小夜子は、過去の遺物として捨て去りたいものなのだ。小夜子は小野が「打ち遣つた過去」に属する女である。それ故に、彼女の「いぢらしさ」を小野は「見縊」り、彼女の慎ましさは、「何故斯う豁達せぬのか」と小野をいらだたせるだけで、彼は「只面白みのない詩趣の乏しい女」だと思う。小夜子は琴を弾くが、それも「古くて尊い」ものとして、小野には訴えない。

博覧会は当世である。イルミネーシヨンは尤も当世である。驚ろかんとして茲にあつまる者は皆当世的の男と女である。ただあつと云つて、当世的に生存の自覚を強くする為めである。御互に御互の顔を見て、御互の世は当世だと黙契して、自己の勢力を多数と認識したる後家に帰つて安眠する為めである。小野さんは此多数の当世のうちで、尤も当世なものである。得意なのは無理もない[40]。（十一）

一方、ヒロインの藤尾は、東京という都市に属する女性である。「文明に麻痺したる文明の民」の一員である藤尾は、「春を抽んずる紫の濃き一点を、天地の眠れるなかに、鮮やかに滴たらしたるが如き女」として、プルタルコスの『英雄伝』の英書とともに登場し、そこに登場する「クレオパトラ」にもなぞらえられる[41]。

稜錐塔《ぴらみつど》の空を燬《や》く所、獅身女《すふひんくす》の砂を抱く所、長河《ちやうが》の鰐魚《がくぎよ》を蔵する所、二千年の昔妖姫クレオパトラの安図尼《あんとにい》と相擁して、駝鳥の翣箑《せふせふ》に軽く玉肌を払へる所、は好画題であるまた好詩料である[42]。（二）

クレオパトラは、この小説にあるように、プルタルコスの書物の英訳や、シェイクスピアの『アントニーとクレオパトラ』を通して日本に知られるようになった。なお、「稜錐塔《ぴらみつど》の空を燬《や》く所、獅身女《すふいんくす》の砂を抱く所、長河《ちやうが》の鰐魚《がくぎよ》を蔵する所」であるエジプトも、この作品が書かれた当時の日本においては広がりゆく「世界」の先端として意味のある場所だったといえる。一八九八（明治三一）年に出版された長谷川誠也（天渓）編『通俗世界歴史』の「アントニウス」の項には、「茲にクレオパトラに遇い其容色に迷ひて埃及《エジプト》のアレキサンドリアに行けり、クレオパトラはかつてツエーザルを迷はせし」(43)というように、クレオパトラに関する記述がなされ、彼女の死についても、「此時毒婦クレオパトラは例の艶色を以てアウグスツスを惑わさむとしたれども」失敗したため自殺した、とされる。ここで、前項で扱った「毒婦」という言葉でクレオパトラが語られていることに注目しておきたい。

実録としての毒婦もののブームは、明治二〇年代には収束に向かうが、『毒婦於町伝《どくふおまちでん》・朝日昿明治復讐《あさひのはれめいじのあだうち》』（勝諺蔵著、一八九四年）、『毒婦音羽　探偵実話』（無名氏著、一八九七年）などといった作品は出版され続けていた。こうした文脈のなかで、明治のクレオパトラは、その「艶色」、美貌と色香でカエサルやアントニウスをたぶらかした「毒婦」ととらえられていたともいえるだろう。そして、藤尾が『青春』の繁と異なるのは、まさにこの点にあった。「新式の男」をめぐって地方の許嫁と争い、一旦は男から選ばれる、しかしながら悲劇的な結末を迎える、というプロットは同じなのだが、藤尾は作者によって、「悪い女」と位置づけられているのである。女学生小説の主人公たちは、周囲の悪意のために、あるいは少し軽率だったり、意固地だったりしたために、結果的に悲劇に見舞われるだけである。それに対して藤尾の悲劇は、そこに破綻があるにせよ、とりあえず「勧善懲悪」の型にはまるものなのだ。漱石が藤尾を縛る呪文は、それだけではない。彼女は「清姫が蛇になつたのは何歳《いくつ》でせう」と小野にたたみかけ、「ホヽ、私は清姫の様に追つ懸けますよ」と言い放つ。さらに、後の場面では、「藤尾は丙午《ひのえうま》である」と描写される。一九〇七年の時点で二十四歳の藤尾が、丙午の年に生まれた、というのは実際にはあり得ないことだが[44]、『道成寺縁起絵巻』の時代からさまざまな芸能によって語り継がれてきた清姫の伝説や、干支をめぐる言い伝えをも取り込んで、藤尾は日本のなかの「男を喰い殺す」文脈と、エジプトの「毒婦」の文脈を一身に背負い、ハイブリッドな「悪女」と設定されるのである[45]。

ところが、そんな「悪女中の悪女」に設定されているはずの藤尾が、この物語において君臨してしまうことになる。漱石自身が小宮豊隆に宛てた手紙のなかの、「藤尾といふ女にそんな同情をもつてはいけない。あれは嫌な女だ。詩的であるが大人しくない。徳義心が欠乏した女である。あいつを仕舞に殺すのが一篇の主意である。〔中略〕だから決してあんな女をい、と思つちやいけない。小夜子といふ女の方がいくら可憐だか分りやしない」(一九〇七年七月十九日)というくだりは、この作品を論じる際に引合いに出されることが多いものだが、これも、作者の意図に反して、藤尾のヒロインとしての存在感の大きさを示すものだろう。それでは、何故このようなことになってしまったのだろうか。

そこに関わるのは、漱石のヨーロッパ世紀末芸術への親しさだろう。『虞美人草』における藤尾の描写は、「毒婦」ものの語りとは明らかに異なっている。ここで『虞美人草』のクレオパトラの先の引用に戻ってみると、彼女は「妖姫」と表現されている。そして、クレオパトラに擬される藤尾は、「春にいて春を制する深き眼」を持ち、その「魔力」は、「死ぬるまで我を見よと」迫る「妖星」の夢を見せる。「蔵せるものを見極わめんとあせる男はことごとく虜となる」しかない。こうした藤尾の描写は、先に見た「宿命の女」の描写と重なり、単純な「毒婦」という枠組みからははみ出してしまうのである。

プラーツの指摘にもあるように[46]、クレオパトラもまた、「宿命の女」としてロマン派的に読み替えられ、十九世紀に華々しく再登場する女性だった。テオフィール・ゴーティエの『ある夜のクレオパトラ』(一八三八年初出)においては、クレオパトラは「一ヶ月の間愛人もなく、誰も殺させていない」ために非常に退屈している、官能と残酷な冷徹さを兼ね備えた女王である。そして、そんなクレオパトラの「獲物」になるのは、メイアムーンという若い狩人である。メイアムーンは、美しい少女に想われながらも、クレオパトラの虜になる。彼はクレオパトラに殺されることを望み、女王と一夜の饗宴をともにした後、マルクス＝アントニウスの到着を耳にし、自ら毒を仰ぐのだ。この物語において、「その一瞥が世界の半分を破滅させる」魅力の持ち主として描かれるクレオパトラは、まさに光り輝く「星」とも形容される。彼女は毒を飲んで死んだメイアムーンを前に涙をこぼすが、そこに入ってきたマルクス＝アントニウスに死体（メイアムーンのもの）のことを尋ねられると、平然と次のように答え、物語は幕を下ろす。

あら、何でもありません、クレオパトラは微笑みながら答えた、もしアウグストゥスの捕虜になるようなことがあったら自分で飲めるように、毒を試してみたの。ねえ、マルクス＝アントニウス様、どうぞ私の隣におかけになって、このギリシアのおかしな踊りをご覧になりません？(47)

図21　アレクサンドル・カバネル《罪人に毒を試すクレオパトラ》（1887年）

一八八七年にアレクサンドル・カバネルが描いた《罪人に毒を試すクレオパトラ》（図21）に描かれているのは、まさにこうしたクレオパトラのイメージであり、それはヨーロッパの世紀末芸術のなかに定着していくことになるが、ゴーティエの作品に漱石が触れる機会はあっただろうか。

ゴーティエの作品を最初に英訳したのは、ラフカディオ・ハーンだった。*One of Cleopatra's Nights and Other Fantastic Romances* は、一八八二年、ニューヨークの出版社から出版されている。漱石の蔵書には、ゴーティエの作が三冊収められており、ハーン訳のゴーティエ集（初版一九〇三年、漱石所蔵のものは一九〇八年）も含まれているのだが、ロンドンで出版されたこのランサム版には、『ある夜のクレオパトラ』は入っていない。その間の事情について、一九〇二年十二月六日の『ニューヨーク・タイムズ』に掲載された"One of Cleopatra's Nights"（「ある夜のクレオパトラ」）によれば、記事の時点ではハーンはロンドンでの出版について何も聞かされていなかったようだが、そもそもこの翻訳に関してはハーンは出版社と契約も交わさず、翻訳料も受け取っていないとのことである。[48]とはいえ、前述のニューヨークで出版されたゴーティエ短編集は、一九〇〇年、一九〇六年と版を重ねているので、漱石がどこかで眼にした可能性もなくはないだろう。また、カバネルやアルマ＝タデマが描いたようなクレオパトラ表象に触れていた、ということもあるかも知れない。

いずれにせよ、ゴーティエが描き出したクレオパトラの魔力は藤尾にも通じているといえるだろう。藤尾の「緑濃き黒髪」は「蜘蛛の囲」であり、「自と引き掛る男を待」っている。「男を弄」び「一毫も男から弄ばるる事を許さぬ」、流麗な美文[49]に彩られた「愛の女王」である藤尾＝クレオパトラは、まさに「宿命の女」なのである。「文明」とエキゾティシズムの両方を手にする彼女は、「知性」も手に入れている。彼女にとっては、自分こそが強者であり、「迷へとのみ黒い眸を動か」せば男が「迷ふて、苦しんで、狂うて、躍る」のも、当然のことなのだ。

そして、小野もまた、そのような女性に対峙するにふさわしい男性である。

我の強い藤尾は恋をする為めに我のない小野さんを択んだ。〔中略〕我の女は顋《あご》で相図をすれば、すぐ来るものを喜ぶ。小野さんはすぐ来るのみならず、来る時は必ず詩歌の璧《たま》を懐に抱いて、来る。夢にだもわれを弄ぶの意思なくして、満腔の誠を捧げてわが玩具となるを栄誉と思ふ。彼を愛するの資格をわれに求むる事は露知らず、ただ愛せらるべき資格を、わが眼に、わが眉に、わが唇に、さてはわが才に認めて只管《ひたすら》に渇仰する。藤尾の恋は小野さんでなくてはならぬ。(50)（十二）

　ここに見られるように、小野は藤尾の「玩具となるを栄誉と思」う。島崎藤村の「老嬢」の主人公、夏子も、男性を翻弄するような言動はとっていた。しかし、強者としての女性と弱者としての男性、という関係が、作者によって明確に意図され、描写されているのが『虞美人草』であり、藤尾はやはり新しいヒロインなのである。図22は名取春仙による『虞美人草』のカット（一九〇七年九月二十八日‐三十日）であるが、ここに描かれる、ヒナゲシ（虞美人草）のなかで蝶と戯れる女性の図像も、単純な「悪女・毒婦」という呼称にはふさわしくないヒロインの姿を暗示しているといえるだろう。ただし、このような関係が成立しているのは、とりもなおさず藤尾が東京に住む「文明の民」であり、金時計に象徴される藤尾（の家）の財産が「他《ひと》の金で詩を作り他の金で美的生活を送らねばならぬ」（十二）小野の欲するものだからである。「新式の男」は、未だ完全に新しい価値観を持っているわけではない。

　さらにつけ加えるならば、物語のなかでの藤尾の「我《プライド》」は、単なるひとりよがりや虚栄を超えて、「主体性」とも解釈できるような類のものだった。「『虞美人草』の語り手が、藤尾に対して行おうとしたことは、やはり、傾城の色香に、「主体」を与えることだったのではないのか(51)」とは小谷野敦の指摘だが、男性と対等の関係を結ぶことを当然と考える「我の女」の自負は、恋愛以外の場面でも発揮される。彼女は、『青春』の繁と園枝のように、いやもっとはっきりと、旧時代の日本の女を否定している。

図22　名取春仙画『虞美人草』カット（『東京朝日新聞』1907年9月28日）

男の用を足す為めに生れたと覚悟をしてゐる女程憐れなものはない。藤尾は内心にふんと思つた。此眼は、此袖は、此詩と此歌は、鍋、炭取の類ではない。美くしい世に動く、美しい影である。実用の二字を冠らせられた時、女は——美くしい女は——本来の面目を失つて、無上の侮辱を受ける。[52]（六）

「実用」であることをやめる——「男の用を足す」ことをやめ、自分自身のために生きる、というのは、『薮の鶯』の女学生たちの一つの夢ではなかったか。ここでも、藤尾は時代の先端へと飛翔している。むろん、作者はそれを許しはしない。『薮の鶯』で「女学士」の夢を語った女学生たちの将来がうやむやにされ、「老嬢」の夏子が発狂し、『魔風恋風』の初野が病死し、『青春』の繁が妊娠・堕胎を経験したように、藤尾は、小野が小夜子を選んだことを知り、死ぬことになる。先に述べたように、漱石も彼女を殺すことを一篇の主意とした。しかしながら、文学作品において女性像が二極化していくなかで、藤尾が、新しい男女関係を模索する人々、特に若い知識階級の男女をひきつける魅力を持った存在となったことは、間違いないだろう。林芙美子は『虞美人草』について、「珍しく、藤尾さんといふ情の強い女性を描いて、非常に受けたもの[53]」と記し、自らも「やさしい小夜子や糸子女史よりも、最も漱石から制裁を受けている藤尾女史の方に、好意を持つ」としているが、『虞美人草』発表当時に藤尾にひかれた人々は、のちに自分たちの手で藤尾の発展形を描き出すことになるのである。

第四章　「新しい男」の探求――ダンヌンツィオを目指して

一　『煤煙』という出発点

「塩原事件」と『死の勝利』――明治日本のダンヌンツィオ

近年研究者によって取り上げられることが多くなったとはいえ、現代の日本において、森田草平の名前は夏目漱石の周辺の人物として記憶されているのみだろう。吉本隆明らによって幾度か取り上げられはしたものの、彼の出世作『煤煙』は長い間われわれの意識の忘却の彼方にあった。しかし、この作品は、明治の文学史において異彩を放ったものだった。成立の背景に、とあるスキャンダルがあったからである。一九〇八（明治四一）年三月に、東京で奇妙な事件が発生した。日本女子大学を卒業した会計検査院課長令嬢の失踪に端を発したこの事件は、新聞でも報じられ、失踪の四日後に東京帝国大学出の学士とともに塩原峠で保護されてからは、エリート男女の「二十世紀式の道行」[(1)]として、世間を騒がすスキャンダルへと発展する。女が禅をやっていたことから「禅学令嬢事件」、あるいはこの事件がイタリアのダンヌンツィオという作家の『死の勝利』という作品に感化されたものだということから「『死の勝利』事件」とも呼ばれたこの事件を、本書では心中未遂の舞台となった地名をとって、「塩原事件」と呼ぶことにする。この情死未遂劇の主人公が森田草平と、のちのらいてうである平塚明子《はるこ》であり、この事件の前後の顛末を書いたのが『煤煙』だったというわけだ。なお、この事件の後弟子である草平を自宅にかくまい、『煤煙』を『朝日新聞』に連載できるように骨折ったのが夏目漱石で、草平から聞いた明子像を「無意識《アンコンシャス》の偽善者《ヒポクリット》」として造形し、一足先に発表したのが同年の『三四郎』であることはよく知られている。

塩原事件と『煤煙』は、このようにして主人公の二人を文壇の話題の中心に押し上げたが、ここで世間から注目されるようになった人物が、もう一人いた。同時代イタリアの詩人・作家である、ガブリエーレ・ダンヌンツィオである。塩原事件は、当時の青年論の範疇で論じられることが多かったが、この事件自体がダンヌンツィオの『死の勝利』という作品に感化されたものだという「発見」は、識者たちをより雄弁にした。内田魯庵は、『女学世界』の一九〇八年五月号に「精神界の異現象」という記事を寄せ、「聞くが如くんばこの学士はダヌンチオの「死の勝利」を愛読して之を実演するつもりだとも云ふが、若し其通りなら飛んでもないお茶番である」、「此学士は実に今の新思潮のドンキホテだ」[2]と評している。草平の師の夏目漱石も、「ダヌンチオあらば買つていたゞき度候」[3]と小宮豊隆に手紙を書いた。スキャンダルの渦中の草平を家に置き、草平に事件のことを小説に書くように勧めるかたわら、「常識的な大人」として、正式に草平から明子へ結婚を申し込ませることによって事件を収拾しようとした漱石は、平塚明子に結婚話を一蹴され、さっぱり訳がわからなかったのだろう。『万朝報』は、『死の勝利』の「男女の互に自我を張合ひ遂に男ハ女を山中に導き絶壁より蹴下したるに女蔦に身を絡まれて引懸り『助けて呉れ』と云誇を失へる叫を発せしを男聞きてあ、遂に我勝てりとて笑つて己れも谷に飛込みて死すると云末段」[4]に草平が感動したらしいと報道し、この事件が「道行」らしからぬ性質のものであったことを強調したが、西洋の文学に影響されて、実際に心中未遂事件を起こす、というのはやはり奇妙である。明治第二世代の若者たちは、明治第一世代に対抗するために西洋文学と、そこに描かれた「新思潮」に没頭したが、熱中のあまり、文学の世界と現実の世界の境界があやふやになってしまうこともあった。この事件と、事件に基づく小説『煤煙』は、その顕著な例だろう。ここでは、ダンヌンツィオの作品を手がかりに『煤煙』を再読し、この小説の「新しさ」の解明を試みる。

一八六三年にイタリア、アブルッツォ地方のペスカーラに生まれたガブリエーレ・ダンヌンツィオは、十代のうちに早熟な詩才をイタリアで認められた。その後、詩人としての活動のかたわら新聞への寄稿も始めた彼は、ローマの社交界に出入りし、一八八九年に初の長編小説『快楽』（*Il Piacere*）を出版する。一八八〇年代のローマの上流階級の生活をデカダンな雰囲気のなかで描き出したこの小説は、ローマで好評を博し、彼の名をヨーロッパ文学界に轟かせるきっかけとなった。社交界での派手な言動も手伝って、彼は十九世紀末のヨーロッパにおける人気作家の一人となったのである。

一八九五（明治二八）年、フランスの雑誌『両世界評論』において「ラテン復興」[5]と絶賛されたダンヌンツィオの名前は、それを契機に主にフランスの雑誌の文芸欄に度々登場するようになる。そして、そうした評論を載せた雑誌を講読していた人々によって、早くから明治日本の文壇に紹介された。『太陽』一八九六年九月号には、「詩人と色彩との関係」という『ルヴュ・デ・ルヴュ』（*Revue des Revues*）誌の記事の翻訳が載せられたが、その記事は「最後に、伊太利の大詩人アヌンチヲに就て述べんか、是人は赤を不絶律《ふきりつ》に賞用すること、宛然上代の風あり」[6]と締めくくられている[7]。ここでアヌンチオと訳されているのが、ダンヌンツィオであることは明らかだろう。D'で始まる彼の苗字をどのように日本語で表記したらよいのか、訳者の岸上質軒は頭を痛めたに相違ない。

このように、フランス経由で日本に入ってきたダンヌンツィオだったが、実際にその作品を紹介したのは、上田敏だった。一八九七年八月の『帝国文学』に「ダンヌンチオといへる青春作家」とその名をひいた上田敏は、翌年になると同誌上に、「ダンヌンチオ尚春秋に富み、其造詣する所未だ推知すべきにあらざれば、吾等刮目して其前途を待たむのみ」[8]、「吾等の独り嘱望するはガブリエレ、ダヌンチオの天才なるかな」[9]と記すようになる。こうした表現はいずれも欧州の批評家たちの受け売りだが、彼は自身も仏訳や英訳を通してダンヌンツィオの作品に触れ、一九〇〇年から翻訳を発表し始めた。一八九八年十二月に出版された『みをつくし』には、『死の勝利』の抄訳である「艶女物語」と「楽声」に「鐘楼」を加えたダンヌンツィオ訳三本もそこに収められ、若者たちを虜にした。この訳業を契機に、ダンヌンツィオの作品のなかでも「薔薇小説」三部作（『快楽』〔一八八九年〕、『罪なき者』〔一八九二年〕、『死の勝利』〔一八九四年〕）は、英訳や仏訳、あるいは独訳を通して日本の文壇に広く読まれ、明治後期の日本の文学作品に大きな影響を残すことになる。

やはり早い時期から彼に注目していたのは田山花袋と森鷗外だった。花袋は一九〇一（明治三四）年頃よりダヌンツィオに興味を持ち、同年九月には、日本文壇に最も大きな影響を与えることになる『死の勝利』を読んだことを記している。そして、この作品について、「あ、何等の狂熱、何等の煩悶ぞ、その恋は恋の歓楽にあらずして恋の苦痛なり。その恋の煩悶は尋常一般の恋の煩悶にあらずして、肉体と霊魂と相印したるところに生ずる無限の悲痛なり」と評したのである。「煩悶」が人生の一大事であった明治第二世代の日本の若者たちには、この作品は彼らが待ち望んだものと映ったのではないだろうか。彼は、一九〇四年には自然主義の宣言としてよく知られることになる「露骨なる描写」においてもダンヌンツィオを引き合いに出している。

ダヌンチオの書を読んで、痛切なるあるものを感ずるのは、決して其の文章が巧妙であるからばかりではなく、其の描写が飽までも大胆に、飽までも露骨に、飽くまでも忌む所が無いからである。即ち、かれもまた十九世紀末の革新派の潮流に浴した一人であるからである。殊に、其作「インノーセント」の如きに至つては、露骨も露骨、大胆も大胆、殆ど読者をも戦慄するを禁じ得ざらしむる者がある。(11)

「露骨」と「大胆」の極致であるという、ここでの花袋のダンヌンツィオの読み方は、必ずしも一般的なダンヌンツィオ理解ではないが、彼のダンヌンツィオに対する思い入れと興奮はよく伝わってくる。一方の鷗外は、一九〇〇（明治三三）年頃から出るようになったダンヌンツィオ作品のドイツ語訳をほとんど入手している。彼がダンヌンツィオに言及するようになるのは一九〇三年からであるが、翌年以降は『万年艸』に連載した「妄語」にダンヌンツィオの情報を書き続け、一九〇九年には『秋夕夢』[12]の翻訳を手がけている。なお、この翻訳は、ダンヌンツィオの戯曲の翻訳としては最も早いものだった[13]。

日本の作家たちがダンヌンツィオに学んだのは、恋の場面における花の香りや音楽の効果的な使い方であったり、ヒロインの造形であったり、悩める主人公の世紀末的な美意識であったりした[14]。それでは、何故これほど熱狂的にダンヌンツィオが迎えられたのだろうか。そこにはいくつかの理由が考えられそうである。一つには、ダンヌンツィオがヨーロッパで大人気だという触れ込みだったこと。先にも述べたように、当時の日本における外国文学の紹介は、海外、主にヨーロッパの文芸雑誌の書評に頼るものであった。自然とヨーロッパで人気のあるものは、日本でももてはやされることになる。もう一つは、彼の作品が日本人にとって理解しやすかったこと。多くの批評家によって指摘されている通り[15]、ダンヌンツィオの作品については「引用」あるいは「剽窃」を数え上げればきりがない。彼の作品のなかにはスウィンバーン、フローベール、アンリ・ド・レニエなどの影を見ることができるのである。しかしその分、彼の作品は、ヨーロッパ世紀末文学のエッセンスを凝縮してわかりやすくしたようなところがあった。このわかりやすさが、西洋文学を取り入れて間もない日本の読者をひきつけたであろうことは、想像に難くない。また、『快楽』には、当時のローマ社交界で流行していたジャポニスムもちりばめられている。花を雪に喩えるような描写は、彼の嗜好にあったものとして文章のなかに溶け込み、単なる異国趣味以上の働きをしているように思える。この点については、後に改めて触れることにしたい。

さて、そんななかで、森田草平も早くからダンヌンツィオの作品に親しんでいたらしい。草平は、自筆年譜において、一九〇四（明治三七）年の項に、上田柳村先生、馬場先生と共に雑誌「芸苑」を出され、予も生田長江君等と共にその同人に加へらる。先生に教へられて、初めてダンヌンチオの『死の勝利』を読む。[16]

と記している。このような形でダンヌンツィオに接することとなった森田草平は、すぐに夢中になった。後年、平塚らいてうは、「峠」のなかで、「小嶋君〔草平〕の小説の読み方と来たらそりや大変です。もう作中の人物と一緒になって騒ぐのですから、書物には夢中になって一杯アンダーラインがしてあります」という神戸（生田長江）の言葉を回想しているが、[17]このようにして文学作品にのめり込んだ草平は、ダンヌンツィオの作中の登場人物との同化を図るようになるのである。その後、ダンヌンツィオに関しては、一九〇七年八月三十日の『読売新聞』に「●生田長江、小栗風葉、上田敏の三氏は「ダンヌンチオ」の共訳をなしつゝあるが既に「愛の犠牲」一篇を脱稿せしと」[18]という記事が載せられている。ここで「愛の犠牲」とされている作品は「薔薇小説」の一つ『罪なき者』[19]で、それまでには平田禿木が序のみを『明星』誌上に訳出していた。[20]また、『趣味』の第三巻一号（一九〇八年一月）には「△小栗風葉生田長江二氏合訳の死の勝利は旧臘一通り翻訳し了りたり、遠からず公にせらるべし」[21]との記事もある。しかし、結局これらの翻訳は出版されず、生田長江訳の『死の勝利』が出たのは一九一三（大正二）年になってからのことだった。そして、彼らの代わりにダンヌンツィオを一躍有名にしたのは森田草平だった。草平がダンヌンツィオに夢中になった結果が「塩原事件」であり、そのことを自ら告白したのが小説『煤煙』だったのである。

さて、森田草平の『煤煙』は、一九〇九（明治四二）年一月一日から五月十六日まで『東京朝日新聞』に連載された。この作品は二つの部分に分けることができる。主人公の暗い生い立ちについて語る前半五分の一くらいの部分と、東京で女と出会ってからの後半部分である。夏目漱石はこの前半の部分の方を評価したが、世間が期待したのは全体の五分の四を占める後半部であった。実際の「事件」を起こすまでの話を本人が書くのだから、読者は、前章で触れた「毒婦もの」を読むような興奮を覚えたかもしれない。「毒婦もの」は「実録（もしくはそういう触れ込み）」であるところに人気の一端があったからである。そして、草平がフィクションとして描いた塩原事件は、全体がダンヌンツィオ色に染まっているものでもあった。

小宮豊隆は一九〇九年七月の『ホトトギス』に「ダンヌンチオの『死の勝利』と森田草平の『煤煙』」という論文を寄せている。

『煤煙』が朝日新聞に出だした時、済んだら批評を書く積りだと草平君に話すと、そんなら前以て、ダヌンチオの『死の勝利』と、ドストイエフスキの『罪と罰』と、トルストイの『アンナ、カレンナ』を読んどいて呉れろとの註文であつた。〔中略〕『死の勝利』丈けにしようと相談を掛けると、あの本に一番影響を受けてるんだから、あれ丈読んで呉れゝば沢山だとの返答であつた。そこで読んで見ると大変似てゐる。単に部分々々が似てゐるのみではない、全体が全体として似てゐる。調子から、傾向から、人間から、非常に似てゐる。(22)

小宮豊隆はこの二作の共通点として、「濃厚な強烈な刺激」が「一番眼につく」こと、主人公が「極端なるエゴイスト」であること、「女を殺ろさなければならない必然性」がないこと、「クライマックスを有してゐない」小説だということなどを挙げている。

両者が「非常に似ている」のは、これまでも指摘されてきたように、『煤煙』が『死の勝利』を中心とするダンヌンツィオの小説に大きく影響されているのだから、当たり前といえば当たり前である。しかしながら、実際にこの二作品は、成立の過程から、よく似た構造を持っていた。作品の分析の前に、その点を指摘しておきたい。

まず、両方とも、半自伝的な小説であること。『煤煙』は、当事者によって前年の塩原事件の内実が語られることへの期待が読者の興味となったが、『死の勝利』も、主人公ジョルジョをダンヌンツィオ自身に、イッポーリタを一八八七年からの恋人「バルバラ」に置き換えて読むことが可能だった。作家自身、後にそれを認めている。(23)なお、『煤煙』においては、草平が実際に明子からもらった手紙のほとんどがほぼ無修正で掲載されているが、『死の勝利』においても、実際にダンヌンツィオとバルバラがやり取りした手紙が、小説の主人公たちの言動に反映されているらしい。(24)また、『煤煙』の前半部、主人公、小島要吉の生い立ちにまつわる暗い影は、草平自身の悩みでもあったわけだが、『死の勝利』で父親を嫌悪するジョルジョの姿も、ダンヌンツィオと父フランチェスコ・パオロとの確執に重ねられる。

もうひとつ興味深いのは、ダンヌンツィオの作品にも『煤煙』にも、種本があったことである。まず指摘しておかなければならないのは、草平における「影響」とは、「模倣」に非常に近いものだったということだろう。そのため、『煤煙』の一番の特徴は、全編を覆う芝居臭さだった。それが露骨に出てくるのは、主人公の文学士小島要吉と、ヒロイン真鍋朋子との関係においてである。「事件」の当事者である森田草平と平塚明子の恋愛（あるいは闘争）と『煤煙』については、佐々木英昭の研究(25)に詳しいが、『煤煙』本文には、歯の浮くような口説き文句が並んでいる。


「貴方は、如何考へておいでゞすか。」

「何で御座いますか」と朋子はそつと洋琴《ピアノ》の端へ手を掛けた。

「恋の話ですよ」と早口に言つて、女の顔を覗く。

「はあ。」

「笛の歌口を強く吹き込む様に、一人の女を劇しく想ふのが真の恋でせうか、それとも洋琴《ピアノ》の鍵盤の上に指を走らす様に、女の唇から唇へ早く移つて行つて、その間に諧音《ハアモニイ》を見出すのが真の恋でせうか。」（十四）(26)

また、『煤煙』の「十七」は要吉が嘘をついて呼び出した朋子と初めてデートをする場面だが、情熱的な言葉が次から次へと登場する。朋子に貸したダンヌンツィオの『死の勝利』に、「気に入つた所があつたらアンダアラインして置いて下さい。赤インキぢや不可ない。貴方の指の爪で、裏へとほるほど深く傷痕をつけて置いて下さい」と頼む。あるいは朋子の涙に口をつけて吸い取る。別れ際には、女にこう言う。「あの片方の手嚢《てぶくろ》を私に下さい、切《せ》めて貴方の手によく似た物でも持つてゐたいから」。

こうした台詞は、実はダンヌンツィオの小説からそっくりそのまま取ってきたものだった。多少の異同はあるが、それは草平の脚色であることもあり、草平が読んだ英訳の異同である場合もあった。これらは小宮豊隆の言う「濃厚な強烈な刺激」の一要素であるが、外国の小説の歯の浮くような台詞をそのまま使ってしまうところに草平の特色、そしてこの時代の特色が見られる。そして、実はダンヌンツィオも、同様のことをしていたのである。先に引いた『煤煙』の「真の恋談義」は、『快楽』で主人公アンドレーアがエーレナに出会う場面で、彼女に向かって問う、「一人きりの女性に永遠の女性性を思い描くことに、魂と芸術の気高さがよりあるとお考えですか。それとも、鋭敏で熱烈な精神の持ち主である男性は、すばらしいチェンバロの調べのようにでくわす全ての唇を通り抜けるべきなのでしょうか。歓喜あふれるドの音を見つけるまで[27]」から着想を得たものだが、『快楽』は、十九世紀末のフランスで神秘的な芸術活動を行ない、一八九〇年には「カトリック薔薇十字団」を結成するジョゼファン・ペラダンの『愛の手ほどき』（一八八七年）に多くを負った小説だった。そのため、フランス語に翻訳される際には、ところどころ省略や改訂をせざるを得ない状況だったようである[28]。アンドレーアのこの台詞は、『愛の手ほどき』のなかの、「誠実であるべきか、そうでないか、そこに愛情の問題があるわけです。一人の女性に全ての女性性を想像することに魂と芸術の気高さがあるのでしょうか、それとも、たぐい稀で強烈な恋に捕らわれる者として、魔法にかけられたドの音を奏でるまでの愛の鍵盤の調べのように、唇から唇へと飛び回るべきなのでしょうか」[29]という部分を、ほとんどそっくり使ったものだった。ペラダンの作品では、この「一人の女か、全ての女か」論はしばらく続き、『ハムレット』の独白のパロディになっているのだが、ダンヌンツィオがこの部分だけを抽出して、口説き文句に転用したというわけである。

むろん、ダンヌンツィオの恋人、あるいは引用や剽窃に関する情報も、ペラダンの著作も、明治の日本に紹介されることはなかった。森田草平は、偶然にも、十九世紀末のダンヌンツィオの小説作法を踏襲した、ということになる。しかし、このような感性の符合が、草平をダンヌンツィオの作品に夢中にさせた一因となっているのかも知れない。

「宿命の女」の造形――『煤煙』の女性像

さて、塩原事件を小説にした『煤煙』の主眼は、主人公の文学士小島要吉と東京の女学生真鍋朋子との恋愛とその挫折にあったわけだが、ここでは、『煤煙』に描かれる女性像を検討してみたい。露骨な模倣をも含めたダンヌンツィオの影響は、この小説に新しいヒロイン像をもたらすこととなったのである。

真鍋朋子の造形については、草平の師である漱石の言動も一役買う形となった。塩原事件後、草平から事件の話をきいた漱石と彼の『三四郎』については、次節で扱うこととするが、草平は、この小説に共感できなかった。自分の事件の女がモデルとなった里見美禰子には不本意な点がいくつもあったのである。その一つが、美禰子の結婚である。小説の最後に彼女がいきなり結婚することについては、多くの研究者によって様々な見解が出されている。しかし、これは草平にしてみれば理解できないことであった。そもそも、彼の「塩原の女」、平塚明子は、「結婚」というものになぞ見向きもしなかったのである。一九〇九（明治四二）年六月に『国民新聞』に掲載した『三四郎』評のなかで、草平は「美禰子だけは打捨《うつちやつ》て置いても温和しく此作の中で終始する女とは思へない。最と烈しい舞台を別に持つてゐる女である」と述べ、美禰子の夫となる男については、「あの男はたゞ小説の結末を著《つ》ける為に、不意に追剥の如く現れるに過ぎない(30)」と評している。その結果、『煤煙』の朋子は、『三四郎』の美禰子像に対する反発ともなったのである。

朋子の仕草にも、何だか強て矯飾した跡が見えないでもなかつた。少くとも彼女《あのをんな》の遣つてることは皆自分で意識して遣つて居る様に見える。それでも構はない。無意識でして居られるよりも、意識した上で遣つて呉れる方が可い。(十七)

とは漱石の「無意識の偽善者」への反感の表われだろう。また、同じく朋子について、「第一此女をコーケットとして、単に近代文学に感染《かぶ》れた生物識《なまものじり》として見ることは、どうもあの顔のあの表情と一致しない」(十八)と考える主人公の要吉は、やはり『三四郎』を意識しているといえる(31)。塩原事件の明子は、漱石のつくった美禰子とは違う、というのが草平の主張で、彼は恐らく彼の知る明子と美禰子をひき比べながら『三四郎』を読み進めたのであろう。自分の立場を守るために、あらゆる計算と行動を無意識下に行なうのがズーダーマンのフェリシタスだったとすれば、朋子は、より自覚的な女だった。そして、単なるイプセンかぶれではなく、「意識的な矯飾」をする朋子は、男性を翻弄し、破滅へと導く「宿命の女」として登場するのである。

「あの濃い髪の毛と、あの唇の白味がゝつた邪慳らしい口元とは、今でも眼に泛《うか》べやうと思へば、直ぐ泛ぶね。」

斯んなことを言つて、神戸は要吉から何んな返辞を待設けて居るのだらう。

「左様《さう》、彼《あ》んな顔がフエアと云ふのだらうね」と、要吉はわざと冷淡に言つた。心の中ではダークな顔を想ひ泛べた。(十五)

友人の神戸との女性評のなかで、要吉は「フェアレディー」と「ダークレディー」の対比を持ち出す。これは金髪で色の白い、清純な乙女を「フェアレディー」、髪が黒く、妖しい魅力で男を破滅させる女を「ダークレディー」としてその両者を文学上のモチーフにするヨーロッパ芸術界の流行を取り入れたものである。そして、「一度見りゃ沢山な顔で、一度逢ったら一生忘れられない顔」をした真鍋朋子は、「冥府《あのよ》の烙印《やきいん》を顔に捺したやうな」「ダークな顔」の女性として描かれるのだ。要吉と親しくなるきっかけとなった朋子の作品『末日』の批評に要吉は「伝説に依ればサツフオーは顔色のダークな女であった」と書いているが、『死の勝利』のイッポーリタもやはり「浅黒い顔」を持つ女であった。実際に、平塚明子が色白ではなかった、ということもあったようだが、朋子は、浅黒い顔をした「ダークレディー」として、男の上に君臨するのである。朋子に笑いかけられて、要吉は、「女の笑顔が消えて行くと共に、自分の生命の精を奪ひ去られるやうな気が」する。「機才に於ても技巧に於ても、明かに男が打敗《うちやぶ》られた」と自覚する彼にとって、朋子は、ちょうど『死の勝利』のジョルジョにとってイッポーリタがそうであったように、Invincivile（打ち勝てぬ者）である。イッポーリタと朋子を同一視することは、彼の望みでもあった。


「私はね、貴方は癲癇病者《エピレプチツク》の症候が有るんだとばかり思つた。ね、左様《さう》ぢやないか。私一人で左様考へたのかも知れんが、私は、如何しても貴方に左様成つて貰ひたい。」

朋子は黙つて五歩行き、又十歩行く。良久《やゝ》しうして、やつと顔を上げたが、「『死の勝利』の中へ出て来る女は、矢張 癲癇《エピレプシイ》を持つて居た様で御座いますね。」

久しい以前に読んだので、それとも心附かなかつたが、矢張知らず〱の間に並行《パラレル》を求めて居たのではなからうか。（二十九）

『煤煙』のなかで、草平はイッポーリタに倣い、さらに朋子にいくつかのイメージを付与している。それは、「蝋の様に蒼白い」死体となった女のイメージだったり、「金絲雀の頭へ留針をぐつと打込」む、サディスティックな女の姿だったりするのだが、このようなイメージの重なりによって、朋子は世紀末的な「宿命の女」となるのである。

このように、ダンヌンツィオの作のヒロインを参考にしながら、新しい女性像を作り上げた『煤煙』だったが、実は、この作品には、全く別のタイプの女性たちも描かれている。ここで、そうした女性像についても触れておきたい。

『煤煙』という小説には、何人かの女性が登場するが、そのなかで、主人公小島要吉と直接何らかの関係を持つのは、母お絹、妻隅江、お種、そして真鍋朋子である。そしてそのうち、隅江とお種は、控えめな、いわゆる伝統的な日本の女として描かれている。お種は、要吉の東京の寄宿先の娘で、嫁ぎ先から離縁された後要吉と関係を持つのだが、その理由として、「言葉少なに控え目な女の容子を物の哀れに思つたのが、二人の因果であった」と述べられる。彼女は、要吉に話しかけても、彼に顔を見返されると、「直ぐに睫毛を伏せて黙つて仕舞」うような女性である。胸の内を彼に打明けられず、「眼に一杯涙を溜め」、彼が病気になると「真心込めて介抱」する。ところが、要吉の方では、女に対して「一種不快の念」まで感じている。

妻である隅江に対しての要吉の態度は、さらにエゴ剥き出しである。夫の病気を心配し、岐阜から急いで上京した隅江を、彼は冷淡に観察するのだ。

> 田舎者が田舎者らしくしてりや未だ見られる。田舎者の盛装した位見苦しいものはない。着替へる位なら五分の隙もないやうで有つて欲しい。辻褄の合はぬ服装《なり》をして、それで当人は得意で居られる程可厭《いや》なものはない。（十二）

彼は自分がこういう妻を持っていることを誰にも知られたくないと思っている。病気のことを「故郷《くに》へも知らせて呉れるな」と彼が言ったのは、妻を心配させたくなかったからではなく、妻の姿を東京の知人に見られたくなかったからである。東京で西洋文学を女学生に講じるハイカラな自分にとって、この「何も知らぬ」田舎者の妻は恥部でさえあるのだ。彼はできるだけ自分と妻とをひき離すため、妻一人を旧時代に取り残し、まるごと否定しようとする。

未だ此の女に良人の愛情を求めるこゝろが有るのだらうか。そんなものは最う要らぬのぢやなからうか。辛抱強いと云へば是程辛抱の好い女もない。けれども、何処までが辛抱して怺《こら》へて居るので、何処からが無神経なのか分つたものでない——（十二）

これは、田山花袋の『蒲団』において、女学生芳子に惹かれる主人公が妻に対して抱く感情と同質のものだといえるだろう。辛抱強い、という妻としての美徳は、無知ゆえの無神経、という軽蔑に変わる。男は彼女に対して高圧的な態度を取り続け、挙げ句の果てに子供が死ぬとさっさと離縁してしまう——それに対しても女は泣くだけで文句一つ言わない——のである。どこまでも身勝手な男とそれにひたすら耐えて尽くす女、というのは、われわれが「家制度」だとか「男尊女卑」といった言葉から安直に引き出すことのできる日本の夫婦のステレオタイプに他ならない。

隅江はひとり寂し相に待つて居たが、火鉢の前に向ひ合つて坐つたまゝ、何処へ行つたとも訊かなければ、此方から言ひもしなかつた。要吉は洋袴《ヅボン》の膝を胡坐《あぐら》かいて、注いで出された湯呑の茶を啜つてゐたが、

「洋燈をもっと明るくせんか。」
別段慳貪《けんどん》に言った訳でもないが、始終気兼しておどおどしてる隅江は叱られた様にでも思ったらしい。遽《あわ》て、洋燈の心を思ひ切り上げたが、要吉の顔を一目見て、直ぐ膝の上へ眼を落して仕舞つた。（十七）

ところが、この小説が奇妙なのは、要吉の態度が隅江に対してと朋子に対してとで、あまりにも異なっていることである。田舎の女と都会の女、その両方に愛されながら、都会の女に惹かれる主人公、という構図は、小栗風葉の『青春』や漱石の『虞美人草』にも描かれていた。『青春』の繁は、欽哉に婚約者がいることを快く思っていなかった。『虞美人草』の藤尾は、小野にそんな女性がいることを知らず、小野がその女性を選んだことを知った途端に死んでしまう。どちらの場合も、そこには当然嫉妬の感情がからんでいるということになる。ところが、『煤煙』の場合、隅江と朋子に対する要吉の態度があまりに乖離しているため、この三人の間には三角関係さえ成り立たない。朋子は、要吉に妻がいることを知りながら、全く問題にしていない。というより、まるで隅江は存在していないかのようなのである。

西洋文学の模倣であるという意味においては、朋子との恋愛は非日常的なものである。隅江との生活と彼女への態度が男の生得した土着のもの、つまり日常だとすると、西洋という非日常へ飛翔する都会の「新しい女」は、前章で論じたエキゾティシズムを身にまとい、「宿命の女」として世紀末的な男女関係を提示する。「西洋的」という形容詞が、本来男よりも弱い立場にあるはずの女たちに男を平伏させる強さを与えるのである。ただし、これはあくまで男の願望のなせる業であった。実社会のなかに西洋的な強い女が出現したために男が弱くなったわけではなく、文学的な想像力の場において、男の方からそうした女の出現を待望したのである。

「新しい男」の出現

続いて、要吉の「新しさ」について考えてみたい。主人公小島要吉のみならず、『煤煙』に登場する男たちはみな「煩悶青年」の面影を残している。

　途々神戸は毎《いつ》も口癖の「時代が悪い」といふ話を仕出した。思ひの儘に自己を発揮することの出来ないのは、時代と自分との関係が悪いんだ。自分が悪いとは如何《どう》しても思はれない、又思ひたくないと。（二十一）

この主張は、『青春』の欽哉の心情とも似通っている。自分の能力が世の中に思うような形で認められないのは、「社会」が悪い、という論法である。また、こうした鬱屈を恋愛によって打開しようというところにも類似を見出すことはできるだろう。神戸は自分について「さ、ルディンは危機に莅《のぞ》んでゐる。併しルディンの事だから如何するか分らない」とも発言しているので、ルージンを気取る面もあったのかも知れない。

しかし、要吉は、神経質なだけでなく、意気地がない男としても描かれている。それは、欽哉の「無為」とは少し異なっている。朋子はダークレディーとしてサッフォーになぞらえられ、「空想の上で、男を愛すると云ふことよりも、先ず男を棄てることを描いてゐる女かも知れない」と期待される。そして、このような期待をする男は、自分が「傷つけられた傲慢の象徴たる魔王の様に近寄り難い」と形容する女に翻弄されていることを承知している。

　「これも待設けて居た通りだ。」
　要吉は手紙を枕元に放り出しながら呟いた。何でも男は此方《こちら》の思ふ通りに成るものだと決めてかゝってられる様なのが忌々しい。が、一方には、女の意の儘に右したり左したりするのも面白いと云ふ様な気も動い

た。女の掌の中に翻弄される――先方《むかふ》の奴隷に成つて、相手を支配する――そこに一種の頽廃した快感がないではない。（二十）

『青春』の欽哉も、『虞美人草』の小野も「煩悶青年」であった。そして、東京という新都会の美しい女性と「恋愛」することで自分たちの「新しさ」を確認しようとした。しかし、小野は藤尾に翻弄されてはいたものの、それを喜んでいたわけでは決してなかった。ところが、要吉はここで、女に玩ばれることに快感を覚えているのである。実は、ここにこそ女性との関わりのなかでの男性の「新しさ」があるのではないだろうか。

また、彼は自分の「弱さ」をも描き出す。この二人の恋愛においては、「私は貴方の思ひ通りに成りたい」と相手に訴えるのも、相手を待ち伏せし、大学の前からついてきたことを、「おづ〲相手の顔を見ながら」告白するのも、男なのである。朋子を偽って呼び出した後、朋子がついて来てくれるという返事を聞くと、「人目さへなけりや其処へ跪きたいやうな気」になる。この芝居がかった描写も、ダンヌンツィオの影響を否定することはできないが、女の前に跪きたい、女の意のままになりたい、という男の欲望は、明治の小説中、『煤煙』において初めて描き出されたのではないだろうか。また、神経質で、意気地がない彼は、朋子との間に沈黙が続くと、「神経が昂ぶつて愈々意気地がない」と描写されるのだが、ここで興味深いのは、要吉が、「けれどもその意気地のない容子が、或種の女に対しては、自分に有利であると云ふことを忘れな」い、と考えている点である。当時は女の特権と考えられていた、異性に媚を売るという仕種まで、要吉は身につけているのだ。

余程興奮してると見えて息が詰る様な気がする。鏡の前へ上つて、一寸自分の顔を写して見た。いかにも悄気《せうげ》返つて、昨夜《ゆふべ》は終夜《よつぴて》眠られなかつたといふ容子が、何処かに見えないと都合が悪い。眼は充血してるか、頭髪《かみ》は乱れてるか。顔の色も女の注意を惹くほど蒼醒めて居なけりや成るまい。（十九）

彼はまた、「泣く」ということにもあまり抵抗を持っていなかった。岐阜の年老いた母の姿に胸が詰まり、「一生懸命に涙を飲み込ん」だ要吉はもともと涙もろい性格なのだろうが、「いよく此女に近寄る望みを捨てなければ成らぬかと思ふと、胸は大石で抑へられたやうで、只最う子供らしく其処へ泣き倒れたい」というように、女との関係でもよく涙ぐむのである。女があくまでも毅然としている時に、涙を潤ませた泣き声になったり、同情を得るためにわざわざ泣いてみようとしたりするのが要吉なのである。実際、森田草平と平塚明子が塩原から東京へ連れ戻されるという屈辱的な行為のなかで、泣き出したのは女である明子ではなくて男である草平であったという。

四人がいっしょに乗った帰りの汽車のなかで、ひとり離れて向い側の座席に腰かけていた森田先生が、突然泣き出したのでわたくしは驚きました。先生でもまだ泣けるのか一体なんの涙なのかと。これまで一度も先生の涙を、見たことのないわたくしでしたから、これは意外とも、不思議とも感じられたのです。（わたくしはよく感激しては、すぐはらはらと涙をこぼしていましたが、そんな時、先生の眼はいつだって乾いていました。）

といって、衆人環視の車内で、大男が泣くさまは、それがなんであれ醜態で見てはいられません。わたくしはとなりに腰かけていた生田先生に耳うちして、森田先生のそばに行ってもらいました。[32]

草平のこうした態度を、明子は「醜態で見ていられ」ない、と評したが、ここで注意したいのは、彼が見事に日本の「男たるもの」という伝統から抜け出ていることである。明治時代に、知識人が堂々と弱さをさらけ出せたことには、やはり西洋文学の影を見なくてはなるまい。ダンヌンツィオの作品に登場するヒーローたちもまた

「泣く男」である。『死の勝利』のジョルジョは、全財産をすりへらす獣のような父に話をしてくれと母に頼まれ、答える。

「お母さん、何でも僕に頼んで下さい、もっと恐ろしい犠牲を払うことだって構わない。でも、今度だけは勘弁して下さい。勇気を出せといって、僕をけしかけないで下さい。僕は臆病者なんだ。(33)」

ジョルジョは、「力と意思を必要とする行為」に対して「打ち勝ちがたい嫌厭の情」を覚え、「そんなことをするくらいなら、まだ片腕切りおとされる方がましだ」と思う。そしてその直後に、母に対する同情と愛慕の感情が湧き起こり、母をしっかりと抱きしめて泣きじゃくるのである。

『罪なき者』のトゥッリオは、もっと打算的に涙を利用している。彼は「愛する男の涙が女に発揮する驚くべき効果」を知っている。自らの自己憐憫の涙が、妻ジュリアーナの同情をひき、かつ彼女を感動させるというわけである。この目的のために、彼は努力して妻に涙をみせようとする。そして一生懸命になってやっと一粒出た涙を彼女に見せるべく顔を上げ、感づいてもらうために「すすり泣きをこらえるように、強く息を吸い込む」演技までするのである(34)。このあたりを草平は参考にしていたのではないだろうか。

「ね、私は最う貴方に愛して貰はれようとは思はない。如何《どう》して貰はなくとも宜しい。唯、これから貴方のために私が如何変化して行くか、それだけを見て居て下さい。ね、見て居ると言つて下さい。」

要吉は泣声に成つた。涙含んだ眼に、凝乎《じつ》と相手の返辞を待つて居た。(二十三)

なお、『煤煙』と同時代の日本では、「泣きたい」と思っていた男は草平だけではなかったようである。永井荷風は、「帰朝者の日記」において、「弁慶のやうな強い国の人たるよりは、自分は頭を打たれたら、打たれた痛さだけ遠慮なく泣ける様な国に生れたかつた(35)」と記している。明治末、自分に苦悩し、社会に苦悩する若者たちは、「男らしさ」や「強さ」という明治第一世代の男たちがもっていた価値観にも背を向けようとしていたといえるだろう。そのなかで、ダンヌンツィオの文学の受容を通して、「新しい男」像をいちはやく提示してみせたのが、森田草平だったのである。そして、塩原事件と『煤煙』におけるこの「新しさ」を、一部の人々は見抜いていた。先に引いたように、事件を「茶番」と評した内田魯庵は、この事件の「新しさ」にも関心を寄せていた。

▲併し乍ら此学士や令嬢を指してタイピカル、デカダンと称するは猶《ま》だしも三面記者輩が堕落者と目するのは甚だ誤まつてる。一体デカダンと堕落とを同一視するが、デカダンには主張がある、堕落ではない。〔中略〕最つと痛切な現代思潮に触れたものである。
▲無論此の如きは寒心すべき精神的《スピリチユアル》危険《デンジヤー》であるが一方から考へれば此危険は進歩したる思想界に非ざれば決して生じない危険である(36)。〔後略〕

ダンヌンツィオの作品の実演という行為は、ダンヌンツィオの作品に流れている「痛切な現代思潮」への同化だと見なされるのである。魯庵がこの文章のなかで、この事件と藤村操の事件との「性質たるや仝《おな》じもの」だと述べていることからも、それはわかるだろう。このスキャンダルにおいて、生きて帰った彼らは最初から冷笑を浴びせられ、世間に愚弄された。しかし、この事件に当時の日本の若者の切羽詰まった状況を見ようとした人々の存在と、そうした風潮のなかで若者たちがダンヌンツィオの作品に没頭したということを見逃してはならないだろう。この事件が小説化され、新聞に連載されることが決まると、一九〇八（明治四一）年十二月一日の『朝日新聞』は、『煤煙』予告として次のようなくだりを載せた。

著者は深くダンヌンチオの「死の勝利」に憧憬して遂には其夢幻的結末を実行せんとして果さゞりし程現今の青年中最も此時代思潮に触れし一人なり

ここでもやはり、草平の行為は時代の青年の不安の先端的な表象とされている。

当時の若い世代は、もっと積極的に草平と要吉の立場を擁護した。その典型的な例が、昭和になってから書かれた日夏耿之介の『煤煙』評である。

仮りに草平が実際そんなお粗末な大学才子の一人であつたにもせよ、さういふお粗末な才子を通じてすらも必至に表現せられなければやまなかつた、あの時分独自の「近代情緒」といふものは、その価値の高下は姑《しばら》くおき、趣味も年齢も思想も生理も大いに異つた漱石の、どうやら関知せざるところで、〔中略〕さういふ型さういふ内面的事情の近代情緒が、春来つて若葉が萌え出るが如くに、自然に必然にこの頃の青年日本の国土に萌え出でなければやまない必当の事情に迫られてゐた事の厳たる事実なるは、其後の文化思潮の展開を見て肯かれるから、さういふ少からず振りもし、認識の不足もし、歯の浮く様な点もあらうしする近代情緒のジェステュアの中には、近代日本青年が、あらはしたがり、建設したがつてゐたあるものがモヤモヤと磅薄してゐたのであつて、それが図らずも『煤煙』の中に、外の如何なる青年小説よりも、いちはやく一番色濃くあらはれてゐたといふ事にいま少し重点を置く方が漱石の態度をより深沈ならしめた筈なのである。(37)

当時まだ少年だった日夏は、森田草平が平塚明子と初めて話す機会を得た「九段下のユニヴァサリスト教会の文学講演会」にも時々参会していたという。彼の眼に映った草平は、『煤煙』の作中そのままに、生白い顔にちょっと出っ歯を出して、しきりに独り言を言いながら歩いていた。そんな日夏にとっての『煤煙』は、「その振《ふ》ッた所にも生翳りの所にも、必然的な時代色」を、「現実的に近距離に立つてまざまざと感じ」させるものだったのである。

一個半個の敏感な明治末青年としての、時代への反抗やら共感やらからミングル・マングルしつつ出来上つた複雑した心情があつて、それが感情となり行動なり言揚げとなり衒ひともなつて、煤煙的なる文学情緒を拵へ上げてゐるので、衒ひは衒ひなりに精算さるべきものは有ちながらも、その存在性に独自の存在自由が存しもし、感情も行動も言揚げもそれ〴〵の欠点と長所とを有ちながら、それが一篇の小説中に構成化されて、小説機能の芸術価を発揮してゐるところに文学価値も文化価値もあるのだから、吾々は作者草平の無邪気有邪気な半面をば知らないが、小説に昇華されたる本郷区丸山福山町何番地かの森田米松氏といふ青年文学士の心理が芸術化されたものとして、〔中略〕尊く買ふべきだと昔のみか今に考へてゐるのである。(38)

但し、残念なことに、草平は「新しい男」像を、魯庵や日夏が指摘したような思想的な方面に広げることができなかった。ダンヌンツィオの『快楽』や『死の勝利』においては、主人公の美意識や芸術論が滔々と語られる。むろん、そこにもユイスマンスなどの影響は見られるし、ダンヌンツィオ自身がニーチェの超人思想に傾倒していたこともよく知られているが、「鋭敏な精神」を備えた世紀末の紳士にとって、そうした思索は不可欠のものと考えられているのである。しかし、森田草平にとってのダンヌンツィオは、ロマンティックな恋のかけひきを教えてくれる教師だった。「森田君の小説の読み方ときたらそりゃ大変です。もう作中の人物と一緒になつて騒ぐのですから、書物には夢中になつて一杯アンダーラインがしてあります」という生田長江の言葉は先述したが、草平も、要吉も、実生活を舞台とするところの俳優であった。結局のところ、彼らはダンヌンツィオ流の恋愛を演じてみただけなのではないだろうか。この関係は『煤煙』以後も続くことになる。一九一七（大正六）年、草平は自ら訳したダンヌンツィオの『犠牲』の序にこう書いている。

此作の女主人公が又我国でもなければ到底見られないやうな女性である。伊太利には斯んな女が居るらしい。が、英吉利や亜米利加には勿論居ない、英吉利人や亜米利加人には斯んな女を理解することすら難しからうと思ふ。仏蘭西や独逸にも滅多に見られまい。若しあれば露西亜である。伊太利と露西亜とを除いては、我国独特の女性と云っても差支なからう。此意味に於て、私は此作が決して異国趣味のものでない、十分に我国の所産として読了されることを信ずる。

最後に此作が我国現代の家庭に対して、一種教訓的な意味があることを一言して置きたい。夫婦関係の機微を捕へて、此の如く深刻痛切なるものは未だ他に類を見ない。私は此作が世間の良人と細君とに対して、幾多反省の資料を与ふるものであることを衷心より信ずるものである。[39]

ここでも、作品は実生活に即して判断されている。とはいえ、森田草平は田舎から出て来た多感な貧乏学士であった。そんな草平が金と暇を持てあますダンヌンツィオの小説人物を演じ切れるわけもない。それは草平が結局ダンヌンツィオよりドストエフスキーに共感した一因でもあろう。だからこそ、後に翻訳した『快楽児』[40]においては、自らとダンヌンツィオとの関係について、「シモンズの所謂彼は故郷『アブルッチの百姓と同じやうに、直接自然を了解した』といふ、其百姓に似て居た位のもので有らう[41]」と述べるに過ぎないのである。彼の実生活においては、芸術に関する形而上学的な思索も、世紀末知識人の思想も、必要とされていなかった。ダンヌンツィオのヒーローたちのそうした側面は、『煤煙』にはほとんど影響を残していない。むしろこの点に着目したのは、草平の師、夏目漱石だった。塩原事件の女は、漱石に『三四郎』の美禰子を書かせたわけだが、事件の男と彼の書いた『煤煙』は、漱石に『それから』の長井代助を造形させるのである。また、一九一〇（明治四三）年に発表された森鷗外の『青年』も、鷗外が「新しい男」を描いた試みだといえるだろう。

草平は、決して深いところでダンヌンツィオを理解し、共感し、影響されていたわけではなかったと思う。しかし、ダンヌンツィオを真似ること、あるいは演じることによって、彼と彼の作品『煤煙』はある突破をなしとげ、夏目漱石や森鷗外のような他の文学者たちにも、「新しい男」について考えさせるきっかけを作ったのである。

二　漱石と鷗外の青年像——「新しい男」とは何か

塩原事件と『三四郎』

さて、森田草平の起こした塩原事件と『煤煙』とダンヌンツィオとを糸で繋いでみると、そこに絡んでくるのは、若い世代の文学者たちだけではないことがわかる。ここでは、夏目漱石と森鷗外が作り上げた「新しい男」像について考えてみたい。

森田草平と平塚明子が一九〇八（明治四一）年三月に起こした塩原事件のことは先に述べたが、草平の師の夏目漱石は、この事件に深く関わることとなった。彼は事件後、スキャンダルの渦中の草平を家に置いてやった。そして、社会的に抹殺されようとしている弟子のことを心配し、他に君の生きる道はないからと草平に事件のことを小説に書くように勧めるかたわら、平塚家にその承諾を得るべく奔走し、『東京朝日新聞』に連載できるように骨折っている。しかし、あくまでも「常識的な大人」であった漱石は、正式に草平から明子へ結婚を申し込ませることによって事件を収拾しようとした。この案はむろん平塚明子に一蹴される。さっぱりわけがわからないまま漱石は、草平がダンヌンツィオの『死の勝利』にかぶれて小説そのままの心中をしようとしたらしいことを知り、小宮豊隆に先に引用した手紙を書くことになる。草平から、相手の女も相当なものらしいと聞き、「云ふこと為すこと悉く思わせぶりだ。それが女だよ。女性の中の最も女性的なものだね」と語ったという漱石は、この女性、平塚明子にズーダーマンの『消えぬ過去』（*Es War* 一八九四年）のヒロイン、フェリシタスとの共通点を見出し、創作意欲をかきたてられた。

〔前略〕宅に居た森田白楊が今頻りに小説を書いてゐるので、そんなら僕は例の「無意識なる《アンコンシャス、》偽善家《ヒポクリット》」を書いて見やうと、串談《じょうだん》半分に云ふと、森田が書いて御覧なさいと云ふので、森田に対しては、さう云ふ女を書いて見せる義務があるのですが、他の人に公言した訳でもないから、どんな女が出来ても構わないだらうと思つてゐます。(42)

こうしてできたのが『三四郎』のヒロイン、里見美禰子だった。藤尾という「悪女」が活躍する『虞美人草』を書いたばかりの漱石にとって、美禰子の造形は一つの主眼でもあっただろう。そして「無意識なる偽善家」たる塩原事件の明子をモデルにした女に配するに、漱石は、女を怖がる青年、三四郎を描き出す。

元来あの女は何だらう。あんな女が世の中に居るものだらうか。女と云ふものは、あゝ落ち着いて平気でゐられるものだらうか。無教育なのだらうか、大胆なのだらうか。それとも無邪気なのだらうか。要するに行ける所迄行つて見なかつたから、見当が付かない。思い切つてもう少し行つて見ると可かつた。けれども恐ろしい。〔中略〕どうも、あゝ狼狽しちや駄目だ。学問も大学生もあつたものぢやない。甚だ人格に関係してくる。もう少しは仕様があつたらう。けれども相手が何時でもあゝ出るとすると、教育を受けた自分には、あれより外に受け様がないとも思はれる。すると無暗に女に近付いてはならないと云ふ訳になる。何だ

か意気地がない。非常に窮屈だ。丸で不具にでも生れた様なものである。けれども……(43)(一の五)

こうした女性の頂点に君臨するのが美禰子である。三四郎は美禰子に翻弄されるままに物語は終わってしまうが、この小説の男たちにとって、美禰子が「近づいてはならない」女性であるのは暗黙の了解であるようだ。怖い女に近づくのは愚の骨頂と言わんばかりである。そして、そんな彼女に振り回されるのは、「田舎者」の三四郎なのである。三四郎が徹底して田舎者として描かれていることは、後に『それから』(一九〇九年)と対比させることによってより明白となるが、この時点では、漱石は「塩原事件」を起こした草平のことも、田舎から出て来て東京の女に参ってしまった文学青年だと認識していたのかも知れない。

ともあれ彼はこの小説で新しい「怖い」女と、彼女が活躍する、外国に「かぶれ」た都会の人々とを描き出す。

「イブセンの人物に似てゐるのは里見の御嬢さん許《ばかり》ぢやない、今の一般の女性はみんな似てゐる。女性ばかりぢやない。苟しくも新らしい空気に触れた男はみんなイブセンの人物に似た所がある。たゞ男も女もイブセンの様に自由行動を取らない丈だ。腹のなかでは大抵かぶれてゐる」(六の五)

当時の日本の文壇が、実際にイプセンに「かぶれて」いたことは、第一章で取り上げた「イブセン会」での「こんな女は日本にもいる、いない」といった論議からもわかるだろう。そして、こうした風潮を、漱石自身は冷ややかに見つめていた。彼は、メーテルリンクの戯曲論を引きながら、イプセンについて、「つまり普通以上の自覚のある人間を描き出して、其自覚を動作にあらはさうと云ふのが彼の目的なのである」と語り、戯曲中の人物たちに「一寸面喰ふ様な無鉄砲もの」や「馬鹿気た気狂染みた人間」が多く、「どこか一方が底が抜けてゐる」と指摘し、次のように述べている。

此底抜趣味の為めに一篇の劇が成立する。それが彼の慣手段である。早い話がヘツダ、ガブラなんて女は日本に到底居やしない。日本は愚か、イブセンの生れた所にだつてゐる気づかひはない。それだからイブセン劇になるのである。只こんな底抜をつらまへて来てさも生きて居る様に、隣りに住んでゐる様に、自分と交際して居る様にかくのがイブセンの芸術家たる所、一大巨匠たる所以である。[44]

つまり、漱石にしてみれば、ヘッダやノラのような女性がどこにいるかなどという議論は、まさに巨匠イプセンの掌の上で転がされていることの証左だった。そして、漱石という人物もまた、「底抜」を「隣りに住んでゐる様に」描くことのできる作家だった。だからこそ、甲野藤尾や、次に述べる長井代助のような、読者に影響を与える人物を造形し得たのであろう。

さて、このようにして出来上がった『三四郎』に草平が不満を持ち、『煤煙』に『三四郎』に対する反発をちりばめたことは前節に述べた。朋子が「宿命の女」であることを承知の上で彼女に「打ち勝てぬ」と翻弄されるところに、草平の目指した新しい男女関係があったはずである。そして、その『煤煙』に対して、漱石は非常に厳しい見方をした。蔵書『ドリアン・グレイの肖像』（一八九〇年）の扉には、『煤煙』の要吉をドリアン、ダンヌンツィオの『死の勝利』の主人公とともに、「彼らは要するに気違いなり」[45]と断定している。世紀末的美意識を持ちながらも、次に取り上げる「文芸と道徳」に見られるような「旧幕時代の道徳」観を持った漱石が、オスカー・ワイルド、ダンヌンツィオといった世紀末頽廃文学の最右翼の主人公に共感できるはずもなかった。

漱石の「新しい男」――長井代助

塩原事件の女が漱石に『三四郎』を書かせたとすれば、『それから』を書かせたのは事件および『煤煙』の男だった。塩原事件の顚末を草平から聞いた漱石は、まず事件の女に興味を持ったわけだが、草平の書いた『煤煙』を読んだ漱石は、今度はそこに描き出される男性像に驚いたのではないだろうか。

代助は独りで考へるたびに、自分は特殊人《オリヂナル》だと思ふ。けれども要吉の特殊人《オリヂナル》たるに至つては、自分より遙かに上手であると承認した。それで此間《このあひだ》迄は好奇心に駆られて「煤烟」を読んでゐたが、昨今になつて、あまりに、自分と要吉の間に懸隔がある様に思はれ出したので、眼を通さない事がよくある。(46)(六の一)

とは、『それから』のなかの『煤煙』評であるが、「あまりに、自分と要吉の間に懸隔がある」とは、漱石自身の感想でもあっただろう。そして、当時「自分との間の懸隔」で漱石を驚かせたのは、草平だけではなかった。彼は一九一一(明治四四)年に、「文芸と道徳」と題した大阪での講演で、「徳義上の評価率の変化」について述べ、自分のもとを訪ねてきた若者の手紙の例を引く。

〔前略〕先づ門を入つたら胸騒ぎがしたとか、格子を開ける時にベルが鳴つて益《ますます》驚いたとか、頼むと案内を乞うて置きながら取次に出て来た下女が不在《るす》だと言つて呉れゝば宜かつたと沓脱《くつぬぎ》の前で感じたとか、夫が御宅ですといふ一言で急に帰りたい心持に変化したとか、所へ此方へ上れと又取次に出て来られて益恐縮したとか、凡てさう云ふ弱い神経作用が些の飾り気もなく出てゐる、徳義的批判を含んだ言葉で云へば臆病とか度胸がないとか云ふべき弱点を自由に白状してゐる、〔中略〕然し私は是が今の青年だからあるのだと信じます、旧幕時代の文学のどこをどう尋ねてもこんな意味の訪問感想録は決して見当るまいと信じます、(47)

漱石は、こうした状況を見聞きし、草平の『煤煙』を読みして、当時の青年像に興味を持ったのではないだろうか。こうして、漱石の「新しい男」作りが始まったわけである。

彼は、まず、『煤煙』の種本ともいうべきダンヌンツィオの『死の勝利』をはじめとする一連の作品を読んでみた。しかし、漱石の価値観は、ダンヌンツィオのそれとは相容れないものであり、蔵書にもそうした感想が記されていることは、先に述べたとおりである。しかし、ダンヌンツィオの作品のなかには、剣持武彦も指摘する(48)ように、漱石を強く惹きつけたところもあった。それは、鋭敏な「感覚」の描写である。

漱石は、もともと色彩というものに非常に敏感であり、それを誇りに思っていたようである(49)。三四郎は「田舎者」であるが故に色彩に鈍感な人間として描かれている。一方、十九世紀中頃から世紀末にかけて、ヨーロッパ文学のなかでは鋭敏な色彩感覚や共感覚が花開いており、その一端は日本にも紹介されていた。そして、「世紀末作家」たるダンヌンツィオも、まさにその色彩描写で注目されたともいえる。それは、先に挙げた、一八九六年の『太陽』に紹介された『ルヴュ・デ・ルヴュ』誌の記事で、「是人は赤を不絶律《ふきりつ》に賞用する」と言及されていることからもわかるだろう。

ダンヌンツィオの作品における色彩は、主に赤と青に集約される。赤は興奮の色であり、すべてを焼き尽くす炎の色である。その反対に、青は神経を静める色であり、安らぎの色である。『快楽』でアンドレーアが初めてエーレナを訪ねた時、彼は何か赤いものに気づく。それは真紅の壁紙であり、ベッドカバーである。この「赤」は男に女への愛を口走らせる。『死の勝利』のジョルジョは、「顔色が蒼白」のイッポーリタを愛しているのであって、「血色がいいと、まるで別人のような」気がする。『春曙夢』は「赤」の戯曲であるともいえる。そして一面の赤いバラの花で始まる『フランチェスカ・ダ・リミニ』(一九〇一年)には、絶えず赤い炎のイメージがつきまとっているが、この作品も早くから日本で親しまれ、翻訳も出ている。

あ、ほんに、これに火を点けると、天空を翔るどんな生き物とも似もつかぬ怪異《あやし》い色彩が、俄かにさつと現れるといふのは、ほんとうなの？ その色彩には、凝つと見続けても居れない位沢山の色が混合り合つて居て、その光輝の強さ烈しさと眩さとの裡に動くいろんな変化の、もう極まりもないことは、ほんに言葉に尽せぬ程、唯々奇怪な星の中か、錬金術者の硝子罎か、夥しい金銀で充満《いっぱい》になつてる噴火山の内部か、それとも盲人の夢の裡になら燃えてゐさうな色合だとかいふが、真実《ほんと》かい？(50)

一方の青は、『快楽』のアンドレーアの部屋として登場する。

アンドレーア・スペレッリの持ち物の中で最も大切なものの一つは、くすんだ青の上等な絹で作られたベッドカバーであった。その端は、ゴシック文字でその名前と共に書かれた黄道十二宮の形の縫い取りでぐるりと取り巻かれていた――白羊宮、金牛宮、双子宮、巨蟹宮、獅子宮、処女宮、天秤宮、天蝎宮、人馬宮、磨羯宮、宝瓶宮、双魚宮――(51)。

漱石は、このダンヌンツィオの色彩感覚に興味を示した。『それから』（五の一）の「ふとダヌンチオという人が、自分の家の部屋を、青色と赤色に分って装飾しているという話を思い出した。ダヌンチオの主意は、生活の二大情調の発現は、この二色に外ならんという点に存するらしい。だから何でも興奮を要する部屋、即ち音楽室とか書斎とかいうものは、なるべく赤く塗り立てる。また寝室とか、休息室とか、凡て精神の安静を要する所は青に近い色で飾り付をする。というのが、心理学者の説を応用した、詩人の好奇心の満足と見える」という箇所からも、それは確認できる。人体に影響を及ぼす色彩、という考え方は、十九世紀後半にアメリカで提唱されたという。(52) 一八七七年には、自律神経系の治療のために赤と青の光線の照射を行なっていたパンコースト医師が著作を発表し（Seth Pancoast, *Blue and Red Light: or, Light and its Rays as Medicine*）、一八七八年にはバビットの

『光と色彩の原理』（Edwin D. Babbit, *The Principles of Light and Color*）も出版された。バビットの著作は反響を呼び、すぐに翻訳もされたそうなので、ダンヌンツィオが参考にした可能性もあるだろう。また、漱石が所有していた、ドイツの女性詩人、アルベルタ・フォン・プットカーメルの評伝『ガブリエーレ・ダンヌンツィオ』（一九〇五年）にも、ダンヌンツィオ自身が実生活のなかで色を使い分けていることが次のように記されている。

家の中を、生の二つの大きな基調の表現としての二つの色に支配させるという考えは非常に特異なものである。あらゆる色調の緑と赤が、カッポンチーナのそれぞれの空間を飾っているのである。仕事や研究、あるいは何か精神力を必要とすることをやる気にさせなければならない部屋は赤が支配している。特別の愛情をもって設えられた音楽室やアトリエも赤である。逆に緑は、この上なく厳格な黒いオリーヴ色から、五月の葉の最も明るい色合いまでを含めて、落ち着きや安楽、あるいは休養のためにあるあらゆる空間を支配している。[53]

このプットカーメルの記述では二つの色が赤と青ではなく、赤と緑とされているが、前述した作品や、後にダンヌンツィオ自身が手がけるガルダ湖畔の邸宅、ヴィットリアーレを見る限り、詩人にとって重要な色は赤と青だと考えられる。漱石も、プットカーメル以外の典拠を見つけていたのかも知れない。いずれにせよ、一九〇八（明治四一）年頃の『断片』には、

× 外出。青ニ心ヲ奪ハレテ帰ル。家人突然赤ヲ説ク。
1、青本位ノ世界ニ立ツテ赤本位ノ者ヲ憐ム。
2、青本位ノ世界ヨリ赤本位ニ移ル struggle

3、青本位ノ世界ヨリ赤本位ニ移ル時ノ不安ト regret etc.[54]

という記述が見られ、漱石が小説のプロットを練る上でも、赤と青の対比、ということを念頭に置いていたことがわかる。また、一九〇九（明治四二）年六月、ちょうど『それから』の新聞連載が始まる少し前に発表された「漱石氏来翰（虚子君へ）」は、漱石の芝居観が書かれたものだが、そこでも、漱石は「色彩は私には大変な影響を及ぼします[55]」と記している。

このようにして構想が練られていった『それから』においては、代助は、赤を好まぬ男として登場する。

> 代助は何故ダヌンチオの様な刺激を受け易い人に、奮興色とも見做し得べき程強烈な赤の必要があるだらうと不思議に感じた。代助自身は稲荷の鳥居を見ても余り好い心持ちはしない。出来得るならば、自分の頭丈でも可いから、緑の中に漂はして安らかに眠りたい位である。（五の一）

この色彩に対する鋭敏さは、『煤煙』の要吉には見られなかったものである。そして代助は、漱石の『煤煙』評に背かぬように、金持ちである。三四郎は、世紀末の顔だと言われて「嬉しがる程に、まだ人工的の空気に触れていな[56]」い、田舎から出てきたばかりの青年であった。それにひきかえ、代助はまさに世紀末の知識人として颯爽と登場するのである。

> 彼は歯並の好いのを常に嬉しく思つてゐる。肌を脱いで綺麗に胸と脊を摩擦した。彼の皮膚には濃かな一種の光沢《つや》がある。香油を塗り込んだあとを、よく拭き取つた様に、肩を揺かしたり、腕を上げたりする度に、局所の脂肪が薄く漲って見える。かれは夫にも満足である。次に黒い髪を分けた。油を塗けないでも面白い

程自由になる。髭も髪同様に細く且初々しく、口の上を品よく蔽ふてゐる。代助は其ふつくらした頬を、両手で両三度撫でながら、鏡の前にわが顔を映してゐた。丸で女が御白粉を付ける時の手付と一般であつた。実際彼は必要があれば、御白粉さへ付けかねぬ程に、肉体に誇を置く人である。彼の尤も嫌ふのは羅漢の様な骨格と相好で、鏡に向ふたんびに、あんな顔に生れなくつて、まあ可かつたと思う位である。その代り、人から御洒落と云はれても、何の苦痛も感じ得ない。それほど彼は旧時代の日本を乗り超えてゐる。（一の二）

この部分は代助の肉体的ナルシシスムを示した部分である。自分の心臓の音が気になり、赤い色には不快感を覚え、尋常な外界から法外に痛烈な刺激を受けた時にはまどろむために花の香をよく用いる、鋭敏な感覚の持ち主、長井代助は、「神経質」であることを一つの特権だと考えるにいたる。

自分の神経は、自分に特有なる細緻な思索力と、鋭敏な感応性に対して払う租税である。高尚な教育の彼岸に起る反響の苦痛である。天爵的《てんしゃくてき》に貴族となつた報に受る不文の刑罰である。（一の四）

『それから』において「神経」が特権化されていることは、一柳廣孝が論じているが[57]、ここでは、その特権的な「神経」が「天爵的」であることに注目したい。「天爵的な貴族」―― この言葉は、ボードレールの説いた「ダンディスム」を思い起こさせる。ダンディーとは、「なる」ものではなくて、「である」ものなのである。明治四二年当時に『それから』が「神経の特権化」を行なうにあたっても、そこには同時代知識人たちのヨーロッパ文学への参照があったことには留意すべきだろう。

片山正雄（孤村）は一九〇五（明治三八）年、『帝国文学』に「神経質の文学」という論文を発表したが、これはドイツにおける「デカダン派（Décadents）紀季派（Fin de siècle）の文学」を論じたものだった。片山はそこで「即ち神経質は実に十九世紀末即ち紀季《ファンドシエークル》の時代病で有る(58)」と断じ、ドイツにおける「神経質の文学」の第一人者としてヘルマン・バールを挙げて、彼の『現代批評研究』（*Studien zur Kritik der Moderne* 一八九四年）所収の「デカダンス」を紹介している。そのなかでバールは、デカダンスの特徴を、「まず第一に神経への帰依(59)」と述べ、デカダントを「神経のロマン主義者」と定義した上でボードレールをデカダントと規定している。バールによれば、ボードレールをも含めたヨーロッパのデカダントたちは、「彼らの神経上にみつかったものだけをひたすら表現し伝達」することを革新と考え、「神経だけでは生きてゆけない旧派の年寄りたちから、それは奇異のまなこを以て眺められた(60)」存在とされている。

代助においても、自らの鋭敏な「神経」は、旧時代の価値観に対抗する新しい武器であった。彼は、「感覚人間」たることによって、旧時代と完全に袂を分かつ。代助の父はこれに対して、「武士道」の教育を受けた厳格な明治第一世代として描かれる。代助は、父という「旧時代」をこともなげに否定するのである。

親爺は戦争に出たのを頗る自慢にする。ややもすると、御前抔《など》はまだ戦争をした事がないから、度胸が据《すわ》らなくつていかんと一概にけなして仕舞ふ。恰も度胸が人間至上な能力であるかの如き言草である。代助はこれを聞かせられるたんびに厭な心持がする。（三の二）

代助には、「度胸」だの「胆力」だのという「親爺の如きは、神経未熟の野人か、然らずんば己れを偽わる愚者」だとしか思えない。自分は「無論臆病」だが、「又臆病で恥づかしいといふ気は心から起らない。ある場合には臆病を以て自認したくなる位」なのである。「胆力とは両立し得ないで、しかも胆力以上にありがたがつて然るべき能力が沢山ある」と彼は考える。そして彼自身は、胆力以上にありがたがつて然るべき能力を持っているからこそ、胆力の方は持ち合わせていないのだ。「度胸」や「胆力」に替わって彼が手にした武器、それが「細緻な思索力と、鋭敏な感応性」だったのである。

この代助のような「神経の特権化」は、やはり一九〇九（明治四二）年三月に出版された北原白秋の『邪宗門』にも共通している。この詩集の扉に注目してみよう。

『邪宗門』の扉には、「こ、過ぎて曲節の悩みのむれに、／こ、過ぎて官能の愉楽のそのに、／こ、過ぎて神経のにがき魔睡に、」と記されている。村野四郎は、この扉銘について、

これはいうまでもなく、上田敏訳「神曲」（部分訳）中の地獄界の第三歌（中略）に模したことは明らかだが、ダンテにおける原罪の意識「とはの悩み」「ほろびの民に」は、白秋によって単に「官能の愉楽のそのに」「神経のにがき魔睡に」というふうに、皮膚感覚による陶酔によってすりかえられているのである。いってみれば、白秋はダンテから思想的な要素は何一つ受けいれようとはしなかった。(61)

と述べているが、この一文は、『邪宗門』に対する一般的な評価を端的に表わしたものだといえるだろう。この詩集に対する賞賛は、「官能の開放と想像の恣《ほしいまま》なる飛躍」（矢野峰人）(62)に向けられ、批判は、その語彙と幻想の紡ぎ出す饒舌さや、思想と論理の欠如、といった点に集まっている。しかしまた、この詩集を考えるにあたっては、その時代的背景を見過ごしてはならないと思う。『神曲』の地獄の門に記された銘文をもじったこの詩句は、白秋が「曲節（メロディー）」「官能」「神経」を詩集のキーワードとして提示している、という意味でもあるからである。そして、なかでも「神経」は、この詩集の成立には欠かせないものと詩人が規定し、(63)中扉裏の文章で長田秀雄が「……と神経は一斉に不思議の舞踏をはじめる」(64)と記すように、白秋やその周囲が時代を象徴するものととらえた言葉だった。

「パン会の人々は皆今様デカダン揃だつた[65]」とは織田一磨の回想だが、一九〇八年に結成され、その年の十二月十二日に第一回の会合を開いた[66]「パンの会」と、その中心人物の一人であった白秋が多分に「世紀末的」であろうとしたことは想像に難くない。十九世紀後半のヨーロッパ文学の潮流は、「パンの会」を動かす大きな原動力であった。会のメンバーが前記の片山論文などを参考に自らの「神経」に敏感になっていき、デカダントを気取ったとしても不思議はないだろう。「邪宗門ノート」に「『邪宗門』序詩」とされている扉銘の草稿にも、Decadance(ママ)、頽唐といった言葉が書かれている[67]。これらの言葉は最終的には削られることになったが、白秋がこの「デカダンス」を詩集の基調としてとらえていたことの証となるだろう。

そして、この詩集において白秋が繰り返すのは、「赤」のイメージである。それは、滴る血だったり、暮れてゆく太陽だったり、暗く、重苦しい空気だったりする。ボードレール以降、世紀末にかけてヨーロッパ各地で隆盛する、色彩感覚をはじめとした感覚描写の重要性は、先に挙げた片山孤村も紹介するところだった。

(神経質の文学者たちの)この活路とは即ち色彩の感覚で、赤、緑、青、紫、黒、白等は皆深刻な悲壮《トラーギッシュ》の記号となり、思想も感情も嗅覚も味覚も皆色から出来上つて、緑色の歌、青色の感覚、血紅色の思想、さては響く色や鳴る感情が出来て、概念も感覚もごつちやまぜになつた[68]。

「腐爛したる頽唐の紅を慕う」(扉銘裏)白秋は、『邪宗門』において彼にとっての「赤」の世界、耽美や退廃を追求している。そして、同年に漱石によって造形された代助は、実際の「パンの会」の若者たちをより理知的にしたような人物だともいえるだろう。

金持ちで、お洒落で、繊細で、知的な男――この新しいヒーローの洗練された、自信に満ちた姿は、当時の若者たちに憧れの感情を抱かせた。『それから』が発表された時に十七歳だった芥川龍之介は、のちに長井代助をこう回想する。

我々と前後した年齢の人々には、漱石先生の「それから」に動かされたものが多いらしい。その動かされたと云ふ中でも、自分が此処に書きたいのは、あの小説の主人公長井代助の性格に惚れこんだ人々の事である。その人々の中には惚れこんだ所か、自ら代助を気取つた人も、少くなかつたと思ふ。しかしあの主人公は、我々の周囲を見廻しても、滅多にゐなささうな人間である。〔中略〕これは独り「それから」に限らず、ウエルテルでもルネでも同じ事である。彼等はいづれも一代を動揺させた性格である。[69]

自分の鋭敏な感覚や感受性を武器に腕力や胆力を否定し、明治第一世代の価値観を覆そうとする「新しい男」は、『それから』以降、上田敏や永井荷風によっても創造されることになる。上田敏の『うづまき』（一九一〇年）や永井荷風の『新帰朝者日記』（一九一〇年）の主人公はいずれも、日本伝統の「男らしさ」を否定し、「立身出世」にも背を向けて芸術に生きようとする「新しい男」であった。彼らにとって、明治末は「世紀末」であり、彼らは当時の伝統的な価値観に背を向けて、「感覚」という新しい価値観で身を固めたのである。また「感覚解放の新官能的詩風」を上田敏が激賞したという北原白秋の『思ひ出』が刊行された一九一一（明治四四）年の九月一日に発行された『文章世界』では、読者の人気投票である「文界十傑得点」の総結果が発表され、詩人の部で当時二十七歳だった白秋が二位の蒲原有明に七千票もの大差をつけて堂々の一位に輝いたのだった。[70]『それから』の代助が、時代の先端をゆく若者だったことが、このような例からもわかるだろう。

ただし、『それから』において「新しい男」が最後に選ぶのが「愛」だったことには注意すべきだろう。代助は最後にはすべてを捨てて三千代への愛を貫くことになる。「真の愛」は何ものにも替えがたい、とは、むしろ前期ロマン主義的な発想である。伝統を壊すもの、としてダンディスムを規定した場合、社会的な「不始末」を犯す代助は、ダンディーであるとみなすこともできなくはないが、代助が「感情ではない、ひたすら雰囲気のみを捜し求める」「神経のロマン主義者」としての世紀末的ダンディーだったとすれば、やはりこれは彼にふさわしくない行動である。代助自身、「都会的生活を送る凡ての男女は、両性間の引力《アットラクション》に於て、悉く随縁臨機に、測りがたき変化を受けつゝある」（十一の九）と考え、「渝《かは》らざる愛を、今の世に口にするものを偽善家の第一位に置い」ていたのだから。「御前だつて満更道楽をした事のない人間でもあるまい。こんな不始末を仕出かす位なら、今迄折角金を使つた甲斐がないぢやないか」（十七の二）という兄の言葉にも、「つい此間迄全く兄と同意見であつた」とそれを認めている。

　赤を好まぬ代助が、「世の中が真赤になつた」と感じるところで物語は終わる。この赤のイメージについても、ダンヌンツィオの『フランチェスカ・ダ・リミニ』の影響が剣持武彦によって指摘されているが[71]、剣持は

> 彼は彼の頭の中に、彼自身に正当な道を歩んだといふ自信があつた。彼は夫で満足であつた。その満足を理解して呉れるものは三千代丈であつた。三千代以外には、父も兄も社会も人間も悉く敵であつた。彼等は赫々たる炎火の裡に、二人を包んで焼き殺さうとしてゐる。代助は無言の儘、三千代と抱き合つて、此焔の風に早く己れを焼き尽すのを、此上もない本望とした。（十七の三）

というくだりのイメージが、ダンテの『神曲』地獄篇第五歌に登場する「パオロとフランチェスカ」のエピソードに拠っているのではないかとも論じている[72]。この点に関しては、また次章で論じてみたいが、代助が、ダンヌンツィオの作品の主人公のような人物として登場し、『神曲』に登場するパオロとして終わる、というのはいかにも興味深い。『虞美人草』において小野が最後に「改心」したように、漱石は自らの作り出した「新しい男」たちに、漱石自身の価値観に基づいた行動を選択させる。世紀末ダンディーという当初の造形から飛び出して、

「真の愛」に殉じる代助は、一貫性のないヒーローであるともいえるが、逆にヨーロッパ文学のステレオタイプに縛られない「新しい男」だともいえるかも知れない。

『青年』における「新しい男」と女性たち、そしてその後継者

次に、森鷗外についてみてみたい。一九一〇（明治四三）年三月から翌年にかけて雑誌『スバル』に掲載された『青年』は鷗外の作品のなかでも評価の低い作としてとらえられることが多かった。よく引用される「一読して、どうもこなれが悪い」[73]という石川淳の評から、「いったい、あの浅薄な青年のどこがおもしろいか。あの青年を、その浅薄さの暴露をさけてもったいをつけて取り出した鷗外のどこが浅々しくないか」[74]という辛辣なものまである。そして、この作品を考える時、漱石の『三四郎』に張り合ったものだという見方も定着している。なるほど、この両作を比べてみると、田舎から出てきた青年が東京で恋愛などを経験していくという筋は同じだ。しかし、『青年』を書いた時に鷗外の念頭にあったのは果たして『三四郎』だけだったろうか。ここにもやはり森田草平の影が見え隠れしているように思える。

森田草平は漱石の弟子であったが、単行本となった『煤煙』に序を寄せているのは鷗外である。「影と形」と題されたこの戯曲仕立ての序は二場からなっており、第一場では『死の勝利』で無理心中を果たしたジョルジョとイッポーリタの影が「デカダンス風が多少吹いているかも知れないが、まだ大分土臭い所が残っている見込み」の日本の男女に取りつこうと相談しているところ、第二場は『煤煙』のなかの要吉と朋子の会話である。鷗外はダンヌンツィオにも詳しく、一九〇九年には自ら「秋夕夢」を翻訳している。

それでは『青年』は『煤煙』の何をとったのだろうか。まず主人公の青年像が挙げられる。『青年』の小泉純一もまた、高等遊民たるべき資力を背景にした新しい男である。フランス語に堪能で、外国文学にも造詣の深い純一は、第一章で論じたように、イプセンの『ジョン・ガブリエル・ボルクマン』の興行に出かける。「これは

時代思潮の上から観れば、重大なる出来事である」と信じる純一は、シェイクスピアやゲーテでは「今の青年に痛切な感じを与へることはむずかし」いと考える。舞台を日本に移したシェイクスピアの翻案物については、「その舞台や衣装を想像して見たばかりで、今の青年は侮辱せられるやうな感じをせずにはゐられない」。この「今の青年」の連呼は、「昔の青年」であった作者鷗外の、自分たちとは異質なものとしての青年論である。先に挙げた最も辛辣な『青年』評は、中野重治のものであるが、中野は「時代の悩みから、はからいによって、むき玉子をみたように防衛された純一(75)」を批判する。しかし、純一は『それから』の代助や、一九一〇年、『青年』に先立って発表された上田敏の『うづまき』の主人公、牧春雄の末裔なのである。確かに純一には切実な悩みや挫折はないが、ここでは鷗外をして「かしこい青年における生命の剝製(76)」を書かせた時代の雰囲気をとらえなおしてみたい。

　純一もまた、代助のように、自分の肉体を愛する男である。

己は小さい時から人に可哀がられた。好い子と云ふ詞が己の別名のやうに唱へられた。友達と遊んでゐると、年長者、殊に女性の年長者が友達の侮辱を基礎にして、其上に己の名誉の肖像を立ててくれた。好い子たる自覚は知らず識らずの間に、己の影を顧みて自ら喜ぶ情を養成した。己の vanité《ワニテエ》を養成した。それから己は単に自分の美貌を意識したばかりではない。己は次第にそれを利用するやうになつた。己の目で或る見かたをすると、強情な年長者が脆く譲歩してしまふことがある。そこで初めは殆ど意識することなしに、人の意思の抗抵を感ずるとき、その見かたをするやうになつた。己は次第にこれが媚であるといふことを自覚せずにはゐられなかつた。それを自覚してからは、大丈夫たるべきものが、こんな宦官のするやうな態度をしてはならないと反省することもあつたが、好い子から美少年に進化した今日も、この媚が全くは無くならずにゐる。(77)（十）

これは、純一が坂井夫人に誘われるまま、肉体関係を持った後の日記の一部であるが、「無意識の媚」とは、『三四郎』の美禰子が持っていたものではなかっただろうか。女に媚びることをも厭わない『煤煙』の要吉が、ここに見え隠れしているようでもある。但し、ここで鷗外が「大丈夫たるべきものが、こんな宦官のするような態度をしてはならない」（傍点引用者）と書くのは、彼が旧幕時代の道徳観に属していることを物語る。

もう一つ考察したいのが、『青年』にみられる女性観である。これまでの研究史において、「純一の恋愛および性欲の体験」を『青年』の主軸の一つと論じたのは、長谷川泉であるが、[78] それはあまり問題にされないか、あくまでも「純一の性欲克服物語」[79] としてとらえられることが多かった。ここでは、『青年』における女性たちの描写に、もう一歩踏み込んでみたい。

「謎の目」を持つ坂井夫人は、「宿命の女」としての資質を持った女性である。彼女は、ベルギーの作家ルモニエの『恋する男』（一八九七年）に登場する、未亡人マオード（オード）を純一に思い出させる。『恋する男』とユイスマンスの作品が『青年』に及ぼした影響については、コミネッティの指摘があるが、[80]「聖なる踊り子たちの秘密、死と隣り合わせのアヘンの茫然自失に熟練したインドのヒンドゥー教の踊り子たちの陰鬱な技巧、ハーレムの罪の中での肉体の熟れた喜びの暗く有毒な算段」[81] を有していると描写され、サロメの舞を踊るともされることもあるオードが、エキゾティックな「宿命の女」として造形されていることは明らかである。また、坂井夫人の「Nympheの目」と「美しい死人の顔色」、そして「表情が談話と合一しない事」は、彼女を「Sphinx」とも評させる。鷗外は、一九〇六年、『歌舞伎』第七八号に、「観潮楼一夕話」として、同年に発表されたホーフマンスタールの「オェディプスとスフィンクスと」を紹介しているが、坂井夫人が「スフィンクス」と描かれる点については、彼も画集を所蔵していたフランツ・フォン・シュトゥックの作品を参照してみると興味深い。

シュトゥックは、ドイツ象徴主義の重要な画家とみなされているが、鷗外の蔵書に含まれる、一八九九年に出

図23　フランツ・フォン・シュトゥック《スフィンクスの謎を解くオイディプス》（1891年）

版された画集[82]にも、非常に世紀末的なモティーフが、特に女性の表象をめぐって、繰り返し描かれている。シュトゥックはまた、「宿命の女」としてのスフィンクスを、数多く描いた画家でもあった。女性の頭と胸を持った有翼の獣としてのスフィンクスの姿は、オイディプスが謎を解くギリシア神話の場面が、十九世紀初頭から描かれており、モローが一八六四年のサロンに出品した作品もよく知られているが、シュトゥックは、モローの作品の官能性を、さらに推し進める[83]。モローの作品は、オイディプスに飛びついたスフィンクスがオイディプスと見つめあう瞬間をとらえたものだったが、シュトゥックは、《スフィンクスの謎を解くオイディプス》において、より生身の女性に近い形のスフィンクスと、オイディプスを対峙させるのだ（図23）。この作品におけるスフィンクスは、赤い髪と豊かな乳房を持っている。彼女の手前には、既に彼女の犠牲となった者のしゃれこうべが転がっている。シュトゥックは、一八九五年には《スフィンクスのキス》という作品を残しているが、そこに描かれるのは、スフィンクスのキスを受け、死を目前としながらも恍惚とする男の姿である。一八八九年頃の製作とされる《スフィンクス》では完全な女性の肉体をスフィンクスとして表象していることと考え合わせても、シュトゥックにとってのスフィンクスは、「宿命の女」に他ならなかったのだろう。

　鷗外所蔵のシュトゥックの画集には、《スフィンクスのキス》や一八八九年の《スフィンクス》は入っていないが、別バージョンの《スフィンクス》が収められている。鷗外にとって、「スフィンクス」と形容される坂井夫人は、やはり「宿命の女」像だったのではないだろうか。

　そして、小泉純一にとって、魅力と恐怖と敵意を感じさせるのは、坂井夫人だけではない。都会の令嬢であるお雪も、芸者のおちゃらも、純一を混乱させる。お雪の微笑は、「どうも自分を見下している微笑のやうに思はれて、その見下されるのが自分の当然受くべき罰のやうに思はれ」（四）る。おちゃらは「己を不言の間に翻弄してゐる」（十七）ように思い、純一は「例の女性に対する敵意」を感じるのである。森田草平の描き出す『煤煙』の要吉とは異なって、純一は翻弄されることに喜びは全く感じていない。その点は、漱石の描く男性たちと同じである。しかも、坂井夫人、お雪とおちゃらは、年齢も、階層も、それぞれ全く異なった女性たちだが、純一のなかでは同質である。お雪を見て、純一はマネの《ナナ》（一八七七年、図24）を思い出す。細面な顔にかかる柔らかい前髪も、「好く似てゐる」と純一に思わせるのだが、「その前髪の下の大きい目が、日に目映《まぶ》しがつても、少しも純一には目映しがらない」ところが、純一にとって最も印象的なところである。[84] マネの《ナナ》に描かれたのは、demi-mondaine と呼ばれる、社交界にパトロンを持つ高級娼婦の化粧の姿だった。ゾラの『ナナ』はその二年後に書かれているので、マネが絵画にしたのはゾラのナナではなく、逆にゾラがマネの絵に触発されたようだが、[85] そのモデルは、当時オランジュ公の庇護を受け、「シトロン」とも呼ばれていたアンリエット・オゼールという女性である。女性の背景に描かれる鶴（grue）が「娼婦」を意味していることからも、マネがこの絵で demi-mondaine とそのパトロンの姿を描いたのは確かなことだとされている。なお、一八九二（明治二五）年六月の『第一高等中学校校友会雑誌』に、上田敏は「美術論」を掲載しているが、そのなかで「「ブルワアル」ぞひの「サロン」鏡前に嬌態を弄する淫女ナナ」[86] に言及している。《ナナ》が性的な女性（＝娼婦）であるということは、早くから日本でも認識されていたということになるだろう。その上で、下着姿

図24　エドゥアール・マネ《ナナ》（1877年）

で観る者の視線を平然と受け止めるナナに、純一に目映しがらないお雪の姿が重なる、というのは注目に値するだろう。さらに、忘年会でおちゃらを見た純一は、若いおちゃらを「此間までお酌といふ雛《ひよこ》でゐたのが、やうやう drue になつたのであらう」と推測する。ここで彼が言及する drue は「密生した、濃い」あるいは「力強い」という形容詞druの女性形だが、十九世紀の使い方では、「小鳥が巣から飛び立てるような状態」[87]という用法があった。鷗外はこの意味で drue を使ったと考えられるが[88]、もう一つ深読みすることが許されるならば、この drue は grue を連想させる言葉でもある。《ナナ》の背景に描かれる grue（鶴）と、drue である（芸者になったばかりの）おちゃらが重なることで、《ナナ》を介して、おちゃらとお雪も重なる、ということになる。『青年』では、「なんでも女といふものには娼妓のチイプと母のチイプとしかないといふ」（十二）ヴァイニンガーの論が紹介され、純一は「娼妓の型の代表者」として坂井夫人を想起する。そして、おちゃらも、お雪も、「娼妓の型」につながるのである。これは、当時の若者たちの認識に対する鷗外の理解なのではないだろうか。

一方で、『青年』のなかには、純一の下宿の嫁で、房総出身の安が登場する。そして鷗外は、「女といふ自然」が安にこそ見出されるとする。

この「女といふ自然」は慥《たしか》に安に於いて見出すことが出来ると瀬戸に注意せられて、純一も首肯せざるを得なかつた。〔中略〕瀬戸に注意せられてから、あの顔を好く思い浮べて見ると、田舎生れの小間使上がりで、植木屋の女房になつてゐる、あの安がどこかに美人の骨相を持つてゐる。色艶は悪い。身綺麗にはしてゐても髪容《かみかたち》に構はない。それなのにあの円顔の目と口とには、複製図で見たMonna《モンナ》 Lisa《リイザ》の媚がある。芸者やなんぞの拵《こしら》へた表情でない表情を、安は有してゐるに違ひない。（十六）

『煤煙』においては、都会と田舎、西洋と東洋の二項対立が重なり合い、都会と西洋を求める要吉は、田舎と昔ながらの日本の女への興味を失って、都会的で西洋的な女である朋子に惹かれていた。漱石は『三四郎』でも、『それから』でも、都会と西洋に属する女しか描かなかった。鷗外は平塚らいてうをはじめとする新しい女たちの活動にも理解を示し、妻にも小説を書くように勧める側面を持っていたが、『青年』においては、鷗外は純一にこう考えさせることによって、『煤煙』のお種や隅江を救ったともいえるだろう。

とはいえ、純一自身が惹かれるのは、夢で彼の欲望を刺激する、おちゃらであり、坂井夫人であり、お雪である。そして、坂井夫人やおちゃらとの関係は、「勝敗」という言葉で語られる。純一は、坂井夫人の魅力に、「打勝たれた人の腑甲斐ない感じ」を感じる。忘年会では、おちゃらに対して、「誘惑に打勝つた人の小さい triomphe を感じ」る。こうした「打勝つ・打勝たれる」という概念も、ダンヌンツィオから草平が取り入れたもので、鷗外もそれを意識していたのだろう。最終的に純一が坂井夫人に対して冷静になり、箱根から帰っていくところで小説が終わるのは、鷗外の意思の投影だともいえる。

以上のように、塩原事件と『煤煙』は、既に自らの青年時代を通り越した漱石と鷗外に「青年」を扱った小説を書かせた。そして、漱石と鷗外は、自分たちの観点から「新しい男」を描き出したわけだが、『煤煙』『三四郎』『それから』『青年』と描かれてきた「新しい男」と、そうした男に配する女性たちの姿は、他の文学者たちをも刺激したに違いない。

最後に考察したいのは、二つの短い作品である。「新しい男」と「宿命の女」が登場することにより、明治末の文学は男を翻弄する都会の女と、それにある種の喜びを感じる男との新しい恋愛の形を描き出したわけだが、それを踏襲する作品は、すぐに現われてくるのである。

志賀直哉の「彼と六つ上の女」は、一九一〇(明治四三)年の九月に『白樺』に発表され、一九一三年の第一創作集『留女』に収録された、ごく短い作品である。後に志賀自身が、「正統なものではないが、私としては数少ない多少恋愛らしい材料を扱つたもの。書き方を出来るだけ切り詰める事で甘さから救はうとしたもの。然し現在の私はこの短篇には愛着を持たない[89]」と述べているように、これは彼のいわゆる「若書き」、実験作のようなものだろう。しかし、それだけに、そこに提示される男女関係のあり方は、当時の彼の関心をひいたものだったのではないだろうか。

この物語は、主人公「彼」の、「女」（六つ年上、ということが題名には示されているが、本文中には一切の説明がない）に対する恋愛感情を断片的に切り取ったものである。「きまつた僅ばかりの小遣を受け取つてゐ」る「彼」は、おそらくは若い学生である。足りなくなった本屋への支払を「女」からもらった彼は、その事実の「色男臭」さに、「自分で自分が侮辱されたやうな気が」する。ところが、つづく文章は、「が、同時に彼は彼の或心が一種の満足を感じて居る事も感じた」とある。ここで「男」ははっきりと、自分が要吉のような価値観を持った「新しい男」であることを宣言している。

彼が鏡を見る事は外へ出る時、或ひは外から帰つた時の殆ど癖であつた。それは、どうかすると我ながら自分の顔を美しく思ふ事があるからである。[90]

『煤煙』の要吉や『それから』の代助のように鏡を覗き込む「彼」の姿は、美少年の媚を有する『青年』の純一を先取りしているようでもある。[91] そしてまた、「彼」は涙を溜めて、「今、そんな事を云つちや嫌だ！」と「女」に駄々をこねる男でもあるのだ。

一方の女は、「how to play a love scene と云ふ事をよく識つた女」である。彼女は、前もって男に「本気で惚れるのは厭ですよ、私も惚れませんから」と宣言している。しかし、「子供から小説や戯曲に毒されて居た」彼にとっては、彼女のような女性が魅力的に映るのだ。その前に交際していた少女には、「how to play a love scene と云ふ事」を知らない故に不満を感じていたのだから。「小説や戯曲」の「宿命の女」への憧憬は、「自分のやうな若い男を夢中にさせる――そんな事は此女にとつて最早何の興味もない、又必要もない、「無益の殺生」である」という「女」への、なんとはなしの執着となる。彼は本代を貰ったお返しに女に何かあげようと思い、ギリシアの古銭と女持の煙管のどちらにするかで迷う。

煙管《きせる》は女持でも昔物で今の男持よりも太く、がつしりとした拵へだつた。吸口の方に玉藻の前が桧扇を翳して居る所が象嵌になつて居る。緋の袴が銅で入つて居る。雁首の方は金で入つた九尾の狐が尾をなびかせて赤銅の黒雲に乗つて空を翔けて居る有様である。彼は其の鮮かな細工に暫く見惚れて居た。そして、身長の高い、眼の大きい、鼻の高い、美しいと云ふより総てがリツチな容貌をした女には如何にもこれが似合ひさうに思つた。(92)

ここで「女」は、藤尾のようなハイブリディティーを獲得している。「身長の高い、眼の大きい、鼻の高い」容貌と形容される彼女は、「リッチ」という、日本人離れした、新しい美的感覚で描かれる。そして彼女に似合いそうな煙管には、伝説上の「悪女」、玉藻の前が象嵌されている。「リッチ」な美を持つ「玉藻の前」が、「彼」にとっての憧れであり、彼女の言動はもはや断罪される必要がない。

島村抱月の戯曲「清盛と仏御前」は、「平清盛」として、『早稲田文学』第六二号(一九一一年一月)に掲載された。これは、祇王(抱月の作品では妓王)を寵愛していた平清盛が仏御前に愛情を移すという、『平家物語』のエピソードに基づくもので、一九一六年には舞台化され、仏御前を松井須磨子が演じたことでも話題になった作品である。歴史物であるこの作品には、「文明」に属する都会の女性が登場するわけではないが、ここで抱月が、十九世紀ヨーロッパの芸術家たちのように、仏御前の読み替えを行なっているのは興味深い。

第一幕、清盛は、妓王を「そちはいつも心元なさうな奴ぢやな、ちやうどあの花のやうな奴ぢや、見事は見事ぢやが、今にも散りさうで手が離されぬ[93]」と評し、「もつと強うなれ、強うなれ」という。そんな清盛が、最初から「大胆にぢつと清盛を見」つめる仏御前にひかれるのも無理はない。この戯曲での仏御前は、妓王のこともじっと見つめ、彼女を臆させる。妓王が去った後の第二幕で、清盛は、仏御前に身の上話をさせるが、そこで仏御前は「私ゆゑに亡ぼされて了」った男たちについて語り、「私が思ひのまゝに身を任す男は日本国中で一番強い男でなうてはならぬ」と清盛のところにやって来た、という。そして、妓王のことをきいた宗盛に、「併し仏御前、勝ち誇るばかりが道でもありますまい、たまには負けておやりなさい」と言われて、「右大将さま、それが私には出来ませぬ」と返す。

この物語における仏御前は、重盛の反対をいなして清盛に福原遷都を勧める「傾城の悪女」として描かれる。しかし、清盛は仏御前に向かって、次のような台詞を吐く。

私はあの様な弱い女は嫌ひぢや、美しうて強い、そちのやうな女子でなくては私の心には手ごたへが無い[94]、

強いもの、美しいものにひかれるという、「新しい男」の心情を、この清盛も共有している。その点において、島村抱月の仏御前も、「宿命の女」へと近づいていくのである。

三　「醜い日本人」をめぐって――ダンヌンツィオと高村光太郎を結ぶ糸

ダンヌンツィオのジャポニスム――サクミの登場

これまで、明治の日本で一種のダンヌンツィオ・ブームが起きたこと、そして、彼の作品を文学者たちが「新

しい男」のモデルとしたことなどを見てきた。最後に、少し異なった角度からダンヌンツィオの作品と日本人との関係を見てみたい。

ダンヌンツィオの作品が日本で受け入れられたことの原因は、先に考察したが、ダンヌンツィオの作品にちりばめられたジャポニスムについて、もう一度考えてみたい。ダンヌンツィオの日本趣味については、既に幾つかの研究が発表されているが、[95] 花を雪に喩えるような描写は、彼の嗜好にあったものとして文章のなかに溶け込み、単なる異国趣味以上の働きをしているように思える。このような文章は、それを読んだ日本人にも親近感を与えたに違いない。森鷗外は、いちはやくそれを指摘している。

○此小説に Andreas と Maria との恋の成り立ち掛つた頃の対話の中で、二人が春四月と秋九月との優劣を論じて、Andreas が秋を優つて居るとして、産褥の美人に譬えるところがある。日本人には昔からある思想だが、欧州人としては伊太利生れの D'Annunzio にして始て此思想ありと謂つて好からう。譬喩の今様(modern)な点は別として。[96]

これは、一八八九(明治二二)年に発表されたダンヌンツィオの最初の長編小説『快楽』の第二部第三章で、主人公アンドレーアが、四月に比べると九月はより女性的で、ひそやかで、神秘的だと説く場面のことである。彼がここで語る、「九月はまるで夢の中の春のようだ、草花は少しずつ生気を失い、実体性をも一緒に失ってゆく」[97] というような感性が鷗外にこのように書かせたのだろう。ダンヌンツィオの豊饒な感受性の盛り込まれたこうした流麗な文章も、日本人をひきつけたものだった。しかし、ダンヌンツィオのジャポニスムは、彼の作品のなかにグロテスクで滑稽な日本人の姿をも描き出すことになった。そして、日本人はこのイタリアの作家の作品によって、ヨーロッパ人からみた自らの姿を目の当たりにすることになるのである。

ここでは、ダンヌンツィオの『快楽』という作品に描かれた醜い日本人像を分析し、そのようなイメージが出来上がった過程を、ピエール・ロティの作品などとの関係を明らかにしつつ追ってみたい。その上で、こうした描写を前にした日本人自身の反応の少なさと、高村光太郎という日本人の手によって再生された「醜い日本人」についても考える。

『快楽』には、日本人が一人登場する。日本大使館に勤務するサクミとイセ公妃である。[98] ダテレータ侯爵夫人の主催するパーティーに登場するサクミは、次のように描写される。

彼は日本公使館の秘書官の一人であった。背丈は小さく、黄色味を帯びており、頬骨は突き出て、血走った切れ長のつり眼は絶えずまばたきをしていた。足が細いのに比べて胴体はいかにも太く、歩く時はまるでベルトで腰を締め付けられているかのように足先を中に向けて内股で歩いた。上着の裾はたっぷりし過ぎていた。ズボンも長すぎて皺になっていた。ネクタイは結びなれていないことが一目瞭然だった。彼はまるで、甲殻類のお化けの殻に似た鉄と漆で出来た鎧から引き抜かれて、西洋の給仕頭の服の中へ詰め込まれた大名のようだったのである。しかし、そうした見苦しさにも拘わらず、彼は鋭い表情を浮かべており、口の隅からは皮肉な洗練といったものが窺われた。[99]

登場の仕方からしてグロテスクなこの男は、パーティーに見世物的な笑いを添える存在でもある。「偉大なる諧謔的人物画家北斎の典型的な一葉から抜け出したような大きな顔」をした彼は、物語の主人公アンドレーアの恋人となる美しいエーレナに恋をしている。むろんアンドレーアにとってサクミは恋敵になどなるはずもなく、アンドレーアは「仏を目の前にした坊主のような恍惚の表情で」[100]彼女を見詰める可哀相な日本人のことをエーレナに耳打ちする。すると彼女は、この「日出づる国の使者」に白い椿を投げ与え、サクミは忠誠を誓うおかしな身振りをして椿を口にくわえる。この様子に、人々はこの異邦人が会に興を添えるために招ばれたかのように笑い転げるのである。

一方、もう一人の日本人であるイセ公妃は、ほんの数行描写されるに過ぎない存在で、アンドレーアとエーレナがパーティーを抜け出そうとしている頃に遅れて到着する。洋装の彼女が「小さな根付のように真っ白くてほっそりしたうりざね顔に笑みをたたえ、小股のおぼつかない足取りで登場[101]」すると、一座に好奇心がみなぎる。彼女は醜く描かれているわけではないが、見世物的な好奇のまなざしの対象であるという点ではサクミと同じである。

さて、この二人の日本人像を分析する前に、その原型をなしていると思われる作品について見ていきたい。それは、一八八四年六月にダンヌンツィオが『キャピタン・フラカッサ』(*Capitan Fracassa*)紙に執筆した「マンダリーナ」という短編小説である。ここにやはり、日本大使館の三等書記官であるサクミという男が登場しているのである。まず、「マンダリーナ」におけるサクミの描写を見てみたい。

サクミは肥満気味の仏教徒であった。蒙古人の黄色味を帯びた顔色は、恐らくヨーロッパのワインが効いて、頰から飛び出た頰骨を赤く染め始めていた。ぶあつい唇は鼻の穴の下で温和そうに突き出ていた。血管があちらこちらに浮き出た、くぼんだ小さな切れ長のつり目は、絶え間無くまばたきしながら笑っているように見えた。そしてひどく突き出した濃い眉毛は、大きな顔に無意識の好奇心の表情と、時には、洗練された嘲笑、すべての物のおかしな側面に気付いた諧謔的な哲学者が浮かべるような哄笑、といった雰囲気を与えていた。[102]

文学作品に日本人が登場する例としては、この作品はジャポニスムの潮流のなかでもかなり早い時期に位置する。この作品を作るにあたって、ダンヌンツィオがエドモン・ド・ゴンクールの『ある芸術家の家』（一八八一年）を参考にしていたことは既に指摘されているが、[103]一体サクミの人物描写はどのようにして出来上がったのだろうか。

サクミ造型の上でダンヌンツィオがゴンクールから引いてきたもののなかで最も強烈なのは、サクミが最後にヒロインのカナーレ侯爵夫人、通称「蜜柑（マンダリーナ）」に向かって放つ、《Je voudrais bien coucher avec vous, Madame!》[104]という台詞であろう。日本趣味が高じて日本人とのロマンスを夢見るヒロインの幻想を打ち破り、物語を滑稽譚とするのに、「一緒に寝ていただけないでしょうか」というこの台詞はぴったりである。しかしながら、サクミという人物は、『ある芸術家の家』だけでは説明できない。

例えば、サクミの描写のうちには、奇妙な一節がある。それは、「きつい結び目に縛られでもしたかのように足先を中に向けて内股で歩く」という個所である。内股で歩く男、というのはかなり奇異に映るに違いないが、この内股の描写は『快楽』にも受け継がれていることから、ダンヌンツィオは日本人と内股を結び付けて考えていたようである。しかしゴンクールの作品には、日本人の歩き方についての考察はなく、何か別の資料を参考にしたものと思われる。

ヨーロッパにおける日本趣味、ジャポニスムの流行は、一八六七年のパリ万博以降、急速に広がっていった。流行に敏感なダンヌンツィオは、新聞記者としてローマで暮らしていた時にジャポニスムと出会ったようである。記者時代のダンヌンツィオは社交界消息のような形でローマの人々の日本趣味について描き出し、ジュディット・ゴーティエの『蜻蛉集』（*Poèmes de la libellule* 一八八四年）について長い記事を書き、ついには自ら「西洋うた」という詩まで発表している。彼は日本と日本人に関する情報もさまざまな形で収集していたに違いない。ちょうど一八七〇（明治三）年頃から、日本の風物を紹介する日本旅行記のようなものがたくさん出始めた。一八七〇年にパリで出版されたエメ・アンベールの『日本図絵』はその代表的なもので、幕末の日本をさまざまな角度から紹介し、四七六枚もの挿絵がつけられた豪華な二冊本であった。また、日本の写真もこの頃から出回り始めている。レガメなどの挿絵画家たちが描き、ベアトらが撮影した日本の風俗は人々の眼に焼き付いたのだろう。イタリアにおける日本旅行記のようなものとしては、ピエトロ・サヴィオの著作が挙げられる。サヴィオは一八七〇年に『日本と日本の養蚕地における初のイタリア調査隊』(*La prima spedizione italiana nell'interno del Giappone e nei centri sericoli*)という本を出した人物だが、その後も再び日本を訪れ、一八七六年にミラノのトレベス社発行の「旅行叢書」の一冊として『今日の日本』(*Il Giappone al giorno d'oggi*)を出版した。この本は折からの日本ブームも手伝ってか好評だったようで、その年のうちに版を重ねている。

この『今日の日本』のなかには、お祭に出かける少女たちの描写が見られる。そしてそこでサヴィオは、「足を内向きに運ぶ」という習慣がもたらした彼女たちの「かなり特徴的な動き」[105]に言及している。このような描写がダンヌンツィオに内股のサクミを考案させたのかも知れない。

また、ダンヌンツィオが実際に日本人を見た印象がこのサクミの記述に活かされている可能性もある。「マンダリーナ」には、主人公が「ナベシマ公爵夫人」のようになりたいと思う部分がある。鍋島直大は八年に及ぶイギリス留学を終えた後、一八八〇年から八二年までイタリア特命全権大使を勤めた人物である。長い欧州暮らしは彼をすっかり洋式にしたようで、トク・ベルツが「洋服姿以外の侯を見たことがないほどで、その身ごなしたるや、大多数の日本人とは異なり、全く板についていて、何の危なげもない[106]」と記すほどだった。ダンヌンツィオがローマに来たのは一八八一年の終わりのことであるから、実際に彼が鍋島侯爵夫人栄子を見たことがあったか否かは不明だが、少なくともその風評は彼の耳に入っていたのだろう。また、「マンダリーナ」から半年後の一八八四年十二月一日に、ダンヌンツィオは『ラ・トリビューナ』(*La Tribuna*)紙の「ローマ暮らし」というコラムのなかで新しいイタリア大使の田中不二麿が国王に謁見した時の様子を記している。

図25　アルフォンス・ド・ヌヴィル《大君の政府役人の外出着》（1870年）

三世紀の象牙のように黄色味を帯びて光っているミカドの良き臣下は、おとなしい切れ長の眼をしており、日出づる帝国の高貴さの象徴である二本の刀を腰にさしてはいなかった。表意文字や動物や花が背に描かれた非常に幅の広い蜜色や銀灰色や白桃色のカクカマも着けてはいなかった。彼は黒い洋装にすっかり身を貶め、疲れを知らぬ笑みを絶やさぬものの、せわしくまばたきし、頬骨を震わせていた。[107]

旧尾州藩士の田中子爵は司法卿、参事院副議長などを経て、一八八四年の五月から三年間イタリア特命全権大使をつとめた人物である。日本人の和装について、ダンヌンツィオはよくわかっていなかったようだが、「幅の広いカクカマ（原文 *kack-kama*）」は袴（ゴンクールは hakama と記している）のことで、この場合は裃《かみしも》のことを指すものと推察される。『日本図絵』には、「大君の政府役人の外出着」と題された、裃姿の武士の挿絵がある[108]（図25）。背中に漢字や図柄が描かれているというのはダンヌンツィオの思い違いのようだが、同書には紋付きの裃を着ている最中をとらえた「役人の着替え」という絵もあり、ダンヌンツィオが家紋のことをこのようにとらえたのだとすれば納得できよう。また、「蜜色、銀灰色、白桃色」はいずれも『ある芸術家の家』に日本人が好む色として紹介されているものである。いずれにせよ、ここの記述と「マンダリーナ」を比べてみれば、かなり重なっている部分があることがわかる。ローマの日本大使館の日本人たちを、ダンヌンツィオは時折観察する機会があったのかも知れない。

このように、ダンヌンツィオはさまざまな資料に彼が見たり聞いたりしたイタリアの日本人の印象を交えながら、サクミという人物を作り出した。「江戸の無知な原住民」とも評される彼は、グロテスクで滑稽な存在であった。但し、サクミという人物の描き方に悪意や軽蔑が感じられないことは、ここで強調しておきたい。この物語では、彼の滑稽さは全く異なった環境のなかに放り込まれたからだと解釈され、性格については楽天的との描写がある。また、笑い話に終わるとはいえ、サクミがヒロイン、マンダリーナのロマンスを夢見る相手であったことも再記しておこう。

ロティの影――『快楽』のサクミとその翻訳

村松真理子の指摘にあるとおり、記者生活を送っていた頃のダンヌンツィオの日本趣味は、一八八五（明治一八）年頃を境としてだんだんと消えていく。これはローマの社交界における「日本もの」離れと軌を一つにしているのかも知れない。しかしながら、ヨーロッパ全体を鳥瞰すれば、一八八五年頃から、ジャポニスムが文芸の世界で開花し始めることがわかる。サヴォイ・オペラの代表作『ミカド』が幕を開けたのが一八八五年、そしてその二年後には、ピエール・ロティの『お菊さん』が登場するのである。

ロティが一八八七年に発表した『お菊さん』は、実際に日本へ行った数少ないヨーロッパ人の証言としてベストセラーになったようである。この作品が五年間にフランス語だけで二五版を重ねたこと、ラフカディオ・ハーンがこの小説をきっかけにして日本へ行く決意をしたことは、ウィルキンソンが指摘している[109]。プッチーニが舞台化された『お菊さん』から『蝶々夫人』の発想を得たことは、よく知られるとおりである。長編第一作を準備していたダンヌンツィオが、この『お菊さん』ブームのなかで自分が作り上げたサクミというキャラクターを思い出し、新たに肉付けをして作品に登場させることを思いついた、というのは大いにありそうなことだろう。

『快楽』のサクミ造形の上では、ペラダンの『愛の手ほどき』に登場するシュウ・ハン・リ伯爵の描写が参考にされていることも指摘されている[110]。『愛の手ほどき』には、この中国人の伯爵が、白い椿をパーティーの主催者の貴婦人に贈られる場面があるのだが、「アジア人は、その花を、敬虔な滑稽さで口にくわえた[111]」とある。これが、エーレナがサクミに投げる白い椿としてそのまま使われているというわけである。しかし、ダンヌンツィオがさらにロティの『お菊さん』にも眼を通していたことは、一八八七年十一月十四日の『ラ・トリビューナ』紙にこの小説の豪華本について記していることからも窺える[112]。それでは、ロティの作品が『快楽』の日本人の造形に落とした影は何だったのか、具体的に見ていきたい。

この作品と『快楽』を照らし合わせると、いくつかダンヌンツィオがそのまま下敷きにしたのではないかと思われるような描写が出てくる。そのなかの一つが、「私」がお菊さんやその友人たちと一緒に寺院を訪ねる場面である。ここでロティは、「私たちの後ろの殿堂は、すっかり灯りがともされ、開け放たれている。坊主たちは仏や怪獣や象徴の住む金に光り輝く奥殿の中で、不動の列をつくって坐っている[113]」と書いているのだが、ここにおける坊主（bonze）と仏（divinité）の結びつきは、先ほど引いた、サクミの「仏（divinità）を目の前にした坊主（bonzo）のような恍惚の表情」という描写に直結しているのではないだろうか[114]。

また、「マンダリーナ」と『快楽』のサクミを比較してみると、主に二つの変化が起こっていることがわかる。一つは外面上の変化であり、もう一つは内面に関わることである。そしてそのどちらにも、ロティの作品が関係しているように見える。

外面的な変化の方は、サクミの洋装についてのコメントである。「マンダリーナ」ではサクミの風貌は細かく描写されているが、彼の洋服の着こなしについては特に触れられていなかった。田中大使のことを記した記事にも、「洋服に身を貶め」としか書かれていない。ところが、『快楽』では、サクミの洋服姿がたいへん不格好であることに言及しているのである。そもそもヨーロッパで出版された多くの日本についての本は、出版された時期のためと、日本固有の文化の紹介に力を注いだため、洋装するようになった明治の日本人のことには触れないのが常であった。しかしロティが訪ねた日本はちょうど鹿鳴館時代にあたっていた。彼は鹿鳴館の舞踏会に招待され、その感想を「江戸の舞踏会」というエッセイにまとめている。洋装の日本人はロティにはひどく醜く映る。大臣、提督、将校、官吏たちを見て彼は詠嘆する。

それから燕尾服。我々にとってはもう時代遅れなのに、皆一様に燕尾服を着ているのだ！　恐らく、彼らのからだはこういった洋服のためにはつくられていないのだろう、なぜかはわからないが、彼ら全員がずっと猿に見えて仕方がなかった。(115)

このエッセイをはじめとする彼の日本印象記は、一九八七年と八八年に『ラ・ヌーヴェル・ルヴュ』(*La Nouvelle Revue*) 誌に掲載された。ダンヌンツィオはこちらの記事にも眼を通してサクミに洋服が似合っていないことを描写する参考にしたのかも知れない。また、一八七二年に日本にスタジオを構え八三年まで滞在したオーストリアのシュティルフリート男爵の撮った写真には、ぶかぶかの上着に妙に大きな靴をはいたシルクハットの男性の姿がある(116)（図26）。このような写真もダンヌンツィオが眼にしていれば、サクミを造形する上での参考資料にしただろう。

図26　ライムント・フォン・シュティルフリート撮影《西洋服の人物像》(1872-73年)

サクミの外見、という点では、『快楽』のサクミが相変わらず内股で歩いているのも不思議である。ダンヌンツィオの思い込みといってしまえばそれまでだが、日本人が内股で歩く、という点については、『お菊さん』にも同じような描写がある。

彼女たちは下駄――木の高い靴――のいやな音をさせ、流行で品の良いことになっている足の先を内側に向けた歩き方を懸命にしながら練り歩く。[117]（傍点引用者）

ダンヌンツィオはこの一文を読んで、日本では内股が女性だけでなく男性にとっても「流行で品の良い」歩き方だと勘違いしたのではなかろうか。また、「江戸の舞踏会」にも、「糸のように細い目に笑みをたたえ、つま先を内に向けたぺちゃんこの鼻」の日本の貴婦人の姿が描かれている。そしてここでも、内股は「日本における優雅さの古い型」と説明されているのである。

しかしながら、サクミの変化のなかで最も問題となるのは、サクミの内面的な変化であろう。「マンダリーナ」におけるサクミは、グロテスクで滑稽ではあっても、意地悪さ、狡さは持っていなかった。ところが、『快楽』のサクミは「悪意にきらめく切れ長のくすんだ赤い眼」をしているのである。われわれはここでもう一度、ロティに戻ってみるべきかも知れない。パリ万博以来、日本という極東の小さな島国は、小さくて男性に尽くす人形のような「ムスメ」が生息する性的な楽園であるかのようなイメージでとらえられてきた。そんなイメージにリアリティーを与えたのが、菊という現地妻との関わりを綴ったロティの『お菊さん』だったのである。そして、この作品において強調されたことの一つは、日本人の「狡さ」であった。小説の冒頭で、語り手である「私」は寄港するとすぐにぞくぞくと船に上がって来る商人たちと対面する。彼らは物腰は柔らかいが、わけのわからないものを言葉巧みに売りつけようとする。女衒《ぜげん》として登場するカンガルー氏も、腰は低いが「ずるそうな」男として描かれている。最後にはムスメの狡ささえ露呈する。「私」は、自分の与えていた金を、こっそり金槌で叩いて本物かどうか確認するお菊さんを発見するのである。

『快楽』においてサクミが「マンダリーナ」の時点よりも悪意を持った人間として描かれているのは、こうしたロティの描写の影響ではないだろうか。そして、サクミが、ロティの描く日本人に近づくさまは、『快楽』の原文よりもむしろ仏訳、英訳の際に際立っていくことになる。サクミ登場の最後の描写、「しかし、そうした見苦しさにも拘わらず、彼は鋭い表情を浮かべており、口の隅からは皮肉な洗練といったものが窺われた」という一文は、仏訳を経て、一八九八年にロンドンで出版されたジョルジーナ・ハーディングの英訳では全く異なったものとなっているのである。

この部分は原文では、“Ma, pur nella sua goffagine, aveva un'espressione arguta, una specie di finezza ironica agli angoli della bocca.”であった。このうち、“un'espressione arguta”の“arguta”とは「機敏な、頭の切れる、才気のある、機知に富んだ、鋭い」という意味であり、悪い意味で使われる言葉ではない。ところが、仏訳を見てみると、“Mais, malgré sa gaucherie, il avait une expression malicieuse, une sorte de finesse ironique dans les angles de la bouche.”(118)となっている。ジョルジュ・エレルは先の部分を“une expression malicieuse”というフランス語に置き換えた。“malicieuse”になると、「いたずら好きな、茶目っ気のある、意地悪な」という風に意味が変わってくるのである。ちなみに独訳でこの部分をみてみると、“Und doch hatte er trotz seines burlesken äußeren einen gescheiten ausdruck, eine gewisse feine ironie lauerte in seinen mundwinkeln.”(119)となっており、こちらは“gescheiten ausdruck”とイタリア語通りの意味になっている。

エレルはダンヌンツィオにとっては信頼のおける翻訳者であった。この仏訳が出た一八八八年の時点で、彼はダンヌンツィオの指示のもと『快楽』の章立てを大幅に変更しており、その後の各国語訳はみなこのエレル・ヴァージョンに倣うことになった。今挙げた独語訳にしても、章立ては仏語版の通りである。エレルの訳文も、原文に忠実なものとして概ね好意的に迎えられた。この“arguta”の例は、数少ないエレルの誤訳の一つなのかも知れない。なお、先に挙げたペラダンの『愛の手ほどき』のシュウ伯爵は、「悪意に満ちた目をまばたきさせながら」[120]登場する。もしエレルが、ダンヌンツィオがこの作品の影響下で『快楽』を仕上げたことを知っていたならば、こうしたペラダンのフランス語の描写に、知らず知らずのうちにひかれてしまった可能性もある。

さて、ハーディングの英訳がエレルの仏訳に準拠したものだということは、英訳の韻文の翻訳を担当したアーサー・シモンズが序文のなかで記している。それによると、題名の *Il Piacere*（『快楽』）を、仏語訳の *L'Enfant de volupté*（『悦楽の子』）に準じた *The Child of Pleasure* としたこともシモンズの助言によるもので、シモンズ自身は一八九七年にローマでダンヌンツィオから、仏訳の章立てなどの改訂にダンヌンツィオ本人が関わっていることを聞いたとしている。そして、この英訳において、サクミを評する一文は、一段と飛躍している。

And yet, with all his ungainliness and apparent stupidity there was a glint of malice in his slits of eyes and a sort of ironical cunning about the corners of his mouth.[121]

ここにはまず、原文にはない「愚かな様子」（apparent stupidity）という言葉が加えられている。その上、目には「悪意の光」がきらめき、口元に浮かぶのも「皮肉な狡さ」なのである。サクミの鋭さ、洗練というものは全く削り取られ、代わりに与えられたのが狡猾さだということになる。[122]

それでは何故このようなことが起こったかといえば、それはやはりロティが描き出した日本人のイメージがヨーロッパ人の頭の中で肥大した結果なのだと考えられる。「馬鹿で狡い」（à la fois rusée et niaise）とは『お菊さん』のカンガルー氏を表現したロティの言葉であった。ハーディングのサクミは、まさに「馬鹿で狡い」人物となっている。「十九世紀末には、ロティの日本は、そっくりそのままヨーロッパの日本になった」[123]とはエンディミヨン・ウィルキンソンの言であるが、『お菊さん』の成功にあやかろうとその後続々と出版された日本を舞台にした大衆小説も、ロティの日本人像を踏襲した。一八八八年にアメリカで出版された『ヨネ・サント――ある日本の子供』（*Yone Santo: A Child of Japan*）という小説では、ヒロインの夫は「志の低い、下劣で無知な職人」と表現されているし、[124] 一八九五年にロンドンで発表されたクライブ・ホランドの『私の日本人妻 ―― 日本田園詩』（*My Japanese Wife: a Japanese Idyl*）でも、ムスメの恋の相手は西洋人であった。ハーディングの英訳が一八九八年に出版されたことを考えれば、当時話題になっていたこうした書物のなかの日本人が、無意識のうちに訳者の日本人イメージを作り上げたのかも知れない。

ダンヌンツィオが作り出したサクミという「醜い日本人」の描写の変遷は、十九世紀末の西欧の日本趣味と、未知のもののイメージがいかに操作されやすいものであるかを明らかにしてくれる好例といえるだろう。

日本人の手になる「醜い日本人」―― 高村光太郎の「根付の国」

ダンヌンツィオの作品が明治後期の日本でたいへん流行したことは既に述べた。それでは、日本人たちはサクミやイセをどのように見たのであろうか。

一九〇九（明治四二）年になって、日本で最初にサクミやイセについて言及するのは、森鷗外であった。「妄人妄語」で、彼は『快楽』の筋にこう続ける。

> ○此小説に日本人が二人出る。公使館書記官サクミといふ男は、顔が北斎の滑稽画から抜け出したやうで、洋服つきのわるいところは、たつた今鎧を脱いだ大名のやうだと形容してある。このサクミが Andreas と Helena との始て出逢ふ Palazzo Roccagiovine の夜会で、Helena を見て涎《よだれ》を流すといふ詰まらぬ役まはりになつて居る。[125]〔後略〕

鷗外にとっては、ダンヌンツィオの作品に日本人が登場するということは興味深いことであったのだろう。そしてサクミがこのように描写されていることについて、「詰まらぬ役まはり」と記している。ところが、この鷗外の記述以降、彼らについての言及はぱったりとなくなってしまうのである。

ダンヌンツィオの作品中、日本で一番人気があったのは、『死の勝利』だった。これは、ヨーロッパでの人気を反映しているだけでなく、上田敏が『みをつくし』に収めた抄訳「艶女物語」および「楽声」の功績が大きかったのだろう。それに対して、『快楽』に対する言及はほとんど見られない。『死の勝利』や『犠牲』の翻訳が何種類も出たのに対し、『快楽』の翻訳は先の森田草平訳以降二〇〇七年まで存在しなかった[126]ことを考えると、この作品は日本ではそれほど読まれなかったのかとも思われる。しかし、夏目漱石や森鷗外の蔵書のなかにもこの小説の英訳、独訳はそれぞれ収められているし、片上天弦、芥川龍之介、といった多くの文学者がこの作品のことを記している。また、一九一四（大正三）年には森田草平がこの小説を翻訳している。博文館より出版された森田訳の『快楽児』は、ハーディングの英訳にガリャルディの独訳を参照した重訳であった[127]。問題の部分は、英訳の通りに、「然も彼のあらゆる無作法と外見の鈍間《とんま》にも係はらず、尚彼の眼の切れ目には悪意の閃きと、口の隅には冷笑を含んだやうな狡さとが現はれて居た[128]」と訳されているのである。

再びサクミについての記述が現われるのは、実に鷗外から三十年もたった、一九四〇（昭和一五）年、伊藤整の『得能五郎の生活と意見』においてのことであった。文学者の得能は、『ニューヨーク・ヘラルド』の通信員の日露戦争体験記を読みながら、西欧人は日本人の印象を書く時に、それが日本人には決して読まれないという安心のもとに自由に印象を書き記していたことを強く感じる。

> 大体ほんの二三十年前までは、世界中の著述家はみなこう思っていたにちがいない。得能が記憶している例をあげれば、（ああ、そういう言葉は一度入ったが最後絶対に抜け去りはしない）ダヌンチオは「死の勝利」の中で日本の外交官を描写して「昨日鎧を脱いで今日洋服を着たようにガニ股で歩きまわっている」と書い

ている。得能がそれを読んだのはもう十年も前のことで、一体どんな動機で「死の勝利」の主人公たちが死んだのだったか忘れてしまったが、この言葉だけは今でもまざまざと厭らしい印象とともに思い出す。[129]

伊藤整が『死の勝利』としているダンヌンツィオ作品が実際は『快楽』であることは、これまでの経緯で明らかだろう。彼がこの作品をどの翻訳のヴァージョンで読んだのかによって多少ニュアンスが違うことは既に述べたが、得能（伊藤）が「内股」を「ガニ股」と読み違えたのは、全く日本人らしい誤りであるともいえる（実際、サクミはむしろ「ガニ股」であるべきなのだ）。しかし、鷗外の「詰まらぬ役まはり」から太平洋戦争中の伊藤の「まざまざと厭らしい印象」の間に、何故何のコメントも存在しないのだろうか。これはロティの一連の作品に対する否定的な反応の少なさとも呼応する。躍起になって西洋文学を読んでいた当時の日本人にとって、西洋人の書いた自国民の姿には興味をひかれて当然であろう。永井荷風は一九〇四（明治三七）年二月二十六日の日記に、*The Heart of Hyasinth*[130]という作品の読後記として「日本を舞台とし日本の風俗を描きたる点に於て余は過半の好奇心をもて愉快に二百余頁を一日にして読み終へたり[131]」と記している。読んでいてもコメントしない、ということは、グロテスクでぶざまなサクミの姿を、不愉快ではあるが認めざるを得ないこととして、当時の日本人が受け入れていたことを表わすのだろうか。

最後に、まるでサクミのような「醜い日本人」像が日本人の側から発信された例について考えてみたい。

根付の国

頬骨が出て、唇が厚くて、眼が三角で、名人三五郎の彫った根付《ねつけ》の様な顔をして魂をぬかれた様にぽかんと
して
自分を知らない、こせこせした

命のやすい
見栄坊な
小さく固まつて、納まり返った
猿の様な、狐のような、ももんがあの様な、だぼはぜの様な、麦魚《めだか》の様な、鬼瓦の様な、茶碗のかけらの様
な日本人(132)

一九一一（明治四四）年一月号の『スバル』に掲載された「第二敗闕録」の最後の詩として掲載され、『道程』（一九一四年）に収められたこの作品は、日本における口語自由詩の最初の収穫といわれている。高村光太郎の全詩作のなかでもこの詩は代表作の一つとされ、教科書に取り上げられることも多い。そしてこの詩の強烈な日本人批判は、「常に人間とは何かを問い、人間のあり得べき姿、その美や真実を追い求め、つまずきをも含めながら、改訂し、生涯を貫流した、光太郎の近代を証左する一精神(133)」というようにポジティヴに解釈されている。草野心平もまた、この詩の高村について「ヨーロッパ的な「自我」の眼」を指摘し、「「自我」の意識をはっきり身につけた者のみが持つ眼光」を賛美している。

三年四カ月のアメリカ、ヨーロッパ滞在中に光太郎が学びそして身につけたことのなかで一番大きな事柄は、内部に燃え上がった自我の意識ではなかったろうか、と私は思う。その自我意識の最初の爆発が「根付の国」である。(134)

しかし、ここで『快楽』を思い出せば、「根付の国」(135)の日本人が『快楽』に描かれるサクミとイセの姿そのものであることにわれわれは気づく。大澤吉博も指摘するこの一致を、われわれはどう解釈すればよいのだろうか。

高村光太郎は、一九〇六（明治三九）年、二十四歳で渡米し、イギリスからパリに渡ってそこでほぼ一年間を過ごした後一九〇九年に帰国している。そして彼は、帰国直後の観潮楼歌会で披露した歌を、一九〇九年十月号の『スバル』に寄せた。「ふるさとはいともなつかしかのひとのかのふるさとはさらになつかし」というひらがなのみの一見感傷的な歌で始まる二五歌には、彼がイタリア廻りで帰国したためか、"ECCOMI NELLA MIA PATRIA!"というイタリア語の題名がつけられている。しかしながら、久しぶりの故郷における彼の歌を通読すれば、そこにあるのは「ただ今帰朝！」というような朗らかさとは無縁の、大きな失望であることがわかる。「かのひとのかのふるさと」とは、実は彼が後にしたばかりの欧米なのだ。なかでも彼にとって衝撃的だったのは、日本の人々（特に女性）だったようで、半分以上の歌に人々の容貌がうたわれている。

少女等よ眉に黛《すみ》ひけあめつちに爾《なんじ》の如く醜きはなし
ふるさとの少女を見ればふるさとを佳しとしがたしかなしきかなや
弘法の修行が巌の洞《ほら》に似る大口あけて何を語るや
何事か重き科ありうつくしき少女を吾等あたえられざり
女等《をみなら》は埃《あくた》にひとし手をひけばひかるるままにころぶおろかさ
醜きを親の親より請ひねぎて今日にかもなるさては醜き
海の上ふた月かけてふるさとに醜《しこ》のをとめらみると来にけり
色みては盲目《めくら》音にはみみしひのふるさとびとの顔のさびしさ
仇討かいさかひ事か生き死にの際《とき》か人みな血眼なるは
太《ふと》もの肉《しし》のあぶらのぷりぷりをもつをみなすら見ざるふるさと
仏蘭西の髭の生えたる女をもあしく思はずこの国みれば(136)

パリの人々を美しいと感じた高村にとって、日本の女性はひどく醜く映ったようである。彫刻を学んだ彼は、特にプロポーションにたいへん敏感であった。ここに詠われる「太ももの肉のあぶらのぷりぷり」という表現は、着物の上からたえず肉体を観察していた彼ならではのものだろう。そして、いったん西洋人の、腰が高く手足の長い体型に美の基準を置いてしまえば、柳腰には美はなく、ロティのいう「内股の曲がった足」は醜悪以外の何ものでもないのである。醜く、愚かな日本人。それを見ている作者は、「ふるさとの少女を一のたのみとし火の唇はすて来しものを」と自国の女を見下す洋行帰りのスノッブな青年である。しかし、高村自身がパリにいて自分の容貌に劣等感を抱いていたことは、よく知られている。娼婦と一夜を共にした翌朝、彼は鏡を見て愕然とする。

ふらふらと立つて洗面器の前へ行つた。熱湯の蛇口をねぢる時、はからず、さうだ、はからずだ。上を見ると見慣れぬ黒い男が寝衣のままで立つてる。非常な不愉快と不安と驚愕とが一しよになつて僕を襲つた。尚ほよく見ると、鏡であつた。鏡の中に僕が居るのであつた。
「ああ、僕はやつぱり日本人だ。JAPONAIS だ。MONGOLE だ。LE JAUNE だ。」と頭の中で弾機《ばね》の外れた様な声がした。[137]

いても立ってもいられず飛び出した彼は、画室に閉じこもり「しみじみと苦しい思ひを味は」うことになる。このくだりは多くの研究者によって取り上げられている箇所であるが、"MONGOLE", "LE JAUNE" という表現が、サクミの形容のなかにも繰り返し出てきたことを考えれば、こうした言葉がヨーロッパにおいて日本人を表わす際によく使われていたことがわかるだろう。そして光太郎は自分自身がこのようなコンプレックスに苛まれながら、帰国してみれば日本人の醜い面ばかりが眼につくのである。このような心理のなかでは、彼は日本人にもなれず、かといってもちろんヨーロッパ人になれるわけでもない。「根付の国」は、日本人をやめたいけれどやめられない男の、やり場のない嫌悪と焦りの感情に覆われているように思えてならない。

平川祐弘は森鷗外の「花子」を論じた際、鷗外の「見返りの心理」とそのような屈折をもたない白樺派同人の対ロダン、対西洋文化の関係の違いを指摘した。[138] 論者は、ダンヌンツィオのサクミに対する鷗外の反応と、これまでに挙げてきた光太郎の詩や短歌から、同じようなことを感じる。鷗外が「複眼」で西洋と東洋をとらえることができたとすれば、光太郎をはじめとする明治第二世代の多くは、西洋の価値観を自己のなかで相対化することができなかったのではないだろうか。そもそも彼のような第二世代のインテリゲンツィアたちは、親の代の価値観を前近代的なものと排除し、新しいモデルを西洋に求めてきた。西洋の芸術は彼らにとっては古い日本を打破するための武器であり、実際その武器は大いなる威力を発揮したのである。しかしその武器を信奉するあまり、彼らは批判精神を忘れてしまったのだろうか。

アメリカにおける楽とはいえない高村の生活をたどった潟沼誠二は、

「根付の国」を貫流しているムード、特に冒頭二行は、私には、あの排日運動において、白人たちが描いた日本人に対する偏見の戯画そのものが、光太郎によって再生されたように思われてならない。つまり、「根付の国」には、WASP社会が日本人に抱いた偏見のイメージと、アメリカ社会の汚濁の中で、ジャップと軽蔑されてこぶしを振り上げた高村光太郎の内面が凝縮されている、と私は思う。[139]

と記している。ここで『快楽』を思い出せば、「根付の国」の日本人が『快楽』に描かれるサクミとイセの姿そのものであることにわれわれは気づく。まさに「白人たちが描いた日本人に対する偏見の戯画そのものが、光太郎によって再生された」のであり、それは必ずしも「排日運動」あるいは「黄禍論」と結びつく必要はないだろう。高村がダンヌンツィオの作品を読んでこの詩を書くことを思い立ったとは思わないが、彼が自国の国民をこのように見るようになったことの原因には、彼がアメリカやヨーロッパで白人のこのような日本人観に出会った体験があったのだろう。ただし、この詩が「ジャップと軽蔑されてこぶしを振り上げた高村光太郎の内面が凝縮されている」というのには賛成しかねる。ここに見られる自嘲には、拳を振り上げる怒りというものは感じられないように思うのだ。これはむしろ、フランスで暮らしてフランス人になりたくて仕方のなかった日本人の、嫌悪と諦めの繰り言なのではないだろうか。そして、当時の若い知識人にとって、このような認識は珍しくなかったのではないだろうか。『快楽』におけるサクミの描かれ方に何らかの反応を示したのが鷗外と、一九四〇年（昭和一五）時点での伊藤整くらいだったという事実は、「西洋（人）」に対する日本の知識人の自己卑下を意味しているようにも思える。そして、この詩の日本人批判がそのまま西洋人の描く戯画的な日本人像と重なってしまうことに、この世代の悲劇を感じずにはいられない。光太郎は結局智恵子という日本女性のなかに「日本のなかの西欧」を見出す[140]ことになるのだが、価値観の相対化ができずに「西洋」を追い求めてしまった知識人たちにとっては、自分が日本人であることが既に困難なことだったのかも知れない。

第五章　女たちの物語

一　「令夫人」から「妖婦《コケット》」へ――大塚楠緒子の作品をめぐって

「令夫人」からの発信――『晴小袖』と『露』

さて、これまで見てきたような女性表象を、当の女性たちはどのように見ていたのだろうか。本章では、女性たちが発信した物語を読み解いていきたいと思う。明治の女性作家については、塩田良平の『明治女流作家論』（一九六五年）をはじめとして、これまでにも様々な研究が存在するが、ここで取り上げ、分析してみたいのは、主に明治四〇年代に書かれた「女学生」をめぐる物語である。これまで見てきたような、ヨーロッパ世紀末文学の要素をも取り入れた女をめぐる言説は、女性作家たちにどのような反応を引き起こしたのだろうか。そして、彼女たちが紡ぐ物語からは、いったい何が見えてくるのだろうか。

まず考察したいのは、大塚楠緒子《くすおこ》の作品である。裁判官、控訴院長の職を歴任した大塚正男の長女として、一八七五（明治八）年に生まれた楠緒子（本名久寿雄、他に楠緒、楠緒子《なおこ》の異称もあるが、本書では楠緒子《くすおこ》で統一する）は、一八九二年に東京女子師範付属女学校を首席で卒業、二年後には、東京帝国大学哲学科を卒業してから大学院で美学を学び、夏目漱石の友人でもあった小屋保治（結婚後、大塚）と結婚した。保治は翌九六年より四年間、ヨーロッパへ留学している。楠緒子は少女時代から佐佐木弘綱（竹柏園《なぎその》）、信綱のもとで和歌を学んでいたが、

図27　ティツィアーノ・ヴェチェッリオ《鏡の前の女》（1512-15年）

図28　アーノルド・ベックリン《釣りをする二人のパン》（1874年）

一八九五年からは『文芸倶楽部』などに小説なども発表し始める。彼女が文壇でも注目を集めたことは、保治の留学中に佐佐木信綱の竹柏会《ちくはくかい》で楠緒子を見たという長谷川時雨の、「その方がその当時、一葉女史を退けては花圃女史と並び、薄氷《うすらい》女史より名高く認められていた、楠緒女史とは思いもよりませんでした」[1]という回想や、彼女が一九〇六（明治三九）年には『晴小袖』、一九〇八年には『露』という単行本を刊行していることからも明らかだろう。

楠緒子の作品については、「空薫《そらだき》」（続編は「そら炷《だき》」）の研究が近年盛んになっている。この小説は、夏目漱石の『虞美人草』の影響下に書かれたものと考えられてきたが[2]、佐伯順子の論考[3]が先鞭をつける形で、一九九〇年代以降、フェミニズムの立場から、この作の意義を指摘する論考が多く存在する。本章では、当時最も「西洋文学」と近いところにいた女性作家の一人として楠緒子を位置づけてみたい。

楠緒子の最初の単行本『晴小袖』は、メーテルリンクやゴーリキーの翻訳をも含めた作品集で、七葉のヨーロッパ絵画[4]が口絵として挿入されていた。十七世紀末から十八世紀初頭に活躍したヴェネツィアの女性画家ロザルバ・カリエーラの《アジア》に始まる、ラファエロの《騎士の夢》（一五〇四年）やティツィアーノの《鏡の前の女》（図27）といったルネッサンス絵画から、アーノルド・ベックリンの《釣りをする二人のパン》（図28）、マックス・クリンガーの挿絵やアンリ・マルタンの十九世紀末絵画までの口絵は、特に何の脈絡もなく並べられているようであるが、夫保治の持ち帰った画集から、楠緒子が選び出したものだったろうか。また、集中の「タンタジルの最期」は、一八九四年に書かれた"La Mort de Tintagiles"を一九〇二（明治三五）年一月－二月に『女学世界』に訳出したもので、メーテルリンク作品の初めての邦訳だったことも記載に値するだろう。これらのことは、夫経由だったにせよ、楠緒子が当時の日本において、ヨーロッパ芸術に触れる機会の多い生活を送っていたことを物語っている。そして、彼女が作品を発表した媒体に前記『女学世界』や『婦人界』『女鑑』などの女性向けの雑誌が多かったことからも、知識階級の女性たちにとっては、『晴小袖』が「西洋の芸術」に触れる機会になったことが窺われよう。

さて、『晴小袖』に収められた創作は一二篇、翻訳が三篇だったが、創作作品のなかにも、ヨーロッパ文学を翻案したようなものもあった。一九〇二年五月に博文館から出版された佐佐木信綱編『竹柏園集』第二編が初出の「ひかりもの」は、屑ひろいの与助が偶然手に入れたダイアモンドの嵌った指輪の話である。怪しい女人の幻影を見た与助は指輪を恐れ、翌日与助を訪ねてきた古物商の金さんが、その指輪の祟りの顛末を与助に聞かせて指輪を与助からせしめてしまう、というのが物語の筋だ。問題の指輪は、「素晴しいダイヤモンドを口に含んで身を輪に為て尾を一はたき頭を擡げたといふ形をして居る黄金《こがね》の蝮蛇《まむし》が一疋、それが紅絹裏を滑つて爪紅のなまめいた真つ白い細指へ、纏みついて出やうといふ指輪」[5]と描写されているが、このような、輝石をはめ込んだ蛇のデザイン指輪は、十九世紀のヨーロッパでは数多くつくられたものと想定できる。蛇は自分自身の尾を呑んで輪になることから、永遠の愛のシンボルとして用いられ、十九世紀のヨーロッパで流行、ヴィクトリア女王も婚約指輪にエメラルドの付いたスネイクリングを選んだそうである。また、「ひかりもの」では「眼が開けられないやうで、恍惚《ぼんやり》するやうで、魔に魅入られたやう」と描写される、「宝石の呪い」というモティーフも、一八三九年にロンドンのオークションで話題になった「ホープ」にまつわる伝説や、ウィルキー・コリンズの『ムーンストーン』（一八六八年）などで、ヨーロッパ世界ではよく知られていた。楠緒子が、なんらかの西洋の小説などから「ひかりもの」の着想を得たとしても不思議はないだろう。そして、この物語において印象的なのは、与助の前に現われる、指輪の化身としての女性の描写である。

奥方は下向きに頸を襟へ埋める様になさつたと思ふと、ついと手を離れて、そこには貴い御息のかゝらうといふ御襟の元に、ま、不埒な、這ひ上つたは、花紋鮮かに金鱗の一つ一つに毒気を籠めてゐやうといふ、形こそ小さけれ魔性の先達をも為やうといふ、恐ろしい蝮蛇が一疋、針程の炎の舌を挙げて、あはや桃の花の散つて留まつた様な、奥方の唇へ親嘴《くちづけ》しやうとした。(7)

「莞爾《にこり》として艶に滴たる様な秋波《ながしめ》」を与助に送るこの女の姿は、第三章に引いた泉鏡花『婦系図』の菅子の姿とも重なるものだといえるだろう。一九〇二年九月の『こゝろの華』における「竹柏園集を読みて」という上田敏による書評では、「ひかりもの」が「鏡花ぶり」であることが指摘されているが、(8)鏡花の描く蛇や女のイメージをも取り入れながらここに造形される女は、女性の描く魔性の女の姿なのだ。

また、『晴小袖』には、楠緒子の西洋風の小物使いの上手さもあらわれている。「霜夜」は、年上の従姉、藤子を慕う画家志望の青年、数男の姿を描いたものだが、藤子は「彼れの是れのと選り好みに余念なき当代の才子の眼に、容易くは落されぬ天上の美しき星の如くに映る」(9)女性として描かれる。その藤子が、結婚して台湾へ行くことを数男に告白した後、彼に贈るのは、金時計である。『金色夜叉』中篇で、銀行家富山の夫人となった宮が「実に此の奥方なれば、金時計持てるも、真珠の襟留せるも、指環を五つまで穿せるも、設《も》し馬車に乗りて行かんとも、何をか恥づべき」(10)と評される場面があるが、豪奢な美しさの貴婦人に似合うものとして描かれていた。「霜夜」の藤子は、豪奢な女性ではないが、彼女の教養ある美しさをあらわすものとして、金時計は効果をあげている。なお、このような、教育を受けた女性の持ち物としての金時計の描写は、翌年刊行された漱石の『虞美人草』や泉鏡花の『婦系図』(11)にも受け継がれている。

さて、『晴小袖』所収作品の多くは、高等教育を受けた女性たちの「その後」の物語だった。そしてここで語られる彼女たちの「その後」とは、とりもなおさず「結婚」ということである。この作品集においては、第二章で論じた三宅花圃『藪の鶯』以来の、仕事か結婚か、という二項対立は基本的に存在せず、どんな男を伴侶に選ぶか、ということが問題になっている。

> これがまあ、テニソンの詩を暗誦しては随分高声に寄宿舎の窓から舎監室を驚かして臆面が無かつたり、私の理想の人は政治家か、第一流の学者でなければなんぞつて、高いことを言つて見たり、兎に角全級《クラス》中の女王《クイン》で学校の華であつた、あのまあお小夜さんかしら、[12]

この「御新造《ごしんぞ》」という短編は、薬問屋のご新造となったお小夜が、女学校を卒業してから十年ぶりに会った友人の美和子に、自らの恋愛と結婚を語る、というものである。「随分其時分は高くとまつて理想だの見識だのつて、生意気な事ばかり言つて居たのでしたけれど龍次の情愛につい絆《ほだ》されて……人間の運命といふものは奇怪《をか》しなものね」と美和子に語る小夜は、理学士との結婚＝「令夫人」と薬屋との結婚＝「御新造」との間で揺れる。そして、結局自分を慕う薬屋を選ぶのだが、理学士との結婚を破談にして薬屋の龍次と結婚したことを後悔してはいない。『晴小袖』の女性たちにとっては、結婚はもちろん、夫に「生涯誓つて貞操を尽さう、女の道を違へまい」[13]（「水たまり」）と考えるのも当然のことである。登場人物たちのなかには、「私神聖な美術家の方のお役に立つのなら、今時衣類を脱ぎましたつて決して寒いとは思ひません」[14]と美術家の裸体モデルになる「湯の香」の姫や、

> 来学期からは政治法律哲学なんて学科がはいるのよ、これからは女子も社会に立つて活路を開いて、勇しく

働いてゆかねばならぬ、就ては思想も高尚に見地も広めておかねばならんつてね。[15]

と、「これからは女が背を延す世の中」だと主張する「綿帽子」の曽根子など、血気盛んに理想を語る女学生も出てくるが、彼女たちはいずれも年が若い。また、「喜劇　情死命拾ひ」に登場する女学生、空野雲子は、自分たちの「情死《しんじゅう》の美」が「新聞でも雑誌でも」騒がれることに憧れて、新体詩人と華厳の滝までやってくるが、兄から開業免状をとったばかりの袋井に結婚を申し込まれていることを聞かされるや、嬉しがって帰っていく。この雲子は、「女学生神話」が描き出した軽佻浮薄な女学生の姿そのものである。この物語と、『晴小袖』の出版から二年後に、森田草平と平塚明子が実際に起こした心中未遂事件をつなげて考えてみれば、事件当時のマスコミの反応も当然だといえよう。このように、大塚楠緒子が描いたのは、「良妻賢母主義」に決して背かない形での、女学生たちの「その後」であることがわかる。この点について、塩田良平は、「といふのは、彼女も矢張り人妻であった。空想ですら、貞淑以外のことは許されない環境にゐたことを考慮に入らねばならない《ママ》」[16]と述べているが、それがこの時点での楠緒子の限界だったということだろうか。

一方で、『晴小袖』には、「恋愛」を捨てた女を待っているものについても繰り返し言及されている。これは、女性ならではの視点、といえるかも知れない。『金色夜叉』の宮の立場からの物語、ともいえるが、恋愛が必ずしも結婚に結びつかないものである以上、そうした物語はそれほど荒唐無稽ではなくなっていたはずである。「御新造」では、結納まで交わした理学士との縁談が、彼女のはっきりしない態度のために破談になると、小夜のところには「悪魔だの妖婦だの」[17]と彼女を罵った手紙が来る。「白馬」では、百合園伯爵夫人鏡子が、元恋人が彼女に恨みの手紙を書き送って服毒自殺したことにより、自分の「罪深さ」に戦《おのの》き出奔する。ここでの鏡子は、「美しき花の蕾の如き君が優しき其口に、たばかられいつはられ堕落せしめられた」[18]と別れた恋人に糾弾されるが、彼の失恋を苦にしての自殺は、新聞に取り上げられるようなものなのだ。こうした短編が示すのは、知識階級の女性たちの憧れの対象だった、自由に相手を選べる「恋愛」の負の部分でもある。恋愛の結末は、ハッピーエンドだとは限らないし、女の心変わりは、社会的に非難される場合もある。そうした女性の現実を見つめなおすのが、『晴小袖』なのである。

このような作者の自覚は、次に刊行された長編『露』にもあらわれている。一九〇七（明治四〇）年七月九日から九月十三日まで『万朝報』に連載されたこの作品には、漱石も言及しており[19]、同年七月十二日、楠緒子宛書簡で「あなたの万朝へ御書きになったものを岡田さんの方が先へ出るとすればあまる事だらうと思ひまして朝日の方へ話しをしたらもし五十回以上百回位迄のものなら頂戴は出来まいかと申して来ました是は虞美人草のあとへ四迷先生の短いものを出して其次に出す計画の由です　万朝の方が御都合がつけばこちらへ廻してくださいませんか[20]」と述べている。また、七月十九日には、この『露』を金尾文淵堂が単行本にしたい由の手紙も書いている[21]。漱石は、楠緒子の「お百度詣」については、「無学の老卒が一杯機嫌で作れる阿呆陀羅経のごとしおんなのくせによせばい、のに」（一九〇四年六月三日、野村伝四宛書簡[22]）と辛辣な評価を下しているが、一九〇六年くらいからは、楠緒子の作品を評価しだしたようである。

この物語の主人公は田住鈴音と檜森鎮子で、女学校を卒業し、研究科に進学したばかりである。日本橋の乾物問屋の一人娘である鈴音は、何不自由なく育てられてきたものの、父親の遠縁で、小学校を卒業してから家の商売を手伝い、今では問屋を切り盛りする慶作と結婚して家を継ぐことには耐えられない。一方の鎮子は、姉の亡き後も水戸に住む義理の兄に学費を出してもらっていたが、卒業と同時に学費は打ち切られ、健康もすぐれない。鈴音は慶作を嫌い、ヨーロッパ帰りの神坂博士に憧れて恋心を抱くが、実は神坂がイギリスで「情婦を拵へ」た挙句に逃げ帰ってきたことを聞き、幻滅するとともに真面目一本の慶作を見直す。鎮子は、義姉の家の借金のために無理やりまとめられそうになった縁談を断わったために、義兄からは縁を切られ、ほのかな恋心を抱いて頼りにしていた従兄は婿養子に行ってしまう。病弱に見えるために華族の家庭教師の口も断わられた鎮子は、鉄道自殺をしてしまい、鈴音は慶作と結婚する。塩田良平はこの作を「凡作」と評し、「女学生の学窓生活に見るべきものがある程度でむしろ通俗小説といってよからう[23]」としている。

確かに、『露』は小説としての完成度が高いとはいえない作品である。「女学生の学窓生活」にしても、小杉天外『魔風恋風』や小栗風葉『青春』に比べて女学生の生活ぶりが仔細に描かれているわけではないし、通俗的な意味をも含めた物語の面白さ、という点でも両者には及ばない。しかし、それでは『露』に見るべきものが何もないかといえば、そうではないと思う。楠緒子の作品のなかで時々顔を見せて興味深いのは、それまでの文学作品の、彼女の視点からの再解釈ではなかろうか。楠緒子の作品は「模倣性が強い」というのは、塩田の指摘するところであるが、影響を受けつつも、それを新たに解釈し直しているところが、彼女の作品の面白さなのではないだろうか。『露』にも、そうした閃きは発現している。

『田住さんは実に美人だわ、貴女は、そら、何時か西洋の雑誌に有つたクレオパトラの絵ね、あの顔に似ていらつしやるわ、』

と、肩を叩く、

『厭よ、島川さん、クレオパトラだなんて、妖婦《コケツト》じやありませんか、似て居るなんて酷いわ、[24]』（十七　我家その一）

ここで鈴音とその友人が「クレオパトラ」を持ち出す時、作者楠緒子が漱石の『虞美人草』の藤尾のことを念頭に置いていることは間違いないだろう。第三章で論じたように、「我《が》の女」である藤尾は、「宿命の女」としての強さを発揮し、物語に君臨する。男を惹きつけ、惑わす藤尾が「妖姫」クレオパトラになぞらえられていたことは、先にみた通りである。

一方、対立項としての「家庭の母性」と「コケット」については、鷗外『青年』においてヴァイニンガーの「娼妓のチイプと母のチイプ」が紹介されていたことは既に述べた。また、後年萩原朔太郎は、「家庭の痛恨」で「一人の女について、矛盾した二つの情操（母性型と娼婦型と）を要求するのは、概ね多くの場合に於て、その両方を共に失ひ、家庭の母性としても完全でなく、コケットとしても不満足であるところの、不幸な物足りない結果になる」(25)と嘆いている。朔太郎がいう、「西洋人がその一人の女に課する二つの要求――家庭に於ける母性と社交に於ける娼婦性――とを、初めから厳重に分離されて、家庭には妻をおき、社交界には芸者をおき、夫々別々の分業観から専門に教育して来た」日本の状況が変化し始めたのが、明治期であり、西洋においてのように「二つの要求」がなされる「一人の女」とは、すなわち西洋風の高等教育を受けた女学生だったのである。社交性を期待されて教育された彼女たちにとって、その「社交性」が安易に「娼婦性」と読み替えられてしまっていたことも、これまでにみてきた通りである。

鈴音は、「校内でも評判の美人である上に、卒業の成績も級《くらす》の首席を占めた、その人に勝れた容貌と学才を持つてゐる」（三　寄宿舎その三）少女である。「華美《はで》やか」で「気の勝つた快潤な性分」で、「西洋臭い」とも評される彼女が、「伝統的な日本の女＝母性型」でない故に「コケット＝娼婦型」と分類されてしまうのは、わかりやすい二元論がここでも用いられていることを示している。第四章でも引用したように、一九〇九（明治四二）年に新聞連載された森田草平の『煤煙』においても、要吉は朋子のことを、「第一此女をコーケットとして、単に近代文学に感染《かぶ》れた生物識《なまものじり》として見ることは、どうもあの顔のあの表情と一致しない」と理解しようとしているのだ。さらにいえば、「御新造」の小夜や「白馬」の鏡子も、同様に分類され、罵倒されている、ということになる。人目に立つ美貌や、自由闊達な社交性や、物怖じせずに自分の意見をいえる知性が、女学生たちを「娼婦型」という鋳型にはめ込んでしまうことを、楠緒子は知っている。そして、この時点での彼女は、社会に意義申し立てをするのではなく、女学生の行く末としての「良妻賢母」を肯定している。だからこそ、鈴音は「妖婦」

と目されること――つまりは藤尾のように生きること――から逃れようとするのだし、物語のそこここで、「家庭」や「母性」は賛美されるのである。彼女は結局慶作と結婚する。周りから祝福され、「鈴音の春は、斯くて永久に輝き行くのである」（四五　命その六）という一文で物語は幕を閉じる。

　もう一つは、鈴音の「理想の人」である神坂博士についてである。神坂は、「文学と女性」という講演でサッフォーについて語る。第四章で述べたように、『万朝報』は『露』連載の翌年（一九〇八年）三月に起こった「塩原事件」の報道にも力を入れることになる。『万朝報』の読者は、「塩原事件」の報道、ひいては『東京朝日新聞』に連載された『煤煙』のなかの文学会で、女学生たちにやはりサッフォーについて語る小島要吉の姿に、『露』の神坂を重ねていたかもしれない(26)。

　ここで注目したいのは、鈴音たちが神坂に幻滅する場面だ。伊香保で、偶然鎮子の従兄、麻太郎に会った鈴音と鎮子は、神坂が、英国で「四歳に成る女の児の有るのも構はず、置いてきぼりに為て、情婦には沙汰なしで、日本へ逃げて帰つて来た」（三六　夏その九）人物だと聞かされる。その後、神坂がそれらしき白人女性と一緒のところを彼女たちが目撃し、憧れがすっかり冷める、という展開になるのだが、ここで描かれる神坂の姿は、『舞姫』の豊太郎の、あったかも知れない未来である。むろん、ヨーロッパへ留学したエリート男性が現地で恋人をつくる、というプロットは鷗外のみが用いたわけではなく、女性作家でも、北田薄氷《うすらい》が「乳母」（『文芸倶楽部』一八九六年五月）で取り上げている。しかし、薄氷の作品が、「二十二三歳のいと美しき西洋婦人」を連れていいなづけが帰国したことによる主人公の悲劇に焦点を合わせているのに比べ、『露』では、神坂が「其女を奥様に為さる積」でなかったことが、少女たちを幻滅させるのである。これはまさに、『舞姫』の豊太郎がエリスに向けたまなざしに対する批判ではないだろうか。「男といふものは、何故、此様に信用が置けないでせう」と鎮子に、「口に聖賢を説いて、行は魔道を荒む学者」（四三　命その四）と鈴音に語らせることによって、楠緒子は、『舞姫』を女の視点から読み直している。彼女たちにとって『舞姫』は、美しい悲恋の物語などではないのである。

ロマンティック・ラブ・イデオロギーの解体と再構築

このようにみてくると、『東京朝日新聞』に一九〇八（明治四一）年四月二十七日から五月三十一日まで前編が、翌年五月十八日から六月二十六日まで続編が連載された「空薫《そらだき》」（続編は「そら炷《だき》」）は、かなり意図的な作品だといえるだろう。まず、この作品においてヒロインがプラトニック・ラブを是とする当時のロマンティック・ラブ・イデオロギーを解体していることに改めて注目してみたい。

「空薫」の主人公は雛江、「四千里の海を越えた彼方の国の流行を好」み、「当代の才媛と聞こえ」る美しい女性である。彼女は十七歳の時に恋人と死別して以来、二十六歳になるまで「なるべくは独身の生活を長く続ける積で、好んで人中に立ち交らひ、婦人会の書記を勤めたり女学雑誌の記者をしたり、家庭教師に成つて貴族社会にまでも交際が広く」なっている。そんな彼女は、「名誉心」を満足させるために、五十を超えた衆議院議員と結婚するのだが、この結婚によって、「女教師と呼捨てにされてゐた袴姿」から、社会的地位の上昇をも図る。ここで雛江が提示するのは、「結婚」と「事業《しごと》」が必ずしも対立項とならない形での、藤村の「老嬢」の夏子の新たなる将来であり、結婚が女性にとっての人生のゴールではないという認識である。むろん、そこには「恋愛」は何の関係も持たない。「空薫」と同じ時期に、藤村の『春』が『東京朝日新聞』に連載され[27]、読者が雛江と『春』の青木夫妻の姿を並べて読んでいたことは、皮肉といえば皮肉である。そしてまた、「空薫」が好評だったことは、夏目漱石が小宮豊隆に宛てた同年五月十七日付けの書簡も伝えている[28]。『東京朝日新聞』に楠緒子を紹介した漱石も、その評判を気にしていたようで、五月十一日には、楠緒子宛に、「一週間に一辺手紙をよこせとか云つて無花果を半分づつ食ふ所がありましたね。あすこが面白い。今迄ノウチデ一番ヨカッタ[29]」と書き送っている。

さて、新聞紙上に展開された雛江の姿は、それまで楠緒子の作品の良妻賢母たちに触れてきた当時の女性読者にとって、衝撃的だったのではないだろうか。「恋愛」と無関係の結婚がヒロインにもたらすものは、社会的な地位だけではない。結婚後の雛江は、積極的にセクシュアリティーを発揮する。夫を「媚《チャーム》ある操縦」下におくことを結婚前から考える彼女にとって、自らの性的魅力をふりまくことは重要な戦略でもあった。

　強い薔薇の香を鼻に押付けて嗅がされる、始は心地よく酔ふ程の香であつたのが、終には苦しくなる、苦しいと思つても除けられぬ、押し付けられ、押し付けられ、身も心も疲る、やうに成つても猶嗅ぐを余儀なくされてゐるやうなものである、(30)（「そら灶」七回）

夫輝隆にこのような印象を与える雛江は、「宿命の女」像にも近づいていく。雛江の性的な吸引力は「強い香」と表現され、義理の息子の輝一も、雛江に迫られて「何とも言へぬ強い香に口も鼻も噎せ返る」夢を見るのだが、そのような描写は、ダンヌンツィオの『死の勝利』におけるヒロイン、イッポーリタの勝利宣言と重なる。

　彼女は次のように繰り返す淫欲の女王だった。「私は常に無敵なの……あなたの思想よりも強いのよ……私の肌の香りはあなたの中で世界を崩壊させてしまうこともできるわ！(31)」

雛江にとっては、強姦さえもそれほど問題ではない。夫の友人の清村伯爵に陵辱された後、「不徳義、不倫」といった言葉は彼女の耳に恐ろしく響くものの、「無理に擒《とりこ》に為《さ》れた後は、裏返つて此方から擒に為やうと期」し、清村の力を借りてより一層の社会的栄達をめざし、その目的を達するのが雛江なのである。

このようにして、半ば意図的に「妖婦《コケット》」と評されるにいたる雛江は、もはや『露』の鈴音と同じ価値観を持った女性ではない。雛江は、女性の手が描き出した、社会に敗北しない夏子や綾子の姿でもある。「恋愛」と「結婚」を結びつけず、当時の日本の男性知識人に大きく影響した、西洋文学にあらわれた男性の欲望を取り込む形でセクシュアリティーを積極的に発揮する彼女は、プラトニック・ラブを嘲笑い、それをもとにした日本のロマンティック・ラブ・イデオロギーを解体するかのようである。

ところが、この小説が奇妙なのは、「情は只、若い彼女の胸を挑む一時の火花なので、真実《まこと》は虚飾《みえ》に生れて虚飾に終る」女として描かれ、ロマンティック・ラブ・イデオロギーを解体する役割を担っているはずの雛江が、一方で当のロマンティック・ラブの当事者とも読めてしまうところなのだ。雛江は、二十三になる輝一が亡き恋人に似ていることから、彼に魅かれるようになる。前編の最終回では、夫の留守の折、雛江は同居の姪と女中を散歩に出して、輝一の部屋を訪ねる。雑誌の口絵に説明がないので解説してほしい、と雛江が取り出すのは、ジョージ・フレデリック・ワッツの《パオロとフランチェスカ》（一八七二－七五年）（図29）である。

図29　ジョージ・フレデリック・ワッツ《パオロとフランチェスカ》（1872-75年）

伊太利亜式に真直《まつすぐ》に通つた鼻、締つた唇、眼は被いた衣に隠れたれど、星のやうに輝く瞳は、如何様《どんな》にか恋の悲痛《かなしみ》に曇つてゐやう、その骨格《ほねぐみ》の逞ましい、丈夫《をとこ》らしいパオロの胸に身を凭せて、男の片手を強固《しつか》と取つて、フランチエスカは美しい瞼を半《なかば》閉ぢて、永久《とこしへ》の身の罪に悶えながらも、離れがたない契を嬉しげに啜り泣くかとも覚える、絡り合ふ二人の体《たい》は斜に空を飛んで、地獄の劫風に吹き巻かれてゐる形である。

絵を熟視して居ると、ダンテの詩がウオッツの画筆に活きて、更に見る者の胸を抉つて、恋の悲哀が肌に迫るやうに感じる。[32]（「空薫」第三十四回）

そして雛江は、「今の話のフランチエスカのやうに、良人を忘れて他の男《ひと》を慕《おも》ふ、若しそれが切ない真実《まこと》の恋であつたら、可憐さうぢやありませんか、恋は理性の命令通りに従ふものではありません」と、この絵にかこつけて輝一に自分の胸のうちを告白しようとする。

詳しくは後述するが、ワッツの《パオロとフランチェスカ》は、「昇天（ワツツ筆）」という題名で実際に一九〇四（明治三七）年九月、雑誌『時代思潮』第八号の巻頭口絵として掲載された(33)。「空薫」が『虞美人草』の影響下にあることは先に述べたが、『虞美人草』でも顕著だった、作品世界に現実世界の出来事を入れ込むという手法がここで用いられていることがわかる。一方、西洋絵画を媒介として登場人物たちの恋愛感情を高めようとする手法は、この小説の連載当時はまだ珍しいものだった。第三章で取り上げた、ウォーターハウスの人魚が登場する『三四郎』の連載が開始されるのは、この描写の三カ月後、一九〇八年九月一日のことである。逆にこの作品が漱石に与えたものとして、このワッツの絵画を挙げることができるのではないだろうか。後に述べるように、十九世紀末のヨーロッパはちょっとした「パオロとフランチェスカ」ブームであり、日本にもそれは飛び火した。漱石自身もイギリス留学中からこの現象に触れていた。楠緒子に文学的な助言もしていた漱石が「空薫」を丁寧に読んでいたことは、先に引いた書簡からも明らかであり、このアイデアは漱石のアドヴァイスを経たもののようにも思えるが、楠緒子が夫経由でこの絵画に注目した可能性も否定できない。なお、楠緒子がそれまでも西洋の絵画に作品中で言及しているのは、先に引いた『露』の「何時か西洋の雑誌に有つたクレオパトラの絵」という描写からも明らかである。いずれにせよ、「空薫」は日本の小説における恋愛をめぐる描写にいちはやく西洋絵画を持ち込んだ作品といえるだろう。「空薫」におけるこのくだりが、その後の『三四郎』や『それから』の描写を生んだともいえるかもしれない。なお、漱石は、後に『行人』において「パオロとフランチェスカ」に重要な役割を担わせることになる。

さて、「空薫」とロマンティック・ラブに話を戻すと、ワッツの絵を見ながら雛江の告白を聞いた輝一は、冷たく応対しながらも、彼女の不思議な魅力にとらわれそうになる。


『恋は恋でも、不倫は不倫です、』

『けれども、フランチエスカの身にしたらば、地獄へ落ちても、悲痛の中に満足があるのでせう、』

『如何でせうか、』

『私は、輝一さん、切ない恋を感じて見たい、感じた事もあるんですけれど、今も感じて居るんですけれど、』

雛江の声には人を惹き付けるやうな、人の感情を騒がすやうな、不思議な力が籠る。[34]（「空薫」第三十五回）

このような状況で輝一が「魔に襲はれたやう」な感覚に陥った時、地震が起こり、輝一は凭《もた》れかかった雛江を突き退ける。この地震は、漱石の『草枕』に影響されているといってよいだろう。『草枕』九における地震と『神曲』の「パオロとフランチェスカ」のエピソードのつながりについては、剣持武彦が指摘しているが、[35]『草枕』の語り手「余」と那美が地震によって一瞬近づくのに対して、「空薫」では、地震が輝一を正気に戻す役割を果たす。これはむしろモーパッサンの「ゐろり火」を想起させる展開である。そして、ここに語られているのは、雛江の「真実《まこと》の恋」への希求であり、「真実の恋」のためならば「姦通」をも辞さない、という覚悟である（この時点では雛江と清村との関係は発生していない）。輝一には他に恋人（清村の娘、泉子）がおり、雛江の想いは疎まれるだけなので、結局、雛江は輝一と泉子の仲を裂くにとどまる。それでも、夫の死後、雛江は輝一に向かってもう一度繰り返す。

『〔前略〕フランチエスカを咎める人は、灰よりも憐れな人間だと、私は思ひますわ、恋の不思議な力は人の自由には成らないのですもの、風の儘に方向を変える風見とは違ひます』[36]（「そら炷」三十九回）

「真実の恋」の前では、愛のない結婚は無効化される、というのは、まさにロマンティック・ラブ・イデオロギーの根幹である。そして、この作品にワッツの絵画が使われたことは、当時の「パオロとフランチェスカ」観と相まって、雛江の論理に説得力を与えるものだったのだ。

明治の「パオロとフランチェスカ」ブーム

日本における『神曲』移入史については、既に剣持武彦などによる論考が存在するのでここでは省略するが、日本においては、『神曲』が初めからロマンティックな側面を強調されたものであったことは注目に値するだろう。このような「パオロとフランチェスカ」観は、平川祐弘が指摘しているように[37]、ヨーロッパにおけるロマン主義の隆盛と、それにともなう『神曲』解釈に負うところが大きい。十九世紀以降、二十世紀初頭にかけて、『神曲』地獄篇第五歌の「パオロとフランチェスカ」のエピソードは、絵画や音楽、演劇の世界で多くの作品を生み出した。その熱狂ぶりは、一九一三年にドイツで『文学、造形芸術および音楽におけるダンテのフランチェスカ・ダ・リミニ』(*Dantes Francesca da Rimini in der Literatur, Bildenden Kunst und Musik, Eszlingen*) という本が出版されていることからも窺える[38]。二人の悲恋は、文学界においては、十六世紀のルイーズ・ラベ以来、コールリッジ、バイロン、テニソンらによって美しく言及されてきたが、ヴィクトリア朝時代のイギリスでは、フランチェスカがパオロと「不倫の罪を犯していない」とさえされたという[39]。音楽の世界でも、ジェネラーリの一八二九年の作品以来『フランチェスカ・ダ・リミニ』などを皮切りに二〇曲近いオペラになり、チャイコフスキーの管弦楽曲も知られている。また、一八九七年[40]にイギリスのスティーヴン・フィリップスが発表した劇詩『パオロとフランチェスカ――四幕の悲劇』は、フランチェスカを無邪気で無垢なヒロインに設定し[41]、彼女を恋するパオロも、兄ジョバンニへの愛との葛藤のなかで自殺を考える、という筋立てにして、新進の詩人を一躍大ベストセラー作家の地位に押し上げた。この書物は当時としては破格の二万五千部売れたともいわれ、批評家たちも最大級の賛辞を送っている[42]。そのような経緯もあり、一九〇二年に舞台化されると、こちらもロングラン公演となった（図30）。演劇界では、一九〇一年十二月に、ガブリエーレ・ダンヌンツィオの『フランチェスカ・ダ・リミニ』も、当時の大女優、エレオノーラ・ドゥーゼを主演に迎えてローマで初演されており、この時期に、パオロとフランチェスカの悲恋は人口に膾炙したことがわかる。

さて、画題としての「パオロとフランチェスカ」は、十九世紀になると、クーパン・ド・ラ・クープリの《フランチェスカ・ダ・リミニの不吉な恋》（一八一二年）とこれに触発されたアングルの《パオロとフランチェスカ》（一八一九年）あたりが皮切りとなり、アリ・シェフェール（一八三五年）、ウィリアム・ダイス（一八三七年）、D・G・ロセッティ（一八五五年）など、さまざまな画家の着目するところとなった。いずれの作品も、ランスロットとグィネヴィアの物語を読みながらくちづけを交わそうとするパオロとフランチェスカの姿か、抱きあった二人が地獄の風に吹かれる姿、のどちらかの構図を採用している（ロセッティはダンテとヴェルギリウスを中央に、両方を描いている）。ただし、前者の構図において、クーパン・ド・ラ・クープリやそれに先立つJ・A・コッホの作品（一八〇五－一八一〇年）にはフランチェスカの夫であるジョバンニ（ジャンチョット）が描かれ、後者の構図の場合、例えばシェフェールがダンテとヴェルギリウスを描いているのに対し

図30 『パオロとフランチェスカ』舞台絵葉書（主演のイヴリン・ミラードとヘンリー・エインリー）（1902年）

て、時代が下るにつれ描かれるのがパオロとフランチェスカの二人のみになっていく様からは、このエピソードが姦通から、愛情のない結婚を無効とするロマンティック・ラブへと読み替えられていった様子がみてとれるだろう。そして、そのなかの一つが、ワッツが一八七二年から七五年に描いたとされている《パオロとフランチェスカ》(図29)であった。画題にするにあたって、ワッツ自身は、ジョン・カーライルの訳した『神曲』地獄篇[43]を読んでいたようで[44]、イギリスのサリー州にあるワッツ・ギャラリーには、ワッツが一八四九年に描いたこの作品のためのスケッチも残されている。しかし、世紀転換期になってから、この絵が数ある「パオロとフランチェスカ」もののなかでも特に注目されるに至ったのには、いくつか理由が考えられる。その一つは、この作品(正確にはその模写[45])が、ロンドンとニューヨークで出版されたフィリップスの『パオロとフランチェスカ』の口絵として使われたことだった。

そして、世紀転換期の日本は、ヨーロッパの熱気をも移入するような形で「パオロとフランチェスカ」のエピソードを受容しつつあった。雑誌『文学界』は一八九五(明治二八)年十月にジョットの筆になるダンテ像を上田敏のダンテ紹介文とともに掲載したが、翌年五月に発行された『文学界』の臨時増刊『うらわか草』第一巻[46]では、巻頭に寄せられた平田禿木の「地獄の巻の一節」が、「たゞこれ毒炎迸り瘴煙立つの間、一叢の草村、水流れ影行き、幽花の哀れに匂ひ出でたる趣あるものは、地獄の巻第五章終りの一段、フランチエスカの「エピソオデ」とて、世にも名高き愁曲の一節なるべし[47]」とこれを紹介している。フランチェスカの語りを聞き終えたダンテが失神する場面について禿木は、「おのが作りしこの一段の悲曲に聴き惚れて自失せむとする詩人は、やがて以太利の民、世界の民をも自失せしめむとするにあらずや。何ぞ、れその気象の高き。道ならぬ恋の歌に世界の民を傾けむとするは、何ぞゝれ汚れたるの甚しき。されどフランチエスカが恋は罪なりき。地にてのろはれ、天にてゆるさるべき清き罪なりき[48]」とコメントして、フランチェスカの罪が「清い」ことの根拠をボッカチオに求めている。しかし、ここには先に挙げたヴィクトリア朝における「パオロとフランチェスカ」のエピソードの読み替えも影を落としているのではないかと思う。

さらにこのエピソードに注目したのは、上田敏だった。彼は『文学界』一八九七年一月号でロセッティを紹介しているが、そこにロセッティの絵画《パオロとフランチェスカ》（一八五五年）と、ロセッティ訳のフランチェスカの語りを原文とともに掲載している。上田敏は一九〇一年に『詩聖ダンテ』という本を出版したが、そこには「神曲地獄界の二絶唱」という論があり、「フランチェスカの悲恋」と「ウゴリノ伯の惨話」が引かれている。そこでは、フランチェスカのエピソードは絶賛され、上田敏は「フランチェスカ悲恋のひとくさり」は「古今詩文の絶唱と称えらる、」ものであり、「フランチェスカの此物語ばかり、後世の詩人を動かして幾多の模倣、敷衍、翻訳、評隲を喚起せしものはあらず」と、当時のヨーロッパにおける状況をふまえて述べるのである。上田敏は一九〇四年七月には、竹柏園例会で「劇詩『フランチエスカ』」という講演も行なっている。大塚楠緒子がこの例会に参加、もしくは講演内容の掲載された『こころの華』第八巻八号（一九〇四年十一月）を読んだ可能性も大きいだろう。[49]

実際に、ヨーロッパの熱狂に触れた日本人もいた。島村抱月は一九〇三（明治三六）年六月、滞在中のロンドンでフィリップスの『パオロとフランチェスカ』の舞台を観たこと、「同劇ノ書ヲモ書店ニテ買」ったことを日記に記している。なお、日記によれば、この書物は翌一九〇四年三月に、『モンナ・ヴァンナ』などと一緒に坪内逍遙へ送られたようである。一九〇〇年から一九〇三年一月までロンドンにいた漱石も、帰朝後の一九〇四年の夏には、雑誌『歌舞伎』への寄稿「英国現今の劇況」のなかで、この舞台について触れている。なお、「パオロとフランチェスカ」のエピソードは、松居松葉作『フランチエスカの悲恋』として、まさに漱石の記事と前後する一九〇四年九月に、本郷座でも公演された。この作については、上田敏の『詩聖ダンテ』における「パオロとフランチェスカ」のエピソードをもとに作られたもので、相談を受けた上田がダンヌンツィオの戯曲の梗概を紹介したことが、同年十二月の『歌舞伎』に掲載されている。[52]漱石自身もこの舞台を観に行き、辛口のコメントを残しているが[53]、新劇の黎明期であった当時は、ヨーロッパの戯曲が日本に持ち込まれ、好評を博し始めていた。一九〇四年には、七月に真砂座で公演された『サフォー』の評判がよかったため、九月の本郷座が泉鏡花の『高野聖』と『フランチエスカの悲恋』をかけ、十一月の真砂座では小山内薫訳の『ロメオとジュリエット』が上演されている。このような状況の下、明治の演劇界は、一九〇五年の新劇ブーム、「いわゆる本郷座時代[54]」を迎えるのである。

ロマンティックな悲恋の主人公としての「パオロとフランチェスカ」像が日本に定着しつつあったところに、ワッツの絵画を改めて紹介したのは、齋藤野の人（信策）だった。ワッツについては、当時ニューヨークにいた野口米次郎が一九〇四年六月の『時代思潮』に紹介しているが[55]、野口の記事は《パオロとフランチェスカ》には言及していない。《パオロとフランチェスカ》に注目したのは齋藤野の人で、彼は同年七月にワッツが亡くなると、『帝国文学』にいち早く追悼記事を書き[56]、『時代思潮』第八号では、先述したように、巻頭の口絵に《パオロとフランチェスカ》を「昇天（ワッツ筆）」という題名で掲載した。その表紙にも「George Frederick Watts《ママ》（作品並に評論）」とあるが、姉崎正治の手になる記事「近代の文明と芸術とワッツの絵画」は、ワッツ逝去の報から当時死去したヨーロッパの芸術家たちを惜しむものであり、ワッツについては齋藤野の人の方が詳しかったことがわかる。《パオロとフランチェスカ》にあえて「昇天」というタイトルをつけたのも、ワッツ自身の死を意識してのものだろう。また、ワッツ逝去にあたって口絵に用いたのが、彼の代表作とされる《希望》（一八五五年）などではなく[57]《パオロとフランチェスカ》だったことは、一九〇四年が日本における「パオロとフランチェスカ」のブームの年だったこととも関係あるかもしれない。同時期に『時代思潮』と『帝国文学』両方の編集に携わっていた齋藤野の人は、同年十月の『帝国文学』の「嗚呼フランチェスカ」という記事で、ワッツの作品を次のように描写している。

嗚呼哀れなるパオロとフラチェスカ《ママ》、彼等二人は今や此の如き地獄の奥に棄てられたり。相抱きつゝ、しかも今日涙なく微笑なくて二人はさながら錦の如く相抱きつゝ、しかも辿るべき巣もなくて、この愀々《しゅうしゅう》の黒雲に漂ひながら迷ひ行く。見よ、彼等は幻の如し、影薄しく姿瘦せ、顔蒼白うして目は凹みて閉ぢぬ、頬には一の紅もなく唇には一の微笑のあとなく、涙も今は枯れ果てゝ、悲嘆はやがて喘ぎとなりぬ。沈黙の中に不安の中に彼等が情熱は凡て消え果てゝ、血もなき声もなき煩悶と苦悩とは冷かに残るのみ。あゝ薄れ行く彼等の影の、そもいかに哀れなる、これぞ二人が永《とこ》しへの恋なる罪の報ひなる。[58]

大塚楠緒子の「空薫」が、こうした文章をも含めた「パオロとフランチェスカ」ブームを背景にしていることは確認しておく必要があるだろう。なお、齋藤野の人は、その後もパオロとフランチェスカを賛美する文章を残している。彼は一九〇七（明治四〇）年九月、雑誌『太陽』に掲載した「泉鏡花とロマンチク」において、「クライストのトウスネルダのアシレスに対する恋や、グリルパルツエルのメヂヤのヤソンに対する恋や、それからダンテのパオロとフランチエシカ《ママ》との恋、ワグネルの詩作に於ける大方の恋」を「ロマンチク文学の描いた恋[59]」と評した。また、同年十一－十二月に『日本』に連載した「日本文学のロマンチク趣味」のなかでは、「恋物語の中《うち》でダンテの神曲の中《うち》のパオロとフランチエシカの物語程ロマンチクで哀れなものはなからう[60]」と断言している。なお、この論説で齋藤野の人が、ワッツの《パオロとフランチェスカ》にも言及した上で「この作は彼の傑作の一つである」としていることにも注意したい。また、同じ年には、永井荷風が『あめりか物語』のなかで、別れなければならない恋人と自分との関係を、「生命を捨てたロメオやバウロ《ママ》や、ジユリエツトやフランチェスカの其れにも劣らぬものと信じて疑はない[61]」と記し、ロメオとジュリエットに並んでパオロとフランチェスカの悲恋を「真実の恋」と認識している。明治四〇年代になると、齋藤野の人も、荷風も、フランチェスカが結婚していることは全く問題にしない。江戸時代には死罪が適用された「不義密通」は、一八八二（明治一五）年施行の旧刑法でも、禁錮、罰金を伴う「姦通罪」という名で存続した。法律上は罪にあたることが、ロマンティック・ラブの名の下に美化されていたことがわかる。

さらに、ワッツの《パオロとフランチェスカ》への注目に寄与したものとして挙げなければならないのは、アーサー・シモンズの功績である。シモンズの『七芸術の研究』（一九〇六年）には、ワッツの章があり、そこではまさに《パオロとフランチェスカ》が語られる。

《パオロとフランチェスカ》では、欲望が記憶となり、記憶が世界を消滅させてしまう、もの憂い恍惚状態の瞬間の情熱が永遠のものとされている。これらの身体は、自分たちを焼き尽くした炎の空ろな抜け殻のようである。彼らは火のように赤い空を漂っている、重さもなく、ものうく、枯葉が風の波に漂うように。全ての生気が彼らから抜け出てしまい、残されているのはその唯一の記憶――それは彼らの肉体の青白さに、女性の半ば閉じた眼の赤いくぼみに、男の頬の灰色のくぼみに宿っている――のエネルギーだけなのだ。[62]

この『七芸術の研究』は、日本の芸術界にも大きな影響を与えたものだった。一九〇九年五月、北原白秋の『邪宗門』を評した木下杢太郎は、その評のなかでシモンズが『七芸術の研究』中に収めたリヒャルト・シュトラウス論に言及しているし[63]、近松秋江の『別れたる妻に送る手紙』にも、この本を手に入れた主人公の姿が描写されている。[64]そのようななかで、ワッツと、彼の描いた《パオロとフランチェスカ》が改めて耳目を集める存在となったとしても不思議ではないだろう。

「空薫」は、こうしたなかで綴られたものであった。しかも、大塚楠緒子の夫は、東京帝国大学の美学教授となった大塚保治である。一八九六（明治二九）年から一九〇〇年までドイツに留学した保治は、一九〇二年には『太陽』に「ロマンチックを論じて我邦文芸の現況に及ぶ」という早稲田専門学校での講演録を載せている。そのなかで、彼は十九世紀後半の「ロマンチックの新潮流」の担い手として、「Rossetti, Morris, Stevenson, Swinburne, Verlaine, Mallarmé, Bourget, Pierre Loti, Rod, Huysmans, Zola, Hauptmann, Sudermann, Ibsen, Dostoyevsky, Tolstoi, D'Annunzio, Maeterlinck」の名を列挙し、「絵画の方で新派に属する人達」として、ロセッティ、バーン゠ジョーンズに続けてワッツの名も挙げている。[65] ここに挙げられた芸術家たちは、まさに十九世紀末のヨーロッパの芸術に大きな影響を与え、日本の知識人たちが競うように読んだものだった。女学校を首席で卒業していた楠緒子自身も、夫の留学中には明治女学校に通い、家庭教師にもついて英語を勉強していた。彼女にしてみれば、夫経由でワッツの描いた《パオロとフランチェスカ》や、シモンズの書物に触れる機会があったのはむしろ自然なことだっただろう。

なお、ここで漱石の『それから』の描写についてもう一度考えてみたい。代助が「無言の儘、三千代と抱き合つて、此焰の風に早く己れを焼き尽すのを、此上もない本望とした」と考える箇所は前章で扱ったが、これはワッツの《パオロとフランチェスカ》に触発されたとは考えられないだろうか。ダンテのテクストにおいては、肉欲の罪を犯した者たちは、荒れ狂う風に運ばれているだけである。抱き合う二人が炎の風に焼かれる、というイメージは、ワッツの絵画のものに他ならない。これまで述べてきたように、漱石は「パオロとフランチェスカ」のエピソードやフィリップスの舞台にも詳しかった。漱石が所蔵する *Five Great Painters of the Victorian Era* には、ワッツの章が設けられていたし、やはり彼が所蔵していた一九〇五年出版のワッツの画集には、《パオロとフランチェスカ》も収められている。[66] むろん、当時のほとんどの画集に収められた絵画はモノクロであり、だからこそ齋藤野の人はワッツの絵画を「二人はさながら錦の如く相抱きつゝ、しかも辿るべき巣もなくて、この悽々の黒雲に漂ひながら迷ひ行く」(傍点引用者)と描写するのである。

ワッツの絵画の色彩を日本の読者に伝えたのは、先に引用したシモンズの文章だった。そこでは、『神曲』におけるダンテの描写からの飛躍がみられ、「自分たちを焼き尽くした炎」の抜け殻のようなパオロとフランチェスカの体が「火のように赤い空」を漂っているのである。あるいは漱石は、この描写に敏感に反応したのではなかったか。

残念ながら、漱石の蔵書にはシモンズの『七芸術の研究』はなく、彼がシモンズのワッツについての文章を読んだという証拠はない。しかし、漱石のノートには"Different Schools of Literature: Their Philosophical Interpretations and Relations"という項目があり、そこには「×character（Elizabethan）—— Symons ノ S. Phillips ヲ評セシ語参考」とあるという。(67) 漱石がシモンズとフィリップスとの関連に着目していたとすれば、そのフィリップスの戯曲にも収められたワッツの《パオロとフランチェスカ》についてのシモンズの言に目を通していた可能性は十分にあるだろう。芳賀徹の論じた、「漱石の文学作品のあちこちに深く浅くかくされ、仕込まれている絵画的モチーフ」(68) として、『それから』におけるワッツの《パオロとフランチェスカ》を付け加えるのは牽強付会だろうか。

いずれにせよ、「パオロとフランチェスカ」のエピソードは、一九〇八（明治四一）年の「空薫」の雛江を、マルグリット・ゴーティエ(69)のように、コケットだが、実は純粋な真実の恋を追い求めている、というロマン主義的構図のなかに読み込むことを許す重要な鍵となった。だからこそ、雛江が罰せられることなく、物語は終わるのである。そして、ロマンティック・ラブ・イデオロギーに対する共感が姦通に対するネガティヴな感情を超えた時、日本の「恋愛」において、何かが変わり、特に女性たちはそれを敏感に察知したのではないだろうか。その点については後に論じたいが、『青鞜』発刊に際して平塚らいてうが寄せた「元始女性は太陽であった」の一節を引いておこう。

私はかの「接吻」を思ふ。あらゆるものを情熱の坩堝に鎔す接吻を、私の接吻を。接吻は実に「一」である。全霊よ、全肉よ、緊張の極《はて》の円かなる恍惚よ、安息よ、安息の美よ。感激の涙は金色の光に輝くであらう。[70]

ここで彼女が感激をもって言及するのは、ロダンの《接吻》（一八八八－一八八九年、図31）である。引用部分に続けて、らいてうは『白樺』のロダン特集号（一九一〇年十一月）に多くの暗示を受けたと記すが、この《接吻》もまた、パオロとフランチェスカの像であり、制作当初は《フランチェスカ・ダ・リミニ》というタイトルがつけられたものだった。[71]《接吻》が「パオロとフランチエスカの恋物語りから題を取つた」ものであることは、同号中、有島生馬（壬生馬）がクラデルの *Auguste Rodin: l'oeuvre et l'homme*（一九〇八年）の初めの部分を訳した「ロダン　製作と人」のなかに記されている。[72]なお、『白樺』のロダン特集号では、《接吻》が何度か取り上げられている。新海竹太郎と永井荷風はパリでこの作品を見たことを記しているが、[73]興味深いのは、阿部次郎のエッセイ「二つの事」と武者小路実篤の短い戯曲「夢」である。阿部は《接吻》におけるロダンの力量への感嘆を示した上で、「本郷の夜店にて日本版の Beaiser《ママ》を買ひ来りて壁間に掲げ」たところ、「隣家の女中が何時の間にか下に卸し置」いてしまったと綴る。[74]また、武者小路の「夢」では、《接吻》が日本で展示され、二十代の青年たちが狂喜するが、すぐに警官がやってきて「風俗壊乱の恐あれば没収す！」[75]と叫び幕となる。これらの文章が明らかにするのは、当時の日本社会においては《接吻》という作品はまだ受け入れ難いものだったことである。

図31　オーギュスト・ロダン《接吻》（1888-89年）

そのような世情のなかで、らいてうはあえてこの作品に言及した。「元始女性は太陽であつた」におけるらいてうの《接吻》賛美は、婚姻制度を否定する可能性をも孕んだ「情熱」の肯定でもあっただろうか。

二　遅れてきた女学生小説――『あきらめ』の意義

女をめぐる言説

田村俊子の『あきらめ』は一九一〇（明治四三）年、『大阪朝日新聞』の懸賞小説の第二等に入選した作品である。一等の作品が出なかったため、この作が当選となり、翌年より新聞に連載された。これが作家、田村俊子の文壇における出世作であり、彼女はそれから大正初期にかけて、精力的に作品を発表し続けることとなる。この作品も、大塚楠緒子の「空薫」同様、フェミニズム批評の立場から見直されてきたものである。近年では、「パフォーマンス」「演技」といったキーワードからも、優れた論考[76]が発表されているが、本節では、これまで論じてきたような明治文学の産物である「新しい女」像が、生身の女性をも巻き込んでいった例として、田村俊子という作家とその作品を考察することとする。

ただ、この作品を「女学生小説」と言ってしまってよいものかどうかには疑問が残る。何故ならば、主人公の荻生野《おぎうの》富枝ははじめこそ女学生として登場するものの、すぐに学校を退学してしまうからである。第二章でみてきたような一見華やかな女学生小説の流行も去った頃、改めてあらわれたこの小説はどのようなものだったのか、考えてみたい。

明治三〇年代の多くの新聞小説においてそうであったように、『あきらめ』においても、まず登場するのは女学校のなかの女学生である。主人公、荻生野富枝は下校途中に園芸好きの級友に目を留める。

オリーヴ色の袴が蹴上る。余り白くない脛が白足袋の上を一寸ばかり露はれるのが遠目に分る。[77]（一）

女学生の姿態の描写――新聞を賑わせた女学生小説の定石を、この小説もきちんと踏まえている。というよりも、山岸荷葉の『紺暖簾』や小栗風葉の『魔風恋風』において際立っていた美しい女学生の服装は、この小説においてさらに細かく描写されている。

薄鼠羽二重へ白く勿忘草《わすれなぐさ》を裾の方だけに散らしたマントを着てゐた。〔中略〕マントを脱ぐと、濃紫の琥珀の袴が高貴の音を幽に響かせる。同じ濃紫の紋羽二重に源氏五十四帖を地紙形にして散らした総模様の二枚袷を着てゐる。その長い袂を土間に引摺らして靴を脱いでるのを、おきそははらくした顔で見た。頸《えり》へかけた黄金の鎖が揺れて銀のクロッスが氷の様に冷たく其の胸を護つてゐた。（八）

このように描き出されるのは主人公の親友、房田染子である。文部次官の娘である染子が、贅沢三昧の暮らしをしている世間知らずのお嬢様であることは、彼女が富枝を訪ねてくる先の描写からも明らかだろう。

この小説が、「女学生小説」の特色として備えているものは、この美しい女学生たちの姿態の描写だけではない。三宅花圃の『藪の鶯』以降必ずといっていいほど女学生小説のなかに存在した、「女をめぐる言説」も、ここに取り込まれている。というより、この作品においては女をめぐる言説は一つのテーマである、といっても良い。そしてこの作品は、女をめぐる言説と女学生との衝突や折合いを、これまでの女学生ものとは少し異なった形で描き出している。『あきらめ』はその題名の示すとおり、自立を目指す若い女性が、結局は「あきらめ」てしまう、という筋を持っているが、その「あきらめ」の一つの原因は、彼女の学校の「絶対に世に出るな。甘んじて犠牲になれ。隠れて奮闘せよ」という教育方針が、彼女が脚本を書くことを許さなかった点にあった。主人公の富枝は、書いた脚本が懸賞に当選して舞台化までされることが「虚名に心を腐らせた」ことになると学校から非難され、退学を決意する。彼女には文壇に立ちたいという意欲はあるのだが、その一方で「主張したいことがあつても女性と云ふ点に省みて、この校門を毎日潜る以上学監へ対してそんなことも出来なかつた」（傍点引用者）、「来年、卒業が出来るのにと思ふと、女の情で何となく惜しい気がした」（同前）というように、もうひとつはっきりしない。それが結局、老いた祖母の看病のために「然《そ》うしなければならない自分だ、其れを無意義だなどと、悲観するのを我儘だと自覚する程、自分は利口に生れ附いてゐるのだと、富枝は悲しく断念《あきら》めてゐた」と「あきらめ」になってしまうのである。このあたりがきちんと一つの方向を見定めることができなかったこの小説の限界であると考えられる。

その点、この作品において最も面白いのは、女学校を辞めて女優を目指す三輪初女《はつめ》の描写ではないだろうか。「眉の迫つた、眼の美しい三輪の面影を忍んで、富枝は恍惚《うつとり》するほど恋しくなつてくる」ともあるように、三輪は富枝の憧れの女性である。そして彼女をめぐって、さまざまな言説が再燃する。彼女を支援する実業家の御曹司が彼女を「美、極まるものさ」と形容すると、新聞記者は「其りや然うでせうけれども、白粉をつけた役者がすきで堕落した女学生上りと云つた様なものぢやないんですか」と応酬しているし、劇団の主催者との会話でも、男性たちは三輪のことを見ながら、同じようなことを言っているのである。

「逆戻りに芸妓をやつてるのもありますしね。いろ〳〵ですよ。真面目に芸道を追求するんぢやないんですからね。殊に素人衆は可《い》けない様ですね。馬の足でも美男に見えるんださうですからね。」（中略）
「仰有る通りですよ。役者珍らしい様な事ぢや、兎《と》ても成せつこは無いやうです。芸妓なんぞのは冗談半分ですからね、素より意を用ふる程の事もありませんし、直き小面倒だで捨てちまふが、比較的素人方の方が熱心はある様ですね。其の代りもう直ぐ誘惑されちまひます。田舎廻りの方へ引込まれて難渋してる女学生上りもありますがね。まあこの社会へ入つて誘惑にも克ち、世間の非難も顧みずに芸を研くと云ふのは薄

弱な婦人として出来難いことなんでせうよ。」（十）

当時の新しい女性の職業としての女優業が、どのように世間から思われていたかをあらわす描写である。日本よりも早く女優という職業が確立していた欧米においても、彼女たちは多くの場合ゴシップやスキャンダルにまみれていた。馬場孤蝶は一九一一（明治四四）年に「今の所女優に品行方正ならむ事を求めるが如きは馬鹿な事だ。所謂少々品行の悪い様な女でなければ芸は上手にならない、男を知らない様な女に芸事が出来て堪るものか」(78)と発言しているが、『あきらめ』ではそうした「品行の悪さ」と女学生が結びつけられているところが興味深い。俊子自身、一時期は女優を目指して幾度も舞台を踏んだことがあった。川上貞奴によって女優養成所が一九〇八年に設立されると、その第一期生にもなっている。「女学生上り」の彼女自身も、このような言説のなかに身を置いていたのだろうか。

女性がどんなに真剣であっても、このような言説はつきまとう。三輪も、富枝も、「直ぐ誘惑されちま」う女性ではない。彼女たちは「劇界になり、文芸界になり、特殊の功績を残したいと云ふ抱負」を持っており、初出時には時計店に入る男女を見ながら、「買つて貰ふよりは、自分で買つた方が好さそうなものね江」、「人の恩で飾るよりは、自分に力が無ければ裸体でゐる」などと三輪は発言しているのである。ところが、世間ではそんな彼女の考えは通用しない。御曹司の千早文学士が三輪のことを絶賛するのは、結局のところ彼女の美貌によるものだと思われるし、彼女を紹介する新聞記事は、彼女の美しい写真に、「実業家千早阿一郎氏の寵妾《おもひもの》」であるとコメントし、最後には「舞台での表情は嘸《さぞ》かし幾多の阿一郎氏を悩殺するであらう」と冷やかしている。富枝はこの新聞記事にたいそう憤慨する。

ただ、ここで興味深いことは、三輪という女性が、「空薫」の雛江と同様に、こうした女をめぐるネガティヴな言説をも上手く利用していく点である。結局彼女はこの新聞記事をきっかけに、洋行するチャンスを摑む。彼

図32 ナポレオン・サロニー撮影《オルガ・ネザソール》（1890年代）

女は、自分をめぐるゴシップやスキャンダルをも踏み台にしようとする強い女性である。彼女が目指しているのは清純で可憐な少女が似合う女優ではない。

オルガ、ネザソールの写真版を見て、この女優はサアフォーやカーメンを演じると余り妖艶で人を魅しすぎる為、政府からインモーラルだと云つて興行を差し止められたほどだとそんな話をした。さうして何かに憧れてゐるやうな捉えたいものがあつてそれを追ふやうな眼をしてぢつと考へてゐた。（十三）

オルガ・ネザソール（図32）は、イギリスの女優で、一九〇〇年二月にニューヨークのワラック劇場でドーデの小説を下敷きにしたクライド・フィッチ脚本の『サッフォー』の主人公ファニーを演じている。ところが、劇中で男性遍歴を重ねるファニーが、婚姻関係にない男性と二階に消える、という演出が問題となり、この舞台は、風俗壊乱のかどでオルガと相手役の俳優、そしてマネージャーの逮捕、という形で幕を下ろした（結局彼らは無罪となり、その後も『サッフォー』を舞台にかけている）。ここで三輪が言及しているのは、この逮捕劇のことだろう。ネザソールの演技に関しては、一九〇〇年二月六日の『ニューヨーク・タイムズ』の劇評は、『サッフォー』での彼女の演技を「魅惑的でも優美でもなく、彼女の暴力性、変わりやすさ、わざとらしさやぎこちなさが、この公演ではいやな形で露呈した」[79]と評しているが、同時代にネザソールが高く評価されていたことは、ストラングの『現代アメリカにおける有名女優たち』[80]（一八九九年）などからも明らかである。また、彼女が『カルメン』を演じた時に、相手役の俳優に本当にキスした、という事件は、「ネザソール・キス」と名づけられて広く話題となった[81]。

三輪がネザソールのような女優にひかれていることは、新聞連載時にはもっと色濃く描かれている。富枝の小説が話題に上ると、三輪は「サフォーだの、ザ、だの、この女主人公《ヒイロン》（ママ）の小満名だのを演つて見たい」と言う。「ザ、」とは、ピエール・ベルトンとシャルル・シモン合作の戯曲で、一八九八年五月にパリのヴォードヴィル劇場で人気を博した『ザザ』の主人公、歌手のザザのことである。『ザザ』は『蝶々夫人』を舞台化したことでも知られるデイヴィッド・ベラスコが、すぐにアメリカにも持ち込んだ。アメリカでも舞台は大成功を収め、ザザを演じたレスリー・カーター夫人は、「アメリカのサラ・ベルナール」とも呼ばれている[82]。なお、『ザザ』は、カフェの歌手であるザザが青年と恋に落ちるが、青年が妻を愛していることを知り別れる、という物語だが、当時のザザは批評家に「ステージ上のでしゃばりな売春婦」とも評されていたらしい[83]。つまり、三輪は、ことさらに『サッフォー』のファニーや、ザザのような、当時の女性の規範からはみ出、「売春婦」とも評されるような女性を演じたい、と考えているのである。すると千早は、

「三輪さんは必ずそんな役で成功する方の人だね。今の河波牡丹なんか、兎に角新派劇の方ぢやスターだとか何とか云つてるけれど、アクチングに熱がなくつて駄目だね。彼れほど美しい顔を有つてゐながら例《いつ》も人形式だ。ちつとも魅する点がない。男を酔はす様な可憐美なんて少しもありやしない。三輪さんが其様《そんな》役にでも扮して舞台へ上場《あが》つて見たまへ。忽ち総殺《みなごろし》にされちまふから。僕は堅く信じてる。」（三三回、二月二日）

と答える。「女の弱さと云ふものはある程度まで男の女形にも現はすことは出来ますが、女の強さと云ふものは到底男の女形には現はすことが出来なからうと思ひます[84]」と、後に女優についての意見を求められた俊子は書い

ている。この三輪のキャラクターは、このような俊子自身の女優観に裏打ちされたものなのだろう。そして、「女の強さ」をあらわすために三輪が選ぶ役は、その魅力で男たちを惑わす女たち、前章で論じた「宿命の女」のような女たちであることは注目に値する。

ダンヌンツィオの英訳をテクストに田村松魚から英語を学んだという俊子は、そこに描かれていた「宿命の女」像にも敏感であっただろう。一九一三（大正二）年三月の『新潮』に、彼女は「読んだもの二種」として生田長江訳の『死の勝利』を挙げている。そして、ハーディングの英訳を読んだ折、「極度の感激の為に殆ど泣き通して読んだ」り、「発熱の初期みたいにぞく〳〵身体ぢうが震へたり、絶息しさうになつたりした[85]」ことを告白している。この記事によると、俊子が『死の勝利』を読んだのは一九一一（明治四四）年なので、『あきらめ』執筆の後ということになり、『死の勝利』が直接『あきらめ』の人物造形に関わったものではないことがわかるが、こうした俊子の感性が、ドーデのサッフォーや、メリメのカルメンのような、「宿命の女」を演じてみたい、という三輪の姿にあらわれているといえる。

もう一つ例を引こう。富枝が記者の半田のことを「いやな人だ」と評すると、三輪は「思ふ様、翻弄してやればいゝのよ」と言いだす。

「男に超然主義を取つても、一向利目はなささうね。矢つ張り女よりは偉いつもりでゐるからなんでせう。相人《あいて》にしずにゐると自分を恐れてゐるからだと思ふんだから一寸始末がわるいのね。男には正面を切つて馬鹿にしてやるのが一番感じが早い。」（三六回、一二月五日）

「男を正面切つて馬鹿に」し、「思ふ様、翻弄」すること――前述のように、これは、十九世紀末の男性作家たちが紡ぎ出した、「宿命の女」という女性像に与えられた使命だった。そして、このような女性像は、『あきらめ』

と同じ年に発表された有島武郎の「或る女のグリンプス」と、奇妙な符合を見せることになる。

田鶴子の心は夫れから峯から峯を飛躍した。十五の春には立派な恋人が出来た。田鶴子は其青年を思ふさま翻弄した。青年は間もなく自殺に等しい死に方をした。一度生血の味をしめた虎の子のやうな渇欲が田鶴子の心をうちのめす様になつたのは夫れからの事である。[86]（八）（『白樺』一九一一年七月号）

日本においても、有島武郎は、「男を手もなくあやし慣れ」「悪魔じみた誘惑」を青年に及ぼす田鶴子を描き出している。「女をめぐる言説」を逆手にとって生きていくことで、自分の意志を貫こうと考える三輪は、あえてこのような女性表象を自分に重ねる、という生き方を選んでいる。ここで田村俊子が描き出しているのは、男性の文学的想像力の産物の女性像が、「新しい女」自身の手によっても担われていく過程なのではないだろうか。そして、この小説にも「新しい女」が都会にしか棲息できないことが描き出されている。「都の風は面白い。華麗《はで》な気に触れて其れを識《そし》るやうな富枝でもない」というように東京を愛している富枝は、岐阜からやってきた義母のお伊予に驚かされる。

東京に一所にゐた頃は何点かきりつとして気の利いた人だつたのに、斯うまごまごしてる様子は全《まる》で田舎者の様だと富枝は土地の感化の烈しい力に驚かされた。（二十六）

この描写は、富枝自身の未来をも暗示している。東京を離れた途端、彼女は最早「新しい」存在ではいられなくなるのである。

遊歩者としての女学生――モデルニテの獲得

さて、それまでの女学生を扱った小説と同じような設定に見えながら、『あきらめ』は異なる位相からたちあらわれた小説だといえる。続いて、主人公である富枝のまなざしに注目してみたい。まず、富枝の容貌である。先に挙げたように、この小説においては登場人物のいでたちが細かく（時にはくどいと思われるほど）描写される。しかしながら、富枝に関してだけは、そのようなくだりが全くといってよいほど出てこない。(87) 彼女の外見は最後まで謎なのである。何故そうなったのか、という問いには、とりあえずこう答えることができる。この作品が、『蒲団』以来流行していた「私小説」的な側面を多分に備えていたからである。

私小説では、一人称の語り手の人物について、またその相貌や行動モティーフについて、なんらの論述的な説明も加えられることはない。と言うのも、もしそれがなされてしまうなら、作者である一人称の語り手は読者を意識しており、彼が紙に向かって書きつけているのは自然な体験などではなく、お膳立てされ、「虚構化」された、つまりは偽造された体験であることが読者に伝わってしまうからである。(88)

富枝は三人称で語られるヒロインではあるが、その言動には作者自身が深く投影されている。当時の文芸を通読していたに違いない田村俊子が、どの程度自覚していたかについては疑問だとしても、主人公についてなんらの説明もない私小説の手法を踏襲してしまった、というのは十分にありえそうなことだろう。必ずしも私小説を目指したわけではないこの作品において、主人公に対する客観的描写が欠如しているのは、やはりこの作品の大きな欠点である。

しかしながら、富枝についての描写が少ない分、ある特徴が際立っているともいえる。それは、荻生野富枝というヒロインが、それまでの女学生小説のヒロインとは逆の立場にあることである。すなわち、菊池幽芳『己が罪』の箕輪環から小栗風葉『青春』の繁までのヒロインたちがあくまでも「見られる」存在だったのに対して、富枝は初めて「見る」側へと移行しているのである。この作品では、主人公を取り巻く人々がそれぞれ異なった世界に属している。富枝は姉の嫁ぎ先である小説家の家に寄寓している。妹は料理店を経営する家に養女に行っている。この二つの世界に出入りしながら、富枝は姉妹を観察する。

小説家の妻となっている姉の都満子《つまこ》は、何不自由ない生活をしてはいるが、夫の不品行に悩まされている。彼女の嫉妬深さは相当なもので、三輪は都満子が夫との仲を疑うのを疎んで富枝の所に寄り付かなくなったのだし、夜通し夫が帰らないと、末妹の貴枝と彼の関係を疑い、鈍蒼い顔色をして眼をつり上げて騒ぐ。これが富枝には「口の裂けた相」に映る。そして、それだけ取り乱したにもかかわらず、夫にもっともらしい言い訳をされると、都満子は「忽ち良人の手の上に乗」って彼の言動を信じてしまい、「良人を唆かす」実の妹を罵るのである。富枝には、「その姉の浅慮《あさはか》なのがなさけな」い。三輪と二人で見かけた時計店に入る男女のその後が、この姉夫妻に投影されているようでもある。

一方で料理屋あづま楼へ養女に行った妹の貴枝は十五歳にして「淫奔な血」を持つ少女として描かれている。そしてここで「血」の問題が登場する。第二章でも述べたように、明治時代は多くの芸妓が名士夫人となった時代であった。富枝姉妹の産みの母も、芸妓という設定になっている。その芸者の淫蕩な「血」を最も濃く受け継いだのが貴枝、というわけで、「矢張り踊なんぞ習はせるから浮気ぽくなつて行くんだわ。死亡《なくな》つた母親さんの気質を受けてゐるんだね、いくらか」というように、その淫奔さは芸妓であった母譲りであるとされている。富枝は姉の都満子の物言いはあさましいと感じているが、自分もこのような、女性を分類し、レッテルを貼る図式から自由ではない。貴枝を連れ出して箱根に来た折、貴枝が「矢つ張りまあ此様やうな所でね、好きなことして遊んでゐたいの」と言うと、「自分も母の血を享けてゐる。貴枝も自分と同じ母の血を受けてゐると思」う。そしてお化粧や奇麗な着物や指輪を愛し、あどけない保身を考える貴枝を見て、その「動作の一つ〳〵が、不具者《かたは》もの、動かす手足のやうに富枝には不憫に悲しく思はれてならな」いのである。

こうして姉と妹を冷静に、批判的に見ることによって、富枝は自分の生き方についても考えるのだが、「見る」存在としての彼女は、街に出た時に際立つことになる。


　すつと、風が富枝の横顔を切つた。見ると車が一台もう四五軒先きを走つてゐる。車も音のしないのが価値《ねうち》があるのだ。と護謨《ゴム》輪の車の影を追ふ。

　車上の人の真つ白な頸筋が水際立つてゐる。

　ぐつと衣紋を抜いた撫肩が浮いてゐる。島田の髷《まげ》のぐらつくのも朧《おぼろ》に見える。芸妓だ、と富枝は見直した。

　素人は、車に乗ると折角飾つた姿を丸々と内へ没して了ふ。売女《ばいにん》は作らない姿の時でも、作らない儘を形状《かたち》にして車の上へ乗せる、浮き出させてゐる。其点が、一と口に商売人だと人の目に映る相違なのだらうと感心をする。

　広い闇い通りを出ると数寄屋橋にかゝる。

　有楽座前のイルミネーションが遠くの方でちら〳〵してゐる。子供デーの看板が、四角く白く勾配になつてゐる。橋から見ると引き込んでゐるだけに、一とつの奇麗な娯楽場の建物が、生きて働いてゐて四方を通る群集の足を引張つてゐる様に見える。然《そ》う思ふと闇《くら》い三角な建物の尖《さき》に、大きな眼があるやうに見える、両方の横から手が出る様に見える。富枝は此様《こんな》ことを考へて、遠く周囲《ぐるり》の薄黒い有楽座を望みながら橋を渡つてゆく。（三）

長い引用となったが、ここに見られる富枝のまなざしは、ベンヤミンが語る遊歩者《フラヌール》（flâneur）を思わせる。近年のジェンダー論隆盛のなかで、都市部の「ニュー・ウーマン」をflâneuse《フラヌーズ》として位置づけようという試みもなされているが、[89] 男性／女性という二項対立を持ち出す前に、単純に「遊歩者」についてのベンヤミンの記述に戻ってみよう。

「空間が行商本《コルポルタージュ》の挿絵めいたものになる現象」こそは遊歩者の基礎的な経験である。［M1a,3］[90]

富枝の眼に映る東京の街は、まさに「行商本《コルポルタージュ》の挿絵」である。彼女は群衆のなかをあてどもなく歩きながら、鋭く観察の目を光らせている。浪花節の席亭の客寄せの汚れた白い法被《はっぴ》と息潰《いきん》だ声、バリカンを手にした理髪店の職人、赤い電灯の光を浴びて「電気踊りの踊りつ子の様な色合い」になっている派出所の巡査……。

本田和子は日本の女学生を「人生や生活とは無縁の、軽く愛らしく、他愛なく一時を過ごす「特権的異物」[91]」と呼んでいる。明治の女学校の制度は、袴姿の少女たちを街に解き放った。ベンヤミンはそのパサージュ論のなかで、ボードレールたち遊歩者が観察した女性についても触れている。

パサージュにいるメスの動物生態分布。娼婦、お針子、魔女のような老売り子、古物商の女、手袋屋の女、お嬢《ドウモワゼル》。「お嬢」というのは、一八三〇年ころの女装した放火犯のことである。［O2,4］[92]

ヨーロッパにおいても、中流以上の階層に属する女性が自由に街を歩くためには世紀末を待たねばならなかった。何ごとにおいても欧米のあとをついていこうとしていた明治の日本は、この点においてはほとんど時差がない状況だったのかも知れない。女学生の袴姿は、若い娘が何をするでもなく街を散歩できる免罪符の役割を果たした。しかも彼女たちは時間的にもかなりの自由を獲得していたようである。独りでいろいろなところに出かける富枝は特に時間には縛られていないし、『あきらめ』に描写されている袴姿の二人連れは、夕闇のなか、日比谷公園の門を目指しているのである。第二章では、日比谷公園が、女学生たちを性的な言説のなかに囲い込むトポスとして機能したことを論じたが、女学生たちも、そうした言説に負けてはいないのである。

『あきらめ』の富枝の生活は、懸賞の選者である島村抱月に「一方単純な女学生式の生活」(93)と評されているが、「特権的異物」が「軽く愛らしく、他愛な」いものであることをやめたのだとしたら、この異物が特権として獲得するのは、遊歩者《フラヌーズ》としての観察眼であり、モデルニテなのである。先に彼女が東京を離れた途端に「新しい」存在ではなくなってしまうことを指摘したが、遊歩者としての彼女もまた、東京という大都会にしか棲息できないのである。一方的に観察される側から観察する側にまわった富枝のこの視点の移動は、この小説において大変重要な点だといえるだろう。(94)

同性愛的世界

最後に、この作品にあらわれた同性愛の問題についてみてみたい。この小説において当初から注目されたのは、主人公をめぐる同性愛的な雰囲気であった。単行本発刊後、一九一一(明治四四)年九月号の『早稲田文学』では、この点について次のように述べられている。

同じ性と性の関係交渉、例へば女主人公の富枝と染子との同性の恋愛問題、富枝と其妹の貴枝との間に横たわつて居る感情等を主なるものとして之等性の関係を最も鮮やかに大胆に描き出した点から、然かも男と云ふもの、到底思ひ及ばない機微に触れて居る点から、主として花やかさとか媚《なまめ》かしいとか云ふ感じが生じて来る。(95)

『魔風恋風』や『青春』と同様に、主人公には、自分よりも社会的・経済的に恵まれた境遇の美貌の親友がいる。しかし、この親友との関係において、『あきらめ』は『魔風恋風』『青春』とは決定的に異なっている。『魔風恋風』『青春』の二作においては、主人公の親友は、友人であると同時に恋仇でもあった。前者では主人公は親友の許婚と恋仲になって彼女を裏切ろうとさえ考えるし、後者においても同じ男性に恋をした二人の女性は、それまでのように屈託なく会話を楽しむことがなくなってしまう。ところが、『あきらめ』の富枝と染子の関係は、最初から趣きを異にしているのである。

それまでの女学生を主人公とした小説とは異なり、『あきらめ』の富枝は一切の恋愛沙汰に巻き込まれることはない。むろん彼女は文壇に出ようとしている身であるから、文学界に身を置く男性との付き合いもないわけではない。しかし、何故かそこには色も恋も絡まないのであって、嫉妬深く、自分の夫と他の女性との関係をすぐに疑う姉の都満子でさえも、「富枝さんは大丈夫だけれど」と彼女のことは別にして考えているのである。そしてそんな富枝が恋のような感情に揺られる時、その相手はいつも女性である。その一人が先に述べた三輪であることは繰り返す必要がないだろう。

そしてもう一人、主人公とより親密な関係にあるのが、先ほど美しいいでたちを引いた染子なのである。富枝が女学校の文芸会のために書いた脚本のヒロインを演じたのが染子で、二人の交際はそれから始まっている。「其れから富枝は染子を可愛がり出したのである」というように、そこには恋にも似た感情が絡んでくることになり、「親友」という言葉が当てはまるか否かさえ疑わしいともいえる。

お懐愛《なつか》しいお姿に憧れて、図書室前の桐の木に寄つてはぼんやりと致してをります。皆様が其の桐の木へ染桐とお名附けなさいました。

何故登校遊ばさないのでせう。染子をお忘れあそばして？　いやでございますわ。お姉様《あねえさま》、せめて御手紙なりとお示しあそばされてもとお恨みに存じます。お姉様のお見えにならぬ限り、泣いて、泣いて、泣いて

くらすもの、あるのをお忘れあそばしますな。(六)

この手紙に富枝は接吻するのであり、このような手紙を書く染子は、富枝の傍にいると、「自分の身体中の血を富枝の口にく、んで温められるほどなつかし」く感じるのである。

こうした十代の女学生同士の擬似恋愛は、当時それほど珍しいことではなかったようである。日本で初めての少女向けの雑誌『少女界』が創刊されたのが一九〇二(明治三五)年、それに『少女智識画報』『日本の少女』『少女世界』『少女の友』が続いた。そうした雑誌で読者の投書欄が隆盛を極めたことは、川村邦光などの研究が一九九〇年代から明らかにしてきたが[97]、明治四〇年代になると、「エス」という言葉がそうした投書欄に登場するようになる。

▲清水谷の皆様、Sつて知つて居ますよ。シスターぢやなくつて? オホ、、、、。伊達とよ子様、死怪物だか菌怪物によろしくオホ、、、、。清水谷の方誌上で御交りをね。(第三高女、星の露[98])

▲西大久保の千代さん御手紙うれしかつたわ、憧憬の夢の子さん、毎度フキ出す様な御手紙、アレ夢のホ、、、Sには此頃どう? ホ、、、きつといつてあげるわ。御安心遊ばせ。(夢に憧憬る乙女[99])

▲第三高女の星の露様、不束者《ふつつか》ながら清い誌上で永久に……Sつてあなたのおつしやるとほりよホ、、、、京子姉様、芳枝姉様、お変りない事? (大阪清水谷スクール、レットローズ[100])

これらの投書にもあるように、「S」とは、Sister の頭文字であり、字義通りの「姉妹」に「特別な人」というニュアンスを加えた存在のことであった。大正時代を通して語り継がれていくことになるこの言葉の流行は、主に女学校の中で交わされる少女間の同性愛的感情を浮き彫りにしている。また、こうした少女雑誌は、読者の文章（創作も含む）や写真を記事として載せていたが、よく記事が掲載される少女が、読者たちのアイドルのような存在になっていた。すると、投書欄には次のような手紙が掲載される。[101]

恋しき内藤千代子様、〔中略〕もう此頃は御逢ひしたくつて〱たまりませんのよ、〔中略〕千代様などは私のやうなものには見むきもして下さらないでせうけれど、私もう〱恋しく恋しく思つていますのよ、いつも見もしらぬ、君を思はない日はありませんよ、千代子さまどうぞ、此度の時御住所をかいて下さいね。（大阪ホワイトリ、ー）[102]

▲伊達とよ子様、いつぞやあなたのお姿を誌上で拝見致しましてから、おなつかしくて〱かげながらお慕ひ申して居りましたの。だつてあなたのお顔が、私とよく似ていらつしやるんですもの、どうか今後はよろしく。（兵庫、夕星）[103]

これを見ても、当時の女学生たちが、それほど深い意味もなく、「恋しい」というような表現を使っていたことがわかるだろう。そしてもちろん、このような感情は日本に特有なものというわけではなかった。女性同士の恋愛や性愛が描かれた十九世紀ヨーロッパの文学作品としては、『モーパン嬢』（一八三五年）や『失われた時を求めて』（一九一三－二七年）が想起されるが、ここでは学生生活に起因するものについて紹介したい。イギリスの作家エリザベス・ウェザレルは、一八五〇年に『広い、広い世界』という作品に親密な二人の女学生を登場させている。二人は長い間抱きしめあい、年上の少女は年下の少女を膝に乗せる。また、アメリカ合衆国の雑誌

『スクリブナーズ・マンスリー』は一八七三年十月号に、女学校における性的な混乱を憂う論文を掲載している。そして実際、この時期の大学では、“Smashes”（ぞっこん）、“Crashes”（一目ぼれ）、“Spoons”（離れられない関係）といった、「エス」と同じような隠語が流行していたのである。(104)

ここで、女性同士の恋愛、レズビアニスムについて考えてみたい。キリスト教の国である欧米と比較すると、日本では同性愛に対する禁忌の感情がそれほど持たれてこなかったといえるだろう。少なくとも男色は「背徳」とは無縁のものであり、『田夫物語』や『色物語』では大真面目に男色と女色の優劣が論議されていた。しかし、女性が主体となるとまた話は別のようである。

十八世紀初頭に発行され、女訓書として非常に普及した『女大学宝箱』では、女性の色欲は否定され、「淫乱」は離縁の対象とさえなっている。そして明治に入ると、これに西洋のセクソロジーが情報として加わった、「開化セクソロジー」が花盛りになる。(105) 一八七五（明治八）年に登場して以来、類書をも含めベストセラーとなったというジェームズ・アシュトン著、千葉繁訳述の『通俗造化機論』(106)では、女性の性欲が淡白であるとともに、「只管《ひたすら》人に愛せらる、事のみを願ひて我身に親しむ人なりと見れば如何にもして其男の気に入りたしと思ふよりの外は無き」(107)ことが記されている。つまり女性の性は飽くまでも受動的である、ということだろう。しかし一方で、『通俗造化機論』は「挺孔（さね・クリトリス）」についてこんなことも言っている。「総て小女《こむすめ》の春情《いろけ》催く頃には往々此物を擦りて女の手淫を行なひ或いは学校などにて迭《たが》いに斯る頑戯《わるさ》を為すこと」（傍点引用者、六二頁）がある、云々。ここでは、女性の性欲の存在が否定されているわけではないことに注意しておきたい。

逆に、当時の欧米の性科学は、より断固とした態度を示していた。そもそも良家の女性には性欲そのものが存在しない、と考えられていたヨーロッパでは、女性同士の性交渉など、考えられないことであった。その結果、レズビアンは男性化した女性の病理であると性科学者たちによって分析されることになるのである。同性愛について以上のような観点から論じたクラフト＝エビングの『性倒錯論』（一八九二年）は、二年後の一八九四年に早くも日本法医学会訳述で『色情狂編』として出版されている。

こうした二つの言説が入り乱れていたのが明治期であったのだろう。おそらく初期においては『通俗造化機論』のような開化セクソロジーが、そして時代が下るとともにクラフト＝エビングのような論が優勢となったのではないだろうか。そしてどちらの説をとるにしても、レズビアンは良家の子女にとっては言語道断なものであっただろう。『通俗造化機論』の立場でも、少女たちが「受動的な性」から踏み出すことは歓迎できないし、クラフト＝エビングの立場にたてば、同性愛はれっきとした「変態性欲」だったのである。もしもこの言説が信じられていたとすれば、女性同士の過度な友情は危険なものとみなされなければならなかっただろう。女学校が学生同士の交友にだんだんと厳しくなってくるのも当然の結果であった。運動場で上級生が下級生と遊ぶことを禁止する女学校も登場し、先に挙げたような少女向けの雑誌の投書欄さえ、廃止される動きが出てくるのである。(108)

しかしながら、富枝と染子の関係はまさにこの、学校が眼を光らせたような「エス」の関係だった。そしてなお、この作品における二人の関係はもう一歩踏み込んだものであると考えることもできるだろう。田端の染子の別邸を富枝が訪ねる「十四」「十五」の部分を見てみたい。

富枝が訪ねていくと、染子は夜も眠れぬほどに富枝を恋しがる。富枝以外には髪を触らせない、とか、一晩泊まると富枝が約束してやっと機嫌が治る、といった染子の言動からは、「おなつかしいお姉様」に対する、母あるいは姉に対するような甘えと憧れの混じった愛情を読み取ることができる。しかし、この場面からは、性のにおいを嗅ぎ取ることも容易である。

「ね、この人形の口が動きさうでせう。眼がお姉様を見てゐませう。このお人形の中に私の心がはいつてゐるんです。お姉様が恋ひしいつて泣きますのよ。」

染子は然う云つて人形を撫でた。富枝はいきなり染子の手を取つて其の甲に接吻《きつす》した。

染子は赤い顔をして富枝の袖の内に顔を埋めながら、

「沢山して頂戴。」

と云つた。（十四）

二人が一緒に寝る場面は、より露骨だともいえる。

お姉様がお好きだからと云つて、染子はおはまの止めるのも聞かずに、昨夜江戸紫の一枚袷を着て寝た。長い裾を足に絡まして、白い敷布《シーツ》の上に下白を乱して寝てゐた姿を夜中にふと眼を覚まして眺めた時の感じを、今富枝は縁に立つて奇異《ふしぎ》な夢のやうに繰り返した。（十五）

さて、ここで二人が同じ部屋で枕を並べて寝る、ということ自体は特別な意味は持たないだろう。布団という、時間的にも空間的にも自在に出現する寝具がこのような心性を育てたのだろうか。富枝は夏期休暇にも染子を訪ねて「染子と同じ床の中に沙翁のテンペストの話を為た」とあるが、たとえ一つの布団で寝たとしても、そこに必ずしも同性愛的感情が伴うとみなされなかったことは、前章でも取り上げた『日本図絵』に収められた、一つの布団で仲良く寝る二人の女性を描いた絵も示している。[109] しかし、翌朝の二人の様子は気にかかる。染子は、何故かおとなしく、富枝のことを避けているようなそぶりをする。そして富枝の方はといえば、「富枝はふつと、その美しい人一人を自分の思ひの儘にしたと云ふ誇りが湧いた」というのである。

この描写の後には、

富枝は振り向くと縁の柱に立つてゐた染子の傍へ行つて其の手を取りながら、

「何うして。」

と其の赤い耳髱《たぶ（ママ）》に口をよせた。

「何故傍へ来ないの。」

斯う聞いた富枝も、自分の胸が騒いでるのを知つてゐた。

富枝は牛乳《ちゝ》の滴つてゐるやうな染子の頬を吸つてやり度いと思つた。さうして、染子の羞恥を含んだ風情《ふう》を見度いと思つた。（十五）

こうした場面に描かれている富枝のまなざしにも眼をむけてみたい。「頬を吸つてやり度い」「羞恥を含んだ風情《ふう》を見度い」……ここでも富枝は観察者であり、そして能動者である。彼女たちは学校の先輩・後輩であり、姉・妹の約束をした仲である。そしてこの姉妹関係は、実はそのまま恋愛関係へとスライドさせることができるのではないだろうか。


眼の瞼《ふち》に残つた薄い白粉もしをらしかつた。息が機《はず》んでゐるのか赤い唇を半《なかば》開けてゐた。

染子の眼は、もう恋を知つた眼の様に、情の動く儘に閃いてゐた。富枝は其れを凝乎《じつ》と視てゐるうちに、何となく秋成の物語を思ひ出してゐた。（十五）

ここで富枝が想うのは、『雨月物語』の「青頭巾」である。可愛がっていた小姓が死んだ後、その肉を食らい、骨まで舐め尽くした僧の話。この愛童食肉の原拠は『今昔物語』や『宇治拾遺物語』にもあらわれる大江定基の話だが、「そして染子は自分を恋し、その恋が遂げられた様な感じで今朝を過ごしてゐるのだらうかと富枝は再び昨夜の不思議なことをしみ〴〵と考へてゐた」というのである。「自分の思ひの儘にした」というのが具体的にどんなことを指しているのかは定かではないが、少なくともこの夜の二人の間に、「テンペスト」の夜とは異なった何かが存在していることは確かだろう。

日本においてレズビアン・ラブを描き出した作家として挙げられることが多いのが、吉屋信子である。大正・昭和初期に多くの少女たちを感激させた『花物語』や『屋根裏の二処女』といった彼女の作品には、しばしば女性同士の恋愛が描かれている。吉屋のことを駒尺喜美は「カップル幻想をもたぬ、稀有なる作家」(110)と評しているが、確かに彼女の作品のなかの女性たちからは、性をも含めた恋愛、というよりはより精神的な絆が感じられる。そしてまた、十九世紀末からイギリスやアメリカの女性作家たちが発表し始めた、女性同士の恋愛が描かれた小説においても、彼女たちは互いの対等な絆を尊重しているようである。

私は他の女の人たちのように家庭的じゃないんです。家事や縫い物が嫌いなのもしょうがないわ……そんなの退屈だもの、嫌いで当然でしょう！　ここでは、私はシルビアと責任を分担しているの、メイドもしっかり働いてくれるわ。部屋も何部屋かしかないし。私たちの時間は、奥さんはしないような本当の仕事のためにあるんです……お願い、帰ってちょうだい！　私は自分で人生を選んで、その生活を愛しているのよ。(111)

ところが、『あきらめ』の富枝と染子の関係は、少し異なったものである。二人は対等な立場にたってはいない。男性を疎外した、二人の精神的絆というものもほとんど問題にされない。というよりも、この二人の少女はまるでヘテロセクシュアルのカップルのようなのである。一途に富枝を慕う染子という「女役」と、そんな染子をいじらしく思い、性的なはたらきかけを行ない、しかも同時に彼女を観察することをも忘れない富枝という「男役」の立場は、決して入れ替わることがない。

田村俊子自身は、後に「同性の恋」という文章において同性の恋は思春期の少女同士の「一種の友情」であり「肉的の誘惑のない危険のない結構なおもちや」であると述べている。[112] しかしながら、少なくとも富枝と染子はお互いに他の人に対するものとは違う愛情を感じ、接吻や抱擁を交わしているのである。そして一つ確かなことは、同じ女性同士の恋を描いても、田村俊子が「カップル幻想をもたない」吉屋信子の、まさに対極に位置していることである。彼女は異性愛の雛形としての「同性の恋」を描いた。そして、男性に憧れる代わりに年上の女性に憧れ、キスされるのを待つ、染子の役柄は容易に異性愛のなかに吸収され、富枝の恋だけが残ることになる。ここでなされている、女性が性的な能動者であり得るという確認は、一体彼女を何処へ連れていくのだろうか。

田村俊子の作品にあらわれる「両性の相克」という問題に、現代の批評家たちは鋭いフェミニズムを見出してきた。しかし、田村俊子という作家は、その全盛期には、激しく評価の分かれる存在であった。「新しい女の典型」（生方敏郎、『文章世界』第九巻一号、一九一四年一月）、「生まれながらの近代人」（鈴木悦、『新潮』第二六巻五号、一九一七年五月）であるという評価があるかと思えば、「東京の下町の堕落した、物質化した、平面化した過去の文化が生んだ、利巧な、器用な古い日本婦人」（平塚らいてう、『中央公論』二九年第九号、一九一四年八月）、「いつでも好い気になつて見物の前で道化を演じてゐる気の好い女の哀れさと下品さとを感じて気の毒」（広津和郎、『早稲田文学』第一四二号、一九一七年九月）というようにも評されている。俊子が、そして彼女の書いたものが、決して理解しやすいものではなかったということだろう。

長谷川啓はその田村俊子論において俊子の「〈女という制度〉からの越境願望」を指摘している。[113] これまで見てきたように、『あきらめ』という作品においても、主人公富枝が観察者として、あるいは恋愛関係における性的な能動者として立ち現われ、〈女という制度〉から越境しようとしている。そして、その目指すところは「男」の役割のようである。そうすることで、彼女は「男」というジェンダーが社会のなかで持っていた「自由」と「支配」を獲得しようとしているのではないだろうか。しかしながら、俊子はそこで「男性」になることを目論んでいるわけではない。彼女が目指したのは「女」であることを最大限利用しながら「男」のジェンダー・ロールをこなすことだった。そしてそうした女たちの存在は、当時の文学のなかに見出すことができたのである。『虞美人草』の藤尾はそのネガティヴな設定から一人歩きをし、森田草平や鈴木三重吉、志賀直哉の作品に姿を変えて出現した。彼女たちは「宿命の女」の亜流として発展し、西洋風で知的な強い女となって男たちを翻弄した。こうした男たちの幻想のなかに飛び込んだのが田村俊子だったのではないだろうか。「田村にせよ宇野にせよ、時として自分の二枚舌の巧みさをほとんど見せびらかしているかのようであり、「猿真似」のうまさなるものを利用して、男たちの自分へ向けられた偏見を操作し、それができる自身の才能を楽しんでいるように見えるのだ(114)」とレベッカ・コープランドは論じているが、自らが男性の作り上げた幻想のなかの女たちを体現することで、「偏見を操作」しようとしたのが田村俊子なのではないだろうか。「それを戦略と呼んで田村俊子の突出性に帰す(115)」ことの問題性を指摘するのは小平麻衣子だが、やはり、巧みな「二枚舌」を使い、フィクションの世界での表象を現実世界で引き受けようとしたのが、田村俊子だったのではないか。だからこそ、現実の彼女も化粧に彩られた「美しい」存在でなければならなかったのであり、隆鼻手術を受けるほど、「美」に執着したのではないか。その結果、彼女は先ほど挙げたように両極に評価され、後には彼女自身が幻想と現実の間の歪みに悲鳴を上げることにもなったのではないかと思うのである。

三　女たちの新たなる地平――『青鞜』に集う物語

『青鞜』創刊号のフィクション――「生血」と「陽神の戯れ」

最後に、一九一一（明治四四）年九月に創刊された雑誌『青鞜』の周辺に集った女性たちについて触れておこう。

宮本百合子は、一九三九（昭和一四）年九月の『文藝』に掲載されたエッセイ「入り乱れた羽搏き」で、当時の女性向けの雑誌がどのようなものであり、『青鞜』がそれとはどう異なっていたかを描き出している。

明治四十四年、発刊当時の『青鞜』は、婦人の文芸雑誌としても或る新鮮さをもっていた。当時文学志望の若い婦人たちのための雑誌であった『女子文壇』や『ムラサキ』は如何にもネオ・ロマンティック時代らしい趣味をたたえた渡辺与平や竹久夢二の插画や表紙で飾られながら、扉の写真には同時代に活動しはじめていた婦人作家や女詩人たちの肖像をのせようとせず、「日向代議士夫人の新粧」として洋装のきむ子夫人の写真をのせたり「代議士犬養毅氏令嗣及夫人」という題でフロックコートを着た良人と並んでいる洋装のマーガレットの若夫人の立姿をのせたりしている有様であった。代議士令嗣夫人という肩書ばかりで固有な女としてのその人の名は、其に不思議がないように抹殺されているところ。令嗣及夫人という身分ばかりは書き出されて、本人達の名前さえ全く消えているところ。若い婦人たちの文学志望が認められている当時の社会の一面に、どんな古い社会感情が湛えられていたかを具体的に示す例である。そういう空気の中で『青鞜』は、斬新であり、知識的であり、動的でもあった。(116)

このような状況のなかで、『青鞜』は、『女子文壇』では取り上げられることのない問題に、最初から取り組んだ。それは、女性の「性」の問題だった。日本の近代において、女のセクシュアリティーが論じられるようになったのは、大正時代である。「女の自立」は「性」を抜きにしては考えられない問題だった。一九一四（大正三）年、生田花世が雑誌『反響』に寄せた「食べることと貞操と」を発端とする、『青鞜』に集った女たちの「貞操論争」はその代表的なものといえるだろう。しかし、川村邦光が指摘したように、この論争は、「女の性欲」については「直面を忌避」(117)した。論点は「処女性」へと収斂され、女性の性的欲求については、その有無をも含めて、議論が深められることはなかったのである。

ここで問題にしたいのは、この「性欲」、より正確には「性的主体性」である。欧米のセクソロジーを移入して発達した明治の性科学は、性産業に従事しない女性のセクシュアリティーを抑圧した。彼女たちには「主体的な性」は与えられていなかったわけである。先に挙げた「貞操論争」も、この考え方から自由ではない。しかし、明治末から大正にかけての日本文学に目を転じると、まさにこの時期に、「主体的な性」を持つ女性の姿が、女性自身の手によっても描かれているのである。田村俊子が、『あきらめ』において、二つの方向に主体的な性を発揮する女性を描き出したことは、前節に述べたとおりである。

そもそも、「主体的な性」を持つ女性がどこから来たのか、という問題がある。むろん、先ほども述べたように、女性の性が男性によって囲い込まれ、男性の論理と言葉で語られるなかで、性産業に従事する女性には「積極的な性」が与えられてきた。消極的、受動的な性しか与えられなかったのは、ごく大雑把なくくり方をすれば、いわゆる「良家の子女」だった。ところが、そこには大きな抜け道があったともいえる。文学の存在である。当時の日本文壇は、西洋の文学界の動向を注視していたわけだが、十九世紀のヨーロッパ文学には、さまざまな女性たちが登場するようになっていた。イプセンが描き出すヒロインたちは、男性が理想としてきた「女性」という枠からはみ出そうとしていた。当時の流行だった退廃的な世紀末文学には、「性的な存在」としての良家の子女が数多く描き出されていた。彼女たちの欲望は、「主体性」と大きく関わるものだった。そして、女王然とした「宿命の女」たちは、男を自らのものにすることを無上の喜びとしていた。

そして、明治末期の日本の文壇は、ヨーロッパで流行する文学を我先にと移入していた。このような状況のもとで、日本の若者の自己および他者意識は、フィクションに侵食されることとなる。明治三〇年代から、「イプセン会」の面々は「ヘッダのような女が女子大学から出てくる」云々と真面目に議論していた。一九〇八（明治四一）年に起こった、森田草平と平塚明子（のちのらいてう）の塩原事件は、現実とフィクションがないまぜになってしまった例の典型として記憶されるべきだろう。「新しい女」は、ヨーロッパ経由の男性の文学的想像力によって、半ば用意されていたものだったともいえるのである。そして、そうした想像力に女性たちが乗り入れるかたちで出来上がったのが、『青鞜』という雑誌ではなかったか。『青鞜』が多くの若い女性をひきつけたのは、そこに森田草平の『煤煙』のヒロイン、真鍋朋子を見たからであった。佐々木英昭は、真鍋朋子について、

> 注意すべきは、若い読者にかくまでの「偶像」化を昂進せしめた森田の『煤煙』と『自叙伝』が、世紀末ヨーロッパのデカダン文学から多くを学んだむしろ病的傾向の作品であって、甘い少女ロマンスなどからは程遠かったことである。日本の「宿命の女」第一号たるべく創造された真鍋朋子の性格は、だから、その「異様」さが読者に不審と不快を与えこそすれ、決して順良な娘たちの憧れの的となる性質のものではなかった。[118]

と指摘しているが、この朋子の「異様」さこそに、少女たちが惹かれたとも考えられないだろうか。『煤煙』、あるいは塩原事件に最も影響を与えたガブリエーレ・ダンヌンツィオの『死の勝利』は、「Invincibile」（打ち勝てぬもの）である恋人に抗うことのできない苦悩する男が、最後にはその恋人と無理心中する話であった。そこでは、ヒロイン、イッポーリタは「宿命の女」そのものである。この小説の影響下に作られ、『東京朝日新聞』に一九〇九年一月から連載された『煤煙』の真鍋朋子は、まさに「イブセン会」の面々が期待したような女性として登場したのである。「宿命の女」としてセクシュアリティーを存分に発揮する朋子は、むろん、男性の性幻想から自由ではない。しかし、女王然としたその姿は、少なくとも一見は「性的主体性」を獲得した存在として自己肯定をする女性のように見えるのである。男を「弄《なぶ》つて揶揄《からか》つて、憤《おこ》らせて懊悩《じら》して、少事《ちつと》の間も側へ引き付けて置きたい」と悪びれない大塚楠緒子「空薫」の雛江の姿は、この朋子を得て、女性たちの憧れとなるにいたった

のだ。その朋子が生き、話し、雑誌を出すのである。また、女たちも「新しい女」のモデルを、イプセンの戯曲のなかの女に求めたことは、『青鞜』が最初期からイプセンの作品中で最も烈しい女性とされる「ヘッダ・ガブラー」を取り上げ、「ノラ」や「マグダ」の特集を組んだことからも明らかである。

となると、問題は、女性たちが、男性に用意された「新しい女」像を、いかに読み替え、新しいものを付与していくか、ということである。以下、このような観点から『青鞜』のテクストをみていきたい。

『青鞜』創刊号は、平塚らいてうの「元始女性は太陽であつた」と与謝野晶子の巻頭詩「そゞろごと」が掲載されたことでよく知られている。いずれも、女性たちが自らの意思で発言し、行動することを宣言したものであり、日本女性史に燦然と輝く文章である。しかし、ここでは、『青鞜』創刊号に寄せられた、フィクションに目を向けてみたい。『青鞜』は「文芸誌」としてスタートし、「女流文学の発達を計《ママ》」ることが青鞜社概則の第一条に掲げられたにもかかわらず、発表された小説作品はその完成度の低さを指摘され、あまり注目されてこなかった。『青鞜』に掲載されたテクストは、近年になってやっと本格的に研究されるようになったといえるだろう。[119]しかし、初期の『青鞜』が「ラディカル・フェミニズムによるコンシャスネス・レイジング（意識覚醒）運動に近い意味を担っていた[120]」とするならば、この雑誌に掲載されたフィクションにも、様々な問題意識が表出していたといえるはずである。

まず、取り上げたいのは、田村俊子の「生血」である。この作品は、創刊号に三本掲載された小説（あとの二本は森しげ女と物集和子の作品）の一本であり、「元始女性は太陽であつた」の直前に掲載されている。そして、題名も示しているように、この作品は、一五頁の短編であるにもかかわらず、生々しい問題を扱っていた。

ゆう子という女性が、安芸治という男性と一夜を過ごした後の一日を、彼女の視線で描いたのが「生血」である。ゆう子は、その夜に初めて性体験を持ったことが示唆されるが、ゆう子にとって、それは厭うべきものでしかない。金魚鉢を前にゆう子が回想するのは、行為の後の、男の「仕方がないぢやないか」という言葉であり、生臭い金魚の匂いは「男の匂ひ」と重なって彼女をぞっとさせる。しかし、彼女は「自分の身体が自由《まま》にならず、安芸治と共に暑さのなかを、向島から浅草まで歩き回ることになる。花屋敷前の曲芸小屋で、傘回しの少女や蝙蝠を見たゆう子が、隅田川の流れを眺めながら、「蝙蝠が、浅黄繻子の男袴を穿いた娘の、生血を吸つてる、生血を吸つてる――」という幻影を見、男に手を取られて「生臭い匂ひ」を感じるところで、物語は終わる。

ゆう子と安芸治が何者で、どのような関係なのかについては、テクストは何も語らない。二人が婚姻関係にはない、ということがわかるくらいである。ただ、「水色の洋傘」を持つゆう子と、「生つ白いパナマ」を被り、「細い頸筋」をした安芸治は、浅草の人々にじろじろと見られることに不快感をあらわしている。彼らは、当時の知識階級に属しているようである。しかし、二人の関係は、ロマンティック・ラブには結びつかないのだ。

毛孔に一本々々針を突きさして、こまかい肉を一と片づゝ抉りだしても、自分の一度侵《ひた》つた汚れは削りとることができない。[121]――

ゆう子は、自分が「蹂躙」されたと感じ、その体験を「汚れ」ととらえる。未婚の女が性的関係を持つこと、つまり母性と無縁の性体験が「汚れ」であるという感覚は、未婚女性の処女性を尊重する教育が、当時の知識階級の少女たちに既にいきわたっていたことを示しているといえるだろう。そして、一方で結婚まで処女であることを強要され、他方で「恋愛」の名のもとに性的存在と目される女が、「性」の世界で生血を吸われる存在だ、ということを、このテクストは暴いているようでもある。「西洋伝来」のロマンティック・ラブに憧れる少女たちが、望まない妊娠にいたってしまうケースについては、第二章で扱ったが、「生血」はそうした少女たちの内面を、初めて描き出した作品だともいえるのである。

そして、「処女の聖性」を失った彼女は、あくる朝、金魚鉢の金魚を、着物の襟を合わせていたピンで刺し殺す。「刃を握つて何かに立向ひたい様な気持」が彼女をそのような振舞いに導くのだが、その行為によって、ゆう子は、蛾をピンで刺して髪留めにするイッポーリタや、カナリアをやはり刺し殺す朋子の姿にも重なっていく。田村が描くのは、ここでもやはり「あるべき姿」から逸脱した女が、「宿命の女」のような「娼婦型」へと近づいていく様子である。

一方、荒木郁子が戯曲「陽神の戯れ」（創刊号）に登場させるのは、学生と出奔する人妻と、それを追う夫、学生のいいなづけの四人である。二十二歳の学生、晴雄と出奔して山の中までやってきた美子は、「恋と云ふ力」の強さに満足している晴雄を尻目に、街へ帰りたくて仕方がない。一方、晴雄のいいなづけの浦子と美子の夫の守也は、山を統べる神である百合姫のもとで出会う。浦子は守也に「真《まこと》」を説き、「自分を偽るといふ事は、一番怖ろしい事」だと美子にも呼びかける。百合姫の力で、浦子の言葉は美子にも届き、美子は自分を偽っていたことに気づいて山を去る。浦子は晴雄を探し当て、「天は私の真心を聞いて呉れました。人の真《まこと》程力の強いものはありません」と浦子が「真」の勝利を謳いあげて、物語は終わる。

この戯曲は、「真」の愛をいいなづけの晴雄に捧げ、美子との逃避行についての晴雄の告白をきいても、「私に任せてね、私がみんな庇つて上げますわ」と晴雄を励ます浦子の美徳を称えるものとして理解できる。他方、「身丈高く、優れて美くしい」が「眼に温味の欠けた女」と評される美子は、「華美《はで》な服装」をしている。美しく冷たい女、自分の意思を押し通す女、とは、藤尾や雛江を想起させる。そしてまた、晴雄も「弱い」男である。「自分を偽る」ことの恐ろしさを感じた美子に別れを告げられ、晴雄は次のように美子を責める。

> ぢや貴女は、戯れに恋を為さつたのですね。好奇心と、鳥渡《ちよつと》した気持とで貴女は、僕を、弄《なぐさ》みなさつたのですね。貴女は恋を粧はうて、而して僕は、その粧に欺されたのですね、此の弱い、小さい僕を貴女は、子猫が鞠をころがすやうに、ぢやれて見なさつたのですね。[122]

「怖ろしい、厭な意地」のために「自分を偽」って晴雄と山までできた美子は、これまでの作品に登場した、藤尾のような女性たちをモデルにしているようである。彼女は、自らのセクシュアリティーを否定しないし、晴雄を「弄」んだことについても、「そうも云へますわ」と認めている。しかし、晴雄に別れを告げた美子は、「今日から自分のために生きる」と言って、颯爽と街に帰っていく。既婚女性がセクシュアリティーを発揮したからといって、美子が罰せられるわけではないのは、「空薫」の雛江と同様である。また、美子の夫、守也に会った浦子は、次のように守也に語りかける。

今のまゝの貴方が続くと、万一《もし》女がめさめた時に、貴方の立場がなくなりますよ。貴方が奥様を探し当てたにしたところで、貴方は不幸な一生を送らねばなりません。[123]

ここからは、美子が出奔したのは、夫の守也に「真」がなかったからだ、という浦子の主張がみてとれるばかりか、美子の行動は、彼女の「めさめ《（ママ）》」とも結びつく可能性をはらむ。女性の「目覚め」については、その後も『青鞜』で語られていくが、これは「主体性の獲得」と言い換えることができるだろう。美子の晴雄との出奔は、姦通罪が適用されてもおかしくないような状況のものだが、この物語においては、その点は全く問題にされないのである。

このように見ると、田村俊子も、荒木郁子も、女のセクシュアリティーの問題に、それぞれの立場から取り組んでいることがわかる。そして、フィクションに表出したこうした作者の声は、読者たちにも何らかの刺激を与えたに違いない。与謝野晶子は、初期の『青鞜』には毎号作品を寄せていたが、第一巻三号の巻頭に掲載された「風邪」という詩では、客を帰した後、寝付かれぬ自分が描写されている。そして、自分の影が黒猫になったり、美しい若い女になったりする幻影を見る詩人は、最終連で「わたしは風邪を引いたらしい、／それとも何かに生血を吸はして寝てるのか、／時計は二時を打つ。」と締めくくっている。当時の女性が、生血を吸われて生きていかなくてはならない生き物だ、という田村俊子の主張に、晶子も同感したのではないだろうか。

フラッパーとブッチ

さて、それでは、自らが性的なものをも含めた「主体性」を持った存在であることを、彼女たちはどのような形で表明しようとしたのだろうか。

『青鞜』第一巻二号では、尾島菊子が「ある夜」という小説のなかで、この問題に触れている。「ある夜」は、友人の元子が結婚してしまったことを嘆き、「私は斯うして何時までも独りで自由に考へて、ひとりを楽し」もうと決意するつぎ子の物語だった。元子は、親の望む相手との結婚という、「女の踏むべき道を踏んで行つた」女性である。しかし、そのために「恋人を捨て」ることに、語り手のつぎ子は納得できず、それは「恋の切り売り、命の安売り」だと感じる。一方で、「女が精々働いたつて何れだけの事が出来よう」と、未亡人の友人きみ子には再婚することを勧める。つぎ子も、女性の自立が困難を極めるものだということはわかっているのだ。ここで興味深いのが、元子の造形である。彼女は、若い恋人と別れ、「髭面の気難かしやの理窟云ひ」と結婚するのだが、つぎ子によって次のように描写される。

> 元子さんは人形のやうに美しい顔をして、小鳥のやうに可愛い声をして、雛のやうに艶麗な容姿をして、それであのまあ心の強いこと、彼の人を泣かして振り切つて行く度胸の豪《えら》いこと。(124)

そしてまた、元子の口癖は、「世の中に貞女になる位つまらないことはないわ」というものである。ここに描き出されるのも、雛江の後継者なのだ。

男装のレズビアンを主人公としたラドクリフ・ホールの小説『孤独の井戸』（一九二八年）を論じたエスター・ニュートンは、

「新しい女」が性的存在であると公言するには、男の条件に沿って異性愛者 ── 尻軽女《フラッパー》になるか、男のからだと姿をしたレズビアン ── 男役《ブッチ》── になって男の世界に入るしかなかったのである。(125)

と述べている。『孤独の井戸』よりも二十年近く早い『青鞜』に集った女性たちも、フィクションのなかで「尻軽女《フラッパー》」と「男役《ブッチ》」を描き出していたのだ。そして、フラッパーの一つの形態は、「男を翻弄する女」の姿であり、雛江や朋子が、彼女たちの描き出す女性像のモデルとなったのだろう。もちろん、『青鞜』の女性たちは、「男を翻弄する女」を全面的に肯定しているわけではない。「ある夜」と同じ、第一巻二号には、HとY（平塚らいてうと保持研子《やすもちよしこ》）による「ヘッダ、ガブラ合評」が掲載されているが、ここでは、保持がヘッダを「此様な女が自覚した女だと男性の眼に映ずるかと思ふと実に情ないものだと熟々《つくづく》嫌になつて仕舞ひます」と評している。

怜悧な女には違ひ有りません、其策略的秘術的な手腕が手に足に眼に口に聊《いささか》も内省顧慮を要せずずん〴〵運んで行く処は実に目覚ましいものですが是のみをもつて覚めた女と首肯する事は出来ません。(126)

という保持の批評は、「イブセン会」でのヘッダ論と比較しても、当時のヘッダの日本での受け取られ方を如実にあらわしており、なかなか鋭いものがある。「あゝ覚醒た女とは果してどういふのを指すでせうか」という保持の問いかけは、自由気儘に行動することと「目覚め」ることは全く別だ、という、至極真っ当な主張をしているといえるだろう。

とはいえ、ヘッダのような女性が「新しい女」と目されていたことは事実であり、自分の意思の命ずるままに行動すること、さらには、他人、特に男性を意のままにする、ということが「新しい女」の特権として考えられたのではないか、ということは、大塚楠緒子の「空薫」からも明らかだろう。そして、そうした女性表象を担う女性たちは、『青鞜』には最初期からいたのだった。

なかでも異色だったのが、荒木郁子である。彼女が第一巻三号に発表した「道子」は、まさに「尻軽女《フラッパー》」を描いた作品だったのである。ヒロインの道子は、金のために昔の男を訪ねて歩く女性である。横浜の商家に生まれ、「女学校を中途で停めてぶら〳〵遊んでゐた」彼女は、西洋に憧れを抱いている。

> 折々商売上のことで番頭代りに好んで出かけた西洋人の家の空気を吸ふ道子は、美くしい花の香、それ等から呼び起される欧洲の華美《きらびやか》な街のすがた、夜会に咲く紅い花のかほりなどがまぼろしのやうに道子の胸をかすめた。(127)

これは、当時の新しい教育を受けた女学生たちの、典型的な憧れを描写しているといえるだろう。フランスの話が聞きたいために、ジョセフという男のところに通うようになった彼女は、ジョセフが築地に引っ越すと、ある日家出をしてジョセフの家に転がり込む。しかしジョセフに性的関係を要求されたためにジョセフの家も出、叔母の家を経て男と住むようになり、料理屋や下宿屋の女中も経験する。結局国許に妻子のある篠田という男と同棲するようになった道子は、金がなくなると、「以前関係したのろま男の処を訪ね廻つて絞れる丈絞つて来る」という生活をする。道子は、第二章で取り上げた新聞記事の、「莫蓮女学生」のように生きているのである。

一方の「ブッチ」も、『青鞜』に登場することになる。少し時代が下ることになるが、菅原初の「旬日の友」

を取り上げてみたい。『青鞜』第五巻三号（一九一四年）に掲載されたこの作品は、「春のやうな柔かい彼女の心と、顳顬《こめかみ》から頸にかけて美しい、いかにも女らしい」Pの回想、という形をとっている。

ここに描き出されるのは、女学生同士の恋愛感情をも含めた友情の物語である。そして、Pと親しくなるKは、男性のような女性として描かれる。女学校を卒業後、絵の勉強を続けているKは、「自我の強い女」だが、「一寸変つた人」でもある。「黒つぽい銘仙の単衣を着、灰色の袴を心地下《ここちした》につけ」る彼女は、「黒い髪を無雑作に束ねて、こうじつと見詰る所はどう見ても男性的な所があ」るのだ。

『若い人の丸髷は可愛い、ものですね、でも髷結ぶ心は私嫌ひですよ、何だか囚はれて、仕舞つたやうで』
『でも自分の女に髷、結はしている男は愉快でしよう(128)』

という、PとKの会話は、田村俊子の『あきらめ』における、時計店の前での富枝と三輪の会話を彷彿させる。ここにあらわれているのも、結婚によって女が「囚われて」しまう、男の所有物になってしまう、という感覚であり、しかもここでは、丸髷を妻に結わせることが、自分の所有物であることを世に知らしめることでもあるという、男の優越感も指摘されている。そして、ここでは、「男性的」なKにそれを指摘されることによって、Pは「不愉快」になるのである。

日比谷公園で話し込んだ二人は、夜中の一時頃に警部に声をかけられる。Kは「お前は女か」と尋ねられ、「お前達は、近頃流行る、同性の恋じゃないか」と言われる。この描写は、明らかに『あきらめ』以後の状況を反映しているといえるだろう。『あきらめ』が新聞に連載されたのは、一九一一（明治四四）年の一月から三月だったが、その年の七月に、新潟で高等女学校を卒業した女性二人が入水自殺する、という事件が起こった。マスコミは、これを「同性の愛」と騒ぎたて、『婦女新聞』八月十一日号は「同性の愛」「同性の愛の研究」、同月十八日号には「同性の恋とその実例」という記事を掲載した。『新公論』九月号には、「戦慄すべき女性間の顚倒性欲」という記事も載り、これ以降、世間は女性（特に女学生）同士の親密な付き合いに、目を光らせるようになっていく。先述したように、一部の女学校では、運動場で上級生と下級生が遊ぶことまで禁じられるなか、一九一六年には、『少女世界』主筆の沼田笠峰が『現代少女とその教育』という本を出版し、教育現場での過剰な反応を憂えている。

さて、PはKの家に泊まりに行くと、「『もがける丈け、もがきなさい、悶える丈け、悶える丈け』」という言葉とともに、Kの腕に絡めとられてしまう。Pは『あきらめ』の染子のように、ただ受身なだけの女性ではないが、「Kの腕に抱かれたまゝ、この奇しき運命のまゝに、何時迄も、いつでもこのまゝ居たいと願ました」という描写や、Kのために煙草を買いに行くPの姿からは、やはり女役のP、男役のK、という役割分担が見られる。なお、「旬日の友」における、「どう見ても男性的」な「性的特徴」を備えたKの造形にあたっては、田村俊子が描いた平塚らいてうのイメージがあったのではないかとも考えられる。『青鞜』運動の中心的な存在であった平塚らいてうは、田村俊子より二年後に生まれている。二人が親しく交際するようになったのは『青鞜』創刊の後のようであるが、明治末年から一九一三（大正二）年頃にかけて、職業作家としてあちこちに文章を発表していた俊子のエッセイにらいてう、長沼智恵子や、保持研子はよく登場するのだ。一九一二年の『早稲田文学』一月号に、俊子は次のように書いている。

夕方平塚さんが見える。今日は黒い眼鏡がないので顔の上から受ける感じが明るい。話をしてゐる間に深味のある張りをもつた眼が幾度も涙でいつぱいになる。この人を見ると、身体ぢう熱に燃えてゐて手をふれたら焦げたゞられさうな感じがするでせう、とある人の云つた事を思ひだす。厚い脣の口尻に深い窪みを刻みつけて、真つ白な象牙のやうな腕を袖口からだしながら手を腮《あご》のあたりまで持つていつて笑ふとき、一寸引き入れられる。私はこの人の声も好きだ。[129]

この時点では明らかに俊子はらいてうに好意を抱いているように思える。とはいえ、こうした私生活を実名入りで雑誌に公表されるのを、らいてうたちは嫌がったかも知れない。逆に、らいてうたちに憧れて『青鞜』に集おうとしていた女性たちにとっては、こうしたエッセイは、憧れの人物の人となりを伝える貴重なものでもあったろう。

ところが、一九一三年七月号の『中央公論』で特集された「平塚らいてう論」に、俊子は「平塚さん」と題して、突飛な小文を寄せている。

ある日、染井の墓地をある女二三人して歩いてゐると、其の中の一人の平塚さんが立ち止つて自分の咽喉を撫でながら、

「××さんがね、平塚さんの頸から上に男性的なところがあるつて云つたの。」

然う云つて仰向いて自分の咽喉仏をいぢつてゐる。成る程、女にしては大き過ぎるのどぼとけだと思ひながら、ひよいと見ると平塚さんの顎に髭がある。

それから顔を突き出して仔細に点検すると、中々長くつて濃い。普通の生毛とは違つてゐる。

女に顎髭のあるものはない。鼻の下には髭の形状らしく濃い毛が少しは密生する人もあるけれども、顎にこれだけの長い髭らしい一と塊りの毛を生えさせてる人はちよいと見ない。[130]

この後、文章はさらに、数えてみたら三十本以上あるが、本人がくすぐったがるので数えられない、と続き、挙句に「平塚さんに就いて私が発見したこと[131]はこれだけです」と締めくくられる。この頃から、俊子とらいてう

の関係はあまり良くないものとなり、翌年には、前節に挙げたようならいてうの俊子批判も展開されることになるのだが、この文章で俊子が言っていることは、らいてうが「男らしい」ということである。不必要なまでに「女らしく」装うことを身上としていた俊子にとって、らいてうの「男っぽさ」は揶揄の対象だったのだろうか。そして、ちょうどこの時期に、らいてうは、日本画家尾竹越堂の娘で女子美術学校で学び、一九一二年一月に青鞜社に入社した尾竹紅吉と親密な交際を結んでいた。『青鞜』第二巻八号（一九一二年）に掲載された「円窓より」では、「紅吉を自分の世界の中なるものにしようとした私の抱擁と接吻がいかに烈しかったか、私は知らぬ。知らぬ。けれどああまでたちまちに紅吉の心のすべてが燃え上がろうとは、火になろうとは[132]」と二人の関係が綴られている。

菅原初の「旬日の友」が描くのは、このようならいてうのイメージだとも思われる。回想場面で、語り手は「真剣か、遊戯であつたか自分にも解りません」と一応読者を煙に巻くが、「只「誠」であつたといふこと丈は、どんなことでも立派に云へる」と述べる。この「誠＝真」が、『青鞜』のフィクションにおいて重要だったことを、続いてみていきたい。

「真の恋」の希求

『青鞜』第一巻四号に掲載された、永安はつ子の「蛇影」は、「自由恋愛」で結ばれたはずの夫の不貞を疑う律子が、以前自分に純愛を捧げた青年を思い出す、という物語である。女学校を卒業してすぐに持ち上がった縁談を断わったために、律子は両親の怒りを買い、田舎の小学校教師となる。そこで知り合った村長の息子、野村に思いを寄せられるのだが、「金はなくとも、名はなくとも、只誠ある人格こそ真に貴いのだ」と銀行家との縁談を断わったにもかかわらず、律子は、山村の青年であり、中学しか卒業していない野村には大変手厳しい。「いくら何だつて私が自分よりも学識の浅い、見識のひくい、あの人の妻になられるだらうか」と、彼女は野村の

「我身知らずの恋」を鼻で笑う。野村からの手紙に答えて、彼女は、オリーブ・シュライナーの言葉を引く。南アフリカ出身の女性作家であり、活動家でもあったシュライナーは、一九一一年に『女性と労働』を出版し、そこで女性が「性的寄生虫」となることを奨励されている、と論じた。シュライナーの著作は『青鞜』同人によく読まれたようで、神近市子は一九一七（大正六）年に『婦人と寄生』という邦題で翻訳を上梓することになるのだが、律子がここでわざと、それほど知られていないシュライナーを引いていることは明らかだろう。このような状況で、野村の熱意は実ることなく、彼は結核で死んでしまう。しかし、後に夫の不貞を確信した律子は、野村の恋を美化するに至る。

「あ、誠！　真！　世の中に美しい誠は、思へばあの野村《ひと》の恋のみであつたらう、信じ得べきはあの恋の誠だ」(133)

この短編は、夫の許に女性からの手紙が来たことと、街へ行った夫がその女性と会ったことを自分に話さなかった、ということを考え合わせただけで疑心暗鬼になり、その腹いせに、「ついぞ懐しいとも思はなかつた昔の人の恋」を思い出して感傷にひたる女の物語だとも読める。ある種の理想主義、潔癖主義、というものも、この「真の恋」への希求からは読み取れるだろう。しかし、愛情にあくまでも「真／誠」を求めたい、というロマンティックな女性の心情が、この作品にはよくあらわれているといえよう。

より大胆に、「真の恋」をうたったのは、ここでもやはり荒木郁子だった。彼女が一九一二（明治四五）年に『青鞜』に発表した「手紙」は、五頁の、ごく短い書簡体の掌編だったが、風俗壊乱を指摘され、『青鞜』を発禁にした小説である。「手紙」は、夫のある女性が他の男に宛てた手紙、という体裁をとった作品であり、その内容が姦通を肯定している、と判断されたのだった。

「手紙」は、「私」が年下の恋人、秀夫に向かって綴っているものである。二人は半年前に別れたが、「私」は秀夫への思いを切々と訴える。そして、「来月の始からは丁度夫も不在」だから「あの部屋」で会おう、と「私」が秀夫を誘い、返事を求めて、手紙は終わる。

私は始めての夜のことは何もかも覚えてゐます。暁方の星は恋の道しるべ……貴方は例《いつ》も甘いことを仰有るのね、あの星を見ながら抱き合つた二人は他人に聞かれては愧しいやうな話を長い〳〵間語合つたのでしたわ、海の波迄が楽しさうに、ほがらかな歌を唄つて、断へずくちづけをその岸に向けてゐたぢやありませんか。それにも増して幸福な二人は忘れられない紀念をつくつたのですわ。[134]

「海の波迄が楽しさうに、ほがらかな歌を唄つて、断へずくちづけをその岸に向けてゐた」という表現などは、いかにも、明治の新教育を受け、翻訳文学などを通してロマンティック・ラブの薫陶を受けた女性の文章であるが、やはりここでも、問題となるのは「真面目な恋」である。しかも、彼女は夫の不実や暴力に苦悩しているわけではない。「夫はいつもにこ〳〵して」「髪飾だの指輪だの甘しいものだの、それから朝めさめた時には長い接吻だのを」「私」に与えてくれる。彼らは、表面的には何の問題もない夫婦なのである。しかし、「私」は夫婦というものの関係を、「愛を至極便利な機械かなんぞのやうに取扱ふ」「妙ちきりん」なものととらえている。彼女にとっての問題は、夫に「一度も心を貫つたこと」がない、ということである。彼女は、夫も「私の心」に触ろうとはせず、「唯々私の笑顔と甘へたやうな振り（これも実は男の空想が造り出すのです）だけを見ればそれでよい」のだ、と感じているのだ。男が自分の空想のなかの理想の妻の姿と実際の妻を重ねることだけで満足し、それ以上の心の交流を求めないことに、「私」は満足できない。荒木郁子の「陽神の戯れ」で浦子が守也に発した警句を思い起こすならば、「私」は「めさめ」た妻、ということになる。

そしてこの妻は、尾島菊子の「ある夜」の元子と同じように、「貞婦の一人」でありながら、「そんな言葉は頂きたくない」と断言する。「それよりも、人間なら人間らしく真面目な恋に確《しっか》り抱かれていたい」（傍点引用者）と考える彼女は、「例へそれが恐ろしい罪悪の名の下に支配される行為でも……ふるへて偽りの日を送るよりも、形式はどうあらうとも心と心とをふれ合ふことの出来る生活」に憧れ、昔の恋人を誘うのである。

雛江が「パオロとフランチェスカ」を持ち出して、「真実《まこと》の恋」を擁護したように、ここでも、「真面目な恋」のためであれば、女性は存分に主体性を発揮することができ、法に背くことさえ厭わない。さらにいえば、この作品は、規範からの逸脱をも正当化してくれる「真実の恋」が、「私」の価値判断のみを根拠にしていることをも露わにしているといえるだろう。このように見てくると、女性たちにとって最も重要だったことは、男性にのみ許されて、女性からは奪われていた、主体性の獲得そのものであるかのようにも思える。

この年（一九一二年）の七月五日に、北原白秋は隣家の松下長平から姦通罪で告訴され、翌日に松下俊子ともども逮捕、拘留されている。七月六日の『読売新聞』はこの事件を大きく報じ、白秋は「文芸汚辱の一頁」と罵られた。この事件が白秋の心身に大きなダメージを与えたことは、多くの研究書も指摘しているし、歌集『桐の花』にも彼の苦悩があらわれている。告訴当時、松下長平には愛人がおり、妻の俊子には既に離縁を宣告していたらしい。それにもかかわらず、長平は白秋の弟、鉄雄が持参した示談金三〇〇円で告訴を取り下げ、後にはスキャンダルにまみれた白秋と俊子が残されたのである。俊子は、後に白秋と結婚し、のち離婚することになるが、事件後は、横浜の外国人ホテルのバーで、リリーという名で働いていたという[135]。

　も一度逢ひ度い……ハツとして眼を開けた、嘲笑ふやうに鶏頭が光る。
　ほんとにあの鶏頭のやうな女だった、お跳《はね》さんで嘘吐きで怜悧で愚かで虚栄家《みえばう》で気狂で而して恐ろしい悪魔のやうな魅力と美くしい姿……凡てが俺の芸術欲を唆かし瞞らかし、引きずり廻すには充分の不可思議性を秘して居た、(136)

とは、『桐の花』末尾の「ふさぎの虫」における白秋の俊子評だったが、白秋にとって俊子が「宿命の女」であり、白秋自身もそうであることを望んだこと、だからこそ、俊子の表象はそれにふさわしい形容をされることは自明だろう。そして、この俊子の形容が、『青鞜』の女性たちがフィクションのなかで描き出した、自由を求める女たちの姿とも重なるものだったことを、改めて指摘しておきたい。しかし、この事件からわかることは、実社会、そして世間が、「姦通」に、特に姦通を犯した女性に、いかに厳格であるか、ということでもあった。荒木郁子が「手紙」において追求しようとした、婚姻制度に縛られない女の「真の恋」は、この時代には到底認められるものではなかったのである。

このように、女性たちは、フィクションのなかで、「恋愛」の名の下に自己の欲望を解放し、力を得ようと声を上げ始めた。その声は確かに、小さかったり、物足りなかったり、首尾一貫していなかったりもした。しかし、こうした作品から伝わってくるのは、男性たちが西洋文学を受容しながら作り上げた女性像を、同様に受容しながら、換骨奪胎をもくろむ彼女たちの意思ではないだろうか。

おわりに

本書が明らかにしようとしたのは、明治後期の日本文学が、新しい若者の姿を作り出していく過程である。明治第一世代の価値観である、「家名尊重」「立身出世」といったものに共感できなくなった時、知識階級の若者たちが試みたのは、「近代文明」の在り処である「西洋」の文学に描かれた価値観を自分のものとして、旧来の価値観に対抗する、という方法であった。

第一章で扱った「煩悶青年」たちは、まさに「西洋」の文学のなかの青年像をモデルにしていた。ハムレットやウェルテルに自己を擬することで、彼らの自己像は正当化される。そして、その「煩悶」が一種の流行となるにつれ、「煩悶」からは深刻さが薄れ、彼らが西洋文学のなかに「発見」することになった恋愛のような問題へと向かっていったことがわかるだろう。また、イプセンの『ヨーン・ガブリエル・ボルクマン』が、煩悶青年の物語として読み替えられていく過程からは、この作品が本来の姿とは異なった形で、日本の青年たちの自己像を投影すべき象徴的な作品として受容されたことが明らかになったと思う。

西洋文学を読み替えることによって出来上がったのは、新しい女性像でもあった。第二章、第三章で論じた明治の女学生の表象は、その典型だといえる。アメリカ合衆国の女子高等教育をモデルとした日本の女学校は、女学生たちの社会的階層の問題などを当初から孕んでいたが、結局は良妻賢母主義教育を施す場所として定着した。そのなかで、女学生自身の戸惑いや諦めが描かれた、田辺（三宅）花圃の『薮の鶯』のような作品も登場したが、女学生は男性知識人たちの恋愛と結婚の対象としてのみ表象されるようになっていく。彼らの恋愛観や結婚観を規定したのは、ヨーロッパ発祥のロマンティック・ラブ・イデオロギーだったが、このイデオロギーは、女性をも含む日本の知識階級の若者たちに受け入れられるために、精神性を称揚し、肉体性を排除するという戦略をとった。西洋文学の翻訳などにも、そうした読み替えは明らかである。その結果、日本的なロマンティック・ラブ・イデオロギーは青年男女に刷り込まれていくが、その一方で性的スキャンダルもメディアに登場するようになった。当事者である女学生たちは、メディアと文学によって、「女学生神話」というネガティヴな言説のなかに囲い込まれていく。しかし、一方で、女学生をめぐるネガティヴな言説が、ヨーロッパ世紀末文学の影響を受けながら、新しい女性表象を形成したことも明らかになった。「女学生神話」は、女学生たちの知性を抑圧し、彼女たちを身体的（性的）な存在として規定したが、性的な存在としての女学生表象は、自らの性的魅力を利用して男性を誘惑する、悪女としての自覚を持つ女性像をも生み出していくのである。この女性像は、ヨーロッパ世紀末文学のなかの「宿命の女」像に近づいていくことによって、都会的で西洋的な、強いヒロインとなっていく。日本における「宿命の女」が、そのエキゾティシズムを「西洋」に求める、という図式は、たいへん興味深いものである。

第四章では、男性の価値観の変容の様子を、イタリアの詩人・作家であるガブリエーレ・ダンヌンツィオの作品との接触を軸にして考察した。明治後期の日本では、ヨーロッパ世紀末文学の旗手として名を馳せたダンヌンツィオの作品がよく読まれていたが、森田草平と平塚明子が一九〇八（明治四一）年に起こした心中未遂事件と、その事件をもとにした森田の小説『煤煙』によって、彼の作品は改めて注目されるようになった。ダンヌンツィオの作品との関わりのなかで『煤煙』を再読することによって、『煤煙』の男性表象が、自らの弱さを否定せず、「宿命の女」に翻弄されることにも喜びを感じる「新しい男」を描き出していることがわかった。そして、この「新しい男」像は、夏目漱石や森鷗外といった明治第一世代をも巻き込む形でさまざまな男性像を生み出したことも明らかになった。一方、ダンヌンツィオの『快楽』に登場する日本人の描写の分析からは、ロティの作品などによって定着した十九世紀末から二十世紀初頭にかけての日本のイメージが、ダンヌンツィオの作品にどのような影響を与え、さらにその翻訳を読み替えていったか、ということが明らかになった。そしてまた、この西洋の日本イメージを、日本の知識人が内面化してゆく様子を、高村光太郎の例を取り上げて分析した。ここに見られる高村の苦悩は、「西洋」の文学に描かれた価値観を自分のものとして、旧来の価値観に対抗する、という近代日本人の戦略の思わぬ陥穽として、その後も存在し続けるものである。

最後に論じたのは、明治末の女性作家たちについてである。ここで取り上げた、大塚楠緒子と田村俊子は、いずれも、男性たちの文学的想像力を自分なりに読み替えて、新しい女性像を作り出そうとした作家だった。大塚楠緒子は、女学生の「その後」の物語を数多く描いたが、西洋の文学や文化に関する知識も作品のなかに取り入れながら、女性の側からロマンティック・ラブ・イデオロギーを読み直す。そして、これまでにはなかった女性の生き方をも模索している。田村俊子は、『あきらめ』という作品において、女をめぐる言説に女の立場から参入するとともに、遊歩者《フラヌーズ》としての女学生と、同性愛的な世界を描くことによって、女学生が単に視線を注がれるだけの存在ではないことを示す。この作品の分析からは、主体的な存在であろうとする女学生の姿が読み取れる。大塚も、田村も、男性たちの紡いだ女性表象をも取り入れ、それを自分なりに解釈して新しい女性表象を試みている。日本文学のなかの「新しい女」は、男性たちの文学的想像力の産物でもあったが、女性たちも、その想像力を利用する形で、「新しい女」像を構築するのだ。一九一一年に創刊となった『青鞜』に寄せられた初期のフィクションでも、大塚や田村の作品に見られた特色を拡大する形で、さまざまな方向での女性の主体性が主張されていた。

以上のような考察から、明治後期の日本の知識階級の若者像の一端が明らかになったのではないかと思う。西洋文学の読み替えやねじれをともないながら形成された、自己や他者の表象が内包せざるを得なかった問題点については、本書では十分に論じることができなかったが、今後の課題としたい。

注

（1）Joseph T. Shipley, *Dictionary of Word Origins*, New York: Philosophical Library, 1945; Ernest Klein, *A Comprehensive Etymological Dictionary of the English Language*, Amsterdam, London and New York: Elsevier, 1971; 寺澤芳雄編『英語語源辞典』研究社、一九九七年を参照。

（2）多和田葉子「ある翻訳家への手紙」『図書』二〇〇三年八月、四〇－四二頁。

（3）J・L・ボルヘス「『千夜一夜』の翻訳者たち」（J・L・ボルヘス『永遠の歴史』土岐恒二訳、筑摩書房、一九八六年）。

（4）高等女学校は、厳密にいえば中等教育機関であるが、研究科なども付属する場合があること、通学する男女の階層差などを考慮して、本書では高等教育として扱う。

第一章

（1）『徳富蘇峰集』（『近代日本思想大系』第八巻）筑摩書房、一九七八年、七四頁。

（2）『日本国語大辞典』第二版、第一一巻、小学館、一九七二年、九九頁。

（3）木村三四吾《みよご》翻刻、滝沢馬琴『後の為乃記』（『木村三四吾著作集四　資料篇　芸文余韻―江戸の書物』）八木書店、一九九八年、二一〇－二一二頁。

（4）藤村操に影響されたと思われる青年の自殺の増加には、当局は手を焼いたようで、一九〇七年五月二十八日の『読売新聞』（二面）は、也奈義書房発行の藤村操『煩悶記』が「安寧秩序紊乱の廉にて発売禁止を命ぜられた」ことを伝えている。

（5）橋川文三『昭和維新試論』（朝日新聞社、一九八四年）、キンモンス『立身出世の社会史』（玉川大学出版部、一九九五年）など。

（6）『読売新聞』一八八三年一月二十八日、三面。

（7）一八八〇年十二月二十四日、一八八一年十二月十六日などの記事に、「苦悶」の用例がある。

（8）『時事新報』第八〇〇号、一八八四年十月二十九日、一面。

（9）『時事新報』第二〇六七号、一八八八年十月四日、二面。

（10）第八回に、「凡そ相愛する二ツの心は一体分身で孤立する者でもなく又仕様とて出来るものでもない故に一方の心が歓ぶ時には他方の心も共に歓び一方の心が悲しむ時には他方の心も共に悲しみ一方の心が楽しむ時には他方の心も共に楽み一方の心が苦しむ時には他方の心も共に苦しみ嬉笑にも相感じ怒罵にも相感じ愉快適悦不平煩悶にも相感じ気が気に通じ心が心を喚起し決して齟齬し扞格する者で無いと今日が日まで文三思ってゐたに、今文三の痛痒をお勢は感ぜぬは如何したものだらう」（『二葉亭四迷全集』第一巻、筑摩書房、一九八四年、八〇頁）というくだりがある。

（11）『改訂註釈樗牛全集』第六巻、博文館、一九三一年、三〇頁。

（12）同前、一四二頁。

（13）未発表のものとしては、前年のユーゴーの「流砂」を挙げることができる。

（14）『改訂註釈樗牛全集』第四巻、一九二七年、三頁。

（15）同前、一六頁。

（16）『定本国木田独歩全集』第六巻、学習研究社、一九七八年、六四頁。

（17）『定本国木田独歩全集』第一巻、二三一頁。

（18）『用達会社』の書評の方では、登場人物として「余が本然の職を得たしと叫ぶ煩悶子」（同前、二三〇頁）を挙げている。

（19）『世界文学全集』第二二巻、中村白葉訳『罪と罰』月報、新潮社、一九二八年。

（20）『改訂註釈樗牛全集』第三巻、一九二六年、七五頁。

（21）『改訂註釈樗牛全集』第二巻、一九二六年、一六頁。

（22）「断片」『徳田秋声全集』第一九巻、八木書店、二〇〇〇年、一四頁。

（23）『定本国木田独歩全集』第一巻、二三頁。

（24）『藤村全集』第一巻、筑摩書房、一九六七年、五二六頁。

（25）秦郁彦『旧制高校物語』（文春新書、二〇〇三年、一八頁）、山下武『夭折の天才群像――神に召された少年少女たち』（本の友社、二〇〇四年、三頁）など。

（26）後藤宙外は、『新小説』第八年九巻（一九〇三年八月）の記事「懐疑的自殺者」で、「近来の新聞雑誌を通じて、最も喧囂を極めたる問題は何ぞ。満韓事件以外に於ては、確に彼の華厳瀑の懐疑自殺者藤村操子の上に係るものに及くはなからむ」（二〇九頁）と述べている。

（27）藤村の自殺の本当の原因は失恋であったとするのが今日に至るまでの通説ともなっているようだが、その点については第三節で扱う。また、山名正太郎によれば、昭和の初めに日光の町役場で発見され、その後紛失した台帳の変死欄には、冒頭に藤村操の名があり、「原因、哲学研究のため」とあったという（山名正太郎『自殺について』北隆館、一九四九年、唐木順三「自殺について」弘文堂、一九五〇年参照）。

（28）魚住折蘆「藤村操君の死を悼みて」（『新人』一九〇三年七月号）『明治文学全集』第五〇巻、筑摩書房、一九七四年、二八七頁。

（29）黒岩涙香「藤村操の死について」『明治文学全集』第四七巻、一九七一年、三七四頁。

（30）Georges Minois, *Histoire du Suicide: La société occidentale face à la mort volontaire*, Paris: Fayard, 1995, pp. 315-316.

(31) 例えば、一九〇三年七月四日の『東京日日新聞』(七面)には、「〇又々華厳瀑へ投身(早稲田大学生)」の報道があり、こうした風潮は「わが学生界の為めに最も歎ずべきこと」と論じられている。
(32) ハムレットがホレイショに言う "your philosophy"「いわゆる哲学」の your を「きみの」と解したことが「ホレーシヨの哲学」を生んだようである(行方昭夫『英文快読術』岩波書店・同時代ライブラリー、一九九四年、六五―六六頁)。
(33) 自らもシェイクスピアの「ヴィーナスとアドニス」を一八九二年に『女学雑誌』に訳載した島崎藤村は、『春』のなかで「イギリスの詩歌――ことにシェークスピアの戯曲は青年の間に読まれた。よく連中の話にも上る」(『藤村全集』第四巻)と記し、透谷をモデルとした青木に「ハムレットは最も悲しい夢を見た人間の一人である」と言わせている。
(34) 伊藤整『日本文壇史』第七巻、講談社、一九六四年、一四五頁より転載。なお、藤村の自殺とその周辺に関しては、平岩昭三「藤村操の華厳の滝投身自殺事件をめぐって」(『日本大学芸術学部紀要』第一九号、一九八九年、一二四―五四頁)に詳しい調査論考があり、こちらもあわせて参考とした。
(35) 三宅雪嶺「慷慨哀へて煩悶興る」(『想痕』所収)『明治文学全集』第三三巻、一九六七年、三五〇頁。
(36) 三宅雪嶺「一は決意奮闘一は懐疑頽廃」(『想痕』)同前、三四二頁。
(37)『読売新聞』を見ると、前年の一九〇五年一月二十七日の紙面に、「羽田の情死」という記事が掲載されている(三面)。これは新潟出身の青年が下宿屋の娘と恋仲になるも結婚できる見込みがないため二人で入水自殺を図ったもので、男性は助かっている。藤村が言及しているのはこの事件のことかと思われるが、一九〇一年八月にも同様の事件がやはり記事になっている。
(38)『藤村全集』第一〇巻、一九六七年、三三一五頁。
(39) 長谷川天渓「人生問題の研究と自殺」『太陽』一九〇三年八月号、一七四頁。
(40) 大塚保治「死と美意識」『太陽』一九〇三年九月号、五五頁。
(41)『漱石全集』第一四巻、岩波書店、一九九五年、一七九頁。
(42) 伊藤整『日本文壇史』第七巻、一四六頁。
(43)『平民新聞』一九〇四年五月八日、一頁。
(44) 松岡秀雄「藤村操」『日本人の百年』第八巻、世界文化社、一九七二年、九四頁。
(45) 例えばE・H・キンモンス『立身出世の社会史』広田照幸・加藤潤ほか訳、玉川大学出版部、一九九五年、が挙げられる。
(46) 丘浅次郎「世間一般に知らぬ顔すべし」『新公論』第二一年七号、一九〇六年七月、一五頁。
(47) 田口大吉郎「学問の価値を余り高く見積り過ぐ」同前、

一〇頁。
(48) 石川啄木「時代閉塞の現状」『啄木全集』第一〇巻、岩波書店、一九六一年、三〇頁。
(49) 堺利彦「自由安楽の新社会を建てよ」『新公論』第二一年七号、一七頁。
(50) 岩波茂雄「回想二題」『茂雄遺文抄』日本図書センター、一九九八年、五一頁。
(51) 山縣五十雄「煩悶は一種の贅沢なり」『新公論』第二一年七号、一五頁。
(52) 本多庸一「功名心を大にして精神的趣味を深からしむべし」『新公論』第二一年八号、五頁。
(53) 野口武彦『近代日本の恋愛小説』大阪書籍、一九八七年、七四頁。
(54) 『二葉亭四迷全集』第一巻、筑摩書房、一九八四年、八〇頁。
(55) 十川信介『二葉亭四迷論』筑摩書房、一九七一年、一〇〇頁。
(56) 川端香男里編『ロシア文学史』東京大学出版会、一九八六年、一六七頁。
(57) 木村彰一「ロシア文学における世代の問題――トゥルゲーネフの『父と子』とドストエフスキイの『悪霊』」『魅せられた旅人――ロシア文学の愉しみ』恒文社、一九八七年、一五七頁。
(58) 『唐木順三全集』第五巻、筑摩書房、一九六七年、二〇一頁。
(59) 前田愛「幕末・維新期の文学」『前田愛著作集』第一巻、筑摩書房、一九八九年、一〇〇頁。
(60) 坪内逍遙・内田魯庵編『二葉亭四迷』(一九〇九年刊)、『二葉亭四迷全集』第一巻、四一〇頁。
(61) 『定本国木田独歩全集』第二巻、一二〇頁。
(62) 同前、一三〇頁。
(63) トゥルゲーネフ『ルージン』中村融訳、岩波文庫、一九六一年、一六一頁。
(64) この作品は二葉亭によって『浮草』という題で翻訳されている。また、『ルージン』の影響を受けた日本の文学の早い例としては、一八八九(明治二二)年八月に『国民の友』に発表された矢崎鎮四郎の「流転」があげられる。
(65) 『読売新聞』一九〇五年三月四日、一面。
(66) 小栗風葉『青春』(上)岩波文庫、一九五三年、五頁。
(67) 同前、九―一〇頁。
(68) 同前、一四頁。
(69) 『改訂註釈樗牛全集』第七巻、一九三三年、三八六―三八七頁。
(70) 小栗風葉「『青春』物語」『文章世界』第二巻一号、一九〇七年一月十五日。
(71) トゥルゲーネフ『ルージン』四九頁。

（72）小栗風葉『青春』（中）岩波文庫、一九五三年、一五六頁。
（73）江藤淳『決定版　夏目漱石』新潮社、一九七四年、二一一頁。
（74）中村光夫「風俗小説論」（一九五〇年）『中村光夫全集』第七巻、筑摩書房、一九七二年、五五〇頁。
（75）相馬御風「懐疑と徹底」（『文章世界』一九一〇年）『相馬御風著作集』別巻一、名著刊行会、一九八一年、一四四頁。
（76）磯田光一「〝遊民〟的知識人の水脈——屈折点としての藤村操」『近代の感情革命——作家論集』新潮社、一九八七年、二一六頁。
（77）小栗風葉『青春』（中）一五六頁。
（78）『二葉亭四迷全集』第一巻、一五頁。
（79）石崎等「漱石と「新しい世代」覚書——『野分』前後」、平岡敏夫編『日本文学研究大成　夏目漱石』国書刊行会、一九八九年、八一－九〇頁。
（80）『漱石全集』第三巻、二〇〇二年、六五二頁。
（81）おそらくこの折に草平が話した身の上話というのが、後に『煤煙』の始めの部分で述べられることになる自分の出生の秘密のようなものであろう。
（82）『漱石全集』第一四巻、五〇九頁。
（83）磯田光一は前掲論文「〝遊民〟的知識人の水脈」のなかで、「『三四郎』から『それから』の道程のうちには、おそらく風葉の『青春』が微妙にはたらいていると思われる」とし、「『青春』の関欽哉のこの不決断は、時代の空虚を体現している点において、『それから』の代助の不決断の先駆とみられるであろう」と述べている。
（84）『定本花袋全集』第一巻、一九三六年、一九九三年（復刻版）、臨川書店、五九五頁。
（85）『近松秋江全集』第一巻、八木書店、一九九二年、一一四頁。
（86）「進歩十ケ年」『東京パック』第六巻二二号、一九一〇年八月、一〇面。
（87）島崎藤村『春』、『藤村全集』第三巻、一九六七年、一八頁。
（88）「当代の青年は何故に精神的方面に於て繊弱なる乎」『定本国木田独歩全集』第一巻、四九二頁。
（89）「我は如何にして小説家となりしか」『定本国木田独歩全集』第一巻、四九八頁。
（90）棚橋絢子「平たく云へば恋愛の二字に外ならずと存じ候」『新公論』第二一年七号、一〇頁。
（91）『漱石全集』第二巻、二〇〇二年、六六八頁。
（92）『漱石全集』第三巻、三三頁。
（93）『滑稽新聞』第五三号（一九〇三年七月）、赤瀬川原平・吉野孝雄編『宮武外骨・滑稽新聞』第二冊、筑摩書房、一九八五年、二八七頁。
（94）木下尚江『火の柱』、『木下尚江全集』第一巻、教文館、一九九〇年、二二七頁。
(95)『徳富蘇峰集』七五頁。
(96)『朝日新聞』一九八六年七月一日夕刊、一五面。記事は「恋は光…〝遺書〟──本に書き込み直前に手渡す」という見出しで、藤村操が日光に赴く直前に知人の令嬢に渡した、書き込みをした樗牛の『瀧口入道』が女性の遺族により日本近代文学館に寄付されたことを伝えている。
(97)大町桂月『青年と煩悶』参文舎、一九〇七年、一九頁。
(98)イプセンの作品に登場する人物などの日本語表記については、現在に至るまで様々な形がある。この作品名に関しても、明治期には「ジョン」が最も一般的に用いられ、「ジャン」「ヨハン」としたものもあった。本書では、作品中の全ての人物の名前表記を原千代海に準ずるものとする。
(99)長田秀雄「九月の自由劇場」『演芸画報』第六年一〇号、一九一九年十月、四〇―四一頁。長田は同様のことを『新劇の黎明』(ぐろりあ・そさえて、一九四一年)にも記している。
(100)『三田文学』第四巻三号(小山内薫記念号)、一九二九年三月、五頁。
(101)『鷗外全集』第五巻、岩波書店、一九七二年、三二六頁。
(102)小堀桂一郎「解説」『鷗外選集』第一八巻、岩波書店、一九八〇年、三七九頁。
(103)菅井幸雄「近代劇の成立とその受容の多様性」、諏訪春雄・菅井幸雄編『講座日本の演劇 近代の演劇一』勉誠社、一九九七年、一三頁。
(104)河竹登志夫『近代演劇の展開』日本放送出版協会、一九八二年、一八二頁。
(105)毛利三彌『イプセンの世紀末──後期作品の研究』白鳳社、一九九五年、二六六頁。
(106)越智治雄『明治大正の劇文学──日本近代戯曲史への試み』塙書房、一九七一年、四八〇頁。
(107)金子幸代「『ジョン・ガブリエル・ボルクマン』──イプセン劇の受容をめぐって」、竹盛天雄編『森鷗外必携』(『別冊国文学』第三七巻)学燈社、一九八九年、一三七頁。
(108)高橋昌子「藤村とイブセン会」、島崎藤村学会編『論集島崎藤村』おうふう、一九九九年、二七八頁。
(109)『鷗外全集』第六巻、一九七二年、三三二頁。
(110)"An Unsigned Review," *Saturday Review*, 19 Dec., 1896, Michael Egan, ed., *Ibsen—The Critical Heritage*, London: Routledge & Kegan Paul, 1972, p. 361. 以降、同時代評はEgan同書による。
(111)Egan, ibid., p. 361.
(112)Clement Scott, "Notice," *Daily Chronicle*, 4 May, 1897, Egan, ibid., p. 371.
(113)H. W. M. "Notice," *Daily Chronicle*, 4 May, 1897, Egan, ibid., p. 368.

(114) ただしここに興味深いことがある。C・スコットは五月四日の『デイリー・クロニクル』紙上で、エルハルトが「僕は生きたい、生きたい、生きたいのです！」と叫んだ時に劇場が拍手に沸いたと記している。五月八日の『エラ』（*Era*）紙の方では、ウィルトン夫人の夫が彼女にとっては死んだも同然なのだとエルハルトが言うと、劇場は爆笑したと伝えている。この二つの記事からは、果たしてエルハルトが観客の共感を得ていたのか、あるいは単に笑われていたのか、どちらを信用してよいものやら判断できないが、初演においてエルハルトは観客受けが良かったらしいことは確かのようだ。

(115) 岸上質軒訳「した、かもの」『文芸倶楽部』第三巻七編、一八九七年五月、九五—九六頁。

(116) 残念ながら、このペッテルセンのフランス語訳は、筆者には未だ確認できていない。フランス国立図書館にも所蔵がないことから、雑誌に掲載された抄訳であることも考えられるだろう。なお、一八九七年十一月にパリで『ボルクマン』が上演された際は、モーリス・プロゾールが翻訳し、『ルヴュ・ド・パリ』誌に連載されたものが使用されており、フランス語訳としてはこのヴァージョンが最も流布している。

(117)『鷗外全集』第二四巻、一九七三年、三二一頁。

(118)『改訂註釈樗牛全集』第二巻、五二二頁。

(119) 石川啄木は、一九〇二年十一月十九日の日記に、「近頃余が日課は殆んど英語のみとなれり。書はロングフェロー、ウヲルズヲルス、トリルビー等也」と記している（『石川啄木全集』第五巻、筑摩書房、一九七八年、二四頁）が、二十九日の瀬川深宛ての書簡に、「生は今イブセンの John Gabriel Borkman てふ劇曲の和訳をなし居候。これ吾に当分の衣食を供すべき者なり」と綴っている（『石川啄木全集』第七巻、一九七九年、二三頁）。ただし、この啄木の翻訳は、結局出版されることはなかったようである。

(120) かくれん坊（巌谷小波）「ヘンリツク、イプセン」『新小説』第一一年八巻、一九〇六年八月、二九頁。

(121) Paul Schlenter, Einleitung（序）, Georg Brandes, Julius Elias, Paul Schlenter（trans.）, *Henrik Ibsens Sömtliche Werke in deutscher sprache*, vol. 9, Berlin: S. Fischer Verlag, 1903, p. XXXV. なお、この記事では戯曲名が「ヨハン・ガブリエル・ボルクマン」と記述されていることから、筆者の小波はドイツ語訳を読んでいたのではないかと推察され、このシュレンター評にも触れていた可能性が高い。

(122) 小杉乃帆流訳「ボオクマン（イブセン）」『白百合』第四巻四号、一九〇七年二月、一七九頁。

(123) 島崎藤村は、一九二九年一月六日の『読売新聞』に「小山内薫君」という追悼の談話を載せているが、そこには「自由劇場の最初の試演に何を選んだらよからうかと云ふ相談がありまして、その時小山内君は私のすゝめをいれて、イブセンの脚本の「ボルクマン」を上演しました」とある（『藤村

全集』第一三巻、一九六七年、三二六頁）。

(124) 蒲原有明「劇壇の新機運」『飛雲抄』書物展望社、一九三八年、二二五頁（初出は『新潮』一九一〇年一月号）。

(125)「自由劇場の新しき試み」『藤村全集』第一四巻、一九六七年、一八六頁。

(126) 伊藤整『日本文壇史』第一五巻、講談社、一九七二年、一二八頁。

(127) 田山花袋「イブセンソサエチイ」（『東京の三十年』博文館、一九一七年）、『定本花袋全集』第一五巻、臨川書店、一九九四年、六五六頁。

(128)「第六回イブセン会 話題『ヘツダ・ガブラア』（続）」『新思潮』第二号、一九〇七年十一月、一七二―一七九頁参照。

(129) Egan, op. cit., pp. 218-244.

(130) 小山内薫「愛読せる外国の小説戯曲」『趣味』第三巻一号附録、一九〇八年一月、一二三頁。

(131) 同前。因みに、この特集では九名がイプセンの名を挙げている。

(132) 谷崎潤一郎「青春物語」『谷崎潤一郎全集』第一三巻、中央公論社、一九六七年、三八七頁。

(133)『鷗外全集』第五巻、二八五頁。

(134) 阿部峙楼「自由劇場印象記」『帝国文学』第一六巻一号、一九一〇年一月、七三頁。

(135)『鷗外全集』第六巻、三二七頁。

(136) 蒲原有明「劇壇の新機運」二二七頁。

(137) 彼らが台詞すら暗記できていなかったことを、小林愛雄が「ボルクマン劇に対する諸家の意見」（『歌舞伎』第一一四号、一九一〇年一月、五三頁）に記している。

(138)「ボルクマン劇に対する諸家の意見」五三頁。

(139) 同前、五〇頁。

(140) 市川左団次・小山内薫共編『自由劇場』（再版）郁文堂書店、一九一三年、一五八頁。

(141) 島崎藤村「自由劇場試演所感（談話）」『国民新聞』一九〇九年十二月五日号、『藤村全集』第六巻、五三一頁。

(142)「一般の批評は、エルハルトがにやけた軽薄才子になつて了つたと云ふのである」とは小山内薫「自由劇場の試演を終へて」（『演芸画報』一九一〇年一月）にある言葉。実際に、川村花菱や阿部峙楼はエルハルトの「軽薄」を指摘している。

(143)「ボルクマン劇に対する諸家の意見」四五頁。

(144)『鷗外全集』第五巻、一九四頁。

(145) 原千代海訳『ヨーン・ガブリエル・ボルクマン』（『原典によるイプセン戯曲全集』第五巻、未来社、一九八九年）三六五頁。

(146) 前掲（注121）の *Henrik Ibsens Sömtliche Werke in deutscher sprache*, 1903.

(147) Ibid., p. 92.

(148) William Archer (trans.), *John Gabriel Borkman*, London:

William Heinemann, 1897, p. 16.

（149）原千代海訳では「とにかく、それは無駄なことよ、いくらやっても。だって、そうすりゃ、あの子の使命はどうなるのよ！」とある部分。独訳（Denn was würde sonst aus seiner Mission werden!）、英訳（For in that case what would become of his mission?）ともに同様に訳されているが、鷗外訳では、「今思はないと云つたつて、それが何の役に立つものかね。今ではエルハルトは一家の未来の為に為事をせねばならないと思つてゐます」となっている。

（150）妖星子「ジヨン・ガブリエル・ボルクマン（自由劇場第一回試演）」『演芸画報』一九一〇年一月、八〇頁。

（151）『ヨーン・ガブリエル・ボルクマン』三八九頁。

（152）同前、四二三頁。

（153）*Henrik Ibsens Sömtliche Werke*, p.157.

（154）英訳についても同様である。Don't you see how lovely she is!（p. 162）の she は、ウィルトン夫人ととるより他はない。

（155）例えば、先の引用部分の最初のエルハルトの台詞は、独訳、英訳でずいぶんニュアンスが異なっている。鷗外の「僕は只生涯に一度生きて見たいばかりです」という訳は、独訳の "Nur aus einmal zu leben verlag" ich!" を忠実に翻訳したものであるが、英訳では "I am only determined to live my own life—at last!" となっている。

（156）『改訂註釈樗牛全集』第四巻、七七〇頁。

（157）中村都史子『日本のイプセン現象 一九〇六－一九一六年』九州大学出版会、一九九七年。

（158）尻沢辺の布刈（遠藤吉三郎）「イプセン劇の和訳を嗤ふ（四）」『新日本』第四巻一四号、一九一四年月、一五三頁。

（159）「ボルクマン劇に対する諸家の意見」五五頁。

（160）エルハルトの主張を樗牛の「美的生活」と重ね合わせるところからは、若者の「個人主義」理解に対する鷗外のシニカルな視線を感じることもできるだろう。また、鷗外のエルハルト批判の物語として、『青年』という小説を読むことも可能かも知れない。

（161）日夏耿之介「翻訳文学の師子座」『日夏耿之介全集』第五巻、河出書房新社、一九七三年、六七－六八頁。

第二章

（1）上野千鶴子・水田宗子・浅田彰・柄谷行人「共同討議 日本文化とジェンダー」『批評空間』第一期三号、一九九四年十月、三五頁。

（2）青山なを『明治女学校の研究』慶応通信、一九七〇年、を参照。ただし、設立間もなく廃校になったところや、他校と合併したところも多く、同時期に五〇校が併存していたとは考えにくい。

（3）北海道帝国大学編『北海道帝国大学沿革史』一九二六年、参照。

(4)『明治女学校の研究』四三五頁。
(5)『女学雑誌』第一号、一八八五年七月、三頁。
(6)合衆国長老教会宣教師クリストファー・カロザースの妻ジュリアによって、一八七〇年に築地居留地に設立された塾。一八七四年には隣接地に同国長老教会婦人伝道局から派遣された宣教師がB6番女学校を開校しており、両校は名称を変えながら一八九〇年に女子学院に合併する形で現在に至っている。
(7)Lillian Faderman, *Odd Girls and Twilight Lovers: a History of Lesbian Life in Twentieth-Century America*, New York: Columbia University Press, 1991を参照。
(8)*Ibid*., p.12. なお、同書には、ボルティモアの上流階級に属する一族が、大学へ行きたいという娘の願いを「売春と同じくらい衝撃的な選択」と見做していたというエピソードも紹介されている。
(9)高畠藍泉『怪化百物語』明治文化研究会編『明治文化全集』第八巻「風俗篇」日本評論社、一九六八年、三三四頁。
(10)跡見学園女子大学花蹊記念資料館編『跡見学校の校服をたどる──明治・大正期の女学生』一九九八年の図版参照。
(11)竹内寿安訓『人民心得　違式詿違條例』憲章堂、一八七六年、一四頁。
(12)『新聞雑誌』第三五号、一八七二年三月、三面。
(13)『読売新聞』一八七五年十月八日、二面「寄書」。
(14)*The Punch* XXI, London: Bradbury and Evans, 1851, p. 141.
(15)『郵便報知新聞』一八七五年一月三十一日、一面。錦絵については、千葉市美術館編『文明開化の錦絵新聞──東京日々新聞・郵便報知新聞全作品』国書刊行会、二〇〇八年参照。
(16)『東京日日新聞』一八七五年三月二十六日、二面「雑報」、錦絵は同前。
(17)『東京横浜毎日新聞』一八八五年二月十三日、二面。
(18)三宅花圃述、神崎清記「お茶の水時代」『明治文学全集』第八一巻、筑摩書房、一九六六年、四〇七頁。
(19)『二葉亭四迷全集』第一巻、一四頁。
(20)三宅花圃『藪の鶯』(リプリント日本近代文学九〇)平凡社、二〇〇七年、四六－四七頁。
(21)『女学雑誌』第一号、三－四頁。
(22)前掲『藪の鶯』五二－五四頁。
(23)『女学雑誌』第一一五号、一八八八年六月、一一〇－一一一頁。
(24)『逍遙選集』別冊第一巻、春陽堂、一九二七年(第一書房、一九七七年復刻)、八四五－八四六頁。
(25)『女学雑誌』第一七六号、一八八九年八月、四頁。
(26)同前、二頁。
(27)柳田泉・勝本清一郎・猪野謙二編『座談会明治文学史』

岩波書店、一九六一年、六二頁。

(28)『紅葉全集』第一巻、岩波書店、一九九四年、三七〇―三七一頁。

(29)『都の花』第一巻三号、一五一―一五二頁。

(30)『都新聞』一八八八年十一月三十日、一面。

(31) Lorédan Larchey, *Les Excentricités du langage, cinquième edition*, Paris : E. Dentu, 1865, p. 127.

(32) Pierre Larousse, *Grand dictionnaire universel du XIX siècle*, Lacour, 1866-76 (Collection Rediviva, 1990), p. 1088.

(33) Ann Cline Kelly, *Jonathan Swift and Popular Culture: Myth, Media, and the Man*, New York: Palgrave Macmillan, 2002, p. 122.

(34) Gavarni et Monnier (ed.), *Les Français peints par eux-mêmes*, Tome Premier, Paris: L. Curmer, 1860, p. 9（復刻版本の友社、一九九九年）。

(35) 鹿島茂『職業別パリ風俗』白水社、一九九九年、七一―一六頁。

(36) Alfred de Musset, *Mimi Pinson, Œuvres Complètes*, vol.1, Paris: Seuil, 1963, pp. 305-306.

(37) Gustave Flaubert, *L'Education Sentimentale, Œuvres II*, Paris: Gallimard, 1952, p. 210.

(38)『読売新聞』一八八九年七月二十一日、三面。

(39) 大澤真幸『性愛と資本主義』青土社、一九九六年、九〇頁。

(40) 加藤弘之訳「米国政教」『明六雑誌』第一三号、一八七三年七月、頁不記載。

(41) 中村敬宇訳述『品行論』八尾書店、一八七八年、三三九頁。

(42)『福沢諭吉全集』第三巻、岩波書店、一九五九年、一〇四頁。

(43)『女学雑誌』第一一八号、一八八八年七月、一九七頁。

(44)『女学雑誌』第四号、一八八五年九月、六八頁。

(45) 同前、七一頁。

(46)『女学雑誌』第七四号、一八八七年九月、七九頁。

(47)「ゴッド井ン」はシェリーと結婚したメアリー・ゴドウィン、「ガイツシヲリ夫人」はグィッチョーリ伯爵夫人のことである。

(48)『女学雑誌』第七四号、八〇の二頁。

(49) ウォルター・スコット。

(50)『女学雑誌』第一二七号、一八八八年九月、一五九頁。

(51)『女学雑誌』第三〇三号、一八九二年二月、六九六頁。

(52) 高山樗牛「美的生活を論ず」（一九〇一年八月）『改訂註釈樗牛全集』第四巻、博文館、一九二七年、七七三―七七四頁。

(53)『定本国木田独歩全集』第七巻、三三八頁。

(54) William Shakespeare, *The Complete Works with a*

General Introduction, and Introductions to individual works, by Stanley Wells, Oxford: Oxford University Press, 1986, p. 388.

（55）川戸道昭・榊原貴教編『明治翻訳文学全集《新聞雑誌編》』第一巻「シェイクスピア集二」大空社、一九九六年、二九頁。

（56）Edward George Earle Bulwer Lytton, *The Last Days of Pompeii*, London: G. Routledge, 1894, p. 32.

（57）『女学雑誌』第九七号、一八八八年二月、一五〇頁。

（58）馬場美佳「「風流京人形」という〈改良〉の風刺画《カリカチュア》」、筑波大学近代文学研究会編『明治期雑誌メディアにみる〈文学〉』二〇〇〇年、一五五―一七二頁。

（59）『紅葉全集』第一巻、三五三頁。全体として、この翻訳はなかなかよくできていると思う。

（60）川戸道昭・榊原貴教編『明治翻訳文学全集《新聞雑誌編》』第一五巻「イギリス詩集一」大空社、一九九六年。

（61）紅葉本人が翻訳を手がけたか、ということも問題になりうるが、紅葉の英語力には定評があったので、紅葉訳としてよいだろう。しかし、その底本は現時点では不明である。*The complete poetical works of Lord Byron with an introductory memoir by William B. Scott*（London: George Routledge, 1887）などは日本にも入ってきているが、はたして翌年五月までに紅葉が読むことができたかどうかは不明。

（62）「紅葉山人」『定本国木田独歩全集』第一巻、四二六―四三五頁。なお、この文章で独歩が批判するのは、紅葉の描く「煩悶」が皮相であり、「新時代の要求」に答え得ていない点であった。

（63）不知庵主人（内田魯庵）「紅葉山人の「風流京人形」」『女学雑誌』第一五七号、一八八九年四月、四〇六頁。

（64）小泉八雲著、平川祐弘編『日本の心』講談社学術文庫、一九九〇年、四三頁（仙北谷晃一訳）。

（65）「東洋の古書に見えたキッス」（初出『性之研究』第二巻五・六合併号、一九二一年一月）『南方熊楠全集』第三巻、平凡社、一九七一年、五〇七―五一〇頁。

（66）熊楠が挙げているのは、『今昔物語』一九の「大江定基、愛するところの美婦死せるその屍を葬らず、抱き臥して日を経るうち口を吸いけるに、女の口より悪臭出でしに発起してついに出家せり」、あるいは『御伽草子』の物草太郎の歌「何かこのあみの糸目はしげくとも口を吸はせよ手をばゆるさむ」などである。

（67）長谷川政春校注『土佐日記』、『新日本古典文学大系』第二四巻、岩波書店、一九八九年、七頁。

（68）『土佐日記』が男性の作であるとされる理由の一つには、「滑稽・風刺・諧謔等の中に、女性としては書くに耐えまいと思われるような卑俗な比喩や辛辣な批判の見られること」（鈴木知太郎）が挙げられる。そして、「女性としては書くに耐えまいと思われるような卑俗な比喩」とは、とりあえず

「老海鼠のつまの貽鮨、鮨鮑」という露骨な表現をさすものであるが、本文中に挙げた描写も「卑俗な比喩」には含まれるだろう。

(69) 山東京伝・谷峯蔵『遊びのデザイン――山東京伝『小紋雅話』』岩崎美術社、一九八四年、一三頁、七〇―七一頁参照。『小紋雅話』には、二つの唇が触れ合っている「口〱小紋」という図案がある。付けられたキャプションは、遊女と客の会話であり、舞台が遊郭だということがわかる。

(70) 木股知史『〈イメージ〉の近代日本文学誌』双文社出版、一九八八年、一六一―一九八頁。

(71) 『日本国語大辞典』第一二巻、小学館、一九七四年、四八頁。

(72) 西園寺公望『欧羅巴紀遊抜書』小泉策太郎、一九三二年、一一頁。

(73) この短編は、一八七一年から七四年にかけて出版された『ドイツ短編珠玉集』(全二四巻)(Hrsg. von Paul Heyse u. Hermann Kurz, *Deutscher Novellenschatz*, München: Oldenbourg)の第四期五巻(一八七四年)に収められ、鷗外も所蔵している(一〇九―一七四頁)。

(74) 島田謹二「解説」『定本上田敏全集』第二巻、六〇一頁。

(75) 『森鷗外全集 翻訳篇』第九巻、岩波書店、一九三八年、一九六頁。

(76) 同前、二〇六頁。

(77) 『定本上田敏全集』第二巻、教育出版センター、一九七九年、六六―六七頁、および剣持武彦「編注」同書、六三八頁。

(78) 一八九二年七月の『女学雑誌』第三二四号に掲載された時点では訳者は「無名氏」と署名されていたが、その後、この記事は「藤村」の名で『文学界』の一八九六(明治二九)年二月号に掲載された。なお、同誌に前年七月に藤村が発表した「与作の馬」が「ヴィーナスとアドニス」に大きく影響されていることは、笹渕友一が指摘している(『文学界とその時代』明治書院、一九六一年参照)。

(79) 『藤村全集』第一六巻、一九六七年、八〇頁。

(80) Shakespeare, *op. cit.*, p. 255.

(81) 『定本国木田独歩全集』第七巻、三四五頁。

(82) 『定本上田敏全集』第二巻、一六頁。

(83) 島田謹二「『みをつくし』解題」『定本上田敏全集』第二巻、六一五頁。

(84) 『定本上田敏全集』第四巻月報、一九七九年、六頁。

(85) 『藤村全集』第一七巻、一九六八年、六一頁。

(86) 原文 "Apri di nuovo gli occhi; tento di sorridere." 仏訳およびホーンブロウの英訳は原文に忠実なものである。ただし、ハーディング訳の英語版では、この部分は "He opened his eyes and smiled faintly." となっているので、上田敏はハーディング訳の方にひかれたのかも知れない。

(87) Gabriele D'Annunzio, translated by Arthur Hornblow, *The Triumph of Death*, New York: G. H. Richmond & Co., 1896, p. 310.

(88) 生田長江訳と同年の一九一三（大正二）年に出た石川戯庵訳は仏訳からの重訳であったが、こちらは「堪忍、、」となっている。

(89) 高橋泰山訂正『仏和辞典』東崖堂・有則軒、一八八六年、四五四頁。原本は *Nouveau Dictionnaire Français-Japonais renfermant les principaux mots composes et un grand nombre de locutions*, Changhai: Inprimerie de la mission presbyterienne américaine, 1871, p. 314.

(90)『定本上田敏全集』第二巻、一七頁。

(91) 剣持武彦「若き露風へのダヌンチオの影響——上田敏「みをつくし」と三木露風「廃園」をめぐって」（『関東学院女子短大論叢』三三、一九六八年、二八頁）、平山城児「わが国におけるダヌンツィオ受容の年表（その一）」（『立教大学日本文学』第六六号、一九八九年十一月、三四頁）。

(92)『三木露風全集』第一巻、日本図書センター、一九七二年、四六頁。

(93) 吉田精一『日本近代詩鑑賞　明治篇』創拓社、一九九〇年、三二八頁。

(94) 岡崎義恵「日本詩歌の象徴精神・現代篇」、安部宙之介『三木露風研究』（吉田精一監修『近代作家研究叢書七』日本図書センター、一九八三年所収）五九頁より再録。

(95) 窪田般弥『日本の象徴詩人』紀伊國屋新書、一九七九年、八四頁。

(96) 村松剛「詩人の肖像」『日本の詩歌』二、中央公論社、一九六九年、三九六頁。

(97) 剣持前掲（注91）論文、二八頁。

(98) 平山前掲（注91）論文、三四頁。

(99)『定本佐藤春夫全集』第三巻、臨川書店、一九九八年、七一九頁。これは「習作第二……「鎖」の第一章……」として雑誌に掲載されたが、単行本には収録されていない。

(100) ダンテの『神曲』地獄篇第五歌には、「ある日私どもはつれづれに、ランスロットがどうして／愛にほだされたか、その物語を読んでおりました、／二人きりで別にやましい気持はございませんでした。／その読書の途中、何度か私どもの視線がかちあい、／そのたびに顔色が変わりましたが、／次の一節で私どもは負けたのでございます。／あの憧れの微笑みにあのすばらしい恋人が接吻《くちづけ》る／あの条を読みました時に、この人は、／私から永久に離れることのないこの人は、／うちふるえつつ私の口に接吻いたしました。／本が、本を書いた人が、ガレオットでございます。／その日私どもはもう先を読みませんでした」とフランチェスカが述べるくだりがある（ダンテ『神曲』完全版、平川祐弘訳、河出書房新社、二〇一〇年を参照）。

(101)「接吻の後に」と「春の貢」との関係については、剣持武彦の前掲（注91）論文でも指摘されている。
(102)『定本上田敏全集』第一巻、一九七八年、一二八頁。
(103) William M. Rossetti (ed.), *The Collected Works of Dante Gabriel Rossetti*, vol.1, London: Ellis and Scrutton, 1886, p. 183.
(104) Robert Buchanan [pseud. Thomas Maitland], "The Fleshly School of Poetry: Mr. D. G. Rossetti," *Contemporary Review* 18, 1871, pp. 334-350.
(105) Dante Gabriel Rossetti (Introduction and Notes by Paull Franklin Baum), *The House Of Life: A Sonnet-Sequence*, Cambridge: Cambridge University Press, 1928, p. 86.
(106)『文学界』第四九号、一八九七年一月、三〇頁。
(107) 蒲原有明はこの部分を「温く忍びよるわが接吻を受けたまへ。」とだけ訳し、森亮は「汝が喉伝ひ脣を尋むる／わがくちびるを知り給へ――」と訳している。両者とも和らげられた上田敏訳の延長線上にあるように思う。
(108) 吉田精一『日本近代詩鑑賞　明治篇』一三八頁。
(109) 成川生「女子教育の将来」『中央公論』一九〇四年十月号、七九―八〇頁。
(110)「『金色夜叉』小解」（一九二七年六月）、『鏡花全集』第二八巻、五七七―五七八頁。
(111)『紅葉全集』第一〇巻、岩波書店、一九九四年、三一八頁。
(112)『幽芳全集』第一巻、国民図書株式会社、一九二四年、三―四頁。
(113) 高木健夫『新聞小説史　明治篇』国書刊行会、一九七四年、三四四頁。
(114) Charles A. Sainte-Beuve, "De la Littérature industrielle," *Revue des Deux Mondes 19*, Septembre 1839, pp. 675-691.
(115) 伊狩章「後期硯友社の作家たち」『明治文学全集』第二二巻、三七五頁。
(116)『帝国文学』第八巻一二号、一九〇二年十二月、一二六―一二七頁。
(117) 一八九九年十二月一日の『読売新聞』第四面には、徳田秋声と梶田半古が入社したことが伝えられている。
(118) 山岸荷葉『紺暖簾』春陽堂、一九〇二年、四頁。
(119) 同前、五四頁。
(120) 中村幸彦『戯作論』角川書店、一九六六年、一四一頁。
(121)『東京朝日新聞』一九〇一年五月十日、五面。
(122) 武田仰天子「梅若心中」第一、『東京朝日新聞』一九〇一年七月七日、七面。
(123)『紺暖簾』六〇―六一頁。
(124) 曙女史「最近十五年間に於ける東京女学生風俗の変遷」『女学世界』第九巻一四号、一九〇九年、一一三頁。
(125) 高木前掲書（注113）にあわせて、土屋礼子『大衆紙の源流――明治期小新聞の研究』（世界思想社、二〇〇二年）を参照した。
(126)『東京朝日新聞』一九〇一年二月十七日、五面。
(127)『東京朝日新聞』一九〇一年三月二十六日、五面。
(128)『読売新聞』一九〇二年六月二十五日、四面。
(129)『読売新聞』一九〇二年六月二十七日、四面。
(130)『読売新聞』一九〇二年十月五日、六面。なお、この記事の「堕落女学生」は、妊娠して放校になり、最終的には狂言強盗を働いたとして逮捕されている。
(131)大竹紫葉編「明治年間流行唄」、高野辰之・大竹紫葉編『俚謡集拾遺』附録、六合館、一九一五年、九〇-九一頁。
(132)高木健夫『新聞小説史 明治篇』三六一頁。
(133)伊藤整『日本文壇史』第七巻、講談社、一九六四年、一〇一頁。
(134)小杉天外『魔風恋風』、『明治大正文学全集』第一六巻、春陽堂、一九二九年、二頁。なお、文中の「デートン色」とは、一八九七年に設立された双輪商会がアメリカから輸入した「デートン号」の車体や泥除けの深紅色のことである(佐々木烈『日本自動車史――日本の自動車発展に貢献した先駆者達の軌跡』三樹書房、二〇〇九年)。
(135)曙女史前掲論文(注124)、一二一頁。「スースー」とは「粋の粋」の意味で使われていたらしい。
(136)佐伯順子『「色」と「愛」の比較文化史』岩波書店、一九九八年、一六一―一六四頁。
(137)腰弁先生「女学生問題と素人下宿」『中央公論』一九〇二年十一月号、七四-七七頁。
(138)『魔風恋風』一一九頁。
(139)同前、一三三頁。
(140)小杉天外「解題」『明治大正文学全集』第一六巻、六三八頁。
(141)正岡芸陽『理想の女學生』岡島書店、一九〇三年、一五頁。
(142)『白秋全集』第三巻、岩波書店、一九八五年、八頁。
(143)石井研堂『増訂明治事物起原』春陽堂、一九二六年、六三八頁。
(144)外史局編纂『明治六年布告全書 一』官版和綴本(御用御書物師山中市兵衛、村上勘兵衛、北畠茂兵衛)一〇頁。
(145)惣郷正明・飛田良文編『明治のことば辞典』東京堂出版、一九八六年、一五二頁。
(146)日本公園百年史刊行会編『日本公園百年史――総論・各論』日本公園百年史刊行会、一九七八年参照。
(147)同前、一六三頁。
(148)『東京日日新聞』一九〇三年六月二日、三面。
(149)『読売新聞』一九〇三年六月七日、日曜付録一面、貝「日比谷公園(一)」。
(150)『滑稽新聞』第四五号、一九〇三年三月、五頁。
(151)西沢爽『日本近代歌謡史』桜楓社、一九九〇年、二八三二頁。

(152) 同前、二七六三頁。

(153)『新声』第一三編七号、一九〇五年十二月、四四－四八頁。

(154) 清水勲監修『漫画雑誌博物館』第四巻「滑稽界」国書刊行会、一九八六年、四三頁。

(155)『文芸倶楽部』第一六巻五号、一九一〇年四月、一九〇頁。なお、この資料については西沢前掲書（注151）で指摘されている。

(156)『魔風恋風』二四六頁。

第三章

(1)『藤村全集』第二巻、一九六七年、筑摩書房、三七七頁。

(2)『藤村全集』第一六巻、一九六七年、二一二頁。

(3) 金子明雄「老嬢」と明治三十年代における性欲のモチーフ――島崎藤村の小説表現（四）」『研究紀要』第六一号、日本大学文理学部人文科学研究所、二〇〇一年、三九－五〇頁。

(4)「紛々録」『早稲田学報』第八六号、一九〇三年六月、六八頁。

(5) この逍遥の分類と、その発想が逍遥だけのものではなく、同時期の知識人たちに共有されたものだったことは、佐伯順子が指摘している（佐伯『「色」と「愛」の比較文化史』九一一〇頁）。

(6) 島崎藤村「女子と修養」（初出『新片町より』佐久良書房、一九〇九年）、『藤村全集』第一〇巻、一九六七年、四四頁。

(7) 三好行雄「解説」『藤村全集』第二巻、三五〇頁。

(8) 生田長江「泉鏡花氏の小説を論ず」（一九一一年五月）『生田長江全集』第一巻、大東出版社、一九三六年、二四五頁。

(9)「紅雪録」『鏡花全集』第八巻、岩波書店、一九四〇年、六六六頁。

(10)「紅雪録」と「続紅雪録」を合本にしている版では「十八」となっている（『新編泉鏡花集』第七巻、岩波書店、二〇〇四年）。

(11)『鏡花全集』第八巻、六八八頁のこの引用の最後の一文については、異同がある。『新編泉鏡花集』では「お厭なら、撲つて頂戴、其でも嬉しいわ」となっている。

(12)『定本上田敏全集』第二巻、六三頁。

(13) 種村季弘「解説」、『泉鏡花集成』第五巻、筑摩書房、一九九六年。

(14)『青春』（上）岩波文庫、一九五三年、六六頁。

(15) 石原千秋『反転する漱石』青土社、一九九七年、八五頁。

(16)『青春』（中）六〇頁。

(17) 斎藤美奈子『妊娠小説』筑摩書房、一九九七年。『青春』については、一一一－一一三頁。

(18)『鏡花全集』第一〇巻、一九四〇年、三七四頁。
(19)小谷野敦「〈男の恋〉の文学史——日本文学における男性恋愛心理の比較文学的研究」（東京大学博士学位論文）一八二頁。
(20)『定本花袋全集』第一巻、臨川書店、一九九三年、五二三頁。
(21)一九一一年十月十七日付、柳田国男宛書簡、『南方熊楠全集』第八巻、平凡社、一九七二年、一九八頁。
(22)木々康子『林忠正とその時代——世紀末のパリと日本美術』筑摩書房、一九八七年、四〇－四一頁。
(23)『鷗外全集』第一巻、一九七一年、四三八頁。
(24)『鏡花全集』第一〇巻、五五六頁。
(25)一九〇八（明治四一）年十月、新富座がこの『婦系図』を舞台にした際に、菅子が主悦に長襦袢ひとつで言い寄るところが、菅子が人妻であるという理由で検閲の対象となり、その場面はなくなった。このようなことも、菅子の一般への印象形成には影響しているだろう。
(26)柳田泉「明治初期の文学思想」（『明治文学研究』第四巻、春秋社、一九六五年）、興津要「『つづきもの』の研究」（『明治開化期文学の研究』桜楓社、一九六八年）、平田由美「毒婦の誕生」（木下直之・吉見俊哉編『ニュースの誕生——かわら版と新聞錦絵の情報世界』東京大学出版会、一九九九年）などを参照。
(27)柳田泉「明治初期の文学思想」一〇〇頁。
(28)一八七八（明治一一）年一月に刊行された久保田彦作『鳥追阿松海上新話』、岡本勘造『夜嵐於衣花仇夢』は、好評をもって迎えられたという。
(29)鈴木金次郎編『新編明治毒婦伝』金泉堂、一八八六年、三頁。
(30)『定本上田敏全集』第二巻、三四－三五頁。
(31)同前、一五－一六頁。
(32)マリオ・プラーツ『肉体と死と悪魔——ロマンティック・アゴニー』倉智恒夫ほか訳、国書刊行会、一九八六年、三六四頁。
(33)『定本上田敏全集』第二巻、二三－二四頁。
(34)同前、二八頁。
(35)マリオ・プラーツ『肉体と死と悪魔』二六三頁。
(36)J・K・ユイスマンス『さかしま』澁澤龍彦訳、『澁澤龍彦翻訳全集』第七巻、河出書房新社、六七－六九頁。
(37)竹内好『近代の超克』（初出一九五九年）筑摩書房、一九八三年、一一一頁。
(38)『定本上田敏全集』第二巻、六三頁。
(39)原文（プレイヤッド版による）では "elle s' était allongée, couchée, la tête contre mon épaule, la robe un peu relevée, laissant voir un bas de soie rouge que les éclats du foyer enflammaient par instants."（Guy de Maupassant, *Contes et Nouvelles I*, Paris : Gallimard, Bibliothèque de la Pléiade,

1982, p. 356) となっており、スカートの裾はたまたま少しめくれていただけかも知れないのである。

(40)『漱石全集』第四巻、岩波書店、一九九四年、二〇二頁。

(41)藤尾とクレオパトラとの関係については、平川祐弘『夏目漱石　非西洋の苦闘』(新潮社、一九七六年)第三部第三章でも論じられている。

(42)『漱石全集』第四巻、二六頁。

(43)長谷川誠也編『通俗世界歴史』(『通俗百科全書』第二編)博文館、一八九八年、七八頁。

(44)実際の丙午の年は、一九〇六(明治三九)年。

(45)磯田光一は、「藤尾はいわゆる〝毒婦もの〟の系譜につながる女性ではないか」と指摘している(磯田「『虞美人草』の文脈」『ユリイカ』第九巻一二号、一九七七年十一月)。

(46)マリオ・プラーツ『肉体と死と悪魔』二六七頁。

(47)Théophile Gautier, *Œuvres complètes IV*, Genéve : Slatkine reprints, 1978, p. 360.

(48)記事は以下のように伝えている。

Lafcadio Hearn writes from Tokio to THE NEW YORK TIMES SATURDAY REVIEW denying the printed statement that he is publishing in England his translation of Théophile Gautier's "One of Cleopatra's Nights." Mr. Hearn says: "I do not know anything about the matter. As for "One of Cleopatra's Nights" —a book for which no contract or payment was ever made— (one of the literary "sins of my youth") —I suppose that anybody can reprint it, unrevised, without legal risks. But I did not know that there existed any English publisher stupid enough to do so.

(49)水村美苗は、『虞美人草』において「美文」によって藤尾を「妖婦」にしたてあげ」る機能があると述べている(「男と男」と「男と女」―藤尾の死―夏目漱石『虞美人草』をめぐって」『批評空間』第六号、一九九二年七月)が、第二章で論じたように、西洋文学の翻訳の場面における美文は、むしろ原文をロマンティックに読み替える機能があったといえるのではないか。

(50)『漱石全集』第四巻、二二三―四頁。

(51)小谷野敦『夏目漱石を江戸から読む――新しい女と古い男』中公新書、一九九五年、六四頁。

(52)『漱石全集』第四巻、一〇一頁。

(53)林芙美子「解説」『夏目漱石作品集』第二巻、創元社、一九五〇年、二四二頁。

第四章

(1)『東京二六新聞』一九〇八(明治四一)年三月二十五日、一面の見出し「〇紛失せる令嬢塩原に於て押らる……二十世紀式の道行……」より。なお、この事件については、当時の二人の足跡をたどった佐々木英昭『「新しい女」の到来――

平塚らいてうと漱石』（名古屋大学出版会、一九九四年）などの研究がある。

（2）初出は『女学世界』一九〇八年五月、「両人の行為に対する諸家の論評 ―― 悲劇？・喜劇？」『内田魯庵全集』第六巻、ゆまに書房、一九八四年、一九―二〇頁。

（3）一九〇八（明治四一）年十一月二十九日付葉書、『漱石全集』第二三巻、二三二頁。

（4）『万朝報』一九〇八年三月二十九日、三面「●小説以上の事実」。なお、実際の『死の勝利』においては、主人公のジョルジョはヒロイン、イッポーリタを蹴落とすわけではなく、嫌がる彼女を抱きかかえて崖から飛ぶ。

（5）Eugène-Melchior de Vogüé, "La Renaissance Latine: Gabriel D'Annunzio; Poèmes et Romans", *Revue des Deux-Mondes 127*, Janvier 1895, pp. 187-206.

（6）『太陽』第二巻一九号、一五九頁。

（7）日本におけるダンヌンツィオの受容については、平山城児の精緻な調査（「わが国におけるダヌンツィオ受容の年表」（『立教大学日本文学』、『立教大学研究報告〈人文科学〉』一九九一年―）があるが、この記事についての言及はない。

（8）「海外騒壇　○伊太利の新作家」『帝国文学』第四巻五号、一八九八年五月、一〇八頁。

（9）「海外騒壇　○現今の伊太利文学」『帝国文学』第四巻六号、一八九八年六月、一〇〇頁。

（10）田山花袋「西花余香」『太平洋』第二巻三八号、八頁。

（11）『定本花袋全集』第二六巻、一九九五年、一五七頁。

（12）原題 *Sogno d'un tramonto d'autunno*（1898）。鷗外は一九〇三年に出版された独訳を底本にしている。

（13）それまでは、上田敏らによる詩の翻訳と、『ペスカラ物語』のなかのいくつかの短編の翻訳しかなかった。戯曲の翻訳は、ちょうど同じ年に石川戯庵が「ふらんちぇすか物語」として *Francesca da Rimini*（1902）を『スバル』誌上に訳載している。

（14）平石典子「感覚の饗宴 ―― ガブリエーレ・ダンヌンツィオと日本の世紀末」（『比較文学研究』第六〇巻、東大比較文学会、一九九一年十一月、八五―一〇九頁）参照。

（15）Annamaria Andreoli, *Il Vivere Inimitabile: Vita di Gabriele D'Annunzio*, Milano: Oscar Mondadori, 2000; John Woodhouse, *Gabriele D'Annunzio: Defiant Archangel*, Oxford: Oxford University Press, 1998 などに指摘されている。

（16）『現代日本文学全集』第四二篇、改造社、一九三〇年、五七二頁。

（17）平塚らいてう「峠」（初出『時事新報』一九一五年四月一日―二十一日）『平塚らいてう著作集』第一巻、大月書店、一九八三年、七七頁。

（18）「よみうり抄」『読売新聞』一九〇七年八月三十日、一面。

（19）原題は *L'Innocente*（1892）。英訳の題名が *The Victim*

とされたために、このような題がつけられたのだろう。

(20) 平田禿木「ダヌンチオがL'INNO CCETE（ママ）の序」『明星』第三期一号、一九〇二年六月、三二頁。

(21)「彙報　文芸界消息」『趣味』第三巻一号、三頁。

(22)『ホトトギス』第一二巻一〇号、一九〇九年七月、二頁。

(23) D'Annunzio, *Cento e cento e cento e cento Pagine del libro segreto di Gabriele D'Annunzio Tentato di Morire (1935)*, *Prose di ricerca*, vol.2, Milano: Mondadori, 1968, p. 676.

(24) Andreoli, "Note", D'Annunzio *Prose di Romanzi*, vol.1, Milano: Mondadori, 1988, pp. 1304-1334.

(25) 佐々木英昭前掲（注1）『「新しい女」の到来』、森田草平原著・佐々木英昭編注『詳注 煤煙』国際日本文化研究センター、一九九九年。

(26) 同前、一四〇頁。

(27) D'Annunzio, *Il Piacere*, *Prose di Romanzi*, 1, p. 56.

(28) John Woodhouse, *Gabriele D'Annunzio: Defiant Archangel*, Oxford: Oxford University Press, 1998, pp. 152-153.

(29) Joséphin Peladan, *L'initiation Sentimentale*, Genève : Editions Slatkine, 1979（Réimpression de l'édition de Paris, 1887), p. 75.

(30)「国民文学欄「三四郎（一）」」『国民新聞』一九〇九年六月十日、一面。

(31) 具体的には、「イプセンの人物に似てゐるのは里見の御嬢さん許ぢやない。今の一般の女性はみんな似てゐる。……」（『三四郎』六、本書二〇〇頁に引用）という部分を意識している。しかし要吉の方はというと、「近代文学にかぶれた生物識」そのものであった。「私達の何は —— 左様だ、ま、恋だと云はせて下さい。私達の恋は宛然イプセンの戯曲の様ですね。始まつたかと思へば既う終局に来て居た」という台詞などはイプセンかぶれどころではない。

(32) 平塚らいてう『元始、女性は太陽であった』上巻、大月書店、一九七一年、一一八頁。

(33) D'Annunzio, *Trionfo della Morte*, *Prose di Romanzi*, p. 711.

(34) D'Annunzio, *L'Innocente*, *Prose di Romanzi*, pp. 69-70 参照。

(35) 永井荷風「帰朝者の日記」『永井荷風全集』第六巻、岩波書店、一九九二年、一六六頁。

(36) 内田魯庵「精神界の異現象」『内田魯庵全集』第六巻、ゆまに書房、一九八四年、二一〇－二一一頁。

(37) 日夏耿之介「青年心理の探究」（初出『新女苑』一九三八年七月）『日夏耿之介全集』第五巻、河出書房新社、一九七三年、三九頁。

(38) 同前、四〇頁。

(39) ダンヌンツィオ『犠牲』森田草平訳、国民文庫刊行会、一九一七年、三頁。
(40) ダンヌンツィオの故郷は、アブルッツォ（Abruzzo、別名アブルッツィAbruzzi）州ペスカーラ（Pescara）である。
(41) ダンヌンツィオ『快楽児』森田草平訳、博文館、一九一四年、「小引」六頁。
(42) 「文学雑話」（『早稲田文学』一九〇八年十月）『漱石全集』第二五巻、二九一―二頁。
(43) 『三四郎』、『漱石全集』第五巻、一三六頁。
(44) 「愛読せる外国の小説戯曲」（『趣味』第三巻一号、一九〇八年一月）『漱石全集』第二五巻、一九九六年、二四七頁。
(45) 『漱石全集』第二七巻、一九九七年、三九九頁。
(46) 『漱石全集』第六巻、二〇〇二年、八七頁。
(47) 『漱石全集』第一六巻、一九九五年、四七二頁。
(48) 剣持武彦「夏目漱石『それから』とダヌンツィオ『死の勝利』」（初出『イタリア学会誌』第二〇号〔イタリア学会、一九七二年一月〕、のちに塚本利明編『比較文学研究　夏目漱石』（朝日出版社、一九七八年）に再録）。
(49) 漱石の色彩感覚については、佐々木英昭『夏目漱石と女性――愛させる理由』（新典社、一九九〇年）や、大熊利夫『色彩文学論――色彩表現から見直す近代文学』（五月書房、一九九五年）などで論じられている。
(50) 鷲尾浩訳『フランチェスカ』新陽堂、一九一四年、一五九頁。
(51) D'Annunzio, *Il Piacere, Prose di Romanzi*, vol. 1, Milano: Mondadori, 1988, p. 174.
(52) Frank H. Mahnke, *Color, Environment and Human Response*, New York: John Wiley & Sons, 1996, p. 33.
(53) Alberta von Puttkamer, *Gabriele D'Annunzio*, Berlin und Leipzig : Verlegt bei Schuster & Loeffler, 1905, p. 87.
(54) 『漱石全集』第一九巻、一九九五年、三八二頁。
(55) 『漱石全集』第二三巻、一九九六年、一九一頁。
(56) 『漱石全集』第五巻、三四五頁。
(57) 一柳廣孝「特権化される「神経」――「それから」一面」『漱石研究』第一〇号、一九九八年、三四―四四頁。
(58) 『帝国文学』第一一巻八号、一九〇五年八月、三一頁。
(59) ヘルマン・バール「デカダンス」須永恒雄訳（池内紀編『ドイツの世紀末』第一巻「ウィーン　聖なる春」、国書刊行会）一九八六年、二〇五頁。
(60) 同前、二〇五頁。
(61) 村野四郎「北原白秋集解説」『日本近代文学大系二八　北原白秋集』角川書店、一九七〇年、一二三頁。
(62) 矢野峰人「解説」『日本現代詩大系』第四巻「近代詩（一）」河出書房新社、一九七四年、四五二頁。
(63) 「凡て予が拠る所は僅かなれども生れて享け得たる自己の感覚と刺戟苦き神経の悦楽とにして」と「例言」に述べられ

ている。
（64）『白秋全集』第一巻、岩波書店、一九八四年、一一頁。
（65）織田一磨「パンの会の追想」『近代風景』第二巻一号、一九二七年一月、一三〇頁。
（66）『スバル』創刊号（一九〇九年一月）の「消息」欄に、「『PANの会』と申す青年文学者芸術家の談話会の第一会、本月十二日両国公園前『PANの会』会場にて催され候」との記述がある。
（67）『白秋全集』第一三巻、一九八五年、七九頁。
（68）『帝国文学』第一一巻八号、三一頁。
（69）芥川龍之介「長井代助」（初出「点心」『新潮』第三四巻二号、一九二一年二月）『芥川龍之介全集』第七巻、岩波書店、一九九六年、二五五－二五六頁。
（70）『文章世界』第六巻一二号、一九一一年九月、二三三頁。
（71）剣持前掲（注48）「夏目漱石『それから』とダヌンツィオ『死の勝利』」。
（72）剣持武彦「『神曲』地獄篇と漱石文学」『比較文学』第一四巻、日本比較文学会、一九七一年、一－九頁。
（73）石川淳『森鷗外』（三笠書房、一九四一年）『石川淳全集』第一二巻、筑摩書房、一九九〇年、一六七頁。
（74）中野重治『鷗外　その側面』（筑摩書房、一九五二年）『中野重治全集』第一六巻、筑摩書房、一九七七年、二三六頁。
（75）同前、二三三頁。
（76）中野重治「青年」（『青年』市民文庫解説、一九五三年）『中野重治全集』第一六巻、二四五頁。
（77）『鷗外全集』第六巻、岩波書店、一九七二年、二四三頁。
（78）長谷川泉『森鷗外論考』（明治書院、一九六二年）『長谷川泉著作選』第一巻、明治書院、一九九一年、六二三頁。
（79）蒲生芳郎『森鷗外　その冒険と挫折』春秋社、一九七四年。
（80）Philippe Cominetti, "Références occultes; Là-bas dans Seinen de Mori Ogai",『日吉紀要　フランス語フランス文学』第四六号、慶應義塾大学、二〇〇八年、一〇一－一二八頁。
（81）Camille Lemonnier, *L'homme en Amour*, Paris : Paul Ollendorff, 1897, p. 80.
（82）Franz Hermann Meissner, *Franz Stuck*, Berlin: Leipzig : Schuster, 1899.
（83）シュトゥックが描いたスフィンクスについては、Museum Villa Stuck (ed.), *Franz von Stuck: Meisterwerke der Maladei*, München: Hirmer Verlag, 2008（展覧会カタログ）を参照。
（84）谷口佳代子は、ナナの率直な視線にお雪の視線との共通性を見出すとともに、お雪と純一の関係における〈視線〉の重要性を示唆している（谷口佳代子「森鷗外「青年」における絵画とその象徴的意味」『*Comparatio*』第一〇巻、九州大学大学院比較社会文化学府比較文化研究会、二〇〇六年、一一一一九頁）。
（85）マネの《ナナ》については、ヴェルナー・ホーフマン『ナナ――マネ・女・欲望の時代』（水沢勉訳、パルコ出版局、一九九一年）を参照した。
（86）『定本上田敏全集』第六巻、四八二頁。
（87）*Dictionnaire de l'Académie Française, 6ème édition*, 1835, p. 1: 588. この用法は一八八〇年の *Le Littré* にも登場するが、*Dictionnaire de l'Académie Française* の第八版（一九三二―一九三五）からは削除されている。
（88）吉田精一によるこの部分の注解は、「drue（仏）（鳥などの）成長した。ここでは一人前の芸妓となった」（新潮文庫版『青年』二二三頁）である。
（89）『志賀直哉全集』第一巻、岩波書店、一九九八年、三七〇頁。
（90）同前、一八五頁。
（91）『スバル』に『青年』の「一〇」が掲載されるのは、第二年一二号（一九一〇年十二月）のことである。
（92）『志賀直哉全集』第一巻、一八八頁。
（93）『抱月全集』第六巻、日本図書センター、一九七九年（一九一八年版複製）四七四頁。
（94）同前、四九一頁。
（95）Maria Mimita Lamberti, "Giapponeserie dannunzione", *La conoscenza dell'Asia e dell'Africa in Italia nei secoli XVIII e XIX*, Napoli: Istituto Universitario Orientale, 1985, vol. II, pp. 307-313. 村松真理子「ジャーナリスト・ダヌンツィオの「日本趣味」」『イタリア学会誌』第四二号、イタリア学会、一九九二年、一二五―一五〇頁、Muramatsu Mariko, *Il Buonsuddito del Mikado: D'Annunzio japonisant*, Milano: Archinto, 1996 など。
（96）森鷗外「妄人妄語」（初出『心の花』第一一巻二号、一九〇七年二月）『鷗外全集』第二六巻、一九七三年、二〇頁。
（97）D'Annunzio, *Prose di Romanzi*, vol. 1, p. 174.
（98）原文では Cavaliere Sakumi, Principessa Issé という表記である。後者は三六歌仙の伊勢からとった名前のようであるが、前者はあまり日本名とは馴染まない。そのため森田草平による訳書では「佐久間」となっているが、本書では名前の違和感をも考慮に入れたいと考えるので、敢えて「サクミ」と「イセ」と片仮名表記にする。
（99）D'Annunzio, *Prose di Romanzi*, vol. 1, p. 43.
（100）*Ibid.*, p. 48.
（101）*Ibid.*, p. 61.
（102）D'Annunzio, *Favole mondane, Introduzione e note di Federico Roncoroni*, Milano: Garzanti, 1981, pp. 15-16.
（103）注95に同じ。
（104）このフランス語は、村松の指摘にもある通り、『ある芸術家の家』の「階段」でゴンクールが回想する、日本人青年の言葉をそのまま借用したものである。その青年はフランス語の求愛の言葉や表現が下品であることに憤り、それは自分の国では「一緒に寝ていただけないでしょうか」（Madame, je voudrais bien coucher avec vous）と言っているようなものだと言った、とある。cf. Edmond de Goncourt, *La Maison d'un Artiste*, Paris: G. Charpentier, 1881.

(105) Pietro Savio, *Il Giappone al giorno d'oggi*, Milano: Fratelli Treves, 1876, p. 150.

(106) トク・ベルツ編『ベルツの日記』第一部上巻、菅沼竜太郎訳、岩波文庫、一九五三年、六三頁。この日記は、鍋島が留学を終え、イタリアに赴任するまでの一八七九（明治一二）年七月九日に書かれている。

(107) D'Annunzio, "Toung-Hoa-Lou"（東花記）, *Scritti Giornalistici*, vol.1, Milano: Mondadori, 1996, p. 197.

(108) エメ・アンベール『アンベール幕末日本図絵』上、高橋邦太郎訳、雄松堂出版、一九六九年、七七頁図版。

(109) エンディミヨン・ウィルキンソン『誤解 —— ヨーロッパ vs. 日本』徳岡孝夫訳、中央公論社、一九八〇年、七六頁。

(110) Andreoli, "Note", *Prose di Romanzi I*, pp. 1159-1160 .

(111) Péladan, *L'Initiation Sentimentale*, p. 53.

(112) D'Annunzio, *Scritti Giornalistici*, p. 1003.

(113) Pierre Loti, *Madame Chrysanthème suivi de Femmes Japonaises*, Puiseaux : Pardès, 1986, p. 129.

(114) 因みに、この bonzo という言葉は、一九九〇年のモンダドーリ社のペーパーバックではbronzo（ブロンズ像）になっている。日本趣味がイタリアですっかり忘れ去られてしまったことの一つの証左であろう。

(115) Loti, *Japonerie d'Automne*, Paris : Calmann-Lévy, 1926, p. 74. なお、この部分は、一九一四（大正三）年に新潮文庫に収められた高瀬俊郎訳の『日本印象記』からはそっくりけずられてしまっている。日本の社交界を形成するやんごとない人々がこのように描写されていることは、日本人としては訳するに忍びなかったのだろうか。

(116) *Mukashi Mukashi: le Japon de Pierre Loti. Photographies par Beato et Stillfried, Présenté par Chantal Edel*, Paris : Arthaud, 1984.

(117) Loti, *Madame Chrysanthème*, p. 72.

(118) *L'Enfant de Volupté*, translated by Georges Hérelle, Paris: Calmann-Lévy, 1991, pp. 51-52（初版一八八八年）。

(119) *Lust*, translated by M. Gagliardi, Berlin: S. Fischer, 1902, p. 5.

(120) Péladan, *L'Initiation Sentimentale*, p. 52

(121) *The Child of Pleasure*, translated by G. Harding with an introduction and verse translation by A. Symons, London: W. Heinemenn, 1898, p. 5.

(122) 二〇〇〇年に出版された英訳では、この部分は But even

in his clumsiness, he had a keen expression, a type of ironic fineness around his mouth.（Virginia S. Caporale〔trans.〕, *Il Piacere*〔*The Pleasure*〕, Bloomington: 1st Books Library, 2000, p. 32）となっている。

(123) ウィルキンソン『誤解――ヨーロッパvs.日本』七六頁。

(124) 岩田和男「むかし、ムスメ小説があった――『蝶々夫人』と日本女性のイメージ」（佐々木英昭編『異文化への視線――新しい比較文学のために』名古屋大学出版会、一九九七年）五四頁参照。

(125)『鷗外全集』第二六巻、二一〇頁。

(126) 二〇〇七年八月に脇功訳の『快楽』（松籟社）が出版された。

(127) これについては、森田草平本人が「此書はヂヨールヂヤ・ハルデイング女史の英訳に、伯林のフイツシヤー・ビブリオテークから出版した独訳を参照して、重訳したもので有る」（『快楽児』森田草平訳、博文館、一九一四年、「小引」七頁）と述べている。

(128) ダンヌンツィオ『快楽児』八頁。

(129)『伊藤整全集』第四巻、新潮社、一九七二年、二〇四頁。

(130) これはホランドの*My Japanese Wife* の改訂版ではないかと考えられる。

(131)「西遊日記抄」『荷風全集』第四巻、岩波書店、一九九二年、三〇一―三〇二頁。

(132)『高村光太郎全集』増補版第一巻、一九九四年、筑摩書房、四一頁。

(133) 北川太一『高村光太郎ノート』北斗会出版部、一九九一年、六二頁。

(134) 草野心平「高村光太郎・人と作品」（『日本詩人全集九 高村光太郎』新潮社、一九六六年）一二一―一二三頁。

(135) 大澤吉博「比較――日本人は猿に見えるか」（小林康夫・船曳建夫編『知の技法』東京大学出版会、一九九四年）一七二―一八三頁。

(136)「ECCOMI NELLA MIA PATRIA!」（初出『スバル』一九〇九年十月）『高村光太郎全集』第一巻、七〇―七三頁。

(137)「珈琲店より」（初出『趣味』一九一〇年四月）『高村光太郎全集』第九巻、四四頁。

(138) 平川祐弘『和魂洋才の系譜――内と外からの明治日本』河出書房新社、一九八七年、二七九―三二二頁。

(139) 潟沼誠二『高村光太郎におけるアメリカ』桜楓社、一九八二年、四〇頁。

(140) 吉本隆明『高村光太郎』五月書房、一九五八年、三七頁。

第五章

(1) 長谷川時雨『新編近代美人伝』下、岩波文庫、一九八五年、三二七頁。

(2) 代表的なものは、塩田良平『新訂　明治女流作家論』（文泉堂出版、一九八三年）である。

（3）佐伯順子『「色」と「愛」の比較文化史』岩波書店、一九九八年、二八一―二八七頁。同書は、この作品が「男性好みのヒロイン像のステロタイプを打ち破」り、作者が「男性の設定した性的規範を堂々と逸脱してみせるヒロイン像に、女性としての自己主張を託している」ことを指摘している（佐伯「夏目漱石と女性作家――大塚楠緒子『空薫』と夏目漱石『虞美人草』をめぐって」『女性作家《現代》』（『国文学解釈と鑑賞』別冊）二〇〇四年三月）。しかし、佐伯は、二〇〇七年一月の『すばる』樋口一葉特集号の対談では、大塚があくまでも「趣味」で書くにとどまった、と述べている。また、新・フェミニズム批評の会編『明治女性作家論』（翰林書房、二〇〇七年）にも、岩淵宏子「反家庭小説の試み――大塚楠緒子『空薫』『そら炷続編』」が収められている。

（4）ただし、『近代女性作家精選集』（ゆまに書房）に収められた復刻版では、六葉しか確認できない。

（5）大塚楠緒子『晴小袖』隆文館、一九〇六年（復刻版、『近代女性作家精選集』第一巻、ゆまに書房、一九九九年）一七六頁。

（6）浜本隆志『指輪の文化史』白水社、一九九九年、一一〇―一一一頁。

（7）『晴小袖』一七二―一七三頁。

（8）みをつくし（上田敏）「竹柏園集をよみて」『こころの華』第五巻九号、一九〇二年五月、二頁。

（9）『晴小袖』六一頁。

（10）『紅葉全集』第七巻、一九九三年、一二〇頁。

（11）菅子の金時計について、「枕許に水指と、硝子杯《コツプ》を伏せて盆がある。煙草盆を並べて、最う一つ、黒塗金蒔絵の小さな棚を飾つて、毛糸で編んだ紫陽花の青い花に、玉の丸火屋《まるほや》の残燈《ありあけ》を包むで載せて、中の棚に、香包を斜めに、古銅の香合が置いてあつて、下の台へ鼻紙を。重しの代りに、女持の金時計が、底澄んで、キラ〳〵星のように輝いていた」（「うつら〳〵　十八」『鏡花全集』第一〇巻、六一五頁）という描写がある。

（12）『晴小袖』四〇―四一頁。

（13）同前、一一三頁。

（14）同前、九九―一〇〇頁。

（15）同前、三三〇―三三一頁。

（16）塩田良平『新訂　明治女流作家論』二六四―二六五頁。

（17）『晴小袖』五一頁。

（18）同前、一九九頁。

（19）漱石と楠緒子の関係については、小坂晋『漱石の愛と文学』（講談社、一九七四年）に代表されるように、両者の間に何らかの恋愛関係を指摘する論考が多いが、本書ではその点については考察しない。

（20）『漱石全集』第二三巻、七九頁。

(21)同前、八六頁。
(22)『漱石全集』第二二巻、一九九六年、三〇一頁。
(23)塩田前掲書、二七五頁。
(24)大塚楠緒子『露』昭文堂、一九〇八年(復刻版『近代女性作家精選集』第二巻、ゆまに書房、一九九九年)七三頁。
(25)「結婚と女性」(『虚妄の正義』一九二九年)『萩原朔太郎全集』第四巻、筑摩書房、一九七五年、二四五頁。
(26)ヒロイン朋子をサッフォーになぞらえる『煤煙』の連載が始まるのは一九〇九(明治四二)年だが、森田草平は前年一月二十四日の金葉会で、サッフォーのことを語っている(佐々木英昭『「新しい女」の到来』二七頁)。草平が『露』を読んでいた、という可能性はあるだろうか。
(27)『春』の連載は、四月七日から八月十九日まで。
(28)漱石の文面は次の通り。「大塚さんのそらだきが好評嘖々の由社より報知有之先以て安心致候。池辺主筆曰くあれは中々うまいですねと。池辺主筆すらうまいと云ふ。読者の歓迎するや尤なり」。
(29)『漱石全集』第二三巻、一九一頁。
(30)「そら炷」『明治文学全集』第八一巻、筑摩書房、一九六六年、三三六頁。
(31)D'Annunzio, *Prose di Romanzi*, vol. 1, p. 1041.
(32)「空薫」三二六頁。
(33)塚本利明氏の御教示による。
(34)「空薫」三三七頁。
(35)剣持武彦「ダンテ」、福田光治ほか編『欧米作家と日本近代文学』第三巻、教育出版センター、一九七六年、三二〇頁。
(36)「そら炷」三七四頁。
(37)平川祐弘『ダンテの地獄を読む』河出書房新社、二〇〇〇年、一五一—四六頁。
(38)Guglielmo Locella, *Dantes Francesca da Rimini in der Literatur, Bildenden Kunst und Musik*, Eszlingen: P.N. Verlag, 1913.
(39)Alison Milbank, *Dante and the Victorians*, Manchester: Manchester University Press, 1998, p. 151.
(40)この作品の出版年は一九〇〇年とされている場合が多いが、初版は一八九七年。なお、一九〇〇年二月の『アトランティック・マンスリー』誌には既に"Mr. Stephen Phillips's *Paolo and Francesca*"という書評が載せられており、そこでは書物の情報として"*Paolo and Francesca*. By Stephen Phillips, London and New York: John Lane, 1899"とある。
(41)この戯曲では、フランチェスカは当初は夫ジョバンニにも、その弟パオロにも、無邪気そのものの振舞いをする。第二幕で、パオロはフランチェスカを「まだ子供だ!」と評する。
(42)例えばシドニー・コルヴィンは、この作品が「最も上質な詩劇」であるとし、ダンテが手がけた主題が「かくも高尚且つ感動的なもの」となったことを *The Nineteenth Century* 誌上で喜んでいる。*The Saturday Review* 誌におけるチャートン・コリンズに至っては、この作によってフィリップスを、ソフォクレスやダンテと肩を並べる当時の劇作家および詩人の第一人者と評している（Stephen Phillips, *Paolo and Francesca: A Tragedy in Four Acts*, London: John Lane: The Bodley Head, 1903の広告欄より）。

（43）John A. Carlyle（translated and noted）, *Dante's Divine Comedy: the Inferno*, New York: Harper & Brothers, 1849.

（44）Romualdo Pantini, "The Art of George Frederick Watts," *G.F. Watts (Newnes' Art Library)*, London: George Newnes, 1905, p. xxv.

（45）口絵のキャプションには「G・F・ワッツロイヤル・アカデミー会員の絵画による」とある。なお、この作品は一九世紀中（日付不詳）にアメリカのW・B・P・クロッソンが木版画にしている（インディアナポリス美術館蔵）が、フィリップスの戯曲の口絵にはクロッソンの名はない。

（46）第一巻と記載されているが、発行されたのはこの巻のみ。

（47）平田禿木「地獄の巻の一節」『うらわか草』第一巻、一一―一二頁。

（48）同前、五―六頁。

（49）上田敏「神曲地獄界の一絶唱」（初出『国民之友』第三四四―三五二号、一八九七年四―六月）『上田敏全集』第四巻、一〇三頁。

（50）島村抱月「渡英滞欧日記」一九〇三年六月八日、『明治文学全集』第四三巻、筑摩書房、一九六七年、一一五頁。

（51）夏目漱石「英国現今の劇況」（初出『歌舞伎』第五一号、一九〇四年七月）『漱石全集』第二五巻、九〇―九一頁。

（52）上田敏「本郷座一番目「フランチェスカの悲恋」」『定本上田敏全集』第六巻、七六頁。

（53）『新潮』第三巻二号（一九〇五年八月）誌上の「みづまくら」には、「この前『パオロ・エンド・フランチエスカ』の芝居を見に行つて、西洋人が出て来たりなんかして驚いて帰つて来た」という記述があり、『神泉』第一巻一号（同月）に掲載された談話「本郷金色夜叉」では、この芝居を「見て居られないですな」と評している。

（54）秋庭太郎『東都明治演劇史』鳳出版、一九七五年、四一三―四一四頁。

（55）野口米次郎「GEORGE FREDERICK《ママ》 WATTS」『時代思潮』第五号、一九〇四年六月、二九―三三頁。なお、その後の日本での記事ではワッツのミドルネーム、Frederic を Frederick と記載することがたいへん多くなるのだが、この野口の記事がその原因かもしれない。

（56）無署名（齋藤野の人）「〇画家ワッツ氏逝く」『帝国文学』第一〇巻八号、一九〇四年八月、八六―九一頁。この記事およびやはり無署名の「〇鳴呼フランチェスカ」は、一九〇七年に出版された齋藤の『芸術と人生』に収められている。
(57)『時代思潮』はその後第一〇号(一九〇四年十一月)口絵にワッツの《希望》と《幸福なる戦士》を齋藤野の人の説明とともに載せ、第一七号(一九〇五年六月)口絵に《死の懐にある無邪気》を掲載している。
(58)無著名(齋藤野の人)「〇嗚呼フランチェスカ(『時代思潮』第八号、口絵、ワッツ筆「パオロとフランチェスカ」に題す)」『帝国文学』第一〇巻一〇号、一九〇四年十月、八四―八五頁。
(59)『太陽』第一三巻一二号、一九〇七年九月、一三二―一三三頁。
(60)「日本文学のロマンチク趣味四」『日本』一九〇七年十一月二十四日、一面。
(61)永井荷風「六月の夜の夢」(「船中一九〇七年七月」の記載あり、初出『あめりか物語』博文館、一九〇八年)『荷風全集』第四巻、二七七頁。
(62)Arthur Symons, *Studies in Seven Arts*, London: Martin Secker, 1924, pp.66-67.
(63)木下杢太郎「詩集『邪宗門』を評す」(初出『スバル』第五号、一九〇九年五月)『木下杢太郎全集』第七巻、一一五頁。
(64)近松秋江『別れたる妻に送る手紙』、『近松秋江全集』第一巻、九六頁。
(65)『太陽』第八巻四号、一九〇二年四月、一四頁。
(66)W.K. West, , Romualdo Pantini, *G.F. Watts (Newnes' Art Library)*, London: G. Newnes Limited, 1905, plate12.
(67)『漱石全集』第二一巻、一九九七年、五九三頁。
(68)芳賀徹『絵画の領分』朝日選書、一九九〇年、三八〇頁。
(69)デュマ・フィスの『椿姫』は、日本においてかなり早い時期に翻訳が発表された作品だった。最も早い例と思われる「巴里情話　椿の俤」は、一八八四(明治一七)年に発表されている。
(70)『青鞜』第一巻一号、一九一一年九月、四五頁。
(71)《接吻》については、フランス国立ロダン美術館監修『ロダン事典』淡交社、二〇〇五年を参照。
(72)有島壬生馬「ロダン　製作と人」『白樺』第一巻七号、一九一〇年十一月、一六四頁。
(73)新海竹太郎「ロダン様」同前、八四頁、永井壮吉「自分の見たるロダンの作品」同前、一〇〇頁。
(74)阿部次郎「二つの事」同前、八一頁。
(75)武者小路実篤「夢」同前、一二四頁。
(76)リベッカ・コープランド「〈告白〉する厚化粧の顔――〈女らしさ〉のパフォーマンス」(関根英二編『うたの響きものがたりの欲望』森話社、一九九六年)、小平麻衣子『女が女を演じる――文学・欲望・消費』(新曜社、二〇〇八年)など。

(77)「あきらめ」『田村俊子作品集』第一巻、オリジン出版センター、一九八七年、七頁。

(78)「婦人の自覚について」『早稲田文学』第七二号、一九一一年十一月、五二頁。

(79) "Miss Nethersole at last acts Fanny Le Grand at Wallack's (Dramatic and Musical)," *New York Times*, 6 February, 1900, p. 6.

(80) *Lewis Clinton Strang*, Famous Actresses of the Day in America, Boston: L. C. Page and Co., 1899.

(81) *Ibid*, p. 229.

(82) カーター夫人については、Craig Clinton, *Mrs. Leslie Carter: Biography of the First American Stage Star of the Twentieth Century*, McFarland & Company, 2006 も参考にした。

(83) Katie N. Johnson, "Zaza: That 'Obtruding Harlot' of the Stage", *Theatre Journal*, vol. 54, no. 2, The Johns Hopkins University Press, 2002, pp. 223-243を参照。

(84)「『ね』話」(『演芸画報』一九一二年一月号所収)『田村俊子作品集』第三巻、オリジン出版センター、一九八八年、三三一頁。

(85)『新潮』第一八巻三号、一九一三年三月、七八頁。

(86)「或る女のグリンプス」『有島武郎全集』第一巻、筑摩書房、一九八〇年、一〇六頁。

(87) 新聞初出時、わずかに「富枝の濃い男性的な眉毛と、三輪の淡く長い下り尻の眉毛とが、相対して互の性格を語つてゐる様だ」(三二回)という描写が見られるだけである。

(88) イルメラ・日地谷＝キルシュネライト『私小説——自己暴露の儀式』三島憲一ほか、平凡社、一九九二年、二六四頁。

(89) Janet Wolff, "The Invisible *Flâneuse*: Women and the Literature of Modernity", *Feminine Sentences: Essays on Women and Culture*, Cambridge: Polity Press, 1990, p. 47; Judith Walkonitz, *City of Dreadful Delight: Narratives of Sexual Danger in Late-Victorian London*, London: Virago, 1992, p. 1など。

(90) ヴァルター・ベンヤミン『パサージュ論／都市の遊歩者』今村仁司ほか訳、岩波書店、一九九四年、七四頁。

(91) 本田和子『女学生の系譜』青土社、一九九〇年、一〇頁。

(92) ベンヤミン『パサージュ論／都市の遊歩者』一六三頁。

(93) 島村抱月「序」、田村俊子『あきらめ』金尾文淵堂、一九一一年、一頁。

(94) 田村俊子が「見る存在」であったことは、長谷川啓(「書くことの〈狂〉——田村俊子『女作者』」、岩淵宏子・北田幸恵・高良留美子編『フェミニズム批評への招待——近代文学を読む』学芸書林、一九九五年、六五－九二頁)や小平麻衣子が前掲書(注76)で指摘している。

(95)「新書批評」『早稲田文学』一九一一年九月号、一〇〇頁。

(96) 新聞初出時には半田という新聞記者が、富枝を「自分のもの、様にしてゐた」という描写がある。しかし、この半田についても、富枝の方は全く好意を寄せていないことが何遍にもわたって書かれている。

(97) 九〇年代の主な研究としては、川村邦光『オトメの祈り』（紀伊國屋書店、一九九三年）、永井紀代子「誕生・少女たちの解放区――『少女世界』と「少女読書会」」（奥田暁子編『女と男の時空V』藤原書店、一九九五年）、佐藤りか「「清き誌上でご交際を」――明治末期少女雑誌投書欄に見る読者共同体の研究」（『女性学』第四号、日本女性学会、一九九六年）、久米依子「少女小説――差異と規範の言説装置」（小森陽一ほか編『メディア・表象・イデオロギー――明治三十年代の文化研究』小沢書店、一九九七年）などがある。

(98) 「談話室」『少女世界』第五巻一三号、一九一〇年九月、一二〇―一二一頁。

(99) 同前、一二一頁。

(100) 「談話室」『少女世界』第五巻一五号、一九一〇年十月、一二四頁。

(101) 大正時代に多くの少女たちの心をとらえた吉屋信子の『花物語』のなかにも、「もちろん特製のS同士なら日文矢文でしょうけれどねえ」（「竜胆の花」）というように使われている。また、この言葉が近年まで使われていたらしいことは、松任谷由実『ルージュの伝言』（角川書店、一九八四年）のなかに「女子高のSのノリ」という記述があることから確かめられた。しかしながら、この言葉がどの程度一般に通用する言葉であるかは目下不明である。

(102) 『女学世界』第一〇巻三号、一九一〇年二月、一〇三―四頁。

(103) 『少女世界』第五巻一五号、一二六頁。

(104) Faderman, *Odd Girls and Twilight Lovers: a History of Lesbian Life in Twentieth-Century America*, p. 19. なお、それぞれの言葉の意味については、同書の日本語訳（フェダマン『レズビアンの歴史』富岡明美・原美奈子訳、筑摩書房、一九九六年、二一頁）によった。

(105) 川村邦光『セクシュアリティーの近代』講談社、一九九六年参照。

(106) 原著がアシュトン（Ashton）の *The Book of Nature: Containing Information for Young People Who Think of Getting Married, on the Philosophy of Procreation and Sexual Intercourse: Showing How to Prevent Conception and to Avoid Child-bearing. Also, Rules for Management during Labor and Child-birth*（一八六五年）であることは、斎藤光が指摘している（斎藤光「解説」、斎藤光編『近代日本のセクシュアリティ一――〈性〉をめぐる言説の変遷　通俗造化機論・通俗造化機論二編、三編』ゆまに書房、二〇〇六年、一二頁）。

(107)『通俗造化機論』同前、六四－六五頁。

(108) こうした動きはアメリカ合衆国でも同じだったようで、フェダマンは前掲書のなかで、「性倒錯論」を論じた合衆国の記事に、レズビアニズムの最大の繁殖地は女子大であると主張するものがあることを報告している。

(109) Humbert, "Mousmés dormant"（「眠るムスメ」）, *Le Japon Illustré*, tome 2, p. 375.

(110) 駒尺喜美『吉屋信子――隠れフェミニスト』リブロポート、一九九四年、二五頁。

(111) Florence Converse, *Diana Victrix*, Boston: Houghton Mifflin, 1897. フェダマン前掲書（注104）、二二頁より転載。

(112) 田村俊子「同性の恋」『中央公論』一九一三年一月号（「閨秀十五名家一人一題」）一六五－一六八頁。

(113) 長谷川啓「書くことの〈狂〉――田村俊子『女作者』」。

(114) リベッカ・コープランド「〈告白〉する厚化粧の顔――〈女らしさ〉のパフォーマンス」二五五－二五六頁。

(115) 小平麻衣子『女が女を演じる――文学・欲望・消費』八二頁。

(116) 宮本百合子「婦人と文学」『宮本百合子全集』第一二巻、新日本出版社、一九八六年、二九〇－二九一頁。

(117) 川村邦光『セクシュアリティーの近代』一二一頁。

(118) 佐々木英昭『「新しい女」の到来――平塚らいてうと漱石』一一一頁。

(119) 新フェミニズム批評の会編『『青鞜』を読む』（学芸書林、一九九八年）、飯田祐子編著『『青鞜』という場――文学・ジェンダー・〝新しい女〟』（森話社、二〇〇二年）など。また、二〇〇四年には、『青鞜』に掲載された文学作品を集めた岩田なつ編『青鞜文学集』（不二出版）も刊行された。

(120) 大越愛子『フェミニズム入門』ちくま新書、一九九六年、一〇九頁。

(121)『青鞜』第一巻一号、一九一一年九月、一二六頁。

(122) 同前、八二頁。

(123) 同前、七七頁。

(124)『青鞜』第一巻二号、一九一一年十月、三八頁。

(125) エスター・ニュートン「男っぽいレズビアンの神話――ラドクリフ・ホールと「新しい女」」（シカゴ大学出版局編『ウーマンラヴィング――レズビアン論創成に向けて』渡辺みえこほか訳、現代書館、一九九〇年）五七－五八頁。

(126)『青鞜』第一巻二号、一〇七頁。

(127)『青鞜』第一巻三号、一九一一年十一月、三〇－三一頁。

(128)『青鞜』第五巻三号、一九一五年三月、四八－四九頁。

(129) 田村俊子「二三日」『田村俊子作品集』第三巻、三二二頁。

(130) 田村俊子「平塚さん」同前、三三九頁。

(131)『田村俊子作品集』ではこの部分は「私が発見したと《ママ》」となっているが、『中央公論』の記事では合字の「こと」であるため、そちらに従うものとする。

（132）『平塚らいてう著作集』第一巻、一九八三年、一一七頁。
（133）『青鞜』第一巻四号、一九一一年十二月、二九頁。
（134）『青鞜』第二巻四号、一九一二年四月、一〇六頁。
（135）白秋と俊子との関係については、金沢聖『姦通の罪――白秋との情炎を問われて』（文芸社、一九九八年）を参照した。
（136）『白秋全集』第六巻、一九八五年、一四五頁。

あとがき

「比較文学」という言葉と出会ったのは、中学一年生のときだった。当時愛読していたエラリー・クイーンの「国名シリーズ」（創元推理文庫版、井上勇訳。国によって表紙の色が異なっているのも好きだった）の『ニッポン樫鳥の謎』で、殺された女流作家の父親が、東京帝国大学で「比較文学」を教えていた人物、とされていたのである。むろん、その時は「比較文学」に特に興味を持ったわけではなく、「外国の学者が日本の大学で教えるもの」くらいの理解であった。ちなみに、クイーンの『ニッポン樫鳥の謎』の原題が *The Door Between* であり、「国名シリーズ」とは必ずしも考えられていないことを知るのは、ずっと後のことになる。

さて、大学入学後、その「比較文学」に再会する。体育会馬術部に所属し、お世辞にも真面目な学生とはいえなかった私は、第三外国語として履修したイタリア語の教室で平川祐弘先生と出会った。「イタリア語」の先生だと思っていた平川先生が「比較文学」の講義を担当されていることを知り、覗いてみたら、夢中になった。その年には比較文学・文化関連の授業を川本皓嗣先生も担当されており、これも面白かった。それは、子供の頃短期間フランスに住んでいた、という安直な理由でフランスについて学ぶことにした、出席日数ぎりぎりの学生に大学院進学を目指させるほどの魅力だった。

なんとか合格した大学院で、今度はイタリアの詩人、ダンヌンツィオを知った。流麗で饒舌な、ダンヌンツィオのイタリア語は、難しくもあったのだが、「われはきく、よもすがら、わが胸の上に、君眠る時」（上田敏訳「声曲《もののね》」）の原文はやはり素敵だった。剣持武彦氏による研究などを頼りに、修士論文でダンヌンツィオをやってみたい、というところからダンヌンツィオとのつきあいが始まった。

日本におけるダンヌンツィオ、というところでひっかかったのは、やはり森田草平と平塚明子（のちのらいてう）の心中未遂事件と、草平がこの事件の顚末を書いた『煤煙』である。らいてうは「新しい女」の代表だが、『煤煙』を読んでみると、奇妙なのは男の方だと感じた。草平をきっかけにして、漱石も、鷗外も、ダンヌンツィオを読んでそれぞれの創作に活かしていたことも知った。彼らが描き出すのは、西洋文学を読み替えた「新しい男」の姿であり、そうすると、「新しい女」とは、まず男の幻想から始まったのではないだろうか、その対象は、「女学生」だったのではないか……こうした疑問が、その後の研究の出発点となった。

それから二十年の月日が過ぎた。遅々とした歩みは、ようやく博士論文「「西洋」を読み替えて――煩悶青年と女学生の明治文学」となり、本書はその一部を修正・改稿したものである。以下、既に発表したものの初出を掲げる（いずれも修正や改稿を施している）。

第一章　明治の「煩悶青年」たち
「明治の「煩悶青年」たち」（『文藝・言語研究文藝篇』第四一巻、筑波大学、二〇〇二年三月）
「読み替えられたイプセン――明治末の『ヨーン・ガブリエル・ボルクマン』」（筑波大学文化批評研究会編『テクストたちの旅程――移動と変容の中の文学』花書院、二〇〇八年）

第二章　「女学生」の憂鬱
「「女学生神話」の誕生を巡って」（『人文論叢』第一八巻、三重大学、二〇〇一年三月）
「市民社会の中の女性表象――日比谷公園と明治の「女学生」を巡る言説」（『特別プロジェクト研究報告書「比較市民社会・国家・文化」』筑波大学、二〇〇四年三月）

第三章　「堕落女学生」から「宿命の女」へ
「「堕落」する女学生――「女学生神話」を巡る考察（二）」（『文藝・言語研究文藝篇』第四〇巻、筑波大学、

二〇〇一年十月）
「明治東京の「宿命の女」」（『文藝・言語研究文藝篇』第五一巻、筑波大学、二〇〇七年三月）
第四章　「新しい男」の探求──ダンヌンツィオを目指して
「ダンヌンツィオを目指して──森田草平『煤煙』における新しい若者像」（『文藝・言語研究文藝篇』第四三巻、筑波大学、二〇〇四年三月）
「醜い日本人を巡って──ダンヌンツィオ、ロティ、高村光太郎」（『人文論叢』第一六巻、三重大学、一九九九年三月）
第五章　女たちの物語
「ロマンティック・ラブと女性表象──「新しい女」を巡って」（『比較文学研究』第八二巻、東大比較文学会、二〇〇三年九月）
「「新しい女」からの発信──『あきらめ』再読」（『人文論叢』第一七巻、三重大学、二〇〇〇年二月）

博士論文提出にあたっては、お忙しいなか審査を引き受けてくださった東京大学の菅原克也先生、井上健先生、杉田英明先生、村松真理子先生、お茶の水女子大学の菅聡子先生に、数々の貴重なご指摘やご助言をいただいた。菅原先生、井上先生、杉田先生からは、大きな流れと細部のどちらもおろそかにしない比較文学研究の厳しさを改めて学んだ。日本におけるダンヌンツィオ研究の第一人者である村松先生にご指導いただけたことは幸せであった。日本近代文学、女性文学の視点から、多くの有益なアドヴァイスをくださり、博士論文の刊行を楽しみにしてくださっていた菅先生に、本書をお渡しすることができないことは、今でも信じられない。心よりご冥福をお祈りしたい。

学部時代からお世話になっている先生方にも、改めてお礼を申し上げたい。私を比較文学の道へ、そしてダンヌンツィオへと導いてくださった平川祐弘先生との出会いがなければ、私は全く違う人生を歩んでいただろう。

芳賀徹先生からは、学問のダイナミズムを教えていただいた。川本皓嗣先生は、研究に関してはもちろん、それ以外の相談にまでのってくださった。駒場で比較文学を学べたことは、私の大きな誇りである。また、ここにすべてのお名前を挙げることはできないが、学会や研究会でもさまざまな方々にご指導いただいた。

出版にあたっては、新曜社の渦岡謙一氏に大変お世話になった。編集者の眼から、本書に的確なアドヴァイスをくださった渦岡氏のご助力に感謝する。

最後に、学生時代からずっと、時には呆れながらつきあってくれている家族に。どうもありがとう。

二〇一一年十一月　『青鞜』発刊百年の年に

平石典子

人名・著作・雑誌索引

か　行

さ　行

た　行

な　行

は　行

ま　行

や 行

ら 行

わ 行

事項索引

た・な 行

は・ま 行

や 行

ら・わ 行

著者紹介

平石典子（ひらいし　のりこ）

1967年，北海道生まれ。

東京大学大学院超域文化科学専攻単位取得退学。博士（学術）。専攻・比較文学。

現在，筑波大学人文社会系准教授。

主な著書：『日本文学の「女性性」』（思文閣出版，2011年，共著），『越境する言の葉——世界と出会う日本文学』（彩流社，2011年，共著）。

新曜社

煩悶青年《はんもんせいねん》と女学生《じょがくせい》の文学誌《ぶんがくし》
「西洋」を読み替えて

初版第1刷発行　2012年2月15日©

著　者　平石典子
発行者　塩浦　暲
発行所　株式会社新曜社
〒101-0051　東京都千代田区神田神保町2-10
電話(03)3264-4973(代)・FAX(03)3239-2958
e-mail　info@shin-yo-sha.co.jp
URL　http://www.shin-yo-sha.co.jp/

印刷　銀　河
製本　イマキ製本所

ISBN978-4-7885-1273-3　C1090

まだまだ文学はおもしろい

小平麻衣子 著
女が女を演じる　文学・欲望・消費
文学・演劇・流行・広告などの領域を超えて、ジェンダー規範の成立過程を明らかにする。
Ａ５判３３２頁
本体３６００円

内藤千珠子 著　**女性史学賞受賞**
帝国と暗殺　ジェンダーからみる近代日本のメディア編成
メディアのなかに現われた物語のほころびをとおして帝国日本の成立過程をさぐる。
四六判４１４頁
本体３８００円

紅野謙介 著
投機としての文学　活字・懸賞・メディア
文学が商品と見なされ始めた時代を戦争報道、投書雑誌、代作問題などを通して描出。
四六判４２０頁
本体３８００円

関　肇 著　**大衆文学研究賞、やまなし文学賞受賞**
新聞小説の時代　メディア・読者・メロドラマ
作者・読者・メディアの「生産と享受」という視点から文学の現場を解き明かす意欲作。
Ａ５判３６６頁
本体３６００円

栗原裕一郎 著　**日本推理作家協会賞受賞**
〈盗作〉の文学史　市場・メディア・著作権
読んで面白く、ためになる。すべての作家・作家志望者・文学愛好家必携の〈盗作大全〉。
四六判４９４頁
本体３８００円

中川成美 著
モダニティの想像力　文学と視覚性
蒸気機関、写真機、映画などが人間の視覚、そして文学にもたらした影響をさぐる力作。
四六判３９２頁
本体３４００円

（表示価格に税は含みません）